DAS TOTE MÄDCHEN AUF DEN KLIPPEN

NOAH FITZ

COLIN JAMES HUNTER

KRIMINALROMAN

Impressum:
NoahFitz@gmx.de

Adresse:
Noah Fitz
Postfach 12 10
97962 Bad MGH

An der Küste Schottlands findet ein geistesgestörter Mann ein totes Mädchen.
Schnell wird die Identität des Kindes festgestellt: Hailey MacJonson. Viele der Einwohner des kleinen Städtchens kannten sie. Sie war trotz ihrer geistigen Behinderung nie sonderlich auffällig gewesen.

Als die Polizei mit der Fahndung beginnt, verschwindet ein weiteres Kind. Dieses Mal handelt es sich um einen Jungen. Er ist vierzehn Jahre alt und gilt als aggressiver Sonderling.

Den leitenden Ermittler, DI Wallace, beschäftigt nur eine einzige Frage: Kann ein Vierzehnjähriger zu einem Mörder werden?

Wo Gericht ist, da ist keine Wahrheit.

Leo N. Tolstoi

1

Ihre nackten Füße hinterließen matschige Spuren in dem unberührten Schnee, der von dem pfeifenden Wind über die karge Landschaft der schottischen Küste gejagt wurde. Schwere Wolkenmassive hingen über den Klippen und verdunkelten den Vollmond und den schwarzen Himmel, der noch kurz zuvor mit hellen, funkelnden Sternen gespickt war. Hailey liebte die Sterne und den Vollmond. Doch nun fror sie und bekam Angst, weil sie sich verlaufen hatte. Die unzähligen Schneeflocken, die auf die Erde trudelten, hatten die Schuhabdrücke ihres Daddys zugeweht.

Hailey sah sich ängstlich um. Sie konnte das Haus kaum noch sehen. Oder hatte sie sich die flackernden Lichter nur eingebildet? Sie schienen sie zu verfolgen. Mal waren sie da, mal nicht.

Hailey war vierzehn und nicht so wie die anderen Kinder in der kleinen Stadt, in der sie lebte, und in der sich fast jeder kannte.

Das verängstigte Mädchen stand jetzt auf einem Felsvorsprung und wagte einen Blick nach unten. Tosende Wellen schoben sich über die steilen Felsenriffe, die aus dem Wasser ragten und eine weiße Gischt auf den schartigen Steinen hinterließen.

Hailey sah auf den Schaum und glaubte Stimmen gehört zu haben, aber sie hätte sich ja auch etwas einbilden können.

Immer noch zitternd blickte sie sich um. Sie sah jetzt viele kleine, helle Punkte, die flackerten - wie Irrlichter. Weil sich der Nebel langsam verzog und die Schneeflocken kleiner wurden, konnte sie die Umrisse des Hauses erkennen, das der Familie Stewart gehörte. War Kenny ihr dieses Mal auch gefolgt? Sie wollte sich mit dem Jungen nicht mehr treffen. Sie hatte ein ungutes Gefühl. Sie ahnte, dass er mit ihr etwas anstellen wollte, das sich nicht gehörte. Schon oft hatten sie sich davongeschlichen und miteinander geknutscht, nur fühlte sich Hailey danach immer müde, vor allem das Jucken zwischen ihren Beinen empfand sie als unangenehm.

Hailey starrte immer noch zum Haus der Stewarts, hinter einem der Fenster brannte Licht, also war es noch nicht so spät. Sie wischte sich über die Stirn und betastete ihr Haar, das von dem feinen Schnee nass wurde.

Im Herbst wurde es schnell dunkel, Hailey hasste diese Jahreszeit, und noch mehr hasste sie es, etwas vor ihrer Mama verbergen zu müssen. Sie hatte zwei Geheimnisse und wusste nicht, wie sie ihrer Mama davon erzählen sollte. Auch wenn Papa nicht immer nett zu ihr war, so hatte sie ihn trotzdem lieb und wollte ihm keine Schwierigkeiten bereiten.

Haileys Mama trichterte ihren Kindern stets ein, immer mit der Wahrheit herauszurücken, egal wie schlimm sie auch sein mochte. Hailey wusste nicht, was sie tun sollte und ließ ihren Blick von rechts nach links schweifen, weil sie ein Motorengeräusch vernommen hatte. Sie sah noch mehr Häuser. Sie wirkten wie kleine Puppenhäuschen auf dem grauen Hintergrund des Himmels. Die kleine Stadt war auf dem Rücken eines Felsens erbaut, der von Gräsern,

Büschen, wenigen Obstbäumen, die keine Früchte trugen, und Moos bedeckt war. Sie hatten sogar einen kleinen Park, der künstlich errichtet worden war. Dort standen riesige Ahornbäume. Hailey liebte diesen Park, aber nur im Sommer, wenn die Baumkronen grün waren. Jetzt war alles karg und trist, genauso wie ihr Leben. Alle hier hielten sie für verrückt. Auch wenn manche sie anlächelten, so konnte sie an ihren Blicken erkennen, dass sie bemitleidet, gemieden oder sogar gehasst wurde. Nur Kenny wollte sich mit ihr treffen, er war der einzige hicr, der etwas mit ihr zu tun haben wollte.
Erneut schlug eine heftige Welle gegen den Felsen, der von allen Duff Castle genannt wurde, wie die Stadt auch, und riss das zitternde Mädchen aus seinen Gedanken.

Hailey rief zuerst leise, dann etwas lauter nach ihrer Mutter. In der Hoffnung, dass sie sie hören und von hier wegbringen würde, faltete sie ihre vor Kälte steif gewordenen Hände zu einem Trichter und hielt sie vor ihren Mund. „Mama“, flüsterte sie zuerst schüchtern. Der warme Dampf aus ihrem Mund umwölkte ihr Gesicht. Sie war erkältet, ihr Hals kratzte, als hätte sie eine Haselnuss gegessen, genauso fühlte es sich an. Ihre Kehle wurde eng. Mit tränenden Augen rief sie dann etwas lauter. „Mama!“ Doch dieses Mal wurde ihre Stimme sofort von dem immer stärker werdenden Wind weggetragen. Wie die Stimme von Arielle aus dem Zeichentrickfilm. Hailey bekam es noch mehr mit der Angst zu tun. Nie wieder sprechen zu können war eine Horrorvorstellung. Mit geweiteten Augen schlug sie daher die Hand vor den Mund. „MAMA!“, rief sie noch lauter und nahm dann die Hand doch weg, weil sie ja sonst nicht nach ihrer Mutti rufen könnte. Sie hob den Kopf zum Himmel. Die Schneeflocken glichen weißen Federn, die wild über ihr tanzten. Sie drehte sich im Kreis. Alles um sie herum verschwand hinter einer weißen Wand.

Sie sah die Häuser nicht mehr. Alles war verschwunden.

Sie sah zu ihren Füßen. Die dunklen Fußabdrücke waren verschwunden. Alles lag unter der weißen Schneeschicht verdeckt. Wie sollte sie jetzt nun den Weg zurück nach Hause finden? Sie weinte stumm und strengte ihre Augen an. Die Taschenlampe, die sie mitnehmen wollte, hatte keine Batterien. Eigentlich wollte sie nur kurz raus, doch da hatte sie Mama gesehen, wie sie Papa hinterherlief. Die beiden hatten laut miteinander gestritten. Wie so oft in der letzten Zeit, weil Mama glaubte, dass Papa sich mit einer anderen Frau traf. Hailey fraß der Gedanke, dass sie von Papas Geheimnis wusste, innerlich auf.

Doch jetzt fürchtete sie sich mehr davor, nie wieder Mama davon erzählen zu können, weil die Eiskönigin sie mitnehmen könnte.

Sie wartete und rief erneut nach ihrer Mutter. Hailey trug zwar einen Mantel über ihrem Pyjama, aber an die warmen Stiefel hatte sie schon wieder nicht gedacht. Wie oft hatte ihr ihre Mama aufgetragen, stets daran zu denken, die Stiefel anzuziehen. Und wie oft hatte Papa ihr eingebläut, nie nachts das Haus zu verlassen.

Heiße Tränen rannen über ihre Wangen. Es fühlte sich an, als verbrühten sie ihre Haut. Dann musste sie blinzeln, weil ein heller Strahl ihr Gesicht traf. Das Licht tat in den Augen weh und war kalt. So kalt wie das Leuchten eines Eisfeuers der Eiskönigin. Sie hatte damit Kai geblendet und sein Herz zu Eis werden lassen.

Hailey hielt beide Hände vor die Augen, um sich vor dem Licht zu schützen. Ihre Fingerspitzen spürte sie kaum noch, die Zehen brannten wie Feuer.

„Hailey, bist du das?“, fragte eine Stimme, die sie kaum verstehen konnte, weil der Wind ihr laut in den Ohren pfiff.

„JA?“, entgegnete sie zögernd und spreizte die Finger ihrer rechten Hand auseinander, aber nur so weit, damit sie hindurchspähen konnte, ohne von dem Licht geblendet zu werden. „Papa, bist du das?“, fragte sie voller Hoffnung.

„Was machst du hier?“, rief die Stimme und wurde sofort leiser.

Haileys Herz schlug so laut, dass sie kaum etwas hören konnte, auch der Wind trug alle Geräusche mit sich fort.

Aber die schweren Schritte konnte sie dennoch hören, die immer näher auf sie zukamen.

Das gleißende Weiß der Lampe war nun auf den Boden gerichtet und wanderte umher.

Hailey sah helle Punkte vor ihren Augen vorbeischweben. Selbst nachdem sie die Lider ganz fest zusammengekniffen hatte, waren sie noch da. Wurde sie etwa verzaubert? Der heiße Schmerz in ihrer Brust, dicht neben ihrem Herzen, hinterließ einen kalten Stich. Sie hörte sich laut nach Luft schnappen. Weiße Wolkenschwaden, die aus ihrem Mund kamen, umnebelten ihr Gesicht. Schweißperlen traten auf ihrer Stirn hervor.

„Ich habe Angst“, stotterte sie und rang nach Luft. Ihr Herz schlug noch, das Pochen hörte sie sogar in ihrem Kopf, so laut hämmerte es gegen ihre Rippen.

„Ich bring dich hier weg“, entgegnete die Stimme und wurde noch leiser. *War das etwa Kenny?*, überlegte das Mädchen und haderte mit sich selbst.

Hailey konnte die Person nicht wirklich gut sehen, und nicht erkennen, ob die dunkle Silhouette auf dem grellweißen Hintergrund mehr einer Frau, einem Mann oder einem Jungen ähnelte.

„Komm mit, Hailey, sonst holst du dir noch eine Lungenentzündung.“

Sie zögerte. Doch der Schmerz in ihrer Brust ließ allmählich nach. Der Zauber war also verflogen. Sie nahm ihre Hände weg und folgte der Silhouette. Immer mehr Schneeflocken, die jetzt wie unzählige winzige Nadeln in ihr Gesicht schlugen und tief in ihre Haut fuhren, fielen vom schwarzen Himmel herab. Ihre Füße hinterließen verwaschene Abdrücke.

Die Gestalt bog nach links ab. Hailey blieb für einen Augenblick stehen. Der weiße Strahl der Taschenlampe kroch über den kantigen Boden und schwebte zum offenen Meer.

„Komm zu mir, Hailey“, ermutigte sie die Stimme.

„Aber da unten ist es gefährlich, Kenny“, entgegnete sie.

„Nein, wir werden nicht nach unten gehen. Die Klippen sind zerklüftet, und es ist dunkel. Dort steht mein Wagen, ich fahre dich nach Hause, ich kenne eine Abkürzung. Komm, sonst erfrierst du“, sagte die Stimme freundlich. Tatsächlich sah Hailey zwei rote Lichter unweit der Klippe. Sie wusste, dass Kenny manchmal den Wagen seines Vaters stahl, um damit durch die Gegend zu fahren. Meistens nachts. Aber die Stimme klang nicht wirklich wie die von Kenny. Oder täuschte sie sich nur? Sie folgte dem Unbekannten und sah, wie der Mantel des Fremden über den Schnee schleifte.

„Komm, deine Eltern warten bestimmt schon auf dich“, rief die Stimme und hob den Arm.

Ihre Brust war nicht mehr wie zugeschnürt, sie folgte der Gestalt und war nun froh darüber, bald in ihrem Bett sein zu können. Am liebsten würde sie aber vorher in die Badewanne steigen.

An die Konsequenzen ihres heimlichen Ausflugs wollte sie gar nicht denken, vielleicht würden Mama und Papa nichts davon mitbekommen, weil sie nicht Zuhause waren.

Der große Wagen kam ihr vage bekannt vor, aber weil es so dunkel war, konnte sie nicht viel erkennen, und die Rücklichter starrten sie wie die zwei roten Augen eines Ungeheuers an. Papa hatte auch mal so einen, überlegte sie, oder doch nicht? Sie kannte sich darin nicht wirklich gut aus.

Wo war der Fremde mit seinem Mantel nur? Sie hatte ihn aus den Augen verloren, weil sie wieder vor sich hingeträumt hatte. Ihr Gedankenfluss wurde von einem plötzlichen Schlag, den sie nicht kommen sah, unterbrochen.

Mit weit aufgerissenen Augen sackte das Mädchen zu Boden. Die Luft entwich langsam seiner Lunge. Langsam schlossen sich ihre Lider. Die Hände lagen flach auf dem Schnee und zuckten leicht.

„Schlaf gut, meine Süße“, sprach der Unbekannte und wischte das Blut vom Baseballschläger mit einem Papiertaschentuch ab. Mit schleifenden Schritten ging der Schatten zum Wagen und kam mit einer Decke zurück, um das Mädchen darin einzuwickeln.

Doch plötzlich riss Hailey die Augen auf. Unverrückbar blieb ihr Blick auf dem Gesicht ihres Peinigers kleben, noch immer wusste sie nicht, ob es ein Mann oder eine Frau war.

Mit finsterer Miene zog die behandschuhte Hand des Angreifers den Schal höher bis an die Augen, die von dunklen, dichten Wimpern umrandet waren.

Wie paralysiert suchte das verletzte Mädchen in seinem Kopf nach einem Ausweg.

Die kalten Hände, die in schwarzen Lederhandschuhen steckten, legten sich um ihren schmalen Hals und drückten zu. Ihr unheilschwangerer Blick bohrte sich tief in die Augen des Mannes, der auf ihr saß. Für eine Frau war er einfach zu stark, überlegte Hailey und wunderte sich darüber, was ihr alles durch den Kopf ging, während ihr die Luft abgeschnürt wurde.

„Es tut mir leid“, hörte sie die Stimme.

Auf seinen Zügen lag ein Ausdruck verärgerter Entschlossenheit. „Das hätte nicht so enden müssen, aber du hast mir keine Wahl gelassen. Niemand darf etwas davon erfahren.“

Die Gestalt roch nach Frauenparfüm. Der süßliche Duft wurde intensiver, nachdem sich der Mann zu ihr hinunter beugte. „Ich tue es für deinen Papa“, flüsterte der Unbekannte in ihr Ohr.

Haileys Blick wurde glasig. Sie stellte sich tot und starrte an der maskierten Person vorbei ins Leere, das konnte sie wirklich gut - sich tot zu stellen. *Es ist kein Mann*, überlegte sie und schloss langsam die Augen. Der feste Griff um ihren Hals lockerte sich allmählich. *Kennys Mama sah manchmal auch wie ein Mann aus, wenn sie ein Holzfällerhemd und eine Jeans trug. Sie war früher Gewichtheberin*, wusste Hailey und atmete ganz schwach. Als die maskierte Person ihr Ohr an Haileys Mund und Nase hielt, hielt das Mädchen den Atem für mehrere Sekunden an.

Der Druck auf ihren Körper verflüchtigte sich. Mit hängenden Armen schwebte sie über dem Boden. Sie wurde weggetragen. Auch ihr Kopf hing nach unten. Durch zu schmalen Schlitzen verengte Augen sah sie die Siedlung. *Ich werde sterben*, wusste Hailey. Ein kalter Schauer kroch über ihren Körper. *Mama, bitte rette mich*, stieß sie im Stillen ein Gebet gen Himmel. Tränen kullerten aus ihren Augen und fielen lautlos in den Schnee.

Anstatt im Kofferraum zu verschwinden, wurde sie in den Beifahrersitz gedrückt.

„Wir drehen noch eine Runde. Vielleicht werde ich dich gehen lassen, wenn du brav bist." Die Stimme klang erschöpft.

„Bitte, lassen Sie mich gehen", winselte Hailey und stellte sich nicht mehr tot.

„Schnall dich an. Ich möchte dir einige Fragen stellen, die du mir beantworten musst."

„Okay."

„Braves Mädchen." Die Tür flog zu und ging wieder auf. Beim zweiten Mal krachte sie noch lauter gegen den Wagen und ging nicht mehr auf.

Ich bin mit diesem Auto schon mal gefahren, mit Kenny.

„Kenny!" Sie sah durch die verschneite Windschutzscheibe. „Kenny bitte! Kenny, ich weiß, was du mit mir vorhast. Ich werde dich das tun lassen, versprochen!", schrie sie und zog am Türgriff. Dann schlug sie mit den Händen gegen die beschlagene Scheibe und hinterließ schmierige Schlieren. Sie blutete an den Händen, aber das war ihr egal. Ihre Haut war an den Kuppen aufgeplatzt und brannte, aber das war ihr auch egal, sie wollte nur raus hier.

Die Fahrertür ging auf. „Kenny, wir können es gleich hier tun. Ich werde nicht über das, was du da in der Hose hast, lachen. Ich weiß, dass du in der Schule ‚Kenny kleiner Pimmel' genannt wirst, aber das ist für mich nicht wichtig."

„Schnauze", grunzte die Stimme und wuchtete sich in den Sitz.

Kenny war klein, aber stämmig, genauso wie sein Stiefvater und seine Mutter. Sie alle drei hatten eine sonderbare Statur, hatte mal ihre Mama gesagt.

„Bitte …"

Er beugte sich über sie und zog an dem Gurt. Er war immer noch vermummt, aber warum roch er wie ein Mädchen? Der Gurt surrte leise und drückte zu fest gegen ihren Hals.

„Wenn du nicht die Schnauze hältst, mache ich dich auf der Stelle kalt."

„Bitte, okay, ich höre auf zu reden, aber bring mich nach Hause."

„Ich habe es mir doch anders überlegt", schnitt die Stimme ihr das Wort ab und fuhr los.

2

„Das muss an die Substanz gehen, so paranoid, wie du in letzter Zeit bist. So misstrauisch zu sein, grenzt an eine Psychose. Du, bist, krank, Fia!"

„Ach ja? Wann hatten wir denn das letzte Mal Sex? Du gehst mir aus dem Weg." Die aufgebrachte Ehefrau stemmte ihre kleinen Fäuste in die schmale Hüfte und taxierte zornig ihren Ehemann, der die Flucht nach vorne ergriffen hatte. Das war seine Masche, aber dieses Mal wollte sie nicht klein beigeben.

„Das stimmt nicht", wich Ian aus und spie auf den Boden, den Mund verzogen, als hätte er auf etwas Saures gebissen. Er stand auf einem Felsvorsprung unter den Klippen und starrte auf die schwarze Unendlichkeit. Riesige Wellen ergossen sich über den steinigen Strand und hinterließen eine weiße Decke, die langsam zurück ins Meer wich, um erneut mit noch mehr Wucht gegen die schartigen Felsen geschleudert zu werden.

Fia wischte sich die Haarsträhnen aus der Stirn. Die Wimperntusche lief in zwei dünnen, schwarzen Bächen aus den Augenwinkeln. „Warum läufst du immer von mir weg? Was soll das, Ian? Hast du mich satt? Wann hast du mich zum Essen eingeladen? Einfach so? Wir gehen nie aus! Waren noch nie im Urlaub. Zeit meines Lebens habe ich diesen Ort nie verlassen können. Immer kommt etwas dazwischen. Zuerst hatten wir kein Geld und jetzt keine Zeit." Sie fuchtelte energisch in der Luft herum, sie stand vor dem Eingang zu einer Höhle, ein mächtiger Felsvorsprung lastete über ihren Köpfen. „Für wen hast du das Lagerfeuer gemacht?" Sie drehte sich um und starrte auf die Glut. Die Flammenzungen begannen aufs Neue zu tänzeln und zu züngeln. Schwarze Schatten krochen über die kantigen Wände. Die Höhle war früher ein beliebtes Versteck gewesen. Aber das war früher, als sie noch Kinder waren. „Seit wann versteckst du dich hier? Ist der Weg hierher nicht zugeschüttet gewesen?“

„Ich will nur meine Ruhe haben!“, wich er ihr erneut aus.

„Hast du eine Frau? Hast du eine Affäre?“

„Es sind die Kinder. Ich bin einfach zu erschöpft.“

„Komm mir ja nicht mit den Kindern an, sie sind fast schon erwachsen. Allen ist fünfzehn und Hailey vierzehn. Sollen wir etwa so lange warten, bis sie beide ausgezogen sind?!“, schrie sie ihn an und lief hinaus, weil der Rauch ihr zu sehr in der Lunge brannte. Ihr schwirrte der Kopf, weil sie zum ersten Mal in ihrem Leben nicht wirklich weiter wusste.

Sie spürte die Nähe ihres Mannes, er stand dicht hinter ihr. Sie schwiegen sich an. Seine Hand legte sich auf ihre Schulter und zog zögerlich daran. Fia gab dem sanften Druck nach und drehte sich um. Sie standen sich dicht gegenüber.

Das Feuer war erloschen, nur die Asche glomm weiter.

Ian zog seine Frau einen schmalen Trampelpfad hinauf. Unter ihren Schuhen knirschte der Schnee wie Glassplitter. Dann blieb er auf einem flachen Vorsprung stehen.

„Willst du mir endlich verraten, was dich so bedrückt? Was ist der Grund? Liebst du mich etwa nicht mehr? Wer ist sie?“

„Es ist Hailey. Unsere Tochter kann nicht wirklich was dafür, aber ich kann nicht mehr. Meine Kräfte sind aufgebraucht.“ Erst jetzt sah Ian seine Frau direkt an. Sein kahler Kopf glänzte, weil der Wind die Wolken zerfetzt hatte und sie von der Küste forttrug, der Mond schien nun wie eine glänzende Scheibe am schwarzen Firmament und tauchte die Gegend in ein mattes Weiß.

„Das ist unfair. Hailey ist vielleicht kein Wunderkind, aber sie ist nicht verrückt.“

„Doch. Unser Kind ist geistig gestört, und es wird immer schlimmer. Du darfst nicht vor allem die Augen schließen, Fia. Sei doch einmal wirklichkeitsnah, unser Kind gehört in eine Einrichtung. Sieh es endlich ein. Unsere Tochter ist nun mal ein geistig gestörtes Kind. Wir sollten sie in die Obhut derer geben, die etwas davon verstehen. Damit meine ich, dass wir sie in die Hände von Profis geben sollten. Nicht für immer. Ich will mit dir endlich ausgehen können, ohne Kinder. Nur einmal ungestört Pizza essen gehen, ist das etwa zu viel verlangt? Das war jetzt vielleicht ein doofes Argument, aber du weißt, worauf ich hinaus will“, beeilte er sich und hob kurz die Hände.

Fia riss den Mund auf und raufte sich die Haare. „Das glaube ich nicht.“ Sie kämpfte gegen einen Wutanfall an. Ihr dunkelbraunes Haar, das nach dem letzten Frisör-Termin ziemlich kurz geraten war, hatte einen dunklen Schimmer bekommen, weil es zu regnen begann. Die Wassertropfen klatschten wie Ohrfeigen gegen ihre Wangen. „Du willst unsere Tochter in die Psychiatrie verbannen, nur damit du und ich eine Pizza essen gehen können?“

„So habe ich das nicht gemeint.“

„Doch, genau das hast du gerade eben getan!“, brüllte sie ihren Ehemann an, den sie abgrundtief zu hassen begann.

„Lass uns später und in aller Ruhe darüber reden.“

„Damit ist alles gesagt“, blockte Fia ab und taumelte rückwärts, weil Ian sie in den Arm nehmen wollte. Sie hob abwehrend die Hände in die Luft. „Bleib ja weg von mir, du Arsch!“

Eine mächtige Brandung brach einen großen Brocken aus der felsigen Wand und trug ihn mit sich in die schwarze Tiefe. Fia zuckte zusammen. „Ich will jetzt nach Hause“, sagte sie matt und wickelte die Decke fester um ihre schmalen Schultern. Fia war klein und zierlich, jedoch mit einem starken Charakter gesegnet. Ian liebte sie immer noch, aber nicht so wie am Anfang, nicht wie ein Mann eine Frau lieben sollte, aber das konnte er ihr schlecht sagen. Nicht in dieser Verfassung. Sie waren beide müde von der Feier. Eigentlich war es nur eine kleine Party, zu der nur sie eingeladen wurde und er auf ihre Bitte mitgekommen war. Anstatt nach Hause zu gehen, hatte er sich dazu entschieden, einen kurzen Spaziergang zu machen, fast wie jeden Abend. Fia war ihm dabei gefolgt und wollte ihn zur Rede stellen.

„Um so etwas verarbeiten zu können, brauchen wir beide Zeit. Du bist müde, eine Mütze voll Schlaf könnte Wunder bewirken.“

„Vielen Dank für diese beschissene Platitude, du Wichser. Was machst du jeden Abend hier am Strand? Zum Grillen kommst du ganz bestimmt nicht her. Eine nostalgische …“

„Ich versuche einfach, den Kopf frei zu kriegen“, unterbrach er sie. Er fror und schwitzte gleichzeitig. Das Regenwasser lief ihm über Augen und Mund, doch Ian stand einfach nur da und sah seine Frau mit ausdrucksloser Miene an. Er war wütend und verzweifelt, aber er zeigte keine Schwäche, weil er ein Mann war.

„Mir ist kalt, ich gehe nach Hause“, sagte Fia, mit den Tränen ringend. Ihre Lippen zuckten. Sie wartete einen Augenblick lang auf Ians Reaktion, als keine kam, drehte sie sich um und lief den schmalen, sich nach oben schlängelnden Pfad hinauf.

Ian sah ihr hinterher. Nachdem sie aus seinem Sichtfeld verschwunden war, lief er wieder nach unten. Meerestropfen benetzten sein Gesicht. Sie schmeckten salzig auf seinen Lippen. Sein Herz begann lauter zu schlagen. Er sah sich hastig um. Sie war ihm nicht gefolgt. Seine Kehle wurde trocken, dann sah er endlich eine menschliche Gestalt, die von der anderen Seite der Klippe nach unten wanderte. Ians Schritte wurden schneller. Ich komme, Liebling, flüsterte er in Gedanken und freute sich auf diese heimliche Begegnung.

3

„Hallo, Schatz“, hörte er die sanfte Stimme an seinem Ohr. Ian war komplett nass, doch endlich fror er nicht mehr. Ein angenehmes Kribbeln lief ihm über den Rücken.

„Hallo“, sagte er und bekam vor Aufregung nichts mehr heraus.

„Wann wirst du ganz mir gehören, Ian? Ich habe heute das Parfüm deiner Frau aufgetragen, damit sie ja keinen Verdacht schöpft. Auch habe ich mich schick gemacht und etwas Farbe aufgetragen. Ich möchte dich ganz allein für mich haben.“

Ian hob den Blick und sah in die Augen seiner heimlichen Liebe, die er vor einigen Monaten für sich entdeckt hatte, und nie wieder missen wollte. „Ich weiß es nicht“, entgegnete er heiser. Sie standen wieder in der Höhle und waren vor Regen und unerwünschten Blicken geschützt. „Wir werden für uns ein anderes Versteck suchen müssen. Meine Frau ist mir heute hierher gefolgt“, gab Ian seinen Fauxpas kleinlaut zu.

„Das werden wir. Was jetzt zählt, ist, dass wir wieder für uns allein sind. Wir können wegfahren, du und ich, und alles hinter uns lassen.“

Ian presste sich fester an die Brust seines liebsten Menschen und hörte das schnelle Hämmern des Herzens in seinem Kopf.

„Es ist deine Tochter, nicht wahr? Sie ist wie ein Messer in der Brust. Es tut weh beim Atmen, aber wenn man die Klinge rauszieht, verblutet man.“

Ian nickte mehrmals heftig und schluchzte. Jetzt musste er nicht mehr stark sein. Er ergab sich seinen Gefühlen. Er biss sich auf die Lippen und blinzelte die heißen Tränen weg. Ein leises Winseln drang aus seiner Kehle.

„Das kriegen wir irgendwie schon hin. Sie ist ein nettes Kind. Und du bist ein toller Vater.“ Eine warme Hand berührte seinen Kopf. Diese Berührung flößte ihm Zuversicht auf baldige Besserung ein.

„Ich liebe dich, mein Schatz“, hörte er sich sagen.

„Ich dich doch auch. Gemeinsam werden wir das alles irgendwie schon meistern.“

Ian nickte. „Ich mache Feuer“, sagte er schnell, warf drei Holzscheite in die Glut und blies aus voller Lunge auf die glühenden Reste. Das trockene Knistern, gefolgt vom dichten Rauch, wurde von zögernden Flammenzungen verdrängt. Erneut tanzten die Schatten auf den grauen Wänden.

Zufrieden mit sich selbst ließ Ian sich in den Arm nehmen. Eine warme Hand strich ihm über den Nacken. Eine angenehme Gänsehaut kroch über seinen Rücken und ließ sein Glied steif werden.

Dann trafen sich ihre Lippen. Sie küssten sich. Zuerst zärtlich und zaghaft, dann wurde der Kuss, der nach mehr verlangte, forscher, heftiger, dringlicher.

Ineinander umschlungen flüsterten sie sich liebeserklärende Worte zu. Dann begannen sie sich auszuziehen. Die Körper bebten und glänzten in dem zuckenden Licht des Feuers.

„Ich will dich, jetzt!“

„Ich will dich auch“, sprach Ian mit einem dicken Kloß im Hals.

„Ich habe dieses Mal etwas mitgebracht.“

Ian sah in die funkelnden Augen und musste auch grinsen.

„Eine dicke Isomatte.“

Beide lachten und ließen sich langsam auf die weiche Matte sinken.

4

Am nächsten Morgen

„Ich resümiere die Fakten deiner Aussage“, sagte Wallace mit gefasster Miene, stützte die Arme auf die Ellenbogen und verschränkte die Finger ineinander. Er hielt die Hände wie zu einem Gebet.

Fia saß im Büro ihres Cousins und kam sich sonderbar fehl am Platz vor. Sie war noch nie bei der Polizei gewesen, stellte sie erstaunt fest und tupfte sich die Augen trocken. Das Papiertaschentuch war vollkommen von ihren Tränen durchtränkt. Feine Fetzen flogen geräuschlos zu Boden, als sie daran zu zupfen begann.

Ian legte ihr tröstend den Arm auf die Schulter. Dieses Mal ließ sie es geschehen und streifte seine Hand nicht weg. Sie brauchte seine Nähe.

„Wallace, kannst du nicht einfach einen Suchtrupp zusammenstellen und die verdammte Gegend nach unserer Tochter durchforsten?“ Ians Ton war herrisch.

„So einfach ist das nicht“, entgegnete sein Schwager beschwichtigend und rieb sich über das Kinn. Die Bartstoppeln knisterten unter seinen kurzgeschnittenen Fingernägeln. Seine schwarzen Haare standen auf einer Seite ab, weil er aus dem Schlaf gerissen worden war. „Wir können nicht einfach so eine Suchaktion starten.“ Er starrte in den leeren Kaffeebecher. Mit enttäuschter Miene stellte er den Becher auf den Tisch und holte tief Luft. „Tut mir echt leid.“

„Warum nicht?“, ließ Ian nicht locker. „DU bist doch hier der Hauptbulle. Oder hast du keine Eier?“, fuhr Ian auf und stemmte sich leicht aus dem Stuhl. Er stand etwas über den Tisch gebeugt dem müde wirkenden DI gegenüber und sah ihn provozierend an.

„Ich muss dich ersuchen, sachlich zu bleiben, Ian. Ich habe den Posten erst seit gestern, und ich bin nicht wirklich der, nach dessen Pfeife hier getanzt wird. Auch wenn du mein Schwager bist, eigentlich bist du nicht mal das, dennoch will ich, dass auch du mir Respekt zollst, und nicht, weil ich ein Polizist bin, sondern weil ich das als Mensch verdiene, wie jeder andere von uns auch."

„Du bist ein Waschlappen seit jeher. Du warst schon immer ein Feigling. Dein englisches Hofgetue ging mir schon immer auf den Sack, du bist kein Lord, verdammt nochmal!"

„Aber immer noch ein Homo Sapiens mit den Manieren eines wohlerzogenen Mannes, der sich artikulieren kann, ohne dabei von der Fäkalsprache Gebrauch machen zu müssen. Auch dann nicht, wenn er aufgeregt und drauf und dran ist, einem unerzogenen Mann für sein vorlautes Mundwerk die Visage zu polieren", entgegnete Wallace Campbell, wie es seine Art war, ohne dabei ausfallend zu werden.

Ian presste die Lippen aufeinander und verbiss sich eine weitere Beleidigung, weil er einsah, dass sie bei diesem Mann nichts bringen würde. Er ging um seinen Stuhl herum. Seine Finger verkrampften sich um die Stuhllehnen. Die Fingernägel wurden weiß dabei. Am liebsten würde er diesem DI Campbell seine Meinung geigen, wie früher in der Schule, mit nackten Fäusten, aber dies würde alles hier unnötig verkomplizieren.

Fia strich sanft über den Handrücken ihres Mannes. Der gestrige Streit war fürs Erste vergessen. Sie machte sich Sorgen um ihre Tochter. Hailey war verschwunden, und sie hatten ihr Wegbleiben erst vor dem Frühstück bemerkt, weil keiner bei ihr vorbeigeschaut hatte. Aber Ian hatte behauptet, sie wäre noch dagewesen, als er zu Bett ging, in ihrem Zimmer brannte noch Licht. Das habe er gesehen, weil der Türspalt hell erleuchtet war.

Lautes Stimmengewirr zerrte Fia aus ihren wirren Gedanken, die nur um ihre verschwundene Tochter kreisten. Sie und ihr Mann blickten sich um, auch Wallace sah zur Tür, die grob aufgestoßen wurde.

Allison stürmte hinein. Ihr feuerrotes Haar war unfrisiert. Die Sommersprossen auf ihrem Gesicht waren kaum zu sehen. Sie schnappte nach Luft. „Mein Sohn", stammelte sie, sie musste die ganze Strecke gerannt sein, denn sie hielt sich die Seite und hatte Krämpfe. „Er ist weg", keuchte sie. Dann sah sie kurz zu Ian und senkte wieder den Blick. Allison war Fias Freundin und Nachbarin. Ihre Häuser standen unweit voneinander. „Kenny ist seit vorgestern Abend verschwunden. Wir suchen schon seit Stunden nach ihm, aber er ist nicht da. Wie vom Erdboden verschluckt. Er und mein Mann haben sich wieder gestritten, aber er blieb nie länger weg als eine Nacht. Eigentlich tauchte er mit den ersten Sonnenstrahlen wieder auf. Ich hatte gestern Dienst im Krankenhaus, und Ross war die ganze Zeit auf Reisen. Wir haben uns nichts dabei gedacht. Wir haben in der Schule angerufen, die Lehrerin behauptet, dass er gestern den ganzen Tag nicht da war. So etwas hat er bisher nie gemacht."

Eine Totenstille legte sich über den kleinen Raum, der sich im zweiten Stock des Präsidiums befand, der von Regalen und Schränken umstellt war. Nur ein kleines Fenster spendete etwas Licht von draußen und ermöglichte einen Blick aufs Meer.

„Vielleicht sind die beiden zusammen ausgerissen", versuchte Wallace die Wogen zu glätten.

„Wie bitte?", fuhr Fia auf und warf ihrem Cousin einen giftigen Blick zu. „Du hast es echt drauf, in einem verzweifelten Menschen Hoffnung zu wecken."

„Die beiden sind Teenager", bemühte sich DI Campbell und sah zu DI Craig, sie beachtete die Szenerie mit interessiertem Blick. Sie war neu hier. Aber Wallace kannte sie von früher. Vanessa Craig, eine attraktive Frau mit Ambitionen. Ihr Auftauchen warf viele Fragen auf. Jetzt stand sie im Flur und schob mehrere Münzen in den Kaffeeautomaten, den Blick hielt sie immer noch durch die offene Tür auf ihn gerichtet.

„Allison, mach bitte die Tür zu, ich möchte nicht …"

„Ist eure Hailey auch verschwunden?", unterbrach ihn Allison, ohne den DI zu beachten, die Tür ließ sie auch offen, ihre ganze Aufmerksamkeit galt jetzt Fia.

Fia nickte.

Wallace Campbell sah ostentativ auf sein Handgelenk und richtete die Uhr. Mit einem zuckenden Lächeln sagte er: „So, wir haben jetzt eine frühmorgendliche Versammlung, gleich danach werde …"

„Nein, Wallace!", fuhr ihm Fia über den Mund.

Auch Allison stellte sich vor seinen Tisch und kreuzte die Arme vor der Brust.

„Ich bin Detektive Inspektor Campbell und kein Dorftrottel mehr, der Streife fährt", knurrte er und stand seinerseits auch auf. Mit beiden Fäusten stützte er sich an der Tischkante ab und sah die beiden Frauen abwechselnd an. Er war nicht wirklich groß, knapp ein Meter und achtzig, dennoch war er von sich stets überzeugt, und seine Kompetenz brachte selbst solche Männer wie Ian, der ihn um einen halben Kopf überragte, zum Schweigen. So wie jetzt. Ihre Blicke trafen sich. Ian hielt nur kurz stand und senkte die Augen.

Wallace‘ Blick löste sich von Ian und wanderte zu den Frauen zurück.

Unterschiedlicher hätten die beiden nicht sein können.

Fia war attraktiv, klein und zierlich. Sie trug ihr Haar kurz, diese neue Frisur passte besser zu ihren grünen, stets forschen Augen. Sie war viel jünger als ihr Ehemann. Mit achtzehn wurde sie schwanger. Alan, ihr ältester Sohn, war jetzt schon fünfzehn, ein Jahr danach kam Hailey zur Welt. Doch Fia sah immer noch sehr anziehend aus. Sie hatte diese jungenhafte Art an sich, die Wallace stets bewunderte. Er hat sich schon des Öfteren bei dem Gedanken erwischt, dass er für sie etwas mehr empfand als nur freundschaftliche Zuneigung, und wenn sie nicht mit ihm verwandt wäre, würde er … nein, schob er die unsittlichen Vorstellungen beiseite und sah zu Allison. Diese Frau entsprach überhaupt nicht seinem Geschmack. Sie war stämmig, und ihre Schultern waren breiter als die Hüften. Sie war früher ein Hoffnungsträger ihrer Stadt. Aber sie hatte sich bei einem Training verhoben und sich die Schulter ausgerenkt, der Traum von der Weltkarriere war schnell ausgeträumt. Kurz darauf wurde sie schwanger, hatte das Kind aber nicht behalten wollen. Nach zwei Jahren kam dann Kenny zur Welt. Er kam nach seiner Mutter. Klein, stämmig, und ein Draufgänger, den keiner mochte, außer seiner

Mutter. Jetzt stand sie da und taxierte Wallace mit vernichtendem Blick. Ihr krauses Haar leuchtete wie Feuer, und die Sommersprossen traten jetzt deutlicher hervor.

„Mein Sohn ist auch nicht in der Schule oder sonst wo. Seine Sneaker stehen vor der Tür. Er ist verschwunden, geht das in deinen Schädel rein, Wallace?!", schrie Allison ihn hysterisch an.

„Jetzt reicht es mir aber wirklich", empörte sich der DI und wies zur Tür. „Ihr verlasst sofort mein Büro!"

Eine weitere Person tauchte im Türrahmen auf. Es war Ross. Er war noch kleiner als seine Frau und atmete wie ein röchelnder Hund. Seine Haare waren dunkelbraun gefärbt und klebten nass an seinem Kopf. Schnaufend blinzelte er die Anwesenden an und stand mit der linken Hand am Türrahmen festgeklammert einen Moment lang einfach nur da und schätzte die Situation ab. Er rang mit verzerrter Miene nach Atem. Mit einer fahrigen Bewegung strich er sich mit den Fingern über das lichte Haar und taumelte hinein. Die Tür ließ er leise hinter sich ins Schloss fallen. Er war Kettenraucher, sein fauliger, nach kaltem Rauch stinkender Atem breitete sich wie ein giftiger Nebel im Raum aus und reizte Wallace' Schleimhäute.

„Lasst uns alle wie zivilisierte Menschen miteinander reden", keuchte Ross und gab seiner Frau einen flüchtigen Kuss auf die Wange.

Allison biss sich in die Faust und schluchzte leise.

„Ich habe alles abgefahren, unser Sohn ist nirgends zu finden", sprach Ross mit einem leisen Kratzen in der Stimme. Auch er kämpfte gegen die sich anbahnende Panik, die seine Worte zum Vibrieren brachte.

„Ich werde mich darum kümmern", versprach Wallace und machte sich Notizen.

„Wallace, dein verstorbener Bruder und ich waren beste Freunde. Du weißt, was damals mit Bruce passiert ist?“, rüttelte Ross eine lang vergessen geglaubte Erinnerung wach und riss erneut die schlecht verheilten Narben in Wallace‘ Seele auf. Der Polizist ballte die Hände zu Fäusten. Der Bleistift in seiner rechten Hand brach mit einem leisen, trockenen Knacken entzwei.

„Er hatte einen Motoradunfall, und wäre jemand auf die Idee gekommen, früher nach ihm zu suchen, so könnte er immer noch leben“, sprach Ross das aus, was alle wussten, und sah DI Campbell in die Augen.

„Seine Wirbelsäule war an mehreren Stellen gebrochen. Er lag im Sterben. Er war zu schnell und zu betrunken. Er hatte kurz zuvor eine Frau vergewaltigt. Er war auf der Flucht vor sich selbst. Ihm ist eine gerechte Strafe widerfahren.“ Ross Stewarts Gesichtszüge verhärteten sich. Seine Hand suchte nach der seiner Frau.

Wallace lächelte kühl.

Ross Stewart wartete kurz, bevor er fortfuhr: „Das war eine offizielle Version, die sich später nicht hundertprozentig bestätigen ließ. Die Frau, die er damals angeblich vergewaltigt haben soll, war eine Prostituierte. Die Polizei hat gepatzt, Wallace. Fehler lassen sich im Nachhinein besser erkennen, aber diese wiedergutmachen kann man leider nicht mehr. Mach nicht dieselben Fehler wie deine Kollegen damals. Unser Sohn kann irgendwo draußen liegen, verletzt, ihm kann etwas Schlimmes passiert sein. Während wir hier stehen und diskutieren, wartet er vergebens auf Hilfe. Tu doch endlich etwas.“ Sein Kinn bebte. Tränen schwammen in seinen dunklen, blutunterlaufenen

Augen. Das Weiß darin war von dünnen Äderchen überzogen.

„Na schön! Ich sehe zu, was sich machen lässt und setze alles in meiner Macht Stehende in Bewegung“, schloss er das Gespräch ab und hörte, wie die aufgebrachten Eltern erleichtert aufatmeten. Die angespannte Atmosphäre lockerte sich ein wenig.

„Ich nehme mir für heute frei und helfe der Polizei bei der Suche“, erklärte sich Ian bereit.

„Ich auch“, sagte Ross und drückte seine Frau fest an die Brust. „Es wird alles gut“, versuchte er sie zu beruhigen und tätschelte ihren breiten Rücken, der bei jedem gedämpften Schluchzer zuckte.

5

Chief Superintendent Daily war eine blonde Frau mit eisgrauen Augen, die einen stets zu durchbohren schienen. Sie stand kurz vor der Rente. Ihr kalter Blick war auf DI Campbell gerichtet. Mit einem tiefen Atemzug der Enttäuschung musste die Leiterin des Präsidiums feststellen, dass diese stumme Zurückweisung keinerlei Wirkung auf den frisch ernannten Dezernatsleiter ausübte.

Nach einem kurzen Zögern räusperte sie sich vernehmlich und ließ die Schulter etwas tiefer nach unten hängen. „Na schön“, gab sie klein bei. „Ich stehe sowieso kurz vor der Pensionierung, und wenn Sie für diesen nichtigen Vorfall Geld aus der Portokasse nehmen wollen, ist es mir auch recht. Der Etat wurde auch dieses Jahr um zehn Prozent gekürzt, und wir haben schon zweimal davon Gebrauch gemacht. Ich kann Ihnen keinen einzigen DC zur Verfügung stellen. Sie müssen mit zwei Kollegen von der Streife Vorlieb nehmen, die ich nur mit Mühe entbehren kann. Jugendliche reißen nun mal aus und kommen am Abend reumütig zurück.“ Sie zupfte an ihrer weißen Bluse und richtete das schwarz-weiß karierte Halstuch zurecht. „Und dieser Kenny war nie ein Musterschüler, das wissen wir beide. Oder?“

„Aber Hailey würde nie einfach so das Haus verlassen. Sie wissen, dass das Kind geistig beeinträchtigt ist. Sie ist ein liebes Kind, das ihre Eltern niemals freiwillig in so eine Situation bringen würde.“

„Genug der Sentimentalitäten. So unschuldig ist das Mädchen nicht. Wenn man den Gerüchten Glauben schenken mag, so hat man das liebe Kind mit dem Sohn der Stewarts zusammen gesehen. Sie haben sich sogar angeblich geküsst. Hinter der roten Scheune."

„Das sind nur böse Zungen", widersprach Wallace und schmeckte Blut, weil er sich die Lippen blutig gebissen hatte. Der leicht kupfrige Geschmack ließ sich nicht verdrängen. Wallace war nervös und kaute mehrmals auf derselben Stelle. Noch mehr Blut floss in seinen Mund. Das ungute Gefühl einer bösen Vorahnung nistete sich in seiner Brust ein.

„Nun gehen Sie schon!" Chief Superintendent Daily machte mit den Händen eine Bewegung, die ihm verdeutlichte, dass er ihr Büro verlassen sollte, da sie jemanden erwartete. „Ich habe in wenigen Minuten ein wichtiges Gespräch. Sie rauben mir die wenigen verbliebenen Minuten meiner Zeit, in der ich mich eigentlich darauf vorbereiten wollte. Nun gehen Sie schon."

Wallace presste die Lippen aufeinander und nickte. Dann ging er zur Tür und holte tief Luft. „Danke", sagte er noch und trat in den Korridor, in dem es nach frischem Kaffee roch.

Sein Handy begann zu vibrieren. Er griff in die Tasche und ging ran.

„DI Campbell?", fragte eine männliche Stimme.

„Ja, wen haben Sie sonst erwartet? Nun reden Sie weiter, DC Kerr. Ich hasse es, angeschwiegen zu werden."

„Wir haben eine Leiche", ging der junge Polizist zum Grund seines Anrufes über, ohne viel Umschweife, wie es seine Art war.

„Weiblich?"

„Ein Kind, Sir."

„Hat das Kind auch ein Geschlecht?"

„Ein Mädchen, Sir."

Wallace hatte Angst vor seiner nächsten Frage und malmte mit den Zähnen, mit Daumen und Zeigefinger seiner linken Hand massierte er sich den Nasenrücken.

Wallace Campbell blieb vor dem großen Fenster stehen, das nur zur Hälfte mit Jalousien verhängt war. Die Lamellen waren von feinem Staub bedeckt. Wallace sah durch die Schlitze, wie seine Chefin vor dem Spiegel stand und sich mit einem roten Lippenstift über die gespitzten Lippen fuhr. Als hätte sie seinen Blick gespürt, sah sie zu ihm. Ihre Miene veränderte sich.

„Handelt es sich um Hailey MacJonson?“, raunte Wallace und senkte die Lider. Seine Augen brannten von zu wenig Schlaf.

Der Mann am anderen Ende zögerte. „Schwer zu sagen, Sir, aber ich gehe stark davon aus. Ihr Gesicht“, er hüstelte und suchte nach Worten, seine Stimme wurde von einem mechanischen Rauschen unterbrochen und war kaum zu verstehen, „ihr Gesicht“, nahm der Polizist das Gespräch erneut auf, „es ist auf dem Felsen … verdammt. Da ist nicht mehr viel zu erkennen. Sie ist die Klippen runtergestürzt. Ihr linkes Bein fehlt komplett.“

„Fuck“, fluchte Wallace in sich hinein und schlug mit der Faust gegen die Wand. Die Scheibe klirrte leise.

„Bist du dir da ganz sicher, oder …“

„Es ist Hailey, ja. Zwei der Kollegen haben es auch bestätigt. Jemand hat sie entkleidet. Verfluchte Scheiße, wer macht denn sowas? Sie hat ihr Medaillon, es hängt immer noch an ihrem Hals. Dieses silberne Herz, auf dem ihr Name eingraviert ist. PC Young ist gerade eben eingetroffen, er kennt das Mädchen auch. Er hat es gerade eben erwähnt, dass Hailey vermisst wird.

Seine jüngere Schwester ging früher mit Hailey in den Kindergarten."

Wallace trat mit dem Fuß gegen die Wand. Erneut klimperte die Scheibe, jetzt etwas lauter.

„Was ist hier los, DI Campbell?" Chief Superintendent Daily lugte durch die Tür und bedachte ihn mit einem sorgenvollen Blick. Ihr Gesicht war von Panik umhüllt. „Was ist passiert?"

Wallace riss die Augen auf und kramte in seinem Kopf nach Worten. „Wir haben Hailey gefunden. An den Klippen zerschellt." Er schluckte schwer. Sein Unterkiefer bewegte sich hin und her. Er mochte das Mädchen sehr, er war ihr Patenonkel. „Ihre Eltern warten draußen auf mich", flüsterte er und rieb sich das Kinn.

„Sir?", ertönte die mechanische Stimme aus dem Hörer.

„Ich bin gleich bei dir, Ben!", fuhr er den Mann unnötig grob an.

„Okay, ich halte hier solange die Stellung", sagte DC Kerr und legte auf.

„DI Campbell! Sie schicken die Eltern nach Hause. Alle! Und zwar ohne viel Erklärungen. Unverzüglich. Erst müssen alle Zweifel ausgemerzt werden, bevor wir mit dieser schlimmen Botschaft die Eltern unnötig belästigen. Die Lage kann sich sonst zu sehr zuspitzen. Auf eine hysterische Mutter kann ich im Moment gut verzichten, so leid mir die Frau auch tut. Aber wir müssen erst einmal unserem Job nachgehen. Für Gefühle habe ich im Moment keinen Platz. Die Situation muss geklärt werden, bevor wir irgendwelche Rückschlüsse ziehen können. Und sichern Sie unverzüglich die Unfallstelle ab. Ich werde gleich nach dem Gespräch vorbei kommen."

„Und wie soll ich das Ihrer Meinung nach anstellen? Was soll ich den Eltern sagen?“ Wallace atmete schwer.

„Sie sagen, dass Sie auf ihre Hilfe verzichten müssen, weil dies gegen die Vorschriften verstößt. Ich muss Sie doch nicht belehren, wie Sie sich die Leute vom Hals halten können. Das ist doch normalerweise Ihr Steckenpferd.“

Wallace rieb sich den Nacken. „Okay. Ich bin nur ein wenig durch den Wind“, flüsterte er mit belegter Stimme und grübelte nach. In seinem Kopf überschlugen sich die Gedanken.

„Und handeln Sie nicht voreingenommen, sonst werde ich diese Sache jemand anderem übergeben.“

„Ist schon gut, ich bin wieder klar im Kopf“, beschwichtigte er seine Chefin, zupfte an seinem dunkelgrauen Jackett und zwang sich zur Räson. Die Krawatte schnürte ihm die Kehle zu, doch er dachte gar nicht daran, die Schlaufe um seinen Hals zu lockern. Mit festen Schritten lief er nach draußen.

6

Der Wind peitschte Wallace ins Gesicht und zerrte an dem Kragen seines grauen Trenchcoats, den er zum Schutz gegen die Kälte aufgerichtet hatte. Das Meer rauschte und schien das tote Mädchen zu beweinen. Möwen kreisten um die Stelle, um die ein flattriges Band gespannt war, und kämpften gegen den Wind. Ihre Rufe klangen wie das Quietschen einer rostigen Tür.

Wallace lief mit leicht nach vorne gesenktem Kopf an mehreren Polizisten vorbei und blieb erst vor einem weißen Zelt stehen, welches hier von der Spurensicherung aufgestellt worden war, um die Tote vor den gierigen Blicken der wenigen Passanten zu schützen, die sich am Rand des steilen Ufers versammelt hatten, aber auch, um die Spuren zu sichern.

„Hallo, Susan", begrüßte Wallace die junge Forensikerin, die in einem Tyvek-Overall steckte. Sie leitete die kleine Gruppe der Spurensicherung, die als Erste den Tatort untersuchten, um alle Beweise ins Protokoll einzutragen, die für den weiteren Verlauf von immenser Wichtigkeit sein könnten.

Susan nickte kaum merklich.

„Was haben wir hier?", versuchte Wallace das Gespräch aufzunehmen.

Susan zog den Mundschutz von ihrem Gesicht und sah ihn giftig an.

„Was ist?"

„Jetzt haben Sie endlich Ihren Fall."

„Wie bitte?“ Eine tiefe Falte tauchte auf Wallace‘ Stirn auf.

„Waren nicht Sie gestern derjenige, der darüber Witze gerissen hat, dass Sie womöglich keine Arbeit mehr haben werden, weil bei uns keiner durch Fremdeinwirkung ums Leben kommt und Sie deswegen umziehen werden müssen? Das Mädchen ist nicht von den Klippen gesprungen“, sprach die dunkelhäutige Frau den Satz wie eine Drohung aus.

„Habe ich schon befürchtet.“

„Wir sind aber noch lange nicht fertig, daher müssen Sie sich noch in Geduld üben, DI Campbell“, murmelte Susan Brown und bedachte den konsterniert dreinblickenden DI mit einem giftigen Blick. Ihre grünbraunen Augen taxierten ihn so, als würde sie auf etwas warten.

„Susan, du bist sehr nachtragend. Nur weil ich dich hab abblitzen lassen, behandelst du mich seit Wochen wie Dreck. Ich bin verheiratet. Du warst betrunken, ich habe dich nach Hause gefahren.“

Sie lachte abfällig auf. „Da bildest du dir aber etwas ein. Das, was mich so wütend macht, ist deine aalglatte Art. Weißt du, wie du von den Kollegen hinter deinem Rücken genannt wirst?“

„Sie nennen mich Chamäleon, ich weiß.“

„Und weißt du auch, warum?“ Susan stemmte ihre blau behandschuhten Hände in die Hüften. Ihre Figur, die einer Gitarre glich, gefiel vielen Männern, aber Wallace hütete sich davor, mit irgendeiner Kollegin etwas anzufangen.

„Weil ich mich der Umgebung anpasse?“

„Nein, weil du …“

„Ich weiß, weil ich mich vor den Schwierigkeiten verstecken will, was nicht stimmt, aber das ist mir egal“, unterbrach er sie und versuchte sie mit vorgehaltener Hand zum Schweigen zu bringen. „Auch du hast einen Spitznamen, Susan.“

„Und der wäre?“

„Schwarze Witwe.“ Wallace hob die Augenbrauen und nickte.

„Wird hier jemand rassistisch?“, mischte sich ein junger Constable indischer Abstammung ein und bereute sein Eingreifen sofort.

„Du gehst lieber weiter“, intervenierte Susan und deutete auf den jungen Polizisten mit dem ausgestreckten Finger ihrer rechten Hand und machte einen Schritt auf den Mann zu, der mit bleichem Gesicht rückwärts taumelnd von ihr wich. „Ich habe kein Problem mit meiner Hautfarbe, Jungchen. Hier reden erwachsene Menschen über erwachsene Themen. Hat man dir etwa keine Manieren beigebracht, Hare Krishna?“

„Ich heiße Krishna, und das, was ich gesagt habe, war sarkastisch gemeint, ein bisschen Spaß, verstehen Sie?“, erwiderte der Mann kaum hörbar.

„Verstanden, du indischer Sohn Gottes“, wiederholte sie immer noch in demselben giftigen Ton. „Herrgott nochmal, warum muss man immer in jeden Scheiß, den man von sich gibt, einen rassistischen oder sexistischen Kontext hineininterpretieren wollen? Dieser ganze Genderscheiß geht mir total gegen den Zeiger. Diese political correctness ist wie ein Virus und verseucht unsere Gesellschaft. Manchmal weiß ich nicht, wie ich meinen Bericht schreiben muss mit all diesen neuen Endungen und Wendungen.“ Susan rieb sich am Ohrläppchen, um sich zu beruhigen, und blickte wieder zu Wallace, der junge Polizist aus dem Büro, der sich um die Akten der aktuellen und offenen

Fälle kümmerte, nutzte die Gunst der Stunde und sah zu, dass er hier schleunigst verschwand.

„Und dann wundern Sie sich, warum Sie hinterrücks den Titel eines hinterhältigen und blutrünstigen Gliederfüßlers tragen, das seinen Liebespartner gleich nach der Paarung verspeist“, lachte Wallace auf.

„Sie können mich mal, Campbell.“

„Das sind typische Erscheinungen einer Frau, die, sagen wir mal so, nicht genug rangenommen wird“, sagte Wallace trocken und hob einen Mundwinkel an.

„Weil keiner der Männer es mir richtig besorgen kann“, konterte Susan und fuhr sich mit der Zunge über die Innenseite ihrer fleischigen Oberlippe.

„Ich muss, wie gesagt, passen. Ich bin verheiratet, aber das, was du zu Krishna gesagt hast, hatte einen rassistischen …“

„Er ist einfach ein Arschloch, das ist alles. Er ist kein richtiger Inder. Er tut nur so. Er heißt mit dem Nachnamen Smith. Kommt ursprünglich aus den Staaten. Er wollte mich schon einmal bei meinem Chef anzeigen, weil ich mich nicht immer korrekt an die Vorschriften halte. Ich hasse aber dieses Schubladendenken, manchmal muss man eben improvisieren. Das, was ich zu ihm gesagt habe, sollte ihm verdeutlichen, dass ich ihn nicht mag. Wenn er mich deswegen anzeigen sollte, werde ich behaupten, dass er mich sexuell belästigt hat.“

„Aber das hat er doch gar nicht, oder? Und das, was du gerade eben zu mir gesagt hast, ist wie im Kindergarten. Du willst ihn wegen sexueller Belästigung anzeigen, wenn er zur Chefin rennt, um dich anzuschwärzen?“

Susan zuckte die Schulter und lächelte unschuldig. „Ich bin mir keiner Schuld bewusst“, sprach sie mit affektierter Stimme. „Ich wüsste nicht, womit ich in ihm diese irrigen Gedanken geweckt haben könnte. Ich mag ihn nicht einmal. Er hat mich unsittlich an die Brust gefasst, so.“ Ihr Grinsen wurde breiter. Sie nahm Wallace‘ Hand und drückte sie gegen ihre Brust.

Wallace zuckte zurück und schaute sich verängstigt um.

Susan lachte schallend auf. „Na, klang das überzeugend?“ Sie zuckte geziert die Schulter und senkte kurz den Blick.

„Du bist unmöglich.“ Wallace bedachte sie mit einem ungläubigen Blick. „Das finde ich nicht witzig.“

„Du hättest dein Gesicht sehen müssen.“

„Du bist ein Biest!“, empörte sich Wallace und kämpfte gegen ein Lächeln an.

„Danke“, erwiderte sie und wurde wieder ernst. „Aber nun zurück zu unserem Fall.“ Wallace steckte seine Hände in die Hosentaschen.

„Um wen handelt es sich hier? Ist es wirklich Hailey?“, fragte Wallace in geschäftigem Ton.

Zwei uniformierte Männer rannten an den beiden vorbei. Ihre Funkgeräte knisterten. Die Befehle knatterten und wurden von einer Sirene überlagert.

„Verstanden“, sagte einer der beiden Männer und beschleunigte seinen Gang, sein Kollege folgte ihm wortlos.

Susans Miene wurde wieder ernst. Sie nickte und holte tief Luft. „Armes Kind. Die Eltern tun mir richtig leid. Aber Karma war schon immer eine Bitch.“

„Wer hat sie entdeckt?“

„Kelly Scott.“

„Wo ist er?“

„Im Wagen. Dort drüben." Sie hob den Kopf und zeigte nach links. Ein sich schlängelnder Trampelpfad führte durch die Klippen nach oben.

„Wurde er schon vernommen?"

„Das weiß ich nicht. Aber so viel ich mitbekommen habe, ist der Kerl nicht willens, etwas darüber zu sagen."

Wallace presste die Lippen aufeinander und ließ die nicht mehr so aufgebrachte Kollegin einfach stehen.

„Ich will spätestens morgen einen Bericht von Ihnen, Brown. Und machen Sie Ihre Arbeit gründlich, Sie dürfen nicht schludern."

„Das klingt für mich glasklar nach einer Diskriminierung."

„Sie sollten sich ein Rezept verschreiben lassen für untervögelte Frauen."

„Ficken Sie sich ins Knie, DI Campbell", hörte er ihre Stimme und setzte seinen Weg fort, ohne sich umzuschauen.

Ein leises Rascheln und warnende Rufe ließen ihn nach links schauen.

Ein zweites Zelt wurde mehrere Meter oberhalb der Felsmassive aufgespannt. Eine heftige Windböe hatte das Zelt aus der Verankerung gerissen und drohte es fortzutragen. Mehrere Polizisten konnten es mit vereinten Kräften wieder an demselben Platz befestigen. Das helle Klirren eines Hammers hallte von den nackten Steinen wider. Die Heringe wurden durch die Ösen mit präzisen Schlägen in den festen Boden getrieben. Das Gestein war brüchig, jedoch nicht sonderlich hart. Das Zelt stand wieder an Ort und Stelle. Dort müsste das abgetrennte Bein gefunden worden sein, mutmaßte Wallace und lief behände den Hang hinauf. Unter seinem festen Schuhwerk lösten

sich einige Steine aus dem Untergrund und kullerten nach unten.
Oben angelangt lief er geradewegs zu dem Einsatzfahrzeug, in dem Kelly saß und sich weigerte auszusagen. Die Grashalme streiften über seine Beine. Das Moos dämpfte seine Schritte. Wallace zeigte auf die Schaulustigen und rief einem seiner Männer zu, diese Gaffer wegzudrängen und nach Hause zu schicken.
Seine Hose war an den Aufschlägen nass geworden. Der Wind und der Regen erschwerten die Arbeit zusätzlich.
Wallace‘ Hände zitterten, weil er ständig an Fia und Ian denken musste. Vor nichts fürchtete er sich so sehr als vor der bedeutendsten Aufgabe - die Eltern über den Tod ihrer Kinder unterrichten zu müssen. Zum Glück wurden sie in solchen Ausnahmesituationen von Kriseninterventionsteams unterstützt und begleitet.

Das gründliche Absuchen dieses Geländeabschnitts würde sich als müßig gestalten und zeitaufwendig, versuchte er sich abzulenken, und fokussierte seine Aufmerksamkeit auf das bevorstehende Gespräch mit Kelly. Alles andere blendete er so gut es nur ging einfach aus.

Er hatte bisher zu wenig Informationen, um von Ermittlungsansätzen sprechen zu können, darum musste er sich bemühen, welche zu beschaffen.

7

Kelly Scott, ein fettleibiger Mann, war Anfang Zwanzig und saß auf der Ladefläche eines Vans. Die Heckklappe stand weit geöffnet und schützte ihn vor dem Regen, der stetig an Stärke gewann.

Seine fettigen grauen Haare hingen nach unten wie Algen und verdeckten sein Gesicht, das er nach unten gerichtet hielt. Er hielt etwas schützend in den Händen und murmelte unverständliche Worte. Der unverkennbare Geruch eines verwesenden Kadavers stieg Wallace trotz des heftigen Windes in die Nase.

Eine Mitarbeiterin vom Erkennungsdienst war gerade damit beschäftigt, dem Mann die Fingerabdrücke abzunehmen.

Während Wallace sich dem Sonderling weiter näherte, vernahm er ein tiefes Knurren.

Zu Kellys Füßen saß ein alter Schäferhund. Die linke Flanke war eine einzige Kraterlandschaft aus vernarbtem Fleisch. Der Hund fletschte die Zähne. An seinen schwarzen Lefzen hing weißer Geifer und zog sich zu langen Fäden.

„Fred, ich bin es“, sprach Wallace um Fassung bemüht und ging leicht in die Hocke, um dem Hund seine Hand auszustrecken, damit er daran schnuppern konnte. Tatsächlich bewegten sich die schwarzen Nasenflügel, kurz danach hörte auch das Knurren auf. „Guter Junge“, lobte Wallace den Hund und richtete sich wieder auf.

„Hey, Kelly“, versuchte er den Mann auf sich aufmerksam zu machen. Zwei Beamte standen in seiner Nähe, die Frau gab ihr Bemühen auf. „Ich werde es später noch einmal versuchen“, sagte sie. Sie packte alles in einen Koffer und ging.

Die beiden Beamten rührten sich nicht und behielten den fettleibigen Kerl im Auge, ohne Wallace bei seiner Arbeit zu stören.

Kelly saß, den Oberkörper tief nach vorne gebeugt da und murmelte etwas vor sich hin. „Sie haben mir eine Decke über den Kopf geworfen“, stammelte er.

Diese Vorgehensweise war sehr verbreitet. Dem Tatverdächtigen wurde dadurch die Sicht genommen, um zu vermeiden, dass er sein Tatwissen mit relevanten Einzelheiten aufstocken konnte, während er am Tatort festgenommen wurde. Das war aber in diesem Fall unnötig gewesen. Wallace ließ dies unkommentiert.

Sein Blick ruhte auf Kelly. Seinen linken verkrüppelten Arm hielt er angewinkelt gegen den Bauch gepresst. Er hielt etwas in der Armbeuge versteckt. Mit der rechten Hand, deren Fingernägel lang und schartig waren, fuhr er langsam über das, was er im Verborgenen hielt, so als würde er eine kleine Katze streicheln. „Sie war schon tot.“

Wallace schwieg weiter.

„Fred hat sie totgebissen. Ich bin zu spät gekommen. Er hat sie am Hals gepackt und geschüttelt.“

Wallace wertete diese zögernde Aussage lediglich als Hirngespinst und maß der Schilderung kein Gewicht bei. Auf der Leiche fand man keinerlei Bissspuren. Das wäre Susan sofort aufgefallen.

„Ich bin zu spät gekommen, sie war schon tot“, sagte er dann mit seiner nuscheligen Stimme. Er klang wie ein Mensch, der unter starken Zahnschmerzen litt.

„Kelly, wer ist tot?“, wollte Wallace wissen. Er stand nun auch unter der Heckklappe und hörte das monotone Prasseln des Regens. Die Tropfen klatschten ununterbrochen gegen die verdunkelte Scheibe.

„Sie war schon tot, als ich sie gefunden habe“, nuschelte Kelly und zog geräuschvoll den Rotz die Nase hoch.

Der Gestank nach verwestem Fleisch war fast unerträglich. Wallace hielt sich ein Taschentuch vor die Nase und setzte sich neben Kelly. Dieser begann seinen Oberkörper vor und zurück zu wiegen.

„Wir wollten ihn erst später befragen, wenn er in der richtigen Verfassung ist“, hörte der DI eine zögernde Stimme von der Seite. Der DI hob nur den Arm. „Das übernehme ich jetzt für euch. Danke.“ Er blickte nicht auf.

„Wohin du immer auch gehen magst, ich folge dir.“ Kelly sprach zu sich selbst. Wieder ein Text aus der Bibel oder Ähnliches, wusste Wallace. Kelly besuchte jeden Gottesdienst. Er gehörte zur Kirche wie Jesus auf seinem Kreuz, überlegte er. Er selbst hatte dem Glauben schon seit längerem den Rücken gekehrt.

„Wir konnten aus den Gegebenheiten, die sich uns dargeboten haben, keinen klaren Sachverhalt schlussfolgern …“

„Nun mal halblang“, unterbrach er den übereifrigen jungen Constable. Wallace starrte auf zwei schmutzige Stiefel, die in der Schlammpfütze schmatzende Geräusche verursachten, weil sein Gegenüber aufgeregt auf der Stelle trat. „Sie brauchen ab heute keine Schlussfolgerungen mehr ziehen. Das übernehme ich. Tun Sie einfach nur das, wofür Sie bezahlt werden.“ Wallace hob den Kopf und bemaß den Mann mit einem kalten Blick.

„Aber wir waren als Erste vor Ort und haben nach der Dienstvorschrift gehandelt. Uns kann nichts vorgeworfen werden …“

„Sie haben es gern ganz kompliziert, nicht wahr? Das mit der Decke war höchstwahrscheinlich auch Ihre Idee. Ist Ihnen vielleicht aufgefallen, dass wir uns nicht in verschlossenen Räumlichkeiten befinden? Ich bin Ihr Vorgesetzter. Bitte halten Sie einfach den Rand und schreiben Ihr Protokoll fertig. Es tut mir leid, dass ich grob werden muss. Falls es Ihnen allzu beschwerlich ist, auf diese Weise Ihrem Job nachzugehen, so haben ich einen Rat für Sie: Gehen Sie woanders hin. Ich könnte Ihnen sogar beim Zusammenstellen Ihrer Bewerbungsformulare jemanden empfehlen."

Der Constable zog den Kopf ein und machte einen Schritt nach hinten. Sein Gesicht tauchte hinter der Wand aus Wasser unter, das an den Rändern seiner Kapuze hinunterlief, die er zurechtrückte und seine Schultern straffte.

„Wenn Sie sich weiter in meine Angelegenheiten mischen, wird aus Ihrer Kariere nichts werden", warf Wallace nach und wollte sich wieder zu Kelly umdrehen, da erkannte er in dem nassen Grau eine Gestalt, die sich ihm schnell näherte.

„Sie haben es voll drauf, Ihre Kollegen zu motivieren", hörte er eine Frauenstimme.

Der kalte Schauer einer unschönen Vorahnung lief ihm den Rücken hinunter.

„Was willst du denn hier, Vanessa?!", rief er der Frau zu. Vanessa Craig war die einzige Frau, mit der er außerehelich geschlafen, jedoch seinen geplanten Ausrutscher bis heute nicht bereut hatte. Es waren ihre eisgrauen Augen und zu viel Scotch, vielleicht aber auch ihre kleinen Brüste und der knackige Hintern, ihre Art zu lachen, die ihn schwach werden ließen. Das dachte sie. Der tatsächliche Grund für den One-Night-Stand war ganz simpel – Rache. „Wolltest du deine

Karriere nicht in Glasgow fortsetzen?“, sprach er sie giftig an und stand auf, um zu verhindern, dass sie einen direkten Blick auf Kelly erhaschen konnte.

„Ich habe gehört, hier soll demnächst eine Stelle frei werden. Chief Superintendent Daily ist rentenreif, da habe ich gedacht, das ist eine gute Möglichkeit für mich, mein Ego aufzupolieren“, sagte sie gelassen und drehte mit einem zweideutigen Lächeln an ihrem Regenschirm.

Ein Schwall kalten Wassers traf Wallace ins Gesicht. Er wischte stumm darüber und schluckte den aufkeimenden Ärger nur mit viel Mühe hinunter.

„Wir arbeiten ab heute zusammen“, stichelte die blonde Polizistin weiter und wickelte sich unschuldig eine rote Strähne um ihren schmalen Zeigefinger. Ihr Haar war frisch frisiert. Es war blond, bis auf die Strähne, die sie wieder losließ.

„Seit wann trägst du dein Haar so kurz?“

„Du kannst dich sogar an meine frühere Frisur erinnern? Das finde ich niedlich. Was ist hier eigentlich passiert? Warum hält Kelly eine tote Möwe in seinen Händen?“

Wallace fuhr erschrocken herum. Tatsächlich streichelte Kelly dem toten, halb verwesten Vogel über den gefiederten Rücken. Die Augen waren zu zwei schwarzen Löchern geworden. Der Kopf hing schlaff zur Seite. Von dem Schnabel fehlte ein Stück, sodass man die Zunge darin erkennen konnte.

„Gott im Himmel“, fluchte Wallace.

„Und das aus dem Mund eines Ungläubigen“, zog ihn Vanessa weiter auf und trat näher.

„Kelly, warum streichelst du die Möwe?“, wollte sie von dem geistig abwesenden Mann wissen, der allmählich zu sich kam und den Kopf hob.

Sein Blick klärte sich.

„Ich bin zu spät gekommen. Sie war schon tot“, nuschelte er.

„Wer, die Möwe?“ Vanessa lächelte immer noch und drückte den Schirm Wallace in die Hand, selbst setzte sie sich neben Kelly, die Hände zwischen die Knie gedrückt, sah sie ihn von der Seite an.

„Ja. Fred hat sie totgebissen. Und dann habe ich das Mädchen gefunden. Sie war auch tot. Die Möwe habe ich woanders gefunden.“

„Haben die Polizisten deine Fingerabrücke abgespeichert oder dir eventuell eine DNA-Probe entnommen, Kelly? Damit wollen wir dich als Täter ausschließen.“ Sie sprach mit ihm wie mit einem Kind. „Oder hast du etwas damit zu tun, Kelly? Das müssen wir bei jedem machen, der in der Nähe des Mädchens war.“

„Biometrische Daten von mir bei der Polizei abspeichern lassen? Das möchte ich nicht.“

Wallace staunte über die Wortwahl des jungen Mannes. Einerseits war sein Wortschatz sehr begrenzt, doch in manchen Fällen benutzte er sehr spezifische Bezeichnungen.

„Wir würden später eine protokollierte Vernehmung durchführen müssen, wenn du dich weigern solltest, dir die nötigen …“

„Ich leite hier die Ermittlungen und stelle die Fragen“, fuhr ihr Wallace ins Wort.

Sie ignorierte seinen Einwand geflissentlich. „Wenn du nicht kooperierst, Kelly, machst du dich zum Verdächtigen. Und das wollen wir alle nicht.“

„Ich mach das nicht“, beharrte Kelly und drückte der Möwe den Hals zu. Ein schmatzendes Gurgeln drang aus dem Schnabel des toten Vogels.

Vanessa verzog angewidert die Miene und kräuselte die Nase.

Mit hängenden Schultern saß Kelly einige Sekunden einfach nur da und schwieg.

Er sah zu Wallace, das Unbeschwerte aus seinen Augen war verschwunden. „Ich wollte Hailey heiraten. Wenn sie groß wäre. Aber jetzt sieht sie nicht mehr hübsch aus. Ich bin froh, dass sie tot ist. Sie ist nicht mehr hübsch, und ohne ein Bein kann sie nicht mehr laufen.“ Seine Faust schloss sich noch fester um den Hals des Kadavers.

„Aber sie war doch noch ein Kind“, ging Wallace dazwischen und ging in die Hocke. Er saß Kelly direkt gegenüber. „Sie war vierzehn, und du bist einundzwanzig. Hast du ihr etwa nachspioniert?“ Er hob fragend die Augenbrauen.

Kelly schürzte die Lippen und strich mit der rechten Hand über den kaputten Schnabel. „Ich muss sie beerdigen. Sie riecht schon so komisch.“ Er verschloss sich wieder.

„Kelly, was hast du hier gemacht? Hast du auf Hailey aufgepasst, Kelly?“, versuchte Susan ihr Glück. Sie berührte ihn sanft an der Schulter. Er zuckte zusammen und stand auf. „Ich muss hier WEG!“, schrie er wie ein Wahnsinniger und schleuderte die tote Möwe in Vanessas Gesicht. Sie würgte und rang, sich tief nach vorne übergebeugt, keuchend nach Luft.

Wallace nahm sofort die Verfolgung auf. Der alte Hund brauchte einen Augenblick, um zu begreifen, was hier gerade eben geschah. Knurrend humpelte er Wallace hinterher und packte mit seinen gelben Zähnen den Polizisten am Hosenbein. Der Stoff riss nicht sofort. Wallace stolperte. Strauchelnd fiel er vornüber, streckte im Fallen die Arme aus und erwischte einen

Schuh, der ihn an der Stirn traf. Bei dem Sturz warf er den dicken Kelly zu Boden.

„Du bleibst hier!“, brüllte Wallace und schüttelte den Köter von sich weg. „Sag deinem Hund, dass er mich loslassen soll, sonst jage ich ihm eine Kugel in seinen verdammten Schädel.“

„Fred, aus. Aus!“, winselte Kelly und schlug wild um sich. „Sie ist hässlich. Hailey ist tot, ich mag sie nicht mehr.“

Mehrere Beamte kamen zu Hilfe. Der Hund winselte, während ihn ein älterer Sergeant am Halsband festhielt und von DI Campbell wegzog.

„Fred! Lassen Sie sofort meinen Hund los!“, schrie Kelly. Zwei Männer zerrten ihn auf die Beine und legten ihm Handschellen an. Einer war glatzköpfig, der andere blond und hatte einen dunklen Schnurrbart. „Du kommst mit, Bürschchen!“, brummte der mit dem Schnurrbart und hievte den Festgenommenen vollends auf die Füße. „Soll ich dir deine Rechte vorlesen?“

„Lass mich los“, erwiderte Kelly patzig.

„Na gut, ich mach es trotzdem“, sagte der Polizist und belehrte im monotonen Ton den schreienden Kelly zu seinen Rechten.

Vanessa sah auf Wallace und streckte ihm ihre zierliche Hand entgegen.

Wallace dachte nicht daran, sie zu ergreifen, und rappelte sich hoch. Schlamm troff von seinen Knien und kroch in seine Schuhe.

„Jeder Psychiater würde bei dem Kerl keine tiefe Betroffenheit feststellen können, in Anbetracht dieser Situation habe ich nicht einmal einen Funken von Erschütterung oder Ähnliches bei Kelly ausmachen können. Das wäre bei jedem von uns üblich gewesen.“

„Hätte man dich halbtot aus einem Wagen herausgeschnitten, wärst du vielleicht auch nur eine wandelnde, gefühlskalte Leiche gewesen. Obwohl, das trifft ja jetzt schon teilweise auf dich zu."

„Du magst mich immer noch, habe ich recht?" Sie lächelte verschmitzt und ließ erneut den Regenschirm drehen.

„Bilde dir nicht zu viel ein. Damals wollte ich nur meine Wollust stillen, und weil keine andere zur Hand war, habe ich das genommen, was sich anbot. Hübsch, betrunken, willig, was will ein Mann mehr?"

Das Lächeln auf Vanessas Gesicht wurde zu einem roten Strich.

„Ich werde dir den Platz streitig machen."

„Tu, was du nicht lassen kannst." Wallace strich sich die braunen Erdklumpen grob von der Hose ab und lief watschelnd zurück zu seinem Wagen.

8

Ian stand in der Küche und kochte sich einen Tee. Ein leises Geräusch ließ ihn innehalten. Die Fliegengittertür schlug mehrmals gegen den Türrahmen. Ich habe beim Reingehen die Tür nicht richtig zugemacht, dachte er, und goss das heiße Getränk, das leicht nach Pfefferminze roch, in die Tasse.

Nun quietschten auch noch die Scharniere.

Ian sah zu, wie die Flüssigkeit immer dunkler wurde. Der herbe, angenehme Geruch nach Grüntee stieg ihm in die Nase.

Waren das etwa Schritte? Ian drehte sich langsam um. Es war Allison. Sie stand im Flur.

„Ist Fia Zuhause?“, wollte sie mit leiser Stimme wissen. Ihr rotes, krauses Haar war feucht. Auch ihr knallgrüner Regenmantel war von feinen Wassertropfen besprenkelt. Um ihre Füße herum bildete sich eine Pfütze. Mit schuldvoller Miene trat sie zurück auf den Teppich.

„Ich habe sie ins Krankenhaus gefahren. Sie glaubt, dass unserer Tochter etwas zugestoßen sein könnte. Sie hatte einen Nervenzusammenbruch.“ Ian klang ruhig, dennoch zitterte seine Stimme. Er griff nach der Tasse und pustete hinein, dann nahm er einen kleinen Schluck. „Warum bist du hier? Wo ist Ross?“ Er betrachtete die Frau über den dampfenden Rand der Tasse, die er mit beiden Händen festhielt.

„Er fährt durch die Stadt und sucht nach unserem Sohn. Vielleicht sind die beiden ausgerissen“, flüsterte sie, schlüpfte schnell aus den gelben Gummistiefeln und kam auf Zehenspitzen auf ihn zu.

Ian schlürfte weiter an seinem Tee und taxierte Allison immer noch über den Rand. Der heiße Dampf hinterließ kleine Wassertröpfchen auf seiner Nasenspitze und an den Augenbrauen. Eine fast schon fiebrige Anspannung ergriff von ihm Besitz.

Allison blieb in der Tür zur Küche stehen, löste den Knoten des breiten Gürtels und lüftete kurz den Regenmantel. Sie schlug die beiden Hälften auf, wie eine Exhibitionistin.

Ian konnte einen kurzen Blick auf ihre Beine erhaschen.

Sie war splitterfasernackt. Ian stellte die Tasse schnell zurück auf die Anrichte. Sie kippte um. Etwas von dem Tee ergoss sich über das helle Holz. Ian fluchte. Nicht über sein Malheur, sondern über das, was Allison im Schilde führte. Er tupfte die kleine Pfütze mit dem Küchentuch trocken und drehte sich erneut zu Allison. Sie stand nun direkt vor ihm. Ganz ohne Mantel, der lag auf dem Boden neben einem der Stühle.

Allison legte den rechten Zeigefinger an die Lippen und schob ihn sich dann in den Mund. Sie saugte kurz daran und strich mit der angefeuchteten Fingerspitze zwischen ihren Brüsten entlang. Ihre weiße Haut war von unzähligen roten Flecken betupft. Das kurze Haar auf ihrer Scham leuchtete in den schrägen Strahlen der Sonne, die durch das Küchenfenster hindurch drangen.

„Wir dürfen das nicht tun, nicht jetzt, Allison. Wenn du noch einen kleinen Rest Anstand in dir hast, so ziehst du dich wieder an und gehst. Das wäre falsch. Wir sollten uns lieber auf den Weg machen und nach den Kindern suchen“, hörte er sich beim Reden zu und spürte, wie eine heiße Woge durch seine sämtlichen Glieder floss, wie heiße Lava strömte das Blut durch seine Adern.

Sie nahm seine beiden Hände und presste sie auf ihre Wölbungen, die leicht nach unten hingen. Sofort wurden ihre Brustwarzen hart, wie auch sein Glied. Ihr Atem roch leicht nach Whiskey.

„Ross und ich, wir beide haben uns nicht mehr lieb“, sprach sie zu ihm wie zu einem Kind. „Ich brauche jemanden, der mich tröstet.“ Sie stülpte ihre blutrote Unterlippe nach außen.

Ohne richtig zu begreifen, was geschah, begannen seine Finger die festen Knospen zu kneten. Sie gab einen aufschnappenden Laut von sich, biss sich auf die Unterlippe und warf den Kopf tief in den Nacken.

„Fick mich, Ian, hier in eurer Küche“, keuchte sie und zerrte an seinem Hosenbund.

„Bitte, Allison“, brabbelte er wie ein Junkie auf einem Trip.

„Ja, du willst mich doch auch. Ross geht mir fremd, ich weiß es. Er betrügt mich, so wäre es nur fair von mir, ihn zu betrügen. Wir haben es doch schon mehr als nur einmal getan. Komm, Liebster, zeig mir, wo der Hammer hängt.“ Ihre Hand verschwand in seinem Hosenschlitz. „Da ist er ja“, hauchte sie ihm ins Gesicht und stellte sich auf die Fußspitzen, um ihm über den Hals zu lecken.

„Aber nicht jetzt. Wir sollten damit warten. Bitte, Allison“, stammelte er und hielt den Atem an, als ihre kalten Finger sich um seinen Penis schlossen.

„Dein Schwanz ist riesig, ich stehe voll drauf. Du wolltest mich doch schon beim letzten Mal von hinten rannehmen, heute darfst du das tun.“ Sie stellte sich wieder auf die Zehenspitzen und flüsterte ihm schmutzige Worte ins Ohr. Ian musste sich tief nach unten beugen, damit sie ihm all die Schweinereien aufzählen konnte, die sie vorhatte, mit ihm hier und jetzt anzustellen. Er wurde zum Tier. Seine Finger krallten sich in ihren weichen Hintern. Allison zuckte zusammen und giggelte vergnügt. „Du bist mein Mann.“ Ihre beiden Arme lagen nun um seinen Hals. Sie sprang auf ihn und rieb sich mit einer lasziven Bewegung an seinem Körper. „Nimm mich, Ian. Lass es uns tun, Ian.“ Sie zerrte das T-Shirt von ihm und schnaubte schwer.

„Fick mich, mein Liebster, zeig mir, was du so alles draufhast. Ich gehöre ganz dir.“

Seine Hose glitt zu Boden, er spürte die feuchte Wärme, während er in Allison eindrang. Er keuchte. Sie stöhnte und zog sich leicht wieder hoch, um ihn noch tiefer in sich einzulassen. Ihre Bewegungen wurden schneller. Ian vergaß alles um sich herum, auch sah er nicht, wie ein Schatten an einem der Fenster vorbeischlich.

Völlig außer Atem sprang Allison von ihm und zog ihn mit sich ins Schlafzimmer. „Ich habe noch etwas vor mit dir. Komm, hier ist es mir zu ungemütlich.“ Er folgte ihr, wortlos wie ein Lamm.

9

„Das Mädchen wurde umgebracht.“ Vanessa stand mit der Schulter an den Türrahmen gelehnt da und wedelte mit einem Blatt. „Das habe ich gerade aus der gerichtsmedizinischen Abteilung zugefaxt bekommen. Hier hat sich seit meinem Verschwinden wohl nicht viel geändert. Unser guter Mister Moray wird es anscheinend niemals lernen, wie man eine E-Mail verschickt.“

„Wenn er dürfte, würde er seine sämtlichen Berichte von Hand verfassen, was er auch größtenteils tut. Aber er macht einen guten Job. Was steht da noch drin?“ Wallace goss etwas Milch in seinen Tee, nahm einen kleinen Schluck, rümpfte die Nase und ließ die Tasse neben der Mikrowelle stehen.

„Blockierung der Blut- und Sauerstoffzufuhr durch Zudrücken der Luftwege und Blutgefäße. Das war die eigentliche Todesursache. Das Zungenbein war gebrochen - so steht es in Klammern vermerkt.“ Vanessa ging näher ans Licht. Die einzelne Sparlampe hing an der hohen Decke und warf dunkle Schatten auf den hell gefliesten Boden.

„Wieso arbeitest du immer noch in diesem Loch hier? Du hast hier nicht einmal ein gescheites Fenster, und was ist das für eine Funzel?“ Sie zeigte zur Decke. „War das hier nicht früher die Abstellkammer?“, murmelte sie und fischte eine Brille aus der Brusttasche ihrer dunklen Bluse.

„Ein Lager“, verbesserte er sie matt, ohne sich auf die Konfrontation einzulassen. „Und wenn du beim nächsten Mal an das Faxgerät gehst, solltest du vorher mich darüber informieren, noch leite ich hier die Ermittlungen.“

„Werde ich mir für die Zukunft wohl aufschreiben müssen“, sagte Vanessa knapp und setzte sich die Brille auf die schmale Nase.

„Stranguliert“, sprach sie wie gedankenverloren, weil sie nach der richtigen Stelle suchen musste. „Ach ja“, nahm sie den Faden wieder auf. „Hailey wurde der Hals zugedrückt. Durch das Abdrücken der cerebralen Blutzufuhr … bla … bla … bla … Blutleere im Gehirn …“, sie überflog die Zeilen, „das Mädchen wurde zuerst von hinten gepackt. Etwa so.“ Sie stellte sich hinter Wallace und nahm ihn in den Schwitzkasten, ihre Ellenbeuge drückte gegen seinen Adamsapfel. Er löste sich aus ihrem Griff und rieb sich den Hals.

„Ich brauche keine Veranschaulichung, lies einfach weiter.“

Sie starrte wieder auf das Blatt.

Wallace schnaubte ungeduldig.

„Kehlkopf und Zungenbein weisen typische Merkmale und Brüche an mehreren Stellen auf. Der Täter hat sie hinter sich her geschleift. Ihre beiden Fersen haben Schürfwunden.“ Sie hob den Blick und nahm die Brille ab, dabei zuckte sie kurz mit den Schultern und legte das Blatt auf den aufgeräumten Tisch, auf dem die Akten Kante auf Kante aufeinandergestapelt lagen.

„Du scheinst emotional ziemlich unberührt in Anbetracht dessen, dass die Tote deine Nichte ist.“

„Wir sind nur angeheiratete Verwandte. Ich kann das Private sehr wohl von der Arbeit trennen. Und du weißt nicht, wie ich mich hier drin wirklich fühle.“ Er klopfte sich gegen die Brust. „Fia wurde adoptiert, wir standen uns auch nie wirklich nahe. Mit Hailey hatte ich auch fast keinen Kontakt.“ Wallace blickte auf den vorläufigen Bericht und sah dann zu Vanessa. „Keine weiteren nennenswerten Details mehr?“

Sie schüttelte den Kopf.

„Der Tatort ist freigegeben“, erklang eine Stimme durch die offene Tür.

„Wir wissen nicht, ob der Fundort gleichzeitig ein Tatort ist, Ben“, korrigierte Wallace den wenig erfahrenen DC, schnappte sich das Blatt, welches Vanessa mitgebracht hatte, und verstaute es ordentlich in einer ledernen Mappe. „Auf die Gefahr hin, dass ich mich wiederhole, möchte ich dennoch diese Anmerkung nicht unerwähnt lassen. DU. SOLLST. ANKLOPFEN, bevor du in mein Büro hereinplatzt!“, rügte er den jungen Mann, der reumütig zu Boden schaute.

„Und weil du schon da bist“, fuhr Wallace in gemäßigterem Ton fort, „solltest du die Kartei der kürzlich entlassenen Sexualtäter durchgehen und alles aufschreiben, was dir auffällt. Ich möchte vorerst nur die Namen.“

„Von ganz England?“ Ben Kerr zupfte an seinem Pullover.

„Nein. Aber von all jenen, die sich im Umkreis von, sagen wir mal, zweihundert Kilometern niedergelassen haben. Dürften ja nicht allzu viele gewesen sein, hoffe ich.“

„Wird gemacht.“ Bens Mundwinkel zuckten nervös. „Die Ereignisse der letzten Nacht sind mir ein bisschen über den Kopf gewachsen. Ich habe bisher keine Leiche gesehen, und jetzt habe ich ständig dieses Bild vor Augen. Aber ich werde mich gleich an den Rechner setzen.“

„Das kannst du später erledigen, vorher musst du uns zu den Eltern des getöteten Kindes begleiten.

Nimm bitte alles Nötige mit, was für eine DNA-Probe unabkömmlich werden kann. Wir müssen in die Gänge kommen. Der Gesuchte befindet sich eventuell noch in der Auraphase. Dabei vermischt sich seine Realität mit der Phantasiewelt zu einem Ganzen. Er ist wie in Trance."

„Was meinst du?" Vanessa runzelte die Stirn.

„Der Mörder hat es noch nicht wirklich realisiert, was er getan hat. Wenn das sein erstes Mal war. Er wandelt wie durch Nebel. Seine Sicht auf die Umgebung ist getrübt, er ist wie betäubt. Aber wie gesagt, all das trifft nur dann zu, wenn es sich hier um seine erste Tat handelt, wovon ich stark ausgehe. Ich möchte, dass jeder Vermerk paginiert und archiviert wird. Ich habe eine Akte angelegt."

„Unter welchem Namen?" Ben kratzte sich an der Schläfe.

„Hailey."

„Sehr einfallsreich", murmelte Vanessa kaum hörbar und stellte sich vor die Plexiglas-Tafel.

„Vielleicht war das ja auch nur ein Unfall. Eine tragische Aneinanderreihung von unglücklichen Umständen. Ich habe heute früh auch mit dem Pathologen telefoniert. Er meint, dass die Verlegung der Atemwege mehrere Minuten angedauert hat. Hailey hatte etwas von ihrem Mageninhalt in die Atemwege bekommen. Sie wurde also nicht nur erdrosselt, sie hat sich an ihrem Erbrochenen verschluckt. Das kommt bei einer Gehirnerschütterung ziemlich oft vor. Was schlussfolgern wir daraus?"

„Sie wurde auf den Kopf geschlagen", sagte Vanessa.

„Stimmt." Wallace suchte den Tisch ab und zog ein kleines Notizbuch unter einem Papierstapel heraus, welches er sich in die Hosentasche steckte. „Wir dürfen jetzt keine Zeit verlieren. Je kürzer die Zeitabstände zwischen den einzelnen Taten sind, umso weniger verbleibt dem Mörder, sein Gemüt abzukühlen. Dadurch unterbinden wir auch, dass sein emotionaler Abstand zu den Morden sich vergrößern kann."

„Zuviel CIA geschaut?", stichelte Vanessa.

„Sie meinen, er könnte erneut zuschlagen?" Ben sah seinen Boss abwartend an und ignorierte Vanessas spitze Bemerkung ganz.

„Das will ich nicht hoffen", entgegnete Wallace gepresst. „Wir treffen uns in zehn Minuten bei den MacJonsons."

Ben lief durch die Tür.

„Soll vielleicht lieber ich den Fall übernehmen, DI Campbell? Sie sehen so gestresst aus."

„Nein, ich habe hart dafür gearbeitet." Wallace sammelte alles Nötige ein und legte die Blätter sorgfältig in die lederne Aktentasche.

„Lass zumindest mich die Familie befragen."

„Ich kenne sie besser als du."

„Genau das ist das Problem. Du bist befangen."

„Fang nicht schon wieder damit an, Vanessa. Wie oft noch: Wir sind nicht wirklich miteinander verwandt."

„Wie viele Mordfälle hast du in deinem so karrierereichen Leben bearbeitet, Wallace?"

„Das ist mein erster Fall", stieß er hervor. „Darum ist er für mich auch so wichtig. Ich bin vielleicht nicht der beste Ermittler", räumte er kleinlaut ein, „aber jeder hatte seinen ersten Fall."

„Wovon gehst du aus?"

„Alles deutet auf eine Entführung hin, bei der etwas schiefgelaufen ist."

„Guter Anfang.“ Sie fuhr sich mit der Zungenspitze über die Oberlippe. „Wann? Wohin? Von wem? Und vor allem: Warum?“ Sie schnappte nach einem roten Filzstift und schrieb jedes Wort auf das durchsichtige Mainboard, das noch leer war. „All diese Fragen sind vordergründig. Und sieh mich nicht so an, ich habe mich gerade eben dazu entschlossen, dich dabei zu unterstützen.“

Wallace lachte schief. „Das ist schließlich dein Job.“

„Lass uns fahren.“

„Im Beisein der anderen möchte ich als Madam oder mit DI Craig angesprochen werden.“

„Nur keine falsche Bescheidenheit, DI Craig, denn dasselbe gilt auch für Sie.“

10

Wallace klopfte an die Tür und wurde überrascht, dass diese nicht von Ian oder Fia, sondern von Allison geöffnet wurde. Sie trug einen knallgrünen Regenmantel und sah nicht minder perplex drein. Ihr Haar war zerzaust, ihre Augen waren dunkel umrandet.

„Hallo, Wallace“, begrüßte sie ihn und war im Begriff, sich zwischen ihm und Vanessa hindurchzuzwängen.

„Ich bin Detective Inspector Craig, meinen Kollegen DI Campbell kennen Sie ja bereits, das hier ist DC Kerr.“ Mit der rechten Hand hielt Vanessa Allison sanft am Ellenbogen fest, mit der linken zeigte sie auf Ben. „Wir würden Sie bitten, uns zurück ins Haus zu begleiten.“

„Was ist los?“ Ian tauchte in der Tür auf. Trotz der Kälte trug er nur eine Sporthose.

Ians Oberkörper war ungewöhnlich gerötet, so als habe er erst vor kurzem Sport getrieben, überlegte Wallace. „Lasst uns reingehen“, sagte Wallace ruhig.

„Ist Fia auch Zuhause?“

„Nein, ist was passiert? Habt ihr Hailey gefunden?“ Ians Blick war gehetzt.

„Lasst uns darüber drinnen sprechen, Ian, wo ist euer Sohn?“ Wallace knöpfte seinen Trenchcoat auf und ging hinein.

„In der Schule, nehme ich an.“ Ian schluckte und wirkte zunehmend nervöser. Er stand seitlich im Türrahmen und knetete seine riesigen Hände, so als wolle er sich dadurch von etwas ablenken.

„Also weißt du es nicht mit Sicherheit?“ Wallace warf einen prüfenden Blick ins Innere.

„Was geht hier vor, Wallace?“ Ian wurde lauter und sah sich eilig um. „Was ist passiert?“

„Darüber sprechen wir im Haus weiter. Die Nachbarn schauen schon.“ Tatsächlich blieb eine ältere Frau, die einen grauen Dackel an der Leine hielt, auf dem Gehsteig stehen und sah zu der kleinen Gruppe auf.

Barfüßig, wie Ian war, trat er einen Schritt nach draußen und ließ seinen Blick über die Straße gleiten.

„Ian, wir brauchen keine Aufmerksamkeit. Bitte lass uns hineingehen“, drängte Wallace und zog den großen Mann mit sanfter Bestimmtheit am Handgelenk zurück ins Innere des Hauses. Die Luft war warm und roch nach frischem Tee. „Am besten, wir gehen ins Wohnzimmer.“

„Ich will mir einen Tee machen. Will jemand auch noch einen?“ Ian gab sich trotzig und zog alles in die Länge. Er hatte eine Vorahnung, die Anspannung war förmlich mit den Händen zu greifen.

„Ich trinke auch einen, mit Milch und Zucker.“ Ben hüstelte, weil er sofort begriff, dass er etwas Falsches gesagt hatte.

„Kein Tee“, sagte Wallace entschieden. „Aber wir können meinetwegen auch in die Küche gehen. Setzt euch hin und hört mir genau zu.“

„Nein, das ist mein Haus, und ich kann auch hier stehen bleiben. Ich gehe nirgendwohin. Was habt ihr denn alle? Warum seht ihr so grimmig aus?“ Er rang mit den Tränen, die in seinen Augen schwammen, und wischte sie hastig mit dem Handballen weg. Trotzig wie ein Kind blieb er mit dem Rücken an den Türrahmen gelehnt stehen und steckte die Daumen in die Hosentaschen. Allison ließ leise die Tür hinter sich ins Schloss fallen und beobachtete die Szenerie mit einem stummen Blick. Ihr Regenmantel raschelte leise in der entstandenen Stille.

„Soll ich Ihnen den Mantel abnehmen?“, gab sich Ben vornehm und wurde von Allison mit einem eisigen Blick zurückgewiesen. Er zuckte beinahe zusammen und hüstelte verlegen in die Faust.

„Wo ist Hailey?“ Ian spielte mit den Kaumuskeln. Er zitterte am ganzen Körper. Er bedachte die Polizisten mit einem unsteten Blick. Dann stieß er sich von dem Türrahmen ab und ging in die Küche. Ein metallisches Klimpern erfüllte die Stille, gefolgt von dem Zuschlagen einer weiteren Schublade.

Wallace und Vanessa blieben im Flur stehen, auch Ben rührte sich nicht vom Fleck.

„Was soll all das hier, Wallace?“, wollte Allison von DI Campbell wissen und zog den Regenmantel fester um ihren Körper. Ihre Reaktion war situationsangepasst. Wie auf Befehl kullerten zwei einzelne Tränen aus ihren Augen. Sie war schon immer eine sehr gute Schauspielerin, wusste Wallace. Auch jetzt agierte sie wohlüberlegt. „Habt ihr sie gefunden? Darum hast du Unterstützung mitgebracht. Ist ihr etwas Schlimmes zugestoßen?“ Ihr Kinn bebte. Noch mehr Tränen flossen über ihre Wangen.

„Die Sache ist zu kompliziert, als dass wir dies zwischen Tür und Angel …“

„Dann solltest du dir etwas mehr Mühe geben, es zu simplifizieren“, fuhr Ian den Polizisten von der Seite an. In seinem Mund steckte eine Zigarette. Er zog gierig daran.

„Wir sollten uns lieber setzen, Ian. Das, was ich dir zu sagen habe, wird deine Welt für immer verändern.“

„Habt ihr meine Tochter gefunden oder nicht?“ Er wedelte mit dem Arm und blies eine Qualmwolke durch die Nase.

Wallace nickte. „Wir haben“, er räusperte sich, weil seine Stimme zu versagen drohte, „wir haben an den Klippen ein Mädchen gefunden. Komm, lass uns hinsetzen.“

„Und, wo ist Hailey?“

„Es tut uns sehr leid, dir das sagen zu müssen, Ian, aber wir befürchten, dass es sich bei der Toten um Hailey handelt.“

Eine eiserne Hand packte Wallace am Kragen und schleuderte ihn gegen die Wand.

„Du verdammter Hurensohn!“, knurrte der aufgebrachte Mann und atmete schwer. Seine Brust hob und senkte sich wie ein Blasebalg.

Wallace sagte nichts. Sein Blick glitt über den geräumigen Raum, den großen Spiegel, in dem er sein aschfahles Antlitz erkannte, und über diverse Bilder hinweg. Er war nicht imstande, Ian in die Augen zu sehen.

Der große Mann jedoch suchte nach einem Anlass, um die Konfrontation eskalieren zu lassen. Dann jedoch, so als wurde er von einer Faust getroffen, krümmte er sich und begann zu schluchzen. „Das ist nicht wahr, Wallace, du lügst mich an“, murmelte er und taumelte rückwärts, bis er mit dem Rücken gegen die Wand stieß. Seine blutunterlaufenen Augen suchten bei den Polizisten nach Bestätigung, dass Wallace sich nur geirrt hatte. Langsam glitt er an der Wand zu Boden. „Ich glaube ihr wollt mich auf den Arm nehmen“, flüsterte er. Sein Mund verzog sich zu einem skeptischen Lächeln.

Die geblümten Tapeten passten nicht zu dieser Situation, auch die lachenden Gesichter auf den Bildern schienen den Mann zu verhöhnen. Alles um ihn herum begann sich zu drehen. „Sie war doch ein liebes Kind. Was hat sie dort gemacht? Was machen wir bloß ohne sie? Sie war mein Baby“, sprach er kaum hörbar. Die Melancholie in seinem Tonfall verstärkte sich, der Blick wurde zunehmend trüber. Er glitt weg und sprach lallend, seine Zunge wurde auf einmal bleiern. Ian starrte auf die glühende Zigarette, die zwischen seinen Fingern klemmte, der ausgestreckte Arm ruhte auf seinem Knie. Die Beine hatte er angewinkelt und an sich gezogen. Die Glut verwandelte sich in graue Asche und fiel geräuschlos zu Boden. Der Rauch stieg kerzengerade in die Luft, doch dann begann er sich zu kräuseln, als ein frischer Luftzug durch den Raum strömte.

„Bitte, Allison, du musst noch hierbleiben“, riss Wallace‘ Stimme Ian aus seiner sentimentalen Starre.

„Wann?“ Ian zog heftig an dem Zigarettenstummel.

„Wie bitte?“ Wallace sah verdutzt zu ihm herunter.

„Wann habt ihr sie gefunden?“

„Heute früh.“

„Das bedeutet, sie war schon in der Nacht weg?“

„Vielleicht auch früher. Es wäre möglich, dass sie …“

„Wie kannst du so ruhig bleiben, Wallace? Hailey ist deine Nichte!“, fuhr Ian dem Polizisten ins Wort und stand wieder auf. Seine Stimme vibrierte. Er blinzelte schnell und zog noch heftiger an der Zigarette.

„Das bin ich nicht, aber um die Sache aufzuklären, muss ich einen kühlen Kopf bewahren.“

„Ihr glaubt also, dass mein Kind nicht runtergesprungen ist?“, folgerte Ian und wischte sich grob die Spucke von den Lippen.

„Hätte es dazu einen Anlass gegeben?“, griff Vanessa ihrem Partner unter die Arme.

„Wer sind Sie denn? Was haben Sie hier zu suchen? In mein Haus reinzuplatzen und mir so eine Scheiße aufzutischen, schickt sich für eine Dame nicht.“

Der giftige Tonfall verfehlte seine Wirkung. Vanessa blieb kühl.

„Ich kann es nachvollziehen, Sir, dass Sie aufgebracht sind. Aber Ihre arrogante Attitüde hilft uns leider nicht weiter. Wir brauchen von Ihnen beiden eine DNA-Probe, das machen wir bei jedem.“

„Ihr verdächtigt mich? Mich?!“ Er klopfte sich mit dem Zeigefinger gegen die Brust.

„Noch verdächtigen wir niemanden. Das ist eine standardisierte Vorgehensweise. Wir wollen nur einige Segmente einsammeln, um ein möglichst großes Bild zusammenzulegen. Alles erscheint in den ersten achtundvierzig Stunden nach der Tötung sehr wichtig.“

„Also wurde mein Kind umgebracht?“ Ians Blick blieb weiterhin fordernd. „Wallace, was ist hier los?“ Seine Hand schnellte nach vorne, weil er erneut den Polizisten am Kragen packen wollte, doch Wallace machte einen Schritt zur Seite, sodass die Hand ins Leere fuhr.

„Wo waren Sie gestern Nacht?“, ließ Vanessa nicht locker. „Und ich wiederhole, noch verdächtigen wir hier niemanden.“

„Ich war Zuhause, verdammte Kacke. Warum verplempert ihr eure Zeit mit diesen beschissenen Fragen? Anstatt den Mörder meines Kindes zu jagen, unterstellt ihr mir, dass ich etwas mit dem Ganzen zu tun haben könnte. Sind Sie etwa sein Boss? Wallace, wer ist diese eingebildete Kuh eigentlich?" Immer wieder strich er sich die Tränen aus den Augen.

„Sie hilft mir dabei, den Sachverhalt möglichst schnell aufzuklären", sagte Wallace matt. „Ian, wir wollen dir nichts unterstellen. Ihr beide agiert im Moment als potenzielle Zeugen, wir haben keinesfalls vor, euch zu diskreditieren. Unser Ansinnen ist ein ganz anderes, wir gehen eine Art Standartliste durch und haken die Fragen ab. Wenn du uns hilfst, wenn du kooperierst, dann stehen die Chancen höher, dass wir schneller vorankommen können. Anstatt uns zu beschimpfen, solltest du dich lieber zusammenreißen und uns alles von dem gestrigen Abend erzählen."

„Warum brauchst du dann eine DNA-Probe von mir, wenn ich nicht verdächtigt werde?"

„Damit wir die des Täters aussondern können."

„Hier hast du meine DNA", blaffte er und spuckte Wallace ins Gesicht.

„Du bist ein Idiot, Ian", flüsterte der aufgebrachte Polizist, um Fassung bemüht. Mit angewiderter Miene fischte er ein weißes Taschentuch aus der Innentasche seines Trenchcoats und tupfte sich den Speichel aus dem Gesicht. „Wir müssen dich mit aufs Revier nehmen, wenn du dich weiterhin so aufführst", ermahnte Wallace den erzürnten Vater.

„Ich war Zuhause", lenkte der Mann schließlich ein.

„Kann das jemand bezeugen?" Vanessa hielt einen Kugelschreiber und ein kleines Heftchen in ihren Händen. Der rote Lack auf ihren Fingernägeln schien zu leuchten.

Ian taxierte sie. Seine geröteten Augen scannten ihren wohlgeformten Körper ab.

Sie trug einen schwarzen Rockanzug, dazu rote Lackschuhe auf kleinen Absätzen. Ihr war der Blick nicht entgangen.

„Sie wirken auf mich sehr emotionskalt. In Angesichts der Nachricht ist Ihr Verhalten eher ungewöhnlich, muss aber an dem rauen Klima liegen.“ Vanessa warf Allison einen abschätzigen Blick zu, die immer noch vor der Eingangstür stand.

„Sie haben doch früher auch hier gelebt? Ich kann mich an Ihr Gesicht erinnern“, konterte sie ungerührt.

„Ich verhalte mich so, weil ich von eurer Nachricht nicht wirklich überzeugt bin.“

„Ich will mein Kind sehen!“ Ian stand auf. Er schluckte schwer und würgte gleichzeitig.

„Das werden Sie dürfen, doch vorher sollen Sie einige Punkte beantworten, was uns zu der anfänglichen Frage zurückführt. Ich wiederhole nochmal. Kann jemand bezeugen, dass Sie den gestrigen Abend und die Nacht hier in diesem Haus verbracht haben?“

„Meine Frau natürlich.“

„Den ganzen Abend und die Nacht waren Sie also hier?“ Vanessa machte eine kreisende Bewegung mit der Hand, in der sie den Kugelschreiber hielt.

„Ja.“ Ian verengte die Augen.

„Ihr Gesichtsausdruckt verrät mir, dass Sie nicht die ganze Wahrheit erzählen.“

Er lachte abfällig auf. „Sieh mal einer an, sie kann auch noch hellsehen.“

„Lassen wir die Mätzchen lieber sein und bleiben sachlich.“ Vanessas eisgraue Augen waren auf den Mann gerichtet, der sie mindestens um eine Hauptlänge überragte und sich wie ein Fels vor ihr aufbaute und dennoch flackerte ihr Blick nicht, auch strahlte sie eine unerschütterliche Aura des Selbstbewusstseins aus, die Ian einen Schritt nach hinten tun ließ.

Der große Mann hielt ihrem Blick stand, doch nicht lange. „Ja, ich war Zuhause in meinem Bett."

„Auch das entspricht nicht der Wahrheit", stieß Vanessa hervor. „Wir brauchen Details."

„Soll ich Ihnen vielleicht davon berichten, wie ich meine Frau gebumst habe? In allen Details? Wir benutzen leider keine Anleitung, wir improvisieren meistens, es kommt auf die Laune an", gab er sich giftig und schnaubte.

„Haben Sie …? Kann das Ihre Frau bestätigen?", ließ Vanessa nicht locker.

„Sie liegt im Krankenhaus, weil sie einen Nervenzusammenbruch hatte, weil sie vor Sorge beinahe umkam. Ich habe sie heute früh hingefahren. Es war um sechs Uhr neununddreißig, weil ich auf mein Handy geschaut habe."

„Und Sie lassen sich derweil von Ihrer Freundin trösten?"

„Allie ist unsere Nachbarin und ja, sie ist auch unsere Freundin. Sie kam herum, um zu fragen, ob wir unsere Tochter schon gefunden haben, denn auch ihr Sohn ist verschwunden."

Allisons Augen wurden auf einmal groß und von Angst erfüllt. Panik ergriff sie. Sie riss den Mund zu einem Schrei auf, ohne einen Ton aus sich herauszubringen und schlug sich die Hand vor den Mund. „Gott, nein. Mein Junge", murmelte sie mit bebender Stimme.

„Ist er immer noch nicht aufgetaucht?", fragte Wallace. „Seit wann ist Kenny nicht zu Hause? Seit zwei Nächten, nicht wahr?"

„Seit etwa ...“, Allisons Stimme brach. Sie nickte heftig. Das Gesicht wurde kreidebleich und von Niedergeschlagenheit umhüllt. Sie suchte nach Worten. Angestrengt durchforstete sie ihr Gedächtnis nach Ereignissen und hatte Mühe, darin passende Zusammenhänge hervorzukramen. „Ich … ich … war vorgestern früh ins Bett gegangen, …“, stammelte sie und schluckte mit schmerzverzerrter Miene, so als hätte sie Halsschmerzen, „… weil ich wieder eine Migräne hatte, bin auch erst recht spät aufgewacht. Kenny hätte schon längst in der Schule sein müssen, aber dort war er nicht. Das ist aber nicht ungewöhnlich, was mir aber Sorgen bereitet, dass er jetzt seit zwei Tagen weg ist.“

„Wie haben Sie …“

„Ich habe es von der Direktorin erfahren“, kam Allison Vanessa zuvor. „Unser Sohn ist nicht der Beste, wissen Sie. Er ist ein schwieriges Kind und kommt mit der Schule nicht wirklich klar. Er hat viele Fehltage. Er wurde schon zwei Mal von der Schule verwiesen. Aber er ist ein lieber Kerl und hilft mir sogar bei der Hausarbeit. Er hilft auch meinem Mann. Auch dem Pfarrer hat er erst gestern beim Holzhacken geholfen, ohne dafür etwas zu verlangen. Bei der körperlichen Arbeit powert er sich soweit aus, dass die Wutausbrüche abebben. Er ging sogar zum … zum …“, sie schnipste mit den Fingern da ihr der Begriff entfallen war, „zum Kirchenchor“, schoss es dann aus ihr heraus, nachdem ihr das Wort endlich eingefallen war. „Mit Hailey zusammen“, fügte sie dann noch rasch hinzu und lächelte zaghaft. Ihr Kinn bebte dabei, als ob sie fröre.

„Waren die Kinder miteinander befreundet?“ Das war Ben, der diese Frage gestellt hatte. Er machte ein Gesicht, als wäre er selbst darüber überrascht, seine

Stimme in der Stille gehört zu haben. Er trug eine Jeans und einen grobmaschigen Pullover aus dunkler Wolle, und wirkte überhaupt nicht wie ein Polizist. Sein schwarzes krauses Haar glänzte von zu viel Pomade. Nervös fuhr er sich mit Daumen und Zeigefinger über den dünnen Schnurrbart und strich die Härchen glatt. Seine dunklen Augen waren auf die Frau gerichtet, die links von ihm an der Eingangstür stand und von dem grauen Licht der kühlen Sonne umgeben wurde.

„Sie waren zwei Sonderlinge. Was blieb den beiden noch anderes übrig." Ian drehte den Zigarettenstummel zwischen Daumen und Zeigefinger.

Bens Kopf schnellte in die entgegengesetzte Richtung.

„Aber meinen Sohn haben Sie dort nicht gefunden?" Allison sah die drei Polizisten abwartend an und wurde nach jedem Augenblick ein Stückchen kleiner.

Ben schüttelte unmerklich den Kopf und zog sich weiter in den Schatten zurück. Er stand nun hinter der Garderobe, auf der mehrere Jacken übereinander hingen. Er holte tief Luft und nahm mehrere Gerüche wahr. Herbes Männerparfüm vermischte sich mit dem süßen Duft nach Karamell, Himbeere und Haschisch.

„Raucht von euch jemand Gras?", fragte er mit einem Frosch im Hals.

„Ich habe Hailey ein, zwei Mal dabei erwischt, aber was hat das nun schon wieder mit ihrem Verschwinden zu tun? Wisst ihr, wo Kelly ist? Vielleicht kann er uns auch verraten, wo sich Hailey versteckt." Ian wollte die traurige Wahrheit nicht akzeptieren.

„Bisher nicht", gab Wallace ehrlich zu.

„Sie können von mir alles haben, nur bringen Sie mir meinen Jungen heil nach Hause", stammelte Allison.

„Ein Wangenabstrich würde fürs Erste genügen, auch von Ihnen, Sir“, sagte Vanessa und nickte Ben vielsagend zu.

Der junge Polizist beugte sich nach vorne und ließ die Riegel seines Koffers aufschnappen.

„Sie müssen nur den Mund weit aufmachen. Wir wollen Ihnen nur helfen.“ Ben zog sich routiniert einen blauen Handschuh über. Kurz darauf hielt er einen durchsichtigen Kolben in der Linken und ein langes Wattestäbchen in der Rechten. Allison gehorchte und tat den Mund weit auf. „Und Sie, Mr. MacJonson, wären Sie bereit …“

„Von mir aus“, knurrte Ian und wartete, bis Ben nah genug an ihm stand, erst dann öffnete auch er den Mund.

„Dürfen wir uns vielleicht im Haus umsehen, insbesondere in Haileys Zimmer?“

Ian warf Wallace einen vernichtenden Blick zu. Er wischte die Hand von Ben zur Seite und strich sich mit dem Handrücken über die Lippen. „Erst nachdem ich mich davon überzeugt habe, dass das Kind, welches an den Klippen zerschellt ist, meine Tochter ist. Und jetzt raus hier“, knurrte er. „Und du, Allison, sollst auch gehen. Ich muss zu meiner Frau ins Krankenhaus. Wann kann ich die Tote sehen?“, wandte er sich an Wallace, weil der Polizist als letzter in der Tür stand.

„Ich werde dich anrufen. Deine Nummer habe ich ja, tut mir wirklich leid, Ian.“

„Verpiss dich einfach. Deine Beileidsbekundung kannst du dir sparen. Ich bin mir sicher, dass meine Tochter bald nach Hause kommen wird, du warst schon immer ein Versager!“

11

„Warum läuft ein Kind in der Nacht hier entlang spazieren?“ Vanessa schritt mit gesenktem Blick dicht am Rand der Landschaft, die sich in steinige Klippen verwandelte und senkrecht nach unten verlief.

Im Hintergrund rauschte das Meer. Die Morgenröte hatte das Wasser in rötliches Grau getaucht. Die feuchte Luft benetzte ihre Haut auf Händen und Gesicht und ließ sie frösteln. Die dünne Schneedecke war in der Nacht geschmolzen, mit ihr auch die möglichen Spuren. Vanessa zählte die Schritte, um sich zu entspannen. „Niemand, der hier lebt, würde soweit hinauslaufen, ohne Schuhe. Das Mädchen war vielleicht geistig etwas benachteiligt, aber sie kannte sich doch mehr oder weniger gut aus, selbst in der Nacht.“

„Genau derselbe Gedanke beschäftigt mich auch. Sie war hier nicht allein. Das Haus ihrer Eltern befindet sich nur fünf Minuten Fußweg von hier entfernt. Du kannst es sogar von hier aus sehen.“ Wallace blieb stehen, drehte sich um, peilte eine bestimmte Richtung an und streckte den rechten Arm aus, um seiner Partnerin zu demonstrieren, dass er recht hatte. „Siehst du? Hinter dem Hügel dort kannst du deutlich das Dach erkennen.“

Vanessa verengte die Augen zu schmalen Schlitzen und konzentrierte ihren Blick. „Das beantwortet aber nicht meine Frage. Warum haben wir ihren Schuh an dieser Stelle gefunden und ihren Körper viel weiter weg? Sie hat doch nicht ihre Schuhe ausgezogen, um barfüßig durch den Schnee zu laufen.“

„Hailey hat manchmal so ihre Phasen. Wenn sie die Medikamente nicht einnimmt, sieht sie die Welt mit anderen Augen."

„War sie jemals zuvor von Zuhause weggelaufen?", wollte Vanessa wissen und zupfte an einem der langen Grashalme, die sich in dem lauen Wind der Meeresbrise hin und her wiegten. Das monotone Rauschen wirkte trostlos, die triste Landschaft war einer der Gründe, warum Vanessa diesem Ort vor Jahren den Rücken gekehrt hatte. „Gab es in der Familie oft Streit?"

„Nicht, dass ich wüsste", gab Wallace ehrlich zu.

„Da kommt deine Lieblingskollegin." Vanessa blieb stehen. Auch Wallace wartete, bis Susan Brown sich ihnen anschloss. Sie ließ ihr Auto mitten auf der wenig befahrenen Straße stehen, die nur vom groben Schotter bepflastert war, und sich über den Hügel hindurch bis ins Tal hindurchschlängelte.

„Guten Morgen", begrüßte Susan die beiden Polizisten und ließ ihren Blick über das graue Meer schweifen. Ihre Hände steckten in den Taschen ihres dunklen Mantels, der Kragen war aufgestellt, das Gesicht ungeschminkt und matt von Müdigkeit.

„Gibt es Neuigkeiten?", fragte Wallace pflichtschuldig.

„Nach den Spuren zu urteilen, und damit meine ich nicht diese Stelle hier, sondern die, an der wir den Leichnam gefunden und untersucht haben, gehe ich stark davon aus, dass der oder die Täter das Mädchen aus einem fahrenden Fahrzeug über die Klippen geschleudert haben. Der Sturz wirkte auf mich nur vorgetäuscht. Ich vermute sogar, dass der Täter sie neu positioniert hat. Es sieht nach gewollt aber nicht gekonnt aus. Er hat das so arrangiert, dass es nach einem Selbstmord ausschauen sollte."

„Können Sie es konkretisieren?" Auch Wallace blickte nun zum Meer.

„Der Körper liegt nicht wie nach einem Absturz, da der Winkel nicht stimmt, dazu kommt noch das abgetrennte Bein und die schlimmen Gesichtsverletzungen. Ich habe die Vermutung, dass der Wagen dort entlang gefahren ist. Der Täter wählte diesen Weg, mit der Absicht, sie loszuwerden."

„Also kann sie nicht gesprungen oder von jemandem von hinten gestoßen worden sein?"

Die Forensikerin schüttelte verneinend den Kopf. Ihr straff nach hinten gekämmtes Haar verlieh ihrem Gesicht noch mehr Strenge. Sie wirkte kühl und hartherzig.

„Und dass sie von einem vorbeifahrenden Fahrzeug erwischt worden sein könnte, auch das passt nicht zum Bild?", hakte Wallace vorsichtig nach.

Vanessa stülpte die Unterlippe nach außen und zuckte die Schultern. „Auch das ist eher unwahrscheinlich, Sir. Der Fallwinkel wäre ein anderer. Es gäbe da noch eine zweite These." Susan unterdrückte ein Gähnen und legte den Kopf tief in den Nacken. Dichte schwere Wolkenschwaden hingen tief über der Ortschaft. „Dort macht die Straße einen Knick."

„Sie meinen, Hailey könnte aus Angst aus dem Wagen gesprungen sein, während sie von ihrem Peiniger gewürgt wurde?"

„So oder so ähnlich. Es muss sich ja nicht zwingend so zugetragen haben, wir waren schließlich nicht dabei gewesen. Es wäre ja möglich, dass es zwei Männer waren, einer lenkte den Wagen, der andere saß im Fond und drückte das arme Kind von hinten gegen den Sitz. Vielleicht wollte er dadurch vermeiden, dass sie abhaute. Es ist möglich, ich habe es ausprobiert, nur muss der Mann größer als ein Meter und achtzig sein", sagte Susan und schloss kurz die Augen.

„Oder er benutzte den Gurt", sprach Vanessa ihre Idee laut aus.

Mit einem knappen Nicken signalisierte Wallace seine Zustimmung. Auch Susan gab zu verstehen, dass die Idee nicht ganz abwegig war, indem sie die Lippen zusammenpresste und den Kopf zur Seite legte. „Das wäre auch eine Möglichkeit." Ihr Blick driftete zu Wallace.

„Wurde das Mädchen auf einen möglichen sexuellen Übergriff untersucht?"

„Laut dem Bericht des Pathologen hatte das Mädchen Sex. Dabei konnte der gute Doktor jedoch keine Spuren von gewaltsamem Eindringen feststellen. Sie wurde auch nicht post mortem penetriert. Hailey war nicht so unschuldig, wie ich dachte. Ich möchte nicht näher ins Detail gehen, das ist mir dann doch zu peinlich. Aber da gibt es etwas, was nicht wirklich ins Bild passt. Sie hatte des Öfteren Sex, doch das Jungfernhäutchen blieb dabei unbeschädigt."

„Analverkehr?", fragte Susan gerade heraus.

„Unter anderem auch." Wallace hüstelte verlegen. „Aber sie haben verhütet."

„Wer vergeht sich an Hailey? Und zwar unbemerkt. Jeder hier wusste, dass Hailey anders war. Wer hatte keine Skrupel, dies auszunutzen?", insistierte Susan und warf Wallace einen ungeduldigen Blick zu.

„Das wollte ich dich fragen. Habt ihr Faserspuren oder Ähnliches auf dem Körper des Leichnams finden können? Ich möchte sichergehen, dass das Mädchen nicht doch ein Opfer einer Vergewaltigung war."

„Vielleicht war sie gar nicht vergewaltigt worden. Vielleicht wollte sie das Ihren Eltern beichten und ihr heimlicher Liebhaber wollte das um jeden Preis verhindern", spann Vanessa ihre neu entstandene These weiter.

„Diese Theorie würde einiges erklären. Der verlorene Schuh und die Entfernung", flüsterte Susan Brown mit gerunzelter Stimme. „Alles sieht nach einem spontanen auf die Schnelle improvisierten Ablauf aus."

„Eine Tat im Affekt", sagte Wallace.

„Was hat der Autopsiebericht noch ergeben?" Vanessa sah Wallace abwartend an.

„Sie werden herb enttäuscht sein, so wie ich auch, weil ich mir von den Ergebnissen deutlich mehr erhofft habe. Wir wissen nur, dass der Leichnam Hailey ist."

„Laufen hier eigentlich viele Menschen entlang? Hat es womöglich jemand beobachten können?"

„Angesichts der eingebrochenen Kälte würde sich niemand für einen nächtlichen Spaziergang entscheiden. Dieser Abschnitt wird auch nicht beleuchtet." Wallace ging an den Rand der Klippe und sah nach unten. Weiße Gischt schlug gegen die scharfen Kanten des Felsens.

„Ich fahre zurück zum Tatort", verabschiedete sich Susan und ging zu ihrem Wagen.

„Was hat Allison über ihren Sohn noch gesagt?", wollte Wallace von Vanessa wissen, die zu seiner Linken stand und mit verklärtem Blick auf die graue Unendlichkeit schaute.

Sie räusperte sich und griff in die Tasche ihrer Jacke, die viel zu dünn war, vermutete Wallace, weil er glaubte zu sehen, wie Vanessa fror.

Sie konsultierte ihre Notizen und hielt die Blätter mit den behandschuhten Händen an den Rändern fest. Der Wind zog und zerrte daran. „Ihr Sohn ging zum Chor und half dem Pfarrer beim Holzhacken“, fasste sie ihren Bericht zusammen und schniefte. Die Spitze ihrer Nase bekam einen rötlichen Touch. „Wollen wir vielleicht irgendwo einen Tee trinken gehen?“

„Unser Pfarrer ist ein Meister darin. Er macht den besten Earl Gray mit Bergamotte. Das habe ich früher, als ich noch ein Kind war, immer gern getrunken. Auch ich war im Chor. Lassen Sie uns zu ihm fahren. Mal sehen, was er uns zu berichten hat.“

„Nichts wie hin“, murmelte Vanessa und ging zum Straßenrand, dorthin, wo Wallace seinen Land Rover abgestellt hatte.

„Was passiert jetzt mit der Familie?“, wollte sie wissen und blieb an der Beifahrertür stehen.

„Sie haben eine Frau an ihrer Seite, die sie psychologisch betreuen wird.“ Er drückte auf die Fernbedienung, die Blinklichter leuchteten zwei Mal auf, doch keiner machte Anstalten einzusteigen.

Vanessa lachte humorlos auf. „Sie wird nichts, aber auch gar nichts, an der Situation ändern können.“

Wallace wirkte nachdenklich, so als gäbe er sich Mühe, sich an etwas zu erinnern. „Hätte ich Hailey nicht mit meinen eigenen Augen gesehen, hätte ich das Ganze als einen bösen Scherz abgetan.“ Wallace massierte sich mich Daumen und Zeigefinger den Nasenrücken und stieg dann ein. Er startete den Wagen und wartete, bis auch Vanessa einstieg. Dann drehte er den Land Rover auf dem von hohen Grashalmen bewachsenem Hügel in die entgegengesetzte Richtung und fuhr davon.

12

Ian saß auf einem Stuhl in einem steril wirkenden Zimmer und kaute an seinen Fingernägeln. Seine Frau war nicht da, sie musste zur Blutabnahme. Vor Aufregung und Ungeduld schlug er abermals die Beine übereinander.

Das Krankenhauszimmer war nicht groß. Die Luft roch nach Medikamenten und Fertiggerichten. Er war allein in dem länglichen Raum und hielt den Blick zum Fenster. Plötzlich ging die Tür auf. Fia erschien darin. Die Augen verweint, die kurzen Haare an einer Seite platt, das sonst so dunkle Braun ihrer Haare war stumpf und hatte einen gräulichen Schimmer, so wie auch der Glanz ihrer Augen. Ihre helle Haut war matt, die Lippen farblos. Sie wirkte wie eine billige Kopie ihrer Selbst.

Ian spürte, wie sich etwas um sein Herz zusammenzog. Er kniff vor Schmerz die Augen zusammen.

„Wo ist unser Kind, Ian? Wo ist unsere Tochter?“ Ihre Worte klangen besorgt. Sie spürte, dass hier etwas nicht stimmte.

„Du musst dich setzen“, krächzte er und fuhr sich mit der Hand übers Gesicht, als wolle er es in die Länge ziehen.

Fia gehorchte nicht sofort. Die Tür glitt leise ins Schloss. Fia blieb dicht davor stehen und verschränkte die Arme vor der Brust. „Du sagst mir sofort, wo unsere Tochter ist.“

Ian schwieg und sah sie flehentlich an.

Fia zögerte, doch dann, fast schon trotzig schritt sie zum Bett und setzte sich auf die Kante.

„Die Polizei behauptet, dass unsere Hailey, dass unser Mädchen in der Nacht aus dem Haus gelaufen ist.“ Seine Stimme flatterte. Er kratzte sich am linken Daumen mit dem rechten Zeigefinger das Nagelbett blutig. „Sie behaupten, sie hatte nichts als ein Schlafkleid und einen Schal an und war bei den Klippen.“ Seine Worte klangen hämisch, als würde er über etwas sprechen, das keiner außer ihnen beiden wusste, wie es sich wirklich zugetragen hatte, und die Polizei völlig daneben lag mit ihren Vermutungen.

„Aber wir waren auch dort. Wir hätten sie bemerkt. Sie ging nie ohne ihre Taschenlampe nach draußen, und nie würde sie sich ohne Erlaubnis so etwas …“ Ihre Stimme brach.

Ians Handy meldete sich und begann auf dem kleinen Tisch zu vibrieren und sich im Kreis zu drehen. Ian griff danach und ging sofort ran.

„Hallo Liebling, ich wollte dich …“

„Jetzt nicht! Verdammt“, knurrte er und trennte die Verbindung.“

„Wer war das?“, wollte Fia wissen.

„Ross. Deren Sohn ist nicht aufzufinden. Die Polizei sucht bereits nach ihm.“

„Hat er mit dem Verschwinden unserer Tochter etwas zu tun?“

Ian zuckte mit den Schultern.

Ein leises Klopfen ließ beide zur Tür blicken.

„Hoffentlich ist es unsere Tochter“, murmelte Fia und stand auf. Doch sie wurde bitter enttäuscht. Eine ältere Dame mit weißem Haar und dunkelblauen Augen erschien in der Tür. Sie war schlank und groß. „Ich bin Dr. Graham. Ich bin eine Psychologin. Ich werde euch in dieser schwierigen Zeit zur Seite stehen“, sprach sie mit angenehm rauer Stimme und trat vollends ins Zimmer.

„Wir brauchen keine Unterstützung, das alles ist nur ein riesengroßer Irrtum.“ Ian sprang vom Stuhl auf und versperrte der Frau den Weg.

„Oh, doch. Sie werden meine Hilfe mehr als nötig haben“, entgegnete sie mit derart autoritärer Stimme, ohne dabei laut zu werden, dass der große Mann die Sprache verlor und sich unwillkürlich zurück auf seinen Stuhl setzte.

„Ich möchte Ihnen keine falschen Hoffnungen machen und gehe stark davon aus, dass ihr Mann Ihnen bisher nicht die ganze Wahrheit gesagt hat.“ Die Psychologin sprach zu Fia und trat näher an die Frau, um neben ihr Platz zu nehmen. Fia sah zu ihrem Mann. Ihr Blick war klagend und bohrte sich tief in seine Augen.

„Was ist mit unserer Tochter passiert?!“, schrie sie ihren Mann plötzlich an. Ian wartete derweil die Situation mit nach unten hängenden Schultern einfach ab. Tränen kullerten über seine Wangen. *In der Zeit, in der die Polizei unsere tote Tochter identifiziert hat, habe ich Allison gefickt,* sprach eine Stimme in seinem Kopf und ließ ihn laut würgen. Vor Schmerz zusammengekrümmt lief er auf die Toilette und übergab sich in die Kloschüssel.

Er hörte seine Frau schreien. Sein Magen verkrampfte sich abermals und ließ ihn erneut würgen. Die Magensäure verätzte ihm die Speiseröhre, doch er empfand diesen brennenden Schmerz als angenehm, weil der sengende Schmerz sein Empfinden, welches er sich gegenüber empfand, betäubte.

13

Wallace stellte den Wagen vor der Pforte ab, dem einzigen Eingang, der durch eine steinerne Mauer führte, hinter der sich das Pfarrhaus befand. Die Gitterstäbe waren aus Eisen geschmiedet und dunkel lackiert. Der grüne Lack blätterte an einigen Stellen ab. Rost fraß sich durch den Stahl und tropfte zu roten Flecken auf die Pflastersteine.

Wallace suchte nach einem Klingelknopf und fand ihn schließlich unter dichten Ranken einer großen Efeupflanze, die sich an den grauroten Steinen mit ihren feingliedrigen Wurzeln festhielt.

An der Klingel hing kein Namensschild. Es war nur ein schwarzer Tippschalter. Wallace hielt den Finger drauf und wartete auf eine Antwort. Er wiederholte den Vorgang noch zwei weitere Male und fluchte in sich hinein.

„Wäre es nicht klüger, den Pfarrer vorher anzurufen?“ Vanessa wirkte ungeduldig.

„Haben Sie schon mal versucht, jemanden anzurufen, der kein Telefon hat?“

„Womöglich ist er in der Kirche?“

„Nein, ist er nicht!“ Wallace klang gereizt.

„Woher die Sicherheit?“

„Weil er um diese Zeit immer Zuhause ist!“

Ein mechanisches Rauschen gefolgt von einem metallischen Knattern des Türöffners unterbrach das Gespräch, das mit jedem Wort in einem Streit auszuarten drohte. Wallace warf sich gegen das kleine Tor und schob es auf. Die Scharniere quietschten leise.

Die beiden Detectives liefen über einen schmalen Weg. „So arg gepflegt scheint der Irrgarten aber nicht zu sein“, murmelte Vanessa.

Tatsächlich würde die Außenanlage sich sehr gut als Kulisse für einen Horrorfilm eignen, überlegte Wallace und erblickte zwischen all dem Gestrüpp einen kleinen Wasserbrunnen. Die kleine Statue, die einem Engel glich, war von weißen Flecken beschmutzt. Auf dem Kopf des beflügelten Jungen, der sich den kleinen Pimmel hielt, saß eine Krähe und beäugte die Eindringlinge mit ihren schwarzen Augen. Der Vogel gab einen einzelnen Laut von sich und stieg dann in die Luft.

„Nachts ist es hier bestimmt noch furchteinflößender", flüsterte Vanessa.

Wallace blickte sich zu ihr um und bedachte sie mit einem höhnischen Grinsen. Als er sich wieder umdrehte, spürte er einen losen Stein unter seinem rechten Fuß. Trockene Äste schlugen Wallace ins Gesicht, weil er an einem Wurzelstrang hängen blieb und darüber gestolpert war. „So eine Scheiße", fluchte er und betastete seine linke Wange die sofort zu brennen begann.

„Sie müssen sich einfach unter die Füße schauen", zog ihn Vanessa auf und inspizierte sein Auge. „Sie haben Glück, dass diese Rosen keine Dornen haben."

„Lassen Sie uns einfach weitergehen", gab sich Wallace patzig und trat gegen den hölzernen Strang, der aus der Erde ragte. Die großen Flusssteine, die in die Erde eingelassen waren, glänzten und waren an manchen Stellen von dichtem Moos bewachsen.

Die beiden Kollegen legten den Rest des Weges schweigend zurück.

Irgendwann standen sie vor einem Haufen Holz. Die meisten Rundlinge waren geviertelt worden. Das Beil steckte immer noch in einem dicken Baumstumpf, der einen guten Meter in der Höhe und einen halben Meter in der Breite maß. Die Oberfläche war von unzähligen Kerben der scharfen Schneide des Beils durchzogen. Ein frischer Duft nach Holz stieg in Wallace' Nase. Der Wind frischte erneut auf. Er ging auf den Stumpf zu und betrachtete die Schneide des Beils. Auch auf dem Holz sah er einen dunklen Fleck, der seine Aufmerksamkeit sofort erregt hat.

„Komm Wallace, ich erfriere sonst", rief Vanessa und versteckte ihre Hände in den Ärmeln ihrer Jacke.

Das Haus des Pfarrers war nicht groß. Der Putz zwischen den Steinen war an manchen Stellen abgebröckelt, die Fensterläden zeigten Spuren der Verwitterung. Der helle Lack hing in Fetzen an dem morschen Holz und flatterte in der kühlen Luft.

Die schwere hölzerne Tür stand nur einen Spalt breit offen. Jemand lugte hindurch.

„Wir haben nur einige Fragen, die wir Ihnen gerne stellen wollen, Vater Baxter", rief Wallace und richtete den Kragen seines Trenchcoats.

„Ist was passiert?" Der Pfarrer trat nach draußen und sah die beiden skeptisch an. Sein lichtes Haar schimmerte in den Sonnenstrahlen und stand zur Seite ab, weil der Wind wieder stärker wurde. Als er auf die oberste Stufe trat, wurde ihm die Tür aus den knorrigen Händen gerissen und fiel polternd zu. Der Pfarrer trug nur eine schlichte Soutane und einen weißen Kragen. Die buschigen Augenbrauen hingen über zwei tiefen grauen Augen.

„Wir sind auf der Suche nach Kenny Stewart", sagte Wallace.

„Und wer sind Sie?", wollte der Pfarrer von Vanessa wissen.

„Ich bin Vanessa Craig, ich arbeite mit DI Campbell zusammen."

„Vanessa Craig? Sind sie wieder zurück? Ihre Mutter war oft bei mir in der Kirche.“ Er stockte und machte ein Gesicht, als wäre ihm etwas Herzbewegendes eingefallen. „Mein herzliches Beileid.“

Der alte Mann hatte sie erkannt, sein Gesichtsausdruck wurde weicher und mitfühlender. Seine rechte Hand ruhte auf der Brust, in der linken hielt er ein kleines Buch.

„Danke, aber wir sind nicht deswegen hier“, lockerte Vanessa die für alle Anwesenden unangenehme Situation mit einem Lächeln auf. „Wie gesagt, wir haben einige Fragen zu Kenny, die Sie uns hoffentlich beantworten können.“ Vanessa rieb sich die Hände aneinander. Es wurde wirklich kühl.

Das hagere Gesicht des Gottesdieners wurde wieder härter.

„Warum sucht ihr nach dem Jungen, wenn ich fragen darf. Hat er etwas angestellt?“

„Das wissen wir nicht“, übernahm wieder Wallace.

„Es ist kalt, und die Gicht macht einem alten Mann wie mir das Leben sehr schwer, lasst uns reingehen“, lud sie der Pfarrer ein und machte die Tür ganz weit auf. Er wartete bis die beiden uneingeladenen Gäste eintraten. Im Inneren des Hauses roch die Luft, wie nicht anders zu erwarten war, nach Weihrauch und Kaminfeuer. Die Glut im offenen Kamin spendete Wärme und Trost, fand Wallace und ging näher hin an die Feuerstelle. Das Holz knackte leise, nachdem er ein Holzscheit mit der Erlaubnis des Pfarrers hineinlegte. Die Flammen loderten wieder auf und erwachten zum Leben. Sein Blick war von dem Tanzen der Feuerzungen gefesselt.

„Wenn Kenny etwas angestellt hat, so muss dieser infame Junge für seine Tat Abbitte leisten. Seine Eltern gehen zu lasch mit ihm um. Ihm fehlt die Richtung und der Weg, den er gehen muss. Er hat in seinem Leben nie erfahren können, was Demut ist“, murmelte der Greis und ging zum Teekessel, dessen Deckel lustig klapperte. Dampf stieg zur Decke. Ein leises Pfeifen erfüllte die Stille.

„Wollen Sie auch eine Tasse? Mit Milch und Zucker?“, lud der Pfarrer die beiden ein und holte drei Tassen aus einem der Schränke.

„Für mich ohne Zucker, bitte.“ Vanessa lächelte den Mann scheu an.

„Wie Sie möchten“, flüsterte er, griff nach einem Küchentuch und stellte den Kessel zur Seite. Mit schlurfenden Schritten ging er zum Kühlschrank, um Milch zu holen.

Der Raum, der sowohl als Küche wie auch Bibliothek genutzt wurde, erinnerte Vanessa an eine kleine Kirche. Auf einem der Regale standen genau sieben Bücher. Es waren allesamt Bibeln. Sie trat näher und stellte fest, dass fünf der Wälzer in unterschiedlichen Sprachen verfasst wurden.

„Sie haben Kenny als infam bezeichnet, warum?“ Vanessa berührte vorsichtig einen der Buchrücken. Der lederne Einband fühlte sich angenehm weich an auf ihrer Haut.

„Weil er etwa Abscheuliches getan hat, worüber ich mit Ihnen nicht reden werde. Es sei denn, seine Eltern würden mir das ausdrücklich auftragen. Aber das haben Sie nicht.“

„Die Eltern wissen also darüber Bescheid?“ Vanessa drehte sich um und sah, dass ihr Partner immer noch auf das flackernde Feuer starrte. „Sie fanden also, dass Kennys Verhalten nicht in Ordnung war?“

„Genau aus diesem Grund sah ich mich in der Pflicht, dies seinen Eltern zu melden“, entgegnete der Pfarrer und goss den Tee in die Tassen ein. „Nehmt Platz und teilt mit mir die Kekse.“ Zum ersten Mal sah Vanessa diesen Mann lächeln. Sie kannte ihn von früher, als sie noch ein Mädchen war. Ihre Mutter nahm sie immer sonntags mit zum Gottesdienst. Vanessa hatte sich vor diesem Mann gefürchtet, vor allem dann, wenn er in der Kirche von der Kanzel mit einer tiefen Stimme zu den Kirchengängern sprach und sie ermahnte, keine Sünden zu begehen.

Vanessa zögerte, doch der Duft nach frischem Tee ließ sie weich werden. Auch Wallace löste sich aus seiner Starre. Er hängte seinen Mantel auf eine Stuhllehne und nahm auf der kleinen Bank Platz, die an die Wand festmontiert worden war. Die Rückenlehne war mit komplizierten Ornamenten geschmückt. Darüber, an der dunklen Wand hing ein altes Gemälde, das den Kreuzgang von Jesus darstellte.

Vanessa setzte sich auf einen der Stühle, die massiv und ziemlich schwer waren, den beiden Männern gegenüber. Sie saß zu weit weg vom Tisch, konnte den Stuhl jedoch keinen Millimeter nach vorne schieben und gab es mit einem gequälten Lächeln auf. Ihre Finger berührten die Tasse. Sie sog kurz die Luft ein und zuckte zurück. Die Tasse war trotz der kalten Milch immer noch sehr heiß. Wallace jedoch schlürfte genüsslich an dem hellbraunen Getränk, ohne den aufsteigenden Dampf wegzupusten. Dann griff er nach einem Keks und tunkte ihn in den Tee.

„Wann haben Sie den Jungen zum letzten Mal gesehen, Vater?“, fragte Wallace kauend und drehte die Tasse zwischen seinen Fingern.

„Gestern. Er hat mir beim Holzhacken geholfen. Er hätte es heute in den Schuppen bringen sollen. Aber wenn ihr da seid, dann kann ich wohl davon ausgehen, dass ich mich selbst damit rumplagen werde.“

„Hat es diesen Vorfall, über den Sie so vehement schweigen, in Bezug auf Kenny schon Mal gegeben?“

Der Pfarrer hob die Tasse an seine runzligen Lippen, ohne daraus zu trinken und dachte nach. Der Lüster, der im Raum hing, spendete nur wenig Licht, da nur zwei der zwölf Lampen brannten.

Der Lichtspender wurde einem Kranz nachempfunden, überlegte Vanessa und senkte wieder den Blick.

„Warum wollen Sie uns nichts davon erzählen, Vater?“

Vanessa sah, wie Wallace einen weiteren Keks in den Tee tunkte und tat es ihm nach. Das warme weiche Gebäck erinnerte sie an die Kindheit. Sie kaute darauf genüsslich herum, lauschte der Stimme ihres Kollegen und sah den Pfarrer ununterbrochen an.

„Ich möchte nicht, dass Sie das, was ich Ihnen sagen könnte, später in eine für Sie genehme Art und Weise verdrehen und Kenny einsperren. Er ist impulsiv, aber im Innersten seiner Seele ein gutmütiger Junge“, entgegnete der alte Mann und nippte an seinem Tee. „Ich möchte nicht, dass Sie die Wahrheit manipulieren.“

„Wir sind von der Polizei“, sagte Vanessa und verschluckte sich fast dabei.

„Darum, ja.“ Der alte Mann ließ sich nicht aus der Ruhe bringen. „Mein Bruder sitzt immer noch im Gefängnis. Seine Schuld wurde nie bewiesen.“

„Aber hier geht es um ein Kind.“

„Von Haileys tragischem Tod habe ich schon gehört. Die Eltern tun mir unendlich leid. Auch damals, als mein Bruder zur lebenslangen Haft verurteilt wurde, hatte die Tat ihren Ursprung in einem blöden Scherz, einem subtilen dummen Jungenstreich. Das Wunschdenken wurde später durch die Gruppendynamik zu einer tragischen Realität. Aber sie waren Kinder. Später hat mein Bruder angeblich einen Wärter so schlimm verletzt, dass dieser Mann an den Folgen verstarb.“ Er stellte die Tasse ab und verschränkte die Finger ineinander.

„Wollen Sie darüber reden?“ Vanessa legte den Rest ihres Kekses auf der Untertasse ab.

Das Schweigen und der darauffolgende Blick waren deutlicher als eine ausgesprochene Verneinung.

„Warum haben Sie die Eltern nicht benachrichtigt?“, fragte sie dann.

„Sie meinen?“ Der Pfarrer hob die Augenbrauen. Seine Stirn wurde von unzähligen Falten durchfurcht. Seine trüben Augen waren immer noch auf sie gerichtet.

„Er hätte heute da sein müssen.“ Vanessa hielt dem Blick stand.

„Ich habe kein Telefon und ging davon aus, dass er anderweitig beschäftigt oder krank ist.“

„Wie war er an dem Tag, an dem er Ihnen beim Holzmachen half?“

„Er war aufgebracht und wütend, wie immer. Aber so sind manche Jungs nun mal.“

„Haben Sie sonst etwas bei ihm bemerkt? Er ging ja zum Kirchenchor. Warum haben Sie ihn ausgeschlossen?“ Vanessa holte ihr Notizbuch aus der Jackentasche und schlug es auf. „Seine Mutter hat ausgesagt, dass er mehrere Jahre mit im Chor war.“

„Ich habe es versucht, aber manche Steine lassen sich einfach nicht schleifen und bleiben daher kantig“, sagte er ruhig. Die feine Nuance in seiner Stimme verriet seinen Unmut, den er durch ein vages Lächeln zu retuschieren versuchte.

„War er auffällig? Irgendwie sonderbar?“

„Ich bin kein Psychologe“, fuhr der Pfarrer auf und taxierte Vanessa finster.

„Schlachten Sie Ihre Hühner noch selbst?“ Jetzt war es Wallace, der von dem müde wirkenden Mann etwas wissen wollte.

„Als ich noch ein Kind war, war mein Leben dadurch definiert, dass ich zu allem ja und Amen sagen musste. Dafür habe ich mich immer gehasst, aber mein Vater war ein strenger Mann. Nachdem ich aus dem Haus ausgezogen war, habe ich gelernt, wie man Nein sagt. Ich möchte hiermit das Gespräch unterbrechen. Oder bin ich festgenommen?“

„Um Gottes Willen.“ Wallace lachte unwillkürlich auf.

„Ich dulde keine Blasphemie in meinem Haus, Wallace. Ich muss mich für den heutigen Gottesdienst vorbereiten. Ich begleite euch zur Tür. Den Weg zurück finden Sie wohl selbst.“

14

„Hast du Kenny endlich gefunden?“ Allison zitterte am ganzen Leib.

„Ich weiß nicht, wo er ist.“ Ross tigerte durch das Wohnzimmer. Er wirkte gehetzt.

„Nun bist du endlich zufrieden, habe ich recht? Du wolltest doch schon immer, dass er aus unserem Leben verschwindet!“ Allison klang bissig und sah ihren Mann giftig an. Sie saß auf dem wuchtigen Sofa und trank aus der Flasche. Das Bier schmeckte ihr nicht, aber etwas anderes hatten sie nicht im Haus. Das grüne Sofa passte zu den knallroten Wänden genauso wenig wie der gelbe Langflorteppich. Aber seine Frau hatte nie ein Händchen für Harmonie, fand Ross und biss die Zähne zusammen, um ihr nichts an den Kopf zu werfen, was er später bereuen könnte. Sie schliefen seit letztem Jahr nicht mehr miteinander. Was keinen der beiden sonderlich zu stören schien. Die Liebe war erloschen. Sie lebten nur zusammen, weil keiner von ihnen Mut hatte, das Wort *Scheidung* als erster auszusprechen.

„Dein Sohn ist genau so dämlich wie seine Mutter. Ich habe ihm lediglich aufgetragen, dem Pfarrer beim Holzhacken zu helfen, und was hat er gemacht? Er hat einem seiner Hühner zuerst die Beine und dann einen Flügel abgehackt. Später hat er zugeschaut, wie das arme Vieh kopflos mit dem verbliebenen Flügel durch die Gegend flatterte, bis es elendig verreckt war. Zum Glück hat es der Pfarrer niemandem gemeldet.“

„Dein ach so hochgepriesener Pfarrer ist ein pädophiles Arschloch, wie alle Pfarrer dieser Welt. Die sind entweder schwul oder stehen auf Kinder. Vielleicht hat er Kenny dazu animiert?“

„Halt einfach deine blöde Fresse“, knurrte Ross und baute sich vor seiner Frau auf. Sie tat so, als würde sie ihn auslachen, und leerte gurgelnd die Flasche.

Am liebsten wäre er ihr an den Hals gesprungen und hätte diesen mit beiden Händen zugedrückt.

„Weißt du was, Allison? Alles, was man ihm aufträgt, macht er falsch. Entweder sind die einfachsten Dinge dieser Welt zu komplex für seinen Verstand und sie bleiben irgendwo in den Windungen seiner Hirnmasse stecken, ohne dabei den kognitiven Bereich erreicht zu haben, oder er ist einfach nur strohdumm, so wie seine naive Mutter.“

Seine Frau sah ihn abfällig an. „Hast du dir schon wieder den Arsch mit einem Blatt aus dem Lexikon abgewischt, oder woher kommt all dieser geistreiche Dünnschiss aus deinem Mund?“

„Ich habe mein Studium deinetwegen abgerochen! Weil du schwanger warst, um später herauszufinden, dass du mir ein Kuckucksei ins Nest gelegt hast.“

„Weil du im Gegensatz zu anderen Männern keine Eier hast und es mir nie richtig besorgen konntest.“

„Halt einfach deine dumme Fresse, Allison. Dein Sohn ist verschwunden, er könnte möglicherweise etwas mit dem Tod von Hailey zu tun haben! Und wir sind seine Eltern!“

Die leere Flasche flog so dicht an seinem Kopf vorbei, dass Ross sogar den Luftzug an seiner linken Schläfe gespürt hatte. „Du bist wahnsinnig!“, schrie er sie an.

„Wage es ja nicht, mein Kind darin zu beschuldigen, den Tod von Hailey auf dem Gewissen zu haben. Er hätte das niemals getan!“ Sie sprang auf und streckte ihre Finger nach seinem Gesicht aus.

„Er hat sich mit Hailey heimlich getroffen. Ich habe sie mehrmals dabei erwischt, wie sie in dem Geräteschuppen miteinander getuschelt haben."

Allisons Augen wurden auf einmal riesig. Sie sah ihren Mann ungläubig an. „Du lügst."

„Nein, tu ich nicht. Hailey war zwar nicht die hellste Kerze auf der Torte, aber sie verstand es, wie man Männer verführte."

„Vielleicht haben die beiden nur miteinander geredet. Du interpretierst wie so oft zu viel in etwas hinein, was niemals stattgefunden hat. Wissen die MacJonsons was davon?" Ihre Stimme klang müde und ängstlich. Sie lief auf ihren Gatten zu.

„Wenn, dann nicht von mir." Er schreckte zurück.

„Wir müssen darüber schweigen. Ich will nicht, dass sie meinen Jungen in den Knast stecken." Sie klammerte sich am Kragen ihres Mannes fest. Ihr Atem roch nach Schimmelkäse und Bier.

„Bevor sie das tun können, müssen sie Kenny erst finden. Niemand versteckt sich, wenn er nicht unschuldig ist."

Sie löste sich von ihm und holte aus. Der Schlag kam so unerwartet, dass er ihrer Hand nicht ausweichen konnte. Seine linke Wange brannte wie Hölle. Seine Augen wurden rot. Die Finger ballten sich zur Faust. Zum ersten Mal in ihrer Ehe schlug er zurück und traf Allison in die Magengrube. Sie sackte in sich zusammen und fiel zur Seite. Ihr Kopf schlug mit der Schläfe gegen die Flasche, die nicht kaputtgegangen war.

„Solltest du erneut Mätzchen machen, oder mich noch einmal schlagen, werde ich dich mit diesen Händen erwürgen", blaffte er mit gefletschten Zähnen. Sein Puls raste.

„So, wie du Hailey erwürgt hast“, keuchte Allison und spuckte Blut auf den Boden. Ihre Lippen waren auch blutig.

„Das hättest du wohl gern.“

„Ich werde der Polizei erzählen, dass du es warst.“

„Du bist so bescheuert. Ich lag mit dir zusammen im Bett, du blöde Kuh.“

Er sagte die Wahrheit, wusste Allison. Er lag tatsächlich neben ihr, und sie versuchte in dieser Nacht seinen Schwanz in den Mund zu nehmen. Doch sie war zu betrunken.

„Es tut mir leid, Ross. Das alles ist zu viel für mich.“

„Wir vergessen das Ganze, aber wenn du dich weiterhin so widerborstig gibst, wird mich dein störrisches Verhalten dazu verleiten, dir noch mehr Schmerzen zufügen zu müssen. Ich weiß, dass du fremdgehst. Die Blume unserer Liebe ist verwelkt. Ihre Blüten sind verblüht. Ich glaube, dass das Feuer in mir erloschen ist. Ich liebe dich nicht mehr, aber ich werde das hier mit dir zusammen durchstehen, danach werde ich aus deinem Leben verschwinden.“ Er klang erstaunlich ruhig, obwohl er innerlich vor Zorn bebte.

Allison stemmte sich auf wackeligen Armen in die Höhe. Ihr wurde die Kehle eng. Sie hasste ihren Mann dafür, wenn er so mit ihr sprach, so als wäre sie ein dummes Kind. Er drückte sich meist nur dann so geschwollen aus, wenn er außer sich war. Darum musste sie sich zügeln. Schon einmal hatte er sie grün und blau geschlagen, nachdem er davon erfahren hatte, dass nicht er der Vater seines Sohnes war. Aber damals waren sie nicht verheiratet gewesen. Er war schon immer misstrauisch gewesen und hatte auf dem Vaterschaftstest bestanden.

Sie schloss die Augen und holte langsam Luft. Ihr Magen verkrampfte sich erneut.

„Es ist besser für uns beide“, sprach er weiter in gemäßigtem Ton.

„Du bist verrückt“, sagte sie und blinzelte schnell. Sie merkte, wie ihr die Sinne schwanden.

„Ich habe dich belauscht.“

„Ich würde niemals …“

„Schweig!“, schnitt er ihr das Wort ab. „Ich werde zu Vater Baxter fahren. Vielleicht ist ihm noch etwas eingefallen. Oder Kelly versteckt sich bei ihm.“

„Geh du nur und lass mich hier allein. Ich bin es ja gewohnt, von allen ausgenutzt zu werden“, sagte sie und blieb auf dem Boden sitzen.

Ross stampfte zur Tür. Beim Vorbeigehen an der Garderobe schnappte er nach seiner Jacke. Ein leises Klimpern machte ihn stutzig. Er senkte den Kopf und schnappte nach dem Fläschchen das aus einer der Jacken herausgefallen sein müsste.

Er betrachtete das Etikett und lief hinaus, die Tür schlug er mit voller Wucht zu. Der Kranz, der an einem Nagel hing, fiel durch den lauten Knall zu Boden und rollte über die drei Stufen nach unten, um in einer Pfütze zu landen. Ross‘ linker Schuh drückte das Geflecht noch tiefer in den Dreck. „Ich werde euch alle fertig machen, dich und deinen Liebhaber“, sagte er und lief zu seinem MINI Cooper.

Der Abend hing dunkel über der Ortschaft und tauchte alles in monotone Grautöne.

Er stand vor dem kleinen Wagen und drehte das braune Fläschchen zwischen seinen Fingern. Gamma-Hydroxy-Butyrsäure stand in kleinen fetten Buchstaben geschrieben. *GHB ist schon nach vierundzwanzig Stunden nicht mehr nachweisbar, hörte er die Stimme des Mannes aus einem Video*, das er sich vor der Beschaffung dieses Betäubungsmittels angeschaut hatte. Mit leichtem Zittern in den Gliedern stopfte er sich das halbleere Fläschchen in die Tasche und stieg in den Wagen.

15

Gregor Baxter stand hinter dem Vorhang neben dem kleinen Fenster und sah zu, wie die zwei Polizisten sich von seinem Haus entfernten.

Wallace blieb kurz vor dem Holzpflock stehen und rief seine Partnerin herbei.

Pfarrer Baxter wartete mit pochendem Herzen und beobachtete die beiden. Mit seinen wässrigen Augen, die vor Anspannung zu tränen begannen, betrachtete er die Szenerie. Er konnte die beiden zwar sehen, aber nicht hören.

Dieser Wallace trug immer noch den jugendlichen Optimismus, der in den meisten Einwohnern dieser Stadt längst erloschen war, weil er sich stets den anderen gegenüber beweisen zu müssen glaubte. Er tat ihm oft leid, weil er immer nach dem Unerreichbaren strebte.

Der Polizist zog zwei blaue Gummihandschuhe über und hob den Pflock auf. Eine kleine Taschenlampe zwischen den Fingern des DIs leuchtete auf. Er hielt den Lichtkegel auf das dicke Ende des Pflocks. Da war Blut, wusste der Pfarrer und zog sich weiter zurück ins Haus.

Mit dem Ärmel wischte er sich den nicht vorhandenen, aber deutlich spürbaren Schweißfilm von der Stirn. Erinnerungsschnipsel rauschten durch seinen Kopf. Das lachende Gesicht von Kenny, das mit roten Blutstropfen besprenkelt war - und dieser bizarre Blick.

Diese Bilder werde ich mit ins Grab nehmen, schwor sich der Geistige und zog sich weiter vom Fenster weg. Das, was er gestern erlebt hatte, würde ihm niemand so abkaufen, wie es sich tatsächlich zugetragen hatte. Mit lautem Hämmern in der Brust ging er zum anderen Fenster, das zur Hälfte offenstand. Hier war die Sicht durch einen Strauch verdeckt, aber er konnte sie reden hören. Mit seinem guten Ohr lauschte er den Stimmen, die von dem kalten Wind beinahe übertönt wurden.

„Dieses Gefühl währt nur kurz, aber es sagt mir, dass das hier nicht unbedingt das Blut eines Huhns ist", sprach Wallace zu seiner Partnerin.

Sie stand dicht neben ihm und blickte auf die Stelle, auf die er mit dem Strahl der Taschenlampe hinwies.

„Aber hat der Mann Gottes nicht gesagt, dass er seine Hühner selbst schlachtet?"

„Ja, aber er erschlägt sie nicht mit einem Holzpflock", entgegnete Wallace.

Das Gefühl der Hoffnung sickerte aus dem altersschwachen Körper des älteren Mannes und ließ seine Glieder noch schwächer werden. „Du dummer, dummer Junge", murmelte er und hielt sich mit der zittrigen Hand an der Rückenlehne seines Lesestuhls fest. Der Stuhl rutschte über die Dielen und gab ein lautes kratzendes Geräusch von sich, während die Beine des Stuhls über den Boden schabten.

„Ist es nicht eine interessante Koinzidenz?", wollte die junge Polizistin von Wallace wissen und warf einen Blick zum Haus. „Gerade eben, als ich das Beil in Betracht zog, hast du den Pflock mit dem Blutfleck entdeckt. Ich dachte noch so bei mir: wenn an dieser Stelle den Hühnern der Kopf abgeschlagen wird, wo bleiben dann die Federn?"

Ein leises Poltern riss den alten Mann aus der Schockstarre.

Er senkte seinen Blick zu Boden. Das Feuer im Kamin erleuchtete den Raum nur kärglich. Dunkle Schatten tanzten an den Wänden und den schartigen

Dielen. Der Pfarrer ging in die Knie und tastete das kalte Holz mit den Fingern ab. Tatsächlich fand er etwas, das unter dem Stuhl lag. Es war nicht sonderlich groß, dennoch wog es ziemlich schwer in seinen Händen. Er hob es auf und drehte sich zum Kamin. Das Holz knackste und ließ ihn erneut zusammenzucken. Das, was er zwischen seinen knorrigen Fingern hielt, war ein Klappmesser.

Mit dem Zeigefinger seiner rechten Hand, dessen Nagel dunkel und die Spitze blau von der Tinte war, mit der er seine Reden schrieb, fuhr er langsam über den Schaft, der aus dem Horn eines Ziegenbocks geschnitzt war.

Er erhob sich mit schmerzerfüllter Miene. In seinem linken Knie rieben die Gelenke aneinander, so als habe jemand Sand darauf gestreut.

Schweißperlen benetzten seine Stirn.

Er sah erneut durch das Fenster. Die beiden Polizisten waren immer noch da. Wallace telefonierte, seine Partnerin suchte derweil die Gegend ab, denn auch sie war mit einer Taschenlampe ausgerüstet. Nein, es war ein Handy.

Vater Baxter schlurfte zum Küchenschrank und holte eine blecherne Keksdose heraus, in der er seine Medikamente und ein Handy aufbewahrte.

Er wählte eine Nummer und wartete mit einem dicken Kloß im Hals auf eine Stimme.

„Ja?“

„Ich kann nicht mehr länger darüber schweigen. Was der Junge getan hat, muss ich der Polizei erzählen“, stotterte der alte Mann in den Hörer und umklammerte das Messer fest mit seiner linken Hand.

„Nein, das darfst du nicht. Wir beide müssen Stillschweigen bewahren. Unser Geheimnis bleibt nur solange geheim, wie du deinen Mund hältst, ansonsten werde ich dich ausliefern, du alter Sack“, blaffte die Stimme mit ungewohnter Kälte.

„Ich will nur das Beste für uns alle“, flehte er die Stimme an.

„Das Leben der anderen folgt nun mal nicht immer den Regeln des Herrn, wir sind alle Sünder. So wie auch du, Vater Baxter, weil auch du ein Mann bist“, ermahnte ihn die Stimme und legte auf.

Der Pfarrer schloss die Augen und sprach ein Ave-Maria, dabei bewegte er nur seine Lippen.

Dann räumte er das Handy zurück in die Dose und verstaute alles im Schrank. Danach ging er zurück ans Fenster.

Irgendwo in der Ferne zuckten die Leuchtsirenen. Die Einsatzfahrzeuge kamen immer näher. Die beiden Polizisten liefen durch den Garten und suchten alles ab, was ihnen verdächtig erschien.

Irgendwann kam Wallace an die Tür und klopfte mit der Faust dagegen.

„Vater Baxter, machen Sie bitte die Pforte auf. Die Kollegen von der Spurensicherung wollen sich hier umschauen. Bitte machen Sie keine Dummheiten. Wir können keine Zeit an Nebensächlichkeiten verlieren.“

Ein kalter Schauer lief dem alten Mann den Rücken hinunter. Seine rechte Hand lag auf dem Türknauf. In der Linken hielt er immer noch das Messer, das er jetzt in seiner Kutte versteckte.

16

Am Abend darauf

Wallace saß gedankenverloren am Tisch bei sich Zuhause und stocherte mit der Gabel in seinem Teller herum. Senga sah ihn stumm an. Die Ellenbogen auf den Tisch gestützt, das schmale Kinn ruhte auf den zwei kleinen Händen, die sie zu Fäusten geballt hatte.

Trotz aller Differenzen, die sich in letzter Zeit anhäuften, liebte er seine Frau. Natürlich war dieses Gefühl nicht so prickelnd wie am Anfang, dennoch glaubte er, dass seine Ehe noch in Ordnung war.

Ihre Beziehung hatte schon Höhen und Tiefen überlebt, das Feuer war schon längst erloschen, aber die Glut war noch da.

Ein leises Ticken der Uhr und das Kratzen der Gabel auf dem Teller waren die einzigen Geräusche in diesem Haus, abgesehen von dem Rauschen der Räder vorbeifahrender Autos.

„Wie lange soll das so noch weitergehen?“, sprach Senga mit belegter Stimme.

Die Gabel rutschte aus seinen Fingern und krachte auf den Tellerrand.

„Dein Sohn hat sich heute in der Schule geprügelt.“

„Er ist zwölf“, flüsterte Wallace und schob den halbvollen Teller von sich weg.

„Interessiert dich vielleicht der Grund für sein Verhalten? Willst du nicht erfahren, warum sich dein Sohn geprügelt hat?“

„Er hat sich nur verteidigt.“ Wallace hob den Blick und sah seine Frau mit müden Augen an. Er hatte keine Kraft für eine familiäre Auseinandersetzung.

„Indem er einen Jungen krankenhausreif schlug."

„Der Kerl war älter und größer. Eine gebrochene Nase ist heutzutage kein Drama. Meine war zweimal gebrochen. Mein Vater hat mich jedes Mal einen Feigling genannt, weil ich mich nicht gewehrt habe. Don hat nur etwas klargestellt. Sein Gegner war fünfzehn."

Senga schnaubte verächtlich. Ihre Hände lagen nun flach auf der weißen Holzplatte. „Fünfzehn! Das ist alles?", feixte sie mit einem verächtlichen Lächeln. „Das gibt unserem Sohn immer noch kein Recht, jemanden zusammenzuschlagen! Du hast ihn dazu ermutigt, stets als erster zuzuschlagen und du hast ihm diese Schläge beigebracht. Anstatt mit ihm ein Buch zu lesen, haut ihr euch gegenseitig die Köpfe ein. Ich habe euch mal im Keller beobachtet. Warum machst du aus unserem Sohn einen Schlägertyp?"

„Mache ich nicht! Ich habe früher viele Bücher gelesen. Aber wusste nicht, wie man seinen Mann steht! Don wurde noch nie mit dem Kopf voraus in eine Kloschüssel getunkt, in der Scheiße schwamm!" Wallace musste sich zusammenreißen, um nicht mit der Faust gegen den Tisch zu schlagen. „Wäre es dir lieber, dass unser Sohn anstatt des Jungen im Krankenhaus liegen würde? Warum macht man aus allem eine Tragödie? Seine Nase ist gebrochen! Die Nase, nicht der Arm!" Er hob die Augenbrauen und sah seine Frau finster an. „Ich habe mit Don darüber gesprochen. Dieser Kerl hat ein Mädchen beleidigt …"

„Das ist immer noch keine Entschuldigung dafür, um handgreiflich zu werden. Im Leben wird nicht alles nach Faustrecht geregelt! Er wurde für drei Wochen von der Schule ausgeschlossen."

„Na und? Dann lernt er eben zu Hause weiter. Du bist doch eine Lehrerein."

„Ich war Lehrerin, bis ich mit deinen Kindern schwanger wurde."

Wallace wurde gewahr, dass sie nicht allein waren. Er schaute zu seiner Linken. Der Türbogen, der ins Wohnzimmer führte, war von der Schwärze ausgefüllt. Doch eine vage Bewegung sagte ihm, dass sie von jemandem beobachtet wurden. Der geisterhafte Schemen verriet sich durch ein leises Atmen.

„Don, du sollst ins Bett gehen. Ich verurteile deine Tat, weil du dem Kerl die Nase gebrochen hast. Du hättest ihn nur in den Bauch schlagen müssen."

„Er hat ein Mädchen als Hure bezeichnet. Sie ist neu auf unserer Schule." Die kindliche Stimme klang vom Schlaf belegt und flatterte.

Wallace sah seine Frau auffordernd an. „Auch ich habe mich damals geprügelt, weil auch zu meiner Zeit ein Mädchen auf unserer Schule als Schlampe bezeichnet wurde. Sie konnte sich nicht wehren, weil sie unserer Sprache nicht mächtig war. Ihre Eltern kamen aus Norwegen. Das war das zweite Mal, bei dem mir die Nase zu Brei geschlagen wurde. Und ich trug für mehrere Wochen einen Gips!"

Senga senkte beschämt den Kopf. „Trotzdem finde ich es nicht in Ordnung."

„Magst du das Mädchen, Don?", wollte Wallace von seinem Sohn wissen, der jetzt ins Licht trat. Den Kopf hielt er immer noch gesenkt. Sein blondes Haar verdeckte sein Gesicht. Er trug einen gestreiften Pyjama. Seine Arme hingen zu beiden Seiten herab. Er grübelte über etwas nach. Ohne den Kopf zu heben drehte er sich um.

„Ich gehe wieder ins Bett“, sagte der Junge, statt die für ihn unangenehme Frage zu beantworten. Leise Schritte von nackten Füßen auf glatten Fliesen und ein leises Ticken einer großen Standuhr war alles, was noch zu hören war.

„Du bist in letzter Zeit zu wenig da“, sagte schließlich Senga, nachdem ein leises Klicken des Türschlosses aus dem Korridor ertönte.

Wallace stieß ein tiefes Seufzen aus. „Du weißt ganz genau, wie wichtig der neue Fall für mich ist.“

„Deine Tochter geht ab der nächsten Woche in den Kindergarten. Ich will langsam zurück in das Berufsleben finden. In der Schule wird händeringend nach neuen Lehrkräften gesucht. Da brauche ich deine Unterstützung mehr denn je.“

„Ich weiß.“ Wallace nahm das mit Rotwein gefüllte Glas und nippte daran.

Seine Frau betrachtete ihn stumm.

„Ich muss diesen Fall lösen.“

„Mit der Ex an deiner Seite?“ Ihre Stimme bekam wieder einen schärferen Ton.

Daher wehte also der Wind. Wallace unterdrückte ein Schmunzeln und machte einen größeren Schluck.

„Du musst mir vertrauen. Damals wolltest du eine Pause haben.“

„Was dir kein Recht gab, diese für einen schnellen Fick auszunutzen.“

„Ich verstehe euch Frauen manchmal nicht“, knurrte er.

„Sprich leiser, sonst weckst du noch Mari-Ann.“ Senga schwenkte den Wein in ihrem Glas und betrachtete die gleichmäßigen Wellen darin. „Sie ist viel hübscher als ich. Sie ist blond und …“

„Das bist du auch“, unterbrach sie Wallace.

„Aber ich war schon seit vier Wochen nicht mehr beim Frisör. Gestern habe ich ein Dutzend graue Haare entdeckt, wahrscheinlich sind es noch mehr.“ Tränen schwammen in ihren grauen Augen. Ihre Lippen zitterten.

„Halte noch dieses eine Mal durch. Ich muss den Mord aufklären. Andernfalls wird Chief Superintendent Daily diesen Fall DI Craig übergeben.“ Er nannte Vanessa absichtlich nicht beim Vornamen und wählte stattdessen ihren Dienstgrad. „Es kann schnell passieren, dass ich ein wichtiges Detail übersehe, das später vielleicht eine sehr entscheidende Rolle spielen könnte, um diese Sache aufzuklären.“

„Hailey ist deine Nichte. Wie kommst du damit klar?“

„Ich versuche nicht darüber nachzudenken.“ Sein Handy klingelte.

„Nicht mal beim Abendessen schaltest du das Ding aus. Weiß sie eigentlich, dass ich von eurer Affäre weiß? Sieh mich an, Wallace! So kann es nicht weitergehen. Du musst etwas an der ganzen Situation ändern, sonst tu ich es“, maßregelte ihn seine Frau und stand auf. Sie nahm das Glas mit und ging in die Küche.

„DI Campbell.“ Wallace folgte mit dem Blick seiner Frau. Sie trug ein Kleid, das tat sie fast nie. Heute war ihr Hochzeitstag, den hatte er komplett vergessen. *Ich bin ein Arschloch*, dachte er.

„Ich weiß“, sagte Vanessa schnippisch und zerriss seine Gedanken. „Das Blut ist von einem Tier und nicht von einem Menschen. Der Pfarrer hat die Wahrheit gesagt.“

„Hat er eine blutige Zeremonie veranstaltet, um die Dämonen zu vertreiben?“

Vanessa lachte kurz auf. „Nicht wirklich. Beim letzten Mal sei ihm eines der Hühner aus den Händen entglitten und kopflos durch die Gegend gehüpft, bis er dem Ganzen ein Ende setzte, und zwar mit diesem scheiß Pflock.“

Wallace knurrte.

„Kannst du vielleicht jetzt in die gerichtsmedizinische Abteilung kommen?“

„Jetzt noch? Es ist spät und ich habe schon etwas getrunken. Und ich bestehe darauf, uns zu siezen, auch wenn niemand dabei ist, der uns belauschen kann.“ Wallace stand am Fenster und betrachtete die Wassertropfen, die die Scheibe hinunterliefen. Es regnete wieder.

„Okay, euer Ehren, können Sie sich vielleicht dazu bereit erklären, Ihren Allerwertesten in Bewegung zu setzen? Es ist Mitternacht. Die Kinder schlafen bestimmt schon. Oder hat Ihre Frau etwas für Sie vorbereitet, heute ist doch euer Hochzeitstag, wenn ich mich recht entsinne.“

Wie können Frauen sich alles merken, ärgerte sich Wallace, ging aber auf die Provokation nicht ein. „Genau. Zu dieser Zeit pflege ich Zuhause zu sein, um mich auszuruhen, ansonsten werde ich schlecht ertragbar für das Umfeld. Und die heutige Nacht …“

„Kannst du mir vielleicht eine Nummer von einem deiner Kollegen geben, der diese Aufgaben übernehmen kann, ohne vorher seine Frau um Erlaubnis bitten zu müssen?“

„Welcher entscheidende Hinweis könnte dadurch vernichtet werden, wenn wir der Sache nicht erst morgen nachgehen würden? Willst du hiermit deinen Wert als Polizistin beweisen? Willst du das? Oder bluffst du nur? Du bist scharf auf meine Stelle, das habe ich schon mitbekommen."

„Hast du vielleicht darüber nachgedacht, Wallace, warum du diesen Platz erst jetzt zugewiesen bekommen hast?"

„Ich möchte, dass wir uns in Zukunft siezen, Vanessa."

„Das meinst du wirklich ernst?" Ihre Stimme bekam einen schrillen Unterton, weil sie damit überhaupt nicht gerechnet hatte.

„Das, was zwischen uns war, war ein Fehler."

„Klar. Diese zwei Minuten waren der kürzeste Fick meines Lebens, und ja, es war ein Fehler. Wenn du willst, kann ich dich natürlich siezen."

„Danke", murmelte er in den Hörer und legte den Kopf in den Nacken. Wallace war zu erschöpft.

„Keine Ursache, Sie Arschloch. Kommen Sie nun oder nicht, DI Campbell? Woher kommt es eigentlich so plötzlich, dass wir uns auch am Telefon siezen sollen? Deine Wichtigtuerei nervt mich langsam."

Wallace schwieg.

„Wollen Sie nun kommen oder nicht?"

„Ja", murmelte er, leerte das Glas mit einem Schluck und ging zum Tisch. Seine Frau war nirgends zu sehen. Die Luft roch nach erloschenen Kerzen, kaltem Essen und Ärger. Aber das war ihm im Moment ziemlich egal. Er hatte es einfach satt, von allen gepiesackt zu werden. Und wenn Senga die Scheidung einreichen wollte, so sollte es halt sein. Er schlüpfte in seine Lederschuhe und schnappte beim Hinausgehen nach seinem Trenchcoat.

„Das war sie? Nicht wahr?“, vernahm er die Stimme seiner Frau, die vor Zorn und Verzweiflung bebte. Die Frage glich eher einer Feststellung. Nirgendwo brannte Licht, nur draußen vor der Tür.

Er sah das Abbild seiner Frau im Spiegel, der vor der Tür hing. Sie trug jetzt nur ein durchsichtiges Negligé. So etwas Erotisches hatte er in all den Jahren nicht gesehen, nicht mal in der Hochzeitsnacht. An diesem so bedeutendem Tag waren sie so erschöpf gewesen, dass keiner von den beiden an Sex denken wollte. Und heute wollte er es nicht, weil sein Kopf mit anderen Dingen beschäftigt war.

„Ich muss los“, sprach er zu dem Spiegelbild. Es wurde eng um seine Brust. „Ich muss mir den Leichnam anschauen. Von Hailey, die nur etwas älter war als unser Sohn“, schob er den letzten Satz wie eine Ausrede nach.

„Und das lässt sich nicht auf morgen verschieben? Du ziehst mich selbst einer Toten vor. Ich will so ein Leben nicht“, sagte sie und warf ihm einen verächtlichen Blick zu.

„Hast du dich jemals gefragt was ich möchte? Immer ging es entweder um dich oder um die Kinder. Wann bin eigentlich ich dran? Kannst du mir das verraten, Senga?“

„Ich habe immer gedacht, es wird schon werden mit uns beiden, aber so richtig super war unser Leben nicht. Ich habe mich selbst belogen. Die Kinder waren nur ein Vorwand, und das war falsch. Ich weiß nicht, ob ich dich noch liebe, Wallace.“

„Ganz meinerseits“, lautete seine Antwort die er nicht wirklich bereute. Mit einem kalten Klumpen des Zorns im Hals stürmte er hinaus in die Nacht.

17

Ian lag wach im Bett. Seine Frau war immer noch im Krankenhaus.
Die Tür zum Schlafzimmer stand offen. Ein schwaches Zucken erhellte den Flur. Sein Sohn saß schon wieder am PC und tötete virtuelle Monster. Ihn schien der Tod seiner Schwester nicht wirklich mitzunehmen.

Ein leises Brummen ließ Ian schwer aufatmen und zwang ihn, nach dem Handy zu greifen, das neben ihm auf dem Nachttisch lag. Sein uraltes Smartphone fiel ihm beinahe aus der Hand, weil es an einem Ladekabel hing. Ian schlug die Decke auf und setzte sich auf den Bettrand. Der kalte Boden an seinen nackten Füßen fühlte sich gut an.

Die roten Zahlen der digitalen Anzeige des Weckers blinkten. Die Uhr auf dem Handy zeigte, dass es schon eine Stunde nach Mitternacht war.

Die Nummer war unterdrückt. Er ging trotzdem ran. „MacJonson", meldete er sich, weil er nicht wusste, wer ihn da am anderen Ende erwartete. Ein unangenehmes Kribbeln unter dem Herzen verstärkte sein Unwohlsein zusätzlich.

„Hallo Schatz", sprach die gedämpfte Stimme, die ihm sehr vertraut war.

„Ich habe doch gesagt, dass wir damit aufhören sollten", ermahnte er die Stimme und hob den Blick. Mit müden Gliedern quälte er sich aus dem Bett und ging in den Flur. Die Tür zum Zimmer seines Sohnes stand offen. Alan saß vor einem riesigen Monitor und ballerte, was das Zeug hielt. Blut spritzte auf den Bildschirm. Zerfetzte Körper von hässlichen Geschöpfen mit weit aufgerissenen Mäulern fielen zuckend auf die vom Blut durchtränkte Erde. Alan war von der Umwelt abgeschirmt, er befand sich irgendwo ganz anders. Das würde Ian auch wollen.

„Ian, bist du noch da?“, flüsterte die Stimme in sein Ohr.

„Lass es uns beenden“, sagte Ian und fuhr sich mit der Hand über den Kopf. Sein kahler Schädel war feucht und fühlte sich fiebrig heiß an. Auch auf seinem Rücken und den Armen bildete sich Schweiß und bescherte ihm eine Gänsehaut. Irgendwo stand noch ein Fenster offen. Im Bad. Er hatte nach dem Duschen vergessen, es zuzumachen.

„Bitte, Liebling. Habe ich so vieles für unsere Liebe getan, nur damit du mich danach im Stich lässt? Lass uns einfach von hier verschwinden. Wir können irgendwo ein neues Leben anfangen. Nur wir beide, dort, wo uns niemand kennt. Nur du und ich.“

„Meine Tochter wurde ermordet, meine Frau hat Brustkrebs und mein Sohn sitzt seit zwanzig Stunden am Computer. Und ich soll einfach so, mir nichts, dir nichts, alles hinter mir lassen? Für was? Für ein Experiment? Ich weiß nicht, ob ich das überhaupt will! Das, was zwischen uns läuft, ist nicht in Ordnung.“

Die Stimme schwieg einen Moment lang.

„Fickt euch! Ihr Arschgeigen!“, schrie sein Sohn so laut und unerwartet auf, dass Ians Herz für zwei Schläge ausgesetzt hatte. Der Stich in der Brust ließ ihn geräuschvoll nach Luft schnappen. Er keuchte und hielt dann die Luft an.

„Hast du nicht selbst gesagt, dass wir abhauen sollten?“, ließ die Stimme nicht locker.

„Es war ja nur ein Wunschdenken, laut ausgesprochen klingt die Idee zu absurd. Außerdem rufst du zu einem Zeitpunkt an, der nicht schlechter gewählt sein könnte als jetzt. Checkst du das etwa nicht? Sind dir Empathie und Mitgefühl fremd?“

„Du bist ein Feigling, das warst du schon immer. Vielleicht überlegst du es dir doch noch anders, nachdem sich die Wogen geglättet haben. Ich liebe dich trotz deiner Schwächen.“ Dann war die Leitung unterbrochen.

Ian drückte seine Stirn gegen die Wand und sah auf das Display. „Das bin ich vielleicht“, flüsterte er, drehte sich um und ließ sich auf den Boden gleiten.

„Fickt euch!“, brüllte sein Sohn lauthals. „Fickt euch, ihr Arschlöcher. Ich mache euch alle, ihr Bitches.“

„Fickt euch alle“, presste Ian durch die Zähne und schloss die Augen.

18

„Die Zeitspanne, in der das Mädchen ermordet wurde, haben wir noch weiter eingrenzen können. Wenn wir von den äußerlichen Wettereinwirkungen ausgehen, so starb Hailey MacJonson zwischen sechsundneunzig und achtundvierzig Stunden“, sprach der Gerichtsmediziner mit ruhiger Stimme. Ein älterer Herr mit einem grauen Haarkranz. Er trug ein rotes Hemd und eine schwarze Fliege.

Der Leichnam lag in einem separaten Raum, der durch eine Glaswand getrennt war. Die beiden Polizisten standen dicht davor und sahen mit angestrengten Blicken auf das verstümmelte Gesicht, der Rest war mit einem grauen Laken zugedeckt. „So etwas sehe ich zum ersten Mal“, sprach er die Gedanken von Wallace laut aus.

„Was haben Sie für uns, das sich nicht auf morgen verschieben lässt?“, wollte Wallace von dem Mediziner mit müden Gesichtszügen wissen.

Mr. Moray holte tief Luft, sein Bauchansatz spannte an dem Hemd. „Nun ja, wir haben aus den Atemwegen eine einzelne Faser extrahieren können.“

„Extrahieren?“ Wallace zog verwundert die Augenbrauen zusammen.

„Ja. Sie war mit den Körpersäften vermischt. Es war ein langwieriger Prozess, wir wollten die Struktur in keinster Weise verändern.“ Dem wachsamen Funken in den Augen von Mr. Moray nach war er trotz seines Alters nicht nur vernunftbegabt, er war es auch nicht gewohnt, von anderen hinterfragt zu werden.

„Okay. Was ist an der Faser so ungewöhnlich?“ Wallace entschied sich nachzugeben. „Können Sie sich so prägnant wie nur möglich ausdrücken und gleichzeitig ohne von all diesen medizinischen Fremdworten Gebrauch zu machen?“

Die Frage von Wallace schien für Mr. Moray so unpassend, dass er einen erstaunten Gesichtsausdruck aufsetzte und sich über die frischrasierte Wange fuhr.

„Wir haben ein Haar“, fuhr Mr. Moray schließlich fort. Er machte eine kurze Pause und blickte auf seine Finger. „Genauer gesagt: nur ein Teil davon.“

Das war wirklich sehr kurz und bündig, dachte Wallace bei sich. „Ist da eine Haarwurzel dran?“

„Nein, aber selbst wenn, würde sie Ihnen nicht viel bringen.“

Jetzt war es Wallace, der erstaunt dreinblickte. Er sah nicht mehr durch die blankpolierte Scheibe. Sein Blick glitt zu Mr. Moray.

„Es ist ein Haar von einem Tier. Wir konnten es noch nicht hundertprozentig zuordnen, um welches irdische Geschöpf es sich handeln könnte, aber wir gehen stark davon aus, dass es sich dabei um eine Fledermaus handelt.“

„Eine Fledermaus? Ich habe auf einen partiellen Fingerabdruck oder ein einzelnes Spermium gehofft, aber ein Haar von einer Fledermaus?“

„Wir tun unser Bestes. Wenn nichts mehr da ist, dann ist halt nichts mehr da, was wir Ihnen bieten können.“

Nach einem kurzen Augenblick des Zögerns versuchte Vanessa zu intervenieren. „Hätte das Mädchen dieses Haar schon vor längerer Zeit eingeatmet haben können?“

„Ich glaube nicht, sonst wäre das Haar entweder nicht da, oder es wäre in das Gewebe eingewachsen. Ähnlich wie bei einer Muschel. Das, was der Körper nicht absondern kann, versucht unser Organismus einzuschließen."

„Das bedeutet, dass wir uns nach einer Höhle umschauen sollten", umriss Wallace eine weitere Möglichkeit, den letzten Aufenthaltsort vor Haileys Tod zu bestimmen.

„Sie muss es nicht zwingend in einer Höhle eingeatmet haben."

„Aber die Viecher halten Winterschlaf", fuhr Wallace auf. Sein Ausbruch war ungestüm und unpassend, was er sofort bereute. Er rechnete einen Augenblick lang damit, dass sie deswegen vom Herrn der Leichen hinauskomplimentiert werden könnten.

„Also zuerst müssen wir diesen Befund selbst genauestens verifizieren." Mr. Moray ließ sich nicht aus der Ruhe bringen. Er hob die Hände in Brusthöhe und legte Fingerspitzen auf Fingerspitzen, dabei wurden seine Fingernägel weiß. „Wenn der Mörder dem Mädchen zuerst den Mund mit der Hand zuhielt oder ihr etwas in den Rachen geschoben hat, um sie zum Schweigen zu bringen, so könnte er der Objektträger gewesen sein. Woraus wir schließen können, dass Hailey sich nicht zwingend in der Höhle aufgehalten haben muss, in der sich das Habitat der kleinen Blutsauger befindet." Der Mediziner senkte die Stimme, um die Atmosphäre, die vor Anspannung knisterte, zu entspannen. Tatsächlich atmete Wallace flacher. „Das mit dem Blutsaugen ist nur eine Metapher. Nicht sie haben das Mädchen umgebracht."

„Tut mir leid, dass ich Sie angefahren habe", murmelte Wallace und fuhr sich durch das Haar.

„Die Fledermäuse müssen ja auch nicht zwingend aus einer Höhle kommen, auch wenn das das natürliche

Winterquartier dieser Tiere ist.“ Mr. Moray richtete seine Fliege.

„Haben Sie noch mehr für uns?“ Vanessa machte ein zerknirschtes Gesicht.

„Nein. Vielleicht doch. Wir haben mehrere einzelne Schuppen, die auch von einer Fledermaus stammen, so können wir die Art bestimmen und ausschließen, dass diese Spuren von außerhalb dieser Gegend eingeführt wurden.“ Der Mediziner unterdrückte ein Gähnen und holte tief Luft, die kühl war, die nach Desinfektionsmitteln und noch mehr nach Leichen roch. Eine durchsichtige Dampfwolke stieg aus seinem Mund. „Ich mache Schluss für heute. Der Tag war schließlich lang genug.“

„Ich bin aus dem Schlaf gerissen worden. Bin hierhergekommen, um das hier zu erfahren? Ist das euer Ernst? Ein Haar und mehrere Schuppen von einer Fledermaus? Haben Sie vielleicht auch Fasern von dem Gurt, mit dem das Kind erwürgt wurde?“ Wallace sah zuerst zu dem Mann, dann zu Vanessa und wieder zum Gerichtsmediziner, dessen Miene ausdruckslos war. „So war es doch? Oder täusche ich mich? Er hat ihr die Luft mit dem Sicherheitsgurt abgeschnürt?“

Stewart Moray nickte zustimmend. „Die Abschürfungen auf ihrem Hals deuten darauf hin, ja. Aber durch den Schnee und den Regen sind alle Beweise weggespült worden. So leid es mir tut, aber ich kann mit nichts anderem aufwarten als damit, was ich Ihnen gerade eben gesagt habe.“

„Vielen Dank, Sir“, sagte Vanessa mit einem flüchtigen Lächeln auf den Lippen.

„Dieser Fall wird mein Sankarastein sein“, presste Wallace mit verärgerter Stimme aus sich heraus.

Vanessa sah ihn stirnrunzelnd an. Auch der Gerichtsmediziner kratzte sich an der Schläfe und furchte die Stirn.

„Der macht mich berühmt. Glanz und Anerkennung wird er mir bringen“, klärte er im sarkastischen Ton die beiden auf und richtete seinen Blick auf die Leiche. Ein leises trockenes Klickgeräusch löschte die Lichter in dem Kühlraum. Nur ein leichter weißer Firn erhellte den toten Körper.

Wallace steckte die Hände in die Hosentaschen und kippte leicht auf den Schuhsohlen vor und zurück. Das Summen der Kühlaggregate brachte die Luft zum Vibrieren.

„Wir sehen uns morgen. Zugegebenermaßen ist es nicht viel, was wir in der Hand haben, aber morgen ist ja auch noch ein Tag“, sagte Mr. Moray schließlich, rieb sich die Hände und zeigte mit einer ausladenden Geste zur Tür. Sein versonnener Ton legte nahe, dass Wallace zu weit gegangen war und dass seine nächsten Fragen unbeantwortet bleiben würden.

19

„Vielen Dank auch, DI Diva“, zog Vanessa Wallace auf, während sie den breiten Korridor entlangliefen. Ihre Schritte hallten von den grauen Wänden wider. „Du bist und bleibst ein Dorfpolizist.“

„Duff Castle ist eine Stadt“, protestierte er. „Und du?“ Er lachte abfällig auf und sah sie von oben bis unten abschätzig an. Hohn spiegelte sich auf seinem Gesicht wider. „Du glaubst doch nicht wirklich, dass du etwas Besseres bist. Schau dich an. Deine Pagenfrisur mit den roten Strähnchen wirkt immer noch provinziell, aus dir wird niemals ein Stadtmensch werden“, warf er ihr den Satz vor die Füße und beschleunigte seinen Schritt.

„Ich habe mit Chief Superintendent Daily ein Vieraugengespräch geführt. Über dich, du …“ Sie verbiss sich die Bemerkung und kam ins Straucheln, weil Wallace nach diesem Satz abrupt stehen blieb.

„Was?“ Blut schoss ihm ins Gesicht.

„Sie wollte, dass ich den Fall übernehme, aber ich habe Nein gesagt. Und wie dankst du mir jetzt dafür? Mit einer moralischen Ohrfeige. Oh! Verzeihung, wir siezen uns ja jetzt.“ Ihr Ton klang theatralisch. Mit affektiert tiefer Stimme sagte Vanessa: „Der Herr möchte auf Abstand gehen, nicht dass seine Frau von dem Ausrutscher noch Wind bekommt.“

„Sie weiß darüber Bescheid. Ich habe es ihr gebeichtet. Sie weiß davon.“

„Du hast ihr tatsächlich erzählt, dass wir beide miteinander geschlafen haben?“ Sie lachte ungläubig auf und breitete die Hände zu beiden Seiten aus. „Ich glaube, ich bin im falschen Film.“ Sie schüttelte den Kopf. „Na gut, zurück zu unserem Fall. Daily wollte, dass ich deinen Platz annehme, ich habe Nein gesagt. Ich habe um etwas mehr Zeit zum Nachdenken gebeten. Sie ging auf den Deal ein und gab uns noch drei Wochen Zeit. Aber wenn für Sie, lieber Herr Kollege, diese wohlgemerkt …“, sie hob den Finger in die Luft und atmete geräuschvoll ein, „… unverbindliche Offerte, die für uns beide zufriedenstellend sein kann, nicht akzeptiert sein möchte, sind Sie schlichtweg ein falscher Partner an meiner Seite. Ich werde mich nicht wiederholen und ich werde auch nicht feilschen, das ist unter meinem Niveau.“ Vanessa holte erneut Luft, sah zu Wallace und lief auf die große Eingangstür zu, die automatisch aufging. Ein kalter Windstoß schlug den beiden ins Gesicht. Unweit vor dem Eingang hielt ein Wagen. Ben stieg aus dem schwarzen BMW, ließ den Motor jedoch an. Das junge Gesicht wurde von dem schwachen Licht seines Smartphones erleuchtet, welches er ungeschickt in seiner Jeans verstaute.

„Wie gesagt, Wallace, entweder wir arbeiten zusammen, oder ich nehme das Angebot an.“

„Aber wir arbeiten doch zusammen“, warf er ein und zog die eisige Luft durch die Nase.

„Nein, tun wir nicht. Ben und ich fahren aufs Präsidium. Kommst du mit?“

Wallace schnaufte. Weißer Dampf umnebelte sein Gesicht.

„Nein.“

„Okay. Ben, hast du Lust auf eine schnelle Nummer? Ich bin zu verspannt, um einen klaren Gedanken zu fassen.“

Ben war wie paralysiert. Seine vor Überraschung geweiteten Augen glichen einer Eule. Er hüstelte. Seine Kinnlade hing tief nach unten.

„Hast du eine Freundin oder eine Partnerin an deiner Seite?“ Vanessa stand dicht neben ihm und fuhr ihm mit dem Finger über den Hals. Ihre laszive Bewegung ließ den jungen Mann erschauern. Wie unter Hypnose drehte Ben den Kopf langsam hin und her.

„Na dann, lass uns kurz bei mir vorbeifahren. Wir fahren sowieso an dem Hotel vorbei. Ich will mich vorher duschen. Wann hattest du das letzte Mal Sex, Ben?“ Sie klatschte ihm mit der Hand auf den Hintern.

Er schluckte nur.

Vanessa lachte leise auf und öffnete die Tür. „Und das, was wir gleich miteinander tun werden, hat nichts mit Gefühlen zu tun. Ich bin nur zu verkrampft, verstanden?“

Ben stand immer noch da und starrte zu Wallace.

„Komm schon“, rief Vanessa aus dem Wagen und schlug mehrmals auf die Hupe. Erst nach dem dritten Mal löste sich Ben aus der Starre und stieg ein.

Wallace sah den beiden zu, wie sie davonfuhren. Vanessa würdigte ihn keines Blickes. Ein latentes Gefühl der Eifersucht zuckte in seiner Brust und brachte sein Herz zum Stolpern. *Diese Frau hat sich nach all den Jahren nicht wirklich geändert*, dachte er und lief mit gesenktem Kopf zu seinem Wagen. An Schlaf war nun nicht mehr zu denken. Er entschied sich, sofort ins Büro zu fahren. Doch vorher wollte er noch seine Frau anrufen. Gleich nach dem ersten Freizeichen ging sie ans Handy. „Wo bist du, verdammt nochmal?“, fuhr sie ihn mit gepresster Stimme an.

„Ich fahre aufs Revier. Wir haben weitere Hinweise …“

„Wir? Wir? Du und deine neue Partnerin arbeitet jetzt auch in der Nacht?“

„Ich bin allein“, versuchte er sie zu beschwichtigen.

„Hattest du aber nicht das Wort WIR erwähnt?“ Ihre Stimme bekam den klagenden Unterton einer verzweifelten Ehefrau.

„Ich schwöre dir, dass sich das nicht mehr wiederholt. Vanessa ist nicht hier. Ich bin allein. Leg dich schlafen, wir sehen uns morgen.“ Senga schwieg, dann legte er auf.

20

Gregor Baxter lief um die alten Gräber. Die gotische Kirche wurde vom kalten Licht des Mondes erleuchtet.

Das alte Gebäude wachte über den Toten.

In leicht nach vorne gebeugter Haltung lief er den schmalen Pfad entlang. Seine Füße wurden schwer. Der Schmerz in seinem Rücken war kaum noch zu ertragen. Er zog an seinem Joint. Die Glut knisterte. Er brauchte diese Droge, um vor Schmerzen nicht einzugehen. Der Tumor an seinem linken Schulterblatt war zwar gutartig, doch dieses Geschwür bescherte ihm viele schlaflose Nächte. Doch was den alten Mann heute plagte, war nicht die körperliche Pein, sondern das schlechte Gewissen, das er selbst nach unzähligen Gebeten nicht reinwaschen konnte.

Manchmal erwischte sich der Pfarrer bei dem Gedanken, seine Vergangenheit neu gestalten zu wollen. Um die Tage seiner Sünden aus dem Verlauf seines Lebens auszulöschen.

Laut keuchend blieb er vor einem Grab stehen, das er erst vor wenigen Tagen aufgesucht hatte, und blickte sich verstohlen um. Er machte einen weiteren Zug und schnippte den selbstgedrehten in die feuchte Erde. Mit der Schuhspitze zertrat er den Joint, der zischend ausging.

Irgendwo in der Ferne, vor dem eisernen Tor, sah er das gelbe Schimmern einer Laterne.

Er lauschte in die Nacht hinein. Bis auf sein schweres Ein- und Ausatmen blieb alles still.

„Du dummer, dummer Bengel. Was hast du nur angestellt." Anfänglich zeigte Kenny sich seiner Taten nicht einsichtig. Vater Baxter schob all das auf die

Unreife des Jungen und hatte sein Tun bagatellisiert. Bis zu jenem Tag, an dem Kenny …

Der Schrei eines aufgeschreckten Vogels erklang und brachte den gebrechlichen Mann dazu, sich tiefer in dem Schatten der Kirche zu verstecken.

Er sah Kenny immer noch vor sich. Das blutige Beil zwischen den Händen, das Gesicht zu der zufriedenen Grimasse eines Wahnsinnigen verzerrt.

Vater Baxter machte noch zwei weitere Schritte und stützte sich an den kalten Grabstein. Die Schaufel lag noch da.

„Mein Junge ist nicht so", hörte er Allisons Stimme in seinem Kopf. Er schmeckte ihren Atem, der nach Alkohol roch und spürte ihre weichen Lippen auf seinen. Erneut durchlief ihn ein Schauer der Scham, doch dahinter verbarg sich auch ein Empfinden des unbeschreiblichen Glücksgefühls. „Du hast gesündigt", flüsterte er in die Stille hinein. Das Schaufelblatt schabte über die Erde, als er die Schaufel aufhob. „Er ist nur ein Kind", sprach Allison weiter in seinem Kopf. Seine Hand umklammerte das glatte Holz. Er schloss für eine Sekunde die Augen und spürte das weiche Fleisch einer Frau zwischen seinen Fingern. Er stöhnte auf. Seine Finger drückten den Stiel fester zusammen. Er hätte sie damals nicht gehen lassen sollen, aber sie war einfach zu unreif, noch ein Kind.

Das Schicksal hatte sie erneut zusammengeführt. Allison. Sie beherrschte seine Gedanken. An diesem Abend roch sie nach Kamillentee, Rum und Schweiß. Er hörte, wie sie in sein Ohr unschöne Worte flüsterte. Die weiche warme Brust in seiner Hand raubte ihm den Verstand. Die Brustwarze, einer Erbse gleich, rieb sich an seiner rauen Handfläche und trieb ihm Schweiß auf die Stirn.

Mit einem einzigen keuchenden *Nein* wischte er die Erinnerung aus dem Kopf und riss die Augen auf. Dann stieß er die Schaufel in den Erdhügel und drückte mit seinem ganzen Gewicht das Schaufelblatt tiefer in das feuchte Erdreich.

„Es muss sich ja nicht zwingend genau so zugetragen haben“, erklang Allisons Stimme hinter seiner feuchten Stirn.

Vater Baxter drückte den Stiel mit seinem ganzen Körper nach unten. Die Klumpen schabten über das glänzende Blech. Eine kleine Öffnung klaffte in der Grabstätte, in der sich ein Geheimnis verbarg. Erneut warf er einen kurzen Blick über die Schulter, dann hoch zur Kirche. Das goldene Kreuz glänzte matt.

„Vergib mir, Vater, denn ich habe gesündigt“, sagte er leise. Eine schwarze Welle grenzenloser Wut über sich selbst, vermischt mit Panik vor den Konsequenzen über sein Vergehen, schwappte über ihn und drückte seine Brust zusammen. Mit zittrigen Fingern griff er in seinen Mantel und holte das Messer heraus. „Ich glaube, ich bin immer noch imstande, jede Eventualität einkalkuliert, jedes Detail integriert und für die Zeit des Mordes eine plausible Erklärung zurechtgelegt haben zu können. Ich muss mich nur konzentrieren“, sprach er zu sich selbst und betrachtete das Messer zwischen seinen Fingern. Der Joint zeigte seine Wirkung. Seine Glieder entspannten sich allmählich. Der Kopf war nicht mehr so schwer. „Doch wenn ich eine Tür zumache, geht irgendwo eine andere auf. Was soll ich tun, Vater?“, wandte er sich an Gott. „Jedes Mal, wenn ich eine dieser Türen zuschließe, hinter der sich meine Sünde verbirgt, klemmt das Schloss und lässt sich nicht verriegeln.“

Seine Frage blieb unbeantwortet. Erneut schrie die Krähe auf. Sie setzte sich auf den Grabstein und sah den alten Mann nur mit einem Auge an. Ihre Federn glänzten schwarz.

Dann, als sie wieder in die Luft stieg, fiel etwas zu Boden.

Der Pfarrer warf das Messer in die ausgehobene Grube und schüttete sie wieder zu. Dann griff er nach der Taschenlampe und bewegte sich langsam zu der Stelle, an der er etwas erkannt zu haben glaubte. Dort zappelte etwas, das glaubte er zumindest. Und dieses Etwas gehörte ganz gewiss nicht da hin.

Der helle Kegel der Taschenlampe kroch geräuschlos über die Erde.

Es war ein Tier, und es lebte noch. Vater Baxter blieb stehen. War das ein Omen, ein Zeichen? Er hob den Kopf und sah zum schwarzen Himmel. Oben in dem runden Fenster, das über dem Altar hing und die ersten Sonnenstrahlen einfing, sah er das Abbild des Mondes. Sein Blick fuhr weiter nach oben. Ein weiteres Fenster befand sich an der Spitze des Daches. Dort klaffte ein Loch. Jemand hatte mehrere Scheiben eingeschlagen. Die Krähe saß darin und krächzte laut, so als verhöhnte der Vogel den alten Mann.

Mit angehaltenem Atem senkte der Pfarrer den Kopf und sah zu dem sterbenden Tier. Es war eine Fledermaus, die aus ihrem Winterschlaf gerissen wurde.

Vater Baxters Füße schabten über den Boden. Seine Knie schrien vor Schmerz, sobald er sich nach unten beugte, um den weichen, warmen Körper aufzuheben. Heiße Flüssigkeit rann über seine Finger. Er spürte das schnelle Pochen des kleinen Herzens auf seiner Hand.

Schwarze Tropfen fielen auf die kalte Erde. Die weiße Eisschicht löste sich in dunklen Klecksen auf. Dann hörte das kleine Herz einfach auf zu schlagen. Die Flügel hingen schlapp zu beiden Seiten. Das Tier war tot.

Vater Baxter wischte sich mit dem Unterarm über die Stirn. „Was willst du mir damit sagen?“, wandte er sich erneut an Gott.

Die Krähe krächzte wieder.

„Vergib mir, Vater, denn ich habe gesündigt“, flüsterte der Mann und drückte den weichen Körper fest zusammen. Winzige Knochen brachen zwischen seinen Fingern.

21

Ross stand mit dem Rücken zum Kühlschrank und trank ein kaltes Bier aus der Dose.

„Hast du unseren Sohn gefunden? Wo warst du so lange?“, wollte seine Frau von ihm wissen und wickelte ihren dunkelgrünen Frottee-Bademantel fester um ihren Körper.

Ross trank weiter. „Warum riechst du nach Ians Aftershave?“, fragte er mit gerunzelter Stirn und zerdrückte die Dose zwischen seinen Fingern. „Zuerst konnte ich mir keinen Reim darauf machen, aber dann dämmerte es mir.“

„Du hast an meinen Sachen geschnüffelt?“ Ihr Tonfall war bissig, doch ihr Blick wirkte irritiert. So als fühlte sie sich bei etwas ertappt.

Ross gab ein Geräusch von sich, welches verriet, dass er drauf und dran war hochzugehen. Seine Kiefermuskeln traten hervor. Seine Augen glänzten. „Während ich die ganze Ortschaft durchsucht habe und wahnsinnig vor Sorge bin, weil unser Sohn spurlos verschwunden ist, machst du mit meinem besten Freund rum?“

„Du bist so ein Idiot, Ross.“ Allisons Tonfall klang abfällig. „Das warst du schon immer. Ich war bei Fia Zuhause. Sie war aber nicht da, weil sie im Krankenhaus liegt. Sie hat Brustkrebs. Und ja, ich war mit Ian in seinem Haus. Wir haben miteinander geredet. Ich habe ihm Trost gespendet.“

„Mit gespreizten Beinen?“

Sie hasste es, dass Ross immer derjenige war, der den Takt ihrer Gespräche vorgab und ihn nach Belieben ändern konnte. Sie ließ sich jedoch nicht aus der Ruhe bringen und fuhr fort: „Das hättest du wohl gern. Aber stell dir vor, manchmal können Männer und Frauen miteinander diskutieren, ohne dabei gleich ins Bett zu steigen. Aber so etwas ist dir fremd. Ich habe ihn auch umarmt, weil er keinen Rat mehr weiß. Er ist verzweifelt. Seine Tochter ist tot, seine Frau wird Hailey vielleicht bald folgen. Und du? Du denkst sofort an das, was du in dieser Situation gemacht hättest."

Ross' Blick ging zum Fenster. Das untrügliche Gefühl, dass seine Welt aus den Angeln gehoben wurde und dass sein Leben nie wieder so sein würde wie früher, bereitete ihm starke Kopfschmerzen. Er sah in der verregneten Scheibe sein durchscheinendes Antlitz und das seiner Frau. In den beiden Gesichtern spiegelte sich Ratlosigkeit wider.

„Ich liebe dich immer noch. Ich möchte mich um dich kümmern. Ich will dich wieder in meinen Armen halten, aber du lässt mich nicht." Mit steinerner Miene zerdrückte er die Bierdose und warf sie auf die Anrichte. Ein Laib Brot und zwei Wurstscheiben lagen auf einem Brett. Er nahm sich eine kleine Scheibe und steckte sie sich in den Mund, nicht weil er Hunger hatte, sondern um sich irgendwie abzulenken.

„Das ist nur einer deiner vielen Vorsätze, Ross. Du versprichst etwas, nein, du glaubst, etwas tun zu wollen, ohne darauf Taten folgen zu lassen. Nur reden bringt nicht viel." Allison lehnte mit der Schulter an dem Türrahmen. Ihr Hinterkopf ruhte auf dem weißgestrichen Holz, das immer noch latent nach Lack roch. Sie hatten das Haus erst letztes Jahr renoviert, weil sie einen Neuanfang starten wollten, zum zigsten Mal.

„Schatz?"

Wann hat er mich zum letzten Mal so genannt?, fragte sich Allison. *Liebte er mich tatsächlich?*

„Warst du schon Mal in einer Situation, in der du davon überzeugt warst, dass alles, woran du geglaubt hast, nur ein Trugbild war? So als würdest du in einer Seifenblase leben, die dann plötzlich mit einem leisen Ploppen sich in Nichts auflöst und deine Welt nicht die ist, in der du zu leben geglaubt hast? Allison, hörst du mir überhaupt zu?“

Allison schwieg. Obgleich sie wusste, was ihr Mann ihr sagen wollte, wartete sie schweigend so lange, bis Ross sich dabei dumm vorkam.

Er steckte sich noch die zweite Scheibe in den Mund und kaute langsam darauf herum.

Nach einer gefühlten Ewigkeit drückte sich Allison von der Türzarge weg und schritt mit schleppenden Schritten zur Spüle, holte sich ein Glas aus dem Hängeschrank und füllte es mit kaltem Wasser aus dem Wasserhahn. „Wir brauchen Salz und Klarspüler für die Spülmaschine. Unsere Gläser sehen schrecklich aus“, sagte sie und stützte sich mit ihrem breiten Hintern gegen die Küchenplatte. Sie nippte mehrmals und sah ihren Mann über den Rand schweigend an.

„Meinst du, unser Kenny hat mit dem etwas zu tun? Hat er sich womöglich was angetan?“ Ross kratzte sich über die Bartstoppeln. „Aber hätten wir das nicht bemerken müssen, wir als Eltern?“

„Ein Mensch, der vorhat, sich umzubringen, zeigt vor seinem Ableben nur in seltensten Fällen suizidale Tendenzen. Ich habe mich früher viel damit beschäftigt, weil ich das vorhatte, als ich mit ihm schwanger wurde“, erwiderte Allison abwesend. Ihre Gedanken kreisten um Ian. Sie schmeckte seinen Atem. Spürte seinen harten Penis in sich. Dann drängten sich schreckliche Bilder in ihren Kopf. Sie wirkte zuerst distanziert. Doch dann, als sie ihren Sohn vor sich sah, so klar und deutlich, als wären die Bilder zur Realität geworden, ließ sie das Glas beinahe aus den Händen fallen. Kenny hing an einem Seil. Die Augen herausgequollen, die Zunge blau, der Mund dunkel.

„Lass es uns gemeinsam durchstehen.“ Mit diesen Worten verscheuchte Ross die schreckliche Vorstellung aus ihrem Kopf.

„Woher diese Kehrtwende?“ Sie nippte wieder, das Wasser schmeckte rostig. Ihre Hände zitterten wie bei einer Alkoholikerin auf Entzug.

„Was?“ Tiefe Furchen auf Ross‘ Stirn und um die Augen ließen sein Gesicht viel älter aussehen.

„Naja, zuerst war er dir nur wie ein Klotz am Bein und jetzt suchst du nach ihm.“ Sie ergriff die Flucht nach vorn.

„Warum bist du so kalt? Sorgst du dich nicht um dein eigenes Kind? Ich habe Kenny mit aufgezogen.“

„Ach so. Jetzt spricht ein verantwortungsvoller Vater aus dir. Musste Kenny erst von der Bildfläche verschwinden, damit du sein Wegbleiben bemerkst?“ Ihre Stimme zitterte. Sie knallte das Glas mit einer wuchtigen Bewegung gegen den Tisch. Wasser schwappte über und verteilte sich über das dunkle Holz.

„Davor habe ich es nicht geschätzt. Unser Leben war so, wie es war, in Ordnung, aber das begreift man oft erst dann, wenn etwas Schlimmes passiert. Erst der Verlust verdeutlicht uns, wie kostbar etwas sein kann, das wir nie zu schätzen wussten.“

„Deine ausgeprägte Selbsteinsicht kommt sehr plötzlich. Du siehst die Welt nun mit ganz anderen Augen.“

„Weil ich euch beide liebe“, fuhr er ihr ins Wort und machte zwei Schritte auf sie zu. „Ich will keinen von euch verlieren“, sprach er mit feuchten Augen und stützte sich mit der linken Hand an die Stuhllehne. Sie standen sich direkt gegenüber. Er hielt ihr den rechten Arm entgegen. Als ein Zeichen der Versöhnung. Doch seine Geste blieb unerwidert. „Allison. Das Leben lebt sich zusammen leichter. Durch sich selbst kann man andere besser verstehen, doch dafür muss man erst sein eigenes Ich begreifen lernen. Ich war bei Vater Baxter. Er hat mir Vieles über unseren Sohn erzählt. Kenny fehlte ein Vater, obwohl er einen hatte." Ross schlug sich die Hand vor den Mund. „Ich wollte Ordnung und Kontrolle, nur so war die Welt für mich verständlich. Ich weiß nicht, was ich will. Manchmal denke ich, dass ich ein Psychopath bin. Oft, wenn jemand meine Ordnung stört, sei es auf der Arbeit oder hier bei uns im Haus, wenn mein Ablauf, den ich geplant habe durcheinandergerät, verliere ich sofort die Nerven. Aber ich will das nicht. Ich werde mich ändern. Allison, es tut mir leid."

„Was tut dir leid?" Ihr Ton klang nicht mehr so kalt.

„Ich habe mit Kenny gestritten. Ich weiß etwas, was ich dir verschwiegen habe."

„Was?!" Allison lief auf ihren Mann zu und ergriff seine Hand.

„Ich habe dir nicht die ganze Wahrheit erzählt. Unser Sohn hat mit Hailey geschlafen. Ich habe sie dabei beobachtet und ihn zur Rede gestellt."

„Du perverses Schwein", rutschte ihr die Beleidigung durch die Lippen.

„Doch nicht so. Ich habe nicht durch ein Guckloch geschaut. Sie waren in seinem Zimmer. Ich habe dort eine Kamera installiert, weil ich wissen wollte, ob er Gras raucht."

Allisons Wangen wurden rot. Ihre Finger drückten seine Hand fest zusammen, doch sie schwieg.

„Ich habe alles gelöscht und ihn dann zur Rede gestellt. Am Tag danach. Das Mädchen wirkte auf dem Video apathisch. Weggetreten."

„Wann war das?"

„Es war März, glaube ich."

„Und?"

„Vielleicht hat er es weiter getan, irgendwo, wo ihn keiner stören konnte. Vielleicht hat er Hailey betäubt. Ich habe das hier in seiner Jacke gefunden." Er löste sich aus ihrem Griff und fischte das dunkle Fläschchen aus seiner Hosentasche. „Das hier sind K.O.-Tropfen. Wenn man mit der Dosierung übertreibt, kann ein Mensch danach sterben."

„Und was hat das Ganze mit dem Tod des Mädchens zu tun?"

„Hörst du mir überhaupt zu?" Er ließ das Fläschchen wieder in seiner Hose verschwinden. „Vielleicht hat sie jemand dabei beobachtet und dann kam es zu einer Auseinandersetzung, oder …" Er schluckte. Seine unreine Haut wurde weiß um die Augen.

„Nun sprich es schon aus." Jedes ihrer Worte klang wie eine Drohung.

„Hailey wurde schwanger und wollte es ihren Eltern beichten, aber unser Sohn wollte es mit allen Mitteln verhindern …"

„Doch eigentlich willst du mir sagen, dass Kenny sie vergiftet haben könnte?"

„Das erklärt, warum er von der Bildfläche verschwunden ist."

Ihre flache Hand klatschte peitschend in seinem Gesicht. Der rote Fleck auf seiner Wange glühte. Die Konturen ihrer Finger blähten sich auf und waren deutlich zu erkennen.

Ross rührte sich nicht.

Sie war selbst über ihre Reaktion erstaunt und schluckte schwer. „Daran darfst du erst gar nicht denken! Kenny ist kein Mörder."

„Vielleicht war das nur ein dummer Unfall."

„Nein." Sie schüttelte entschieden den Kopf. „Wenn die Polizei mich fragen sollte, wo du in der Nacht gewesen bist, werde ich lügen. Ich werde behaupten, dass ich es nicht weiß."

„Du verlogene Schlampe. Du willst mich anstatt deines Bengels opfern!", fuhr er auf und packte sie an den Haaren. „Ich war hier, bei dir im Bett. Darum versuche ich ihn als Erster zu finden, damit ihr euch nicht einen gemeinsamen Plan ausdenken könnt, der mich hinter Gitter bringen wird! Du verlogene, dumme Schlampe! Das werde ich nicht zulassen!" Seine Lippen wurden zu einem schmalen Strich. Seine Finger gruben sich tiefer in ihr dichtes Haar.

Allison hatte ihren Mann zu sehr gereizt und bereute dies sofort. Sie spürte, wie Ross sie anhob. Dann schleuderte er sie zu Boden. Sein Fuß traf sie in den Bauch. „Ich war bei dir. Ich war in unserem Bett. Ich lasse es nicht zu, dass ich statt deines Bengels ins Gefängnis gesteckt werde, nur weil er seinen Schwanz nicht unter Kontrolle hatte, wie sein scheiß Erzeuger. Ich werde den Bengel finden und ihn noch vor der Polizei zur Rede stellen. Er wird einen Brief verfassen, mit allen Details. Das Eingeständnis schreibt er mit seinem Blut!" Ross beugte sich nach unten, packte Allison erneut bei den Haaren und zerrte sie auf die Beine. „Du und dein Sohn werdet dafür büßen", spie er ihr den Satz ins Gesicht. Geifer traf sie an Mund und Wangen. Sein Atem roch nach Bier und kaltem Zigarettenrauch. „Ich weiß, dass du es mit Ian getrieben hast. Ich habe euch durchs Fenster beobachtet.“ Er biss sich auf die Unterlippe, bis sie zu bluten begann. „Ich dachte, er wäre mein Freund. Während seine Tochter tot auf den Klippen lag, hat mein bester Freund meine Frau in der Küche gefickt.“

„Das alles, was du hier von dir gegeben hast, war also nur Show?“, winselte Allison und hatte Angst, sich zu rühren.

„An mir ist ein Supertalent verlorengegangen. Ich wollte schon immer in die Schauspielschule. Ich hatte sogar einen Platz auf der Uni bekommen, und dann kamst du mit dem Samen des Verderbens in deinem Körper, den der Teufel persönlich in dich eingepflanzt haben muss. Du hast mich angefleht, mich auf Knien angebettelt, dich zu heiraten, mir versprochen, dass das Kind von mir ist. Und ich Vollidiot bin darauf reingefallen. Ich habe mich schuldig gefühlt, weil ich dich beim ersten Mal zum Schwangerschaftsabbruch überredet habe. Jetzt bin ich Busfahrer, eine sehr tolle Alternative zu Hollywood, findest du nicht auch?“ Er ließ von seiner Frau ab und verließ die Küche. „Heute schläfst du auf dem Sofa“, rief er dann und stieg die Treppen nach oben.

22

Tage später

Wallace lief die Strecke zum zweiten Mal ab. Er kam immer wieder jeden Morgen vor der Arbeit an die Stelle, von der er das Zelt sehen konnte, das immer noch über dem Fundort aufgespannt war. Er sehnte die Tage herbei, an denen er sich endlich ausschlafen und rasieren konnte. Sein Kopf war wie mit Watte gefüllt, sein zermartertes Hirn konnte keinen klaren Gedanken mehr fassen. Mit steifen Fingern griff er in die Innentasche seines Trenchcoats und fischte eine Dose mit Koffeintabletten heraus. Er warf sich gleich zwei Stück in den Mund und kaute mit verzerrter Miene darauf herum. Die Tabletten knackten laut zwischen seinen Zähnen.

Er blieb am Rand der Klippen stehen und wagte einen Blick unter seine Füße. Ein schmaler Pfad führte nach unten zum Meer. Hier hatte die sonst steile Wand aus scharfkantigem Gestein einen flacheren Abstieg. Er ging in die Hocke und untersuchte den Untergrund. Der Schein seiner Taschenlampe zitterte. Wallace fror.

„Guten Morgen, verehrter Kollege“, vernahm er eine weibliche Stimme hinter sich.

Er drehte sich langsam um und wurde geblendet. Er hielt sich den linken Arm vor die Augen und stand auf. „Sie werden von Ihren Kollegen nicht sonderlich geschätzt, sind jedoch über alle Zweifel erhaben“, stichelte Vanessa und senkte den Strahl ihrer Taschenlampe zu Boden.

„Und Sie wirken ganz entgegen Ihrer Art zum ersten Mal seit Tagen entspannt. Nehmen Sie den jungen

Kollegen nicht zu hart ran? Seit Tagen sieht unser DC Kerr wie ausgelaugt aus“, bemerkte er spitz mit einem müden Grinsen. Er machte keinen Hehl daraus, was er von seiner neuen Partnerin hielt.

„Nur nicht neidisch werden, DI Campbell“, erwiderte sie und kam näher.

Sie sah frisch aus und roch nach Parfüm. In ihrem Beisein fühlte sich Wallace noch schmutziger und unrasierter. Sein Zweitagebart war schon eine Woche alt.

„Woher wusste Stewart, dass es sich bei dem Fremdkörper um ein Fledermaushaar handelte?“ Wallace kratzte sich an der Wange.

„Stewart?“ Sie runzelte theatralisch die Stirn und hob den linken Finger ans Kinn. „Sie meinen den Herrn Moray, unseren Rechtsmediziner.“

Wallace nickte stumm.

„Das wusste er nicht. Ich war diejenige, die das wusste. So etwas lernt man in Glasgow. Was haben Sie in meiner Abwesenheit herausgefunden? Ich kann an der Farbe Ihrer Nase erkennen, dass Sie schon eine Weile den Spürhund spielen.“ Sie rieb ihre behandschuhten Hände aneinander und versteckte sie dann unter den Achseln.

„Darf ich Sie zu einem kleinen Spaziergang einladen?“ Er bot ihr seine Hand an und deutete mit dem Kopf zum Pfad. „Die Morgenröte kündigt einen klaren Tag an. Wollen wir den Sonnenaufgang gemeinsam genießen?“ Die Einladung triefte vor Sarkasmus.

„Dieser an und für sich nicht sonderlich aussagekräftige Satz birgt etwas in sich, was mich neugierig macht.“ Sie guckte zurück zur Siedlung.

Wallace erkannte einen Wagen, der sich langsam entfernte.

Er verengte die Augen und verfolgte einen Augenblick lang die roten Rücklichter. „Hat Ben seinen Job zu Ihrer Zufriedenheit erledigt?“

„Er ist noch ziemlich jung. Aber nach dem zweiten Durchgang lief alles wie geschmiert, so wie ich es mir gewünscht habe. Ja, jetzt kommen wir in eine Phase, die andere als Routine bezeichnen. Anders formuliert, er fängt an, mich zu langweilen.“ Vanessa war die Situation in keinster Weise peinlich. „Und glauben Sie mir, das, was hinter meinem Rücken gesprochen wird, tangiert mich wirklich nur am Rande.“ Sie kam auf ihn zu und nahm seine Hand.

„Was lernt man sonst noch so in Glasgow?“, fragte Wallace jetzt ohne jeden Hohn in der Stimme. Er drückte Vanessas kleine Hand mit dem Daumen gegen die Handfläche. Durch das weiche Leder spürte er ihre Wärme.

„Jeder Mörder besitzt spezifische sozioökonomische Merkmale. Am besten sind diese Charakterzüge bei einem Serientäter ausgeprägt, sie sind eine Art Fingerabdruck. Da wir jedoch nicht von einem Serienkiller ausgehen, müssen wir uns mit dem begnügen, was uns der Täter hinterlassen hat. Die Tatumstände deuten darauf hin, dass der Mann die Tat nicht geplant hat. Er ist kein Profi und hat viele Fehler gemacht, die es richtig zu deuten gilt.“

„Fehler richtig deuten?“

„Ja. Stellen Sie sich ein fast fertiges Puzzlebild vor, bei dem Sie die fehlenden Puzzlesteine verloren haben. Aber mit Ihrer Vorstellungskraft würden Sie sich das fertige Bild dennoch vor Augen halten können. Doch je mehr Teile fehlen, umso schwieriger wird es, sich das vollendete Werk vorstellen zu können. Diese rudimentäre Art, Dinge abstrakt zu betrachten, bringt uns weiter voran. Wollen wir?“ Vanessa schenkte ihm ein fragendes Lächeln und zeigte mit einem Kopfnicken zum Meer.

Wallace lachte in sich hinein. „Ihr Schuhwerk ist nicht wirklich zu einem Abstieg geeignet, daher werde ich vorauslaufen. Und Sie schauen sich vor die Füße.“

Vanessa entzog ihm ihre Hand. „Ich werde schon auf mich selbst aufpassen können, wenn Sie mir verraten, was wir da unten wollen.“

„Eine Höhle.“

„Eine Höhle?“ Sie klang verwirrt.

„Ja. Als Kinder haben wir uns da immer versteckt. Bis sich ein riesiger Steinbrocken von dem Felsmassiv gelöst und den Eingang versperrt hat. Aber es ist schon lange her. Ich möchte sichergehen, dass der Durchgang immer noch zugeschüttet ist.“

Sie rang sich ein Lächeln ab, das gezwungen klang. Dann glitt ihr Blick zu ihren rotlackierten Pumps. „Die werde ich wohl danach wegschmeißen müssen. Das Landleben kann so romantisch sein.“

„Es wird noch romantischer, wenn Ben anfängt, sich bei seinen Kollegen mit seinen Taten zu brüsten. Er ist an und für sich ein netter Kerl, aber er ist auch ein Tratschweib. Ein Maulheld schlechthin. Seine melodramatische Neigung für nicht immer detailgetreue Schilderung und Überspitzung der Tatsachen ist oft mit Superlativen gespickt.“

„Ich werde schon damit klarkommen. Wir haben nur geredet. Er bekam keinen hoch. War wohl zu aufgeregt“, sagte sie und holte tief Luft. „Oft seid ihr Männer uns Frauen unterlegen. Unserer weiblichen

Raffinesse habt ihr in den meisten Fällen nichts entgegenzusetzen."

Wallace schritt ihr voran und blieb dann doch stehen.

„Was sollte das schon wieder?" Er warf einen hastigen Blick über die Schulter und sah Vanessa schmunzeln. „Hatten Sie Sex oder habt ihr nur geredet?"

„Eines ist davon wahr. Es gibt manchmal auch zwei Wahrheiten."

„Also lief zwischen euch beiden nichts?"

Statt einer Antwort bekam er ein zweideutiges Achselzucken.

23

Vater Baxter stand im Kreuzgang und sah Ross mit blutunterlaufenen Augen traurig an.

„Ich fand in der Kirche nie die ersehnte Ruhe, auch nicht die Liebe, nach der ich gesucht habe, um meinen aufgebrachten Geist zu besänftigen. Darum bin ich aus der Kirchengemeinde ausgetreten“, sprach er mit zersplitternder Stimme. Er sah verlebt aus.

Das Wegbleiben seines Sohnes nahm ihn scheinbar mehr mit, als ihm der Pfarrer es jemals zugetraut hatte. „Und zur Stunde deiner seelischen Qual suchst du nach Rat bei mir? Gott ist nicht die Kirche. Gott ist ein Wort, manchmal aber auch eine Schulter, an der man sich ausweinen kann“, sprach der Pfarrer, die Hände wie zu einem Gebet aneinander gepresst. „Der wahre Grund für deine Entscheidung war ein anderer, Ross. Dir hat es missfallen, dass die Meinung der christlichen Gemeinde zu gesellschaftlichen Belangen und der heutigen zugespitzten Lage nicht deinen Vorstellungen entsprach. Dieser Umstand hat dich dazu bewogen, unserer kleinen kirchlichen Gemeinde den Rücken zuzukehren. Deine Frau ist da jedoch einer anderen Meinung. Aber ich akzeptiere deine Entscheidung und habe auch für dich ein offenes Ohr.“

Ross fuhr sich mit der Zunge über die Innenseite seiner Oberlippe. „Ihr seid allesamt Heuchler“, brummte er.

Vater Baxter schnalzte mit der Zunge, so als hätte Ross ein unflätiges Wort benutzt, und sah ihn maßregelnd an. „Wir können es nicht allen rechtmachen. Dir geht es nicht um Gleichberechtigung, sondern vielmehr darum, dass wir einen Standpunkt vertreten oder vielmehr etwas in Bewegung gesetzt haben, das gegen deine Überzeugung spricht. Wir heißen alle Menschen herzlich willkommen, die Hautfarbe und die ethnischen Unterschiede sind uns egal. Wir sind alle Kinder Gottes, auch wenn dir diese Einstellung nicht konveniert und deinem Wunschdenken nicht entspricht, so ist meine Kirche ein Haus, in dem jede Seele einen Platz für sich finden kann, auch deine. Ich wiederhole mich gern, ich habe immer ein offenes Ohr für meine Schäfchen. Brauchst du einen Rat von mir?“

„Ich will keinen Rat.“

„Sondern?“

„Ich will nur wissen, was mein Sohn Ihnen über sich erzählt hat?“

„Zum wiederholten Male, ich habe für jedes meiner Schäfchen ein offenes Ohr, doch meine Lippen bleiben für die anderen Gemeindemitglieder versiegelt. Ich bin wie ein tiefer Brunnen, dem man all seine Geheimnisse anvertrauen kann.“

„Mein Sohn hat womöglich etwas Schlimmes getan.“ Ross musste sich zwingen, den Pfarrer nicht anzuschreien. Seine Stimme bebte vor Ungeduld. „Kenny hat mehrere Wochen lang, viele Stunden, gleich nach dem er von der Schule kam, bei Ihnen verbracht. Vor einigen Tagen hatten wir Streit, er drohte uns an, abzuhauen. Danach ist er spurlos verschwunden.“

Der alte Mann hielt die Hände mit den Handflächen nach oben zum Himmel. Die weiß getünchte Decke der Kirche war schlicht und vom Schein mehrerer Kerzen erleuchtet. „Ich kann dir nur eines versichern, alles, was ich weiß, werde ich solange für mich behalten, bis sich dein Verdacht erhärtet hat. Aber Kenny war ein introvertiertes Kind und brauchte einen besonderen

Umgang. Er wäre zu so etwas überhaupt nicht fähig, auch wenn sein Naturell sehr aufbrausend und emotional geladen war, so würde er einem Menschen den er gern hatte, kein Haar krümmen."

Ross blieb äußerlich gefasst, doch das Zucken seiner Lippen strafte den scheinbar arglosen Ausdruck seines Antlitzes lügen. „Kenny ist verschwunden. Die Polizei schert sich einen Dreck um ihn. Und Sie erzählen mir nicht das, was ich wissen will."

„Das ist nicht wahr. Die Polizei tut sehr wohl etwas, um Licht ins Dunkel zu bringen. Sie waren gestern auch bei mir, und vorgestern, und Tage davor", widersprach der Pfarrer und sah Ross traurig an.

„Auch meine Frau?"

Der Pfarrer nickte.

Es kostete Ross sehr viel Überwindung, die in ihm wie Galle aufsteigende Wut unter Kontrolle zu halten. „Was hat sie gewollt?"

„Dasselbe wie du. Aber auch bei ihr blieben meine Lippen versiegelt."

„Kenny hatte einen Hund. Eines Tages kam der Junge zurück nach Hause." Ross rieb den Daumen am Zeigefinger und hüstelte seine belegte Stimme frei. „Seine Hände waren blutig. Auch sein Gesicht war rot besprenkelt. Er hat behauptet, dass er für Sie ein Huhn schlachten wollte und es sei ihm entwischt. Das Tier hüpfte kopflos durch die Gegend, daher das viele Blut, hat Kenny gesagt. Aber der Hund kam nie zurück nach Hause."

Die aufgesetzte Nonchalance machte einem besorgten Ausdruck Platz. Der Pfarrer versteckte seine Hände hinter dem Rücken. Sein hageres Gesicht wurde bleich. Die eingefallenen Wangen zuckten. Doch er schwieg.

„Warum ist Kenny aus dem Chor geflogen?“ Die Frage hallte in der leeren Kirche von den hohen Wänden wider und klang wie eine Drohung.

„Er stellte einem Mädchen nach und hat sie unsittlich am Po berührt.“

„Es war ein Versehen. Er hat sie nur gezwickt, weil sie ihn nachgeäfft hat.“

„Ich will jedem Ärger aus dem Weg gehen. Da stand ein Wort gegen das andere.“

„Also schenkten Sie dem Mädchen mehr Glauben als dem Jungen?“

„So ist unsere Welt nun mal. Wir müssen die Schwächeren vor den Stärkeren schützen. Kenny stritt seine Tat nicht ab. Er hat sie nur in andere Worte verpackt. Und es war nicht das erste Mal. Ich habe meine Schäfchen immer im Auge.“

„Hatte Kenny ein Verhältnis zu Hailey?“

Das schmale Gesicht des Geistlichen wirkte durch die heftigen Gemütsbewegungen ängstlich, als habe man ihn bei etwas ertappt. Er fühlte sich in die Ecke gedrängt, mutmaßte Ross und machte einen Schritt auf den alten Mann zu.

Der Pfarrer wirkte nun noch kleiner. Trotz der Bemühung, seine Emotionen mit einem Lächeln zu kaschieren, blieb sein Antlitz verängstigt.

„Was hatte Kenny mit dem Mädchen am Laufen?“, setzte Ross nach. Zwei weitere Schritte verkürzten den Abstand. Er roch den unverwechselbaren Duft nach Weihrauch. Auf dem Altar stand eine Kerze, deren Flamme zu flackern begann. Irgendwo ging quietschend eine Tür auf. „Sie wissen etwas, das mehr Licht in die Sache bringen kann“, flüsterte Ross drohend und blickte sich abermals um. Schritte schallten von dem steinernen Boden wider und wurden lauter. Die trüben Augen des Pfarrers verrieten sein wahres Empfinden, gegen das er erfolglos ankämpfte.

„Ich darf darüber nicht sprechen Ross. Auch deine Geheimnisse, die du mir anvertraut hast, bleiben hier eingesperrt.“ Mit dem knorrigen Finger seiner rechten Hand klopfte er sich mehrmals gegen die Brust, dort, wo sich das Herz verbarg. Dann hob er den Kopf und sah angestrengt in die schummrige Dunkelheit. Durch die Seitenfenster zeigten sich erste Sonnenstrahlen. Die Bleifenster bekamen einen gelben Stich.

Die Hände in die Taschen vergraben, sah sich Ross mit einem scheuen Blick um.

Die Schritte wurden noch deutlicher, dann löste sich eine menschliche Silhouette aus dem trüben Hintergrund. Ein Mann in den Vierzigern mit einem Walrossbart und schulterlangem Haar blieb mitten im Gang stehen. Er trug eine grüne Uniform. „Die Blumen für die morgige Messe. Wo soll ich sie denn abladen?“

„Ach ja.“ Der Pfarrer atmete erleichtert auf und schlug die Hände aufeinander. „Beinahe hätte ich Sie ganz vergessen“, sprach er mit vor Vorfreude bebender Stimme. Vater Baxter lief auf den Mann mit dem für ihn so typischen schlurfenden Gang zu und hielt seine beiden Hände zum Gruße vor sich ausgestreckt.

24

„Ich rufe jetzt Susan an“, entschied Wallace und griff nach seinem Telefon.

„Susan also?“ Vanessa sah ihren Kollegen provokativ an und sah sich erneut um.

„Susan Brown“, verbesserte sich Wallace. Auch er ließ seinen Blick durch die Dunkelheit schweifen, die von dem hellen Leuchten zweier Taschenlampen teilweise verdrängt wurde.

„Wenn ich mir die Feuerstelle ansehe, so entsteht der untrügliche Eindruck, dass hier jemand gehaust hat“, sprach Vanessa ihren Gedanken laut aus. „Aber da fehlen mir noch andere Spuren, eine leere Raviolidose würde das Gesamtbild gut vervollständigen.“

„Hier hat jemand seine Spuren verwischen wollen, riechen Sie etwa den Brandbeschleuniger nicht?“, widersprach Wallace und trat näher an die Aschehaufen. Mit spitzen Fingern griff er in die verbrannten Überreste und holte einen glänzenden Fetzen heraus. „Sieht ganz nach einer Wärmedecke aus.“

„Eine, die man in jedem Verbandskasten findet?“ Vanessa ließ den Satz wie eine Frage klingen.

„Ganz genau“, murmelte er und drückte das Telefon fester ans Ohr. „Hallo, Susan, haben Sie etwas Zeit? … Ja, genau … jetzt. Wir haben da etwas für Sie und Ihr Team … Und ja … ja … ich bevorzuge, dass wir uns förmlich ansprechen und nein … ganz sicher nicht … ich möchte Sie nicht an ihrem Allerwertesten lecken. Auch wir haben hier alle Hände voll zu tun.“

Vanessa sah ihren Kollegen mit ungläubiger Miene an.

„Die Wortwahl war nicht meine, Susans direkte Art verschlägt auch mir manchmal die Sprache, aber so ist sie nun mal, und in der letzten Zeit bekomme ich den meisten Senf ab, wenn Krishna, unser Aktengenie, nicht in ihrer Nähe ist“, verteidigte sich Wallace, während er das Handy zurück in die Tasche steckte.

„Warum ist sie denn so giftig?“

„In eine Frau kann nur ein Pathologe reinschauen, doch selbst er wird keine befriedigende Antwort finden.“

Vanessas rechter Mundwinkel hob sich ein wenig an.

„Vielleicht hat sie finanzielle Probleme?“

„Diese Sorge kennen Sie höchstwahrscheinlich nicht“, entgegnete Wallace und taxierte Vanessa von Kopf bis Fuß. „Ihre Schuhe haben bestimmt mehr gekostet als ich im Monat verdiene“, zog er seine Schlüsse und verstaute das kleine Stück Folie in einer durchsichtigen Asservatentüte.

„Sie können doch nicht, nur wegen meiner Pumps, Rückschlüsse auf mein Gehalt ziehen. Vielleicht habe ich sie in einem Second-hand-Laden erstanden.“

„Ist auch nicht so wichtig“, murmelte Wallace und richtete sich auf, wobei er darauf achtgab, sich nicht den Kopf anzustoßen. Er inspizierte die niedrige Decke, die wie eine Kraterlandschaft aussah. „Es gibt keine richtigen Rußstellen. Bis auf die über der Feuerstätte.“ Er tupfte den Finger in die wie Tinte schwarze Stelle und rieb die Finger aneinander, um daran zu riechen. „Riecht nach Petroleum. Er war in Eile. Er muss das Feuer vorzeitig gelöscht haben, weil er dabei gestört wurde.“

„Das bedeutet, er hat seine Tat zwar von langer Hand geplant, aber der Ablauf verlief nicht ganz nach seiner Vorstellung. Er ist zu allem bereit, um seine

Spuren zu verwischen, aber er kann nicht improvisieren. Wir fischen zwar weiter im Trüben, doch je aktiver wir am Ball bleiben, umso mehr kommt er in Bedrängnis. Dieser Mord könnte für denjenigen ein traumatisches Erlebnis darstellen, welches sein Weltbild ganz schwer ins Wanken bringt. Wir sollten eine Pressekonferenz organisieren und den Anschein erwecken, dass wir den Kreis der Verdächtigen auf wenige Personen minimieren können."

„Also sollen wir jetzt schnell handeln und unserem Instinkt anstatt der Vernunft Folge leisten? Das ist doch nicht Ihr Ernst? Ich traue mehr meinem Kopf- als meinem Bauchgefühl."

„Das Gefühl der Unzulänglichkeit ist unerträglich, habe ich recht?"

„Sie sollen damit aufhören, mir ständig die Worte im Mund zu verdrehen."

„Sie waren schon immer einer, der sich stets nur auf eine Sache fokussiert hat, DI Campbell. Sie sind detailverliebt und ein pedantischer Notoriker."

„Dieses Wort gibt es gar nicht."

Sie schüttelte kurz den Kopf. „Dann habe ich es gerade eben erfunden." Ihre Laune strahlte unerklärliche Freude aus, Wallace hingegen sah mürrisch zum Ausgang. Sein Handy klingelte. Mit nach vorne gebeugtem Oberkörper und dem Smartphone am Ohr verließ er die Höhle. Vanessa folgte ihm dichtauf.

„Wir sind hier", rief der DI und hob den Arm in die Luft, um zu winken. Susan Brown war gerade dabei, in die falsche Richtung zu laufen. Sie war in Begleitung von zwei Kollegen, die wie auch sie in weißen Tyvek-Overalls steckten. Kleine und große Steine rutschten unter ihren schweren Schuhen den Hang hinab und fielen in die Tiefe.

„Wer sich hier versteckt gehalten hat, ist einer von euch? Einer aus deiner Clique?“, hörte Wallace Vanessas Stimme hinter seinem Rücken und schenkte ihr einen irritierten Blick. „Nur ein Einheimischer könnte von diesem Zufluchtsort hier gewusst haben, einer, der unweit der Küste lebt, was noch lange nicht bedeutet, dass er unser Mörder ist. Von Fledermäusen fehlt übrigens auch jede Spur“, sagte sie noch und holte tief Luft.

„Wir waren nicht die einzigen, die davon wussten. Die halbe Stadt kennt dieses Versteck hier.“

Susan atmete schwer. Auch wenn nicht sie die ganze Ausrüstung mitschleppen musste, sondern ein junger DC mit einem Ziegenbärtchen, schnaufte sie trotzdem für beide.

„Hier, der ist für Sie“, maulte Susan und drückte Wallace eine dünne Mappe gegen die Brust. „Ein vorläufiger Bericht über das, was ich bisher an Informationen sammeln konnte. Ich habe alle Aspekte in Betracht gezogen, manches habe ich in Klammern gesetzt, weil diese noch genauerer Untersuchungen bedürfen und von mir persönlich in ihrer Richtigkeit bestätigt werden müssen. Ich habe die Befunde in einzelne Bedeutungsebenen zerlegt und sie neu zusammengelegt, um darin auf versteckte Hinweise zu stoßen.“ Sie hielt sich die rechte Seite. „Ich bin vorhin schlimm gestürzt.“ Sie zeigte auf einen kleinen Riss an ihrem Ellenbogen. Ihr Anzug hatte mehrere graugezogene Linien, die von dem Sturz stammten. Durch das längliche Loch konnte er das Rot ihres Pullis sehen. „Eins sage ich Ihnen, wer sich hier versteckte, muss gut zu Fuß gewesen sein. Jetzt lassen Sie uns bitte vorbei, unser Tag hat auch nur vierundzwanzig Stunden. Und im nächsten Monat möchte ich verreisen." Sie schob Wallace beiseite und stampfte auf Vanessa zu. Vanessa drückte sich dicht an den kalten Felsen. Die anderen zwei Kollegen zwängten sich nicht minder grob an Wallace vorbei, doch bei Vanessa blieben sie stehen. Einer der beiden ergriff sie sogar an der Hand und half ihr dabei, über einen Vorsprung zu klettern.

„Sie müssen Ihre Schuhe wegschmeißen", warf Susan Vanessa hinterher, die selbst in Bergsteigerschuhen steckte. „Hier sind wir nicht in einer Großstadt, hier brauchen wir einen sicheren Halt, wenn wir uns zurechtfinden wollen." Die Eindeutigkeit ihrer Zweideutigkeit war für keinen der Anwesenden zu überhören. Die Leiterin der Spurensicherung machte keinen Hehl daraus, dass sie Vanessa nicht mochte.

25

Ian saß am Bett seiner Frau und hielt ihre Hand. Sie schlief unruhig. Selbst eine Beruhigungsspritze vermochte nicht ihr Gemüt zu besänftigen. Ihre Lippen bewegten sich und formten unverständliche Laute.

Schweiß brach ihr aus der Stirn. Sie bewegte den Kopf sachte hin und her.

Ian streichelte ihre weiche Haut, in der ein Venenkatheter steckte. Er habe gelesen, dass Psychopathen und Mörder außerstande waren, emotionale Bindungen zu ihren Mitmenschen aufzubauen. War der Mörder seiner Tochter ein Psychopath? Aber warum war er bisher nie aufgefallen? *War es einer von den Neuangesiedelten?* Der Gedanke war gleichzeitig erschreckend wie auch bescheuert. Hailey würde niemals zu einem in den Wagen steigen, den sie nicht kannte. Vielleicht wurde sie gegen ihren Willen in ein Auto gezerrt, aber warum? Es musste ein stinknormaler Bürger sein, der der Gesellschaft die Schuld an seinem Versagen in die Schuhe schob. Einer, der um seine Defizite, egal welcher Art, zu kompensieren beschlossen hatte, Hailey das Leben zu nehmen, um so seine Überlegenheit zu spüren. Er hatte nach einer Bestätigung gesucht und Hailey war das passende Opfer, weil sie sich nicht zu wehren wusste.

Ob er mein Kind vergewaltigt hat? Sein Handy klingelte. Eine Erinnerung. Heute würde die Polizei mit einem Durchsuchungsbeschluss vorbei kommen, um das ganze Haus zu durchwühlen.

Ian spürte, wie die Schlinge um sein Herz sich noch enger zuzog.

Die Angst, dass sie etwas Belastendes finden könnten, die zuerst nichts als nur ein flüchtiges Flackern in der Brust war, explodierte schlagartig und riss ihm dabei den Boden unter den Füßen weg. Seine Finger drückten die Hand seiner Frau so fest zusammen, dass ihre Knöchel knacksten. Er ließ erschrocken von ihr ab und sah zu, wie die Haut zuerst weiß, dann wieder rot wurde. „Das tut mir schrecklich leid", entschuldigte er sich bei Fia und tupfte ihr mit einem feuchten, kalten Tuch den Schweiß aus dem Gesicht.

26

„Das ist nicht dein Ernst“, wunderte sich Vanessa und sah zu, wie Wallace eine menschenechte Puppe aus dem Kofferraum holte. Ihr stand bei dem Anblick der Mund offen.

„Doch. Ich werde sie am Fundort genauso drapieren wie den Leichnam von Hailey.“

„Dein Drang zur Perfektion sowie die Obsession zur lupenreinen Vollkommenheit treibt dich irgendwann an den Rand des Wahnsinns. Wusstest du, dass in jedem Polizisten wie dir ein potenzieller Serienmörder steckt?“

„Das Gleiche kann man von jeder Frau behaupten, und zwar ohne Ausnahme. Das Einzige, was euch davon abhält, ist ein ausgiebiges Shopping. Ist doch so. Auch Sie wären bereit, für diese Schuhe zu töten, just in dem Augenblick, nachdem Sie sie im Schaufenster entdeckt haben. Das sagt meine Frau ständig, bei den Taschen ist es ähnlich.“

Vanessa lächelte schmallippig. „Weil wir von Ehefrauen sprechen, so entsteht bei mir der Eindruck, dass Ihre Frau Sie sehr gut bei den Eiern hat.“

„Was?“

„Ich weiß, wie du leidest, ich soll dich jetzt auch noch siezen und du kamst erst nach einem Anruf von mir zur Leichenschau.“

„Es war mitten in der Nacht“, verteidigte er sich halbherzig. Das Gespräch drohte in die komplett falsche Richtung abzudriften. „Ich hoffe, dass ich Sie nicht allzu oft daran erinnern muss, mich wie einen Anfänger zu behandeln. Wie gesagt, es war mitten in der Nacht …“

„Spielt die Zeit irgendeine Rolle?“

Wallace blies die Backen auf und atmete die Luft geräuschvoll aus.

„Komm, Wallace, lass es raus.“

„Das mit dem Sie möchte ich dennoch beibehalten.“

Die Puppe war aus leichtem Kunststoff und dennoch wog sie schwer auf seiner Schulter. Er peilte kurz die Richtung zum Zelt an und wählte den besten Weg aus. „Wollen wir?“ Er bedachte seine Kollegin mit einem ernsten Blick. „Wussten Sie, dass Hailey intrakranielle Blutungen hatte?“

Eine senkrechte Unmutsfalte tauchte auf Vanessas Stirn auf. Sie stülpte sich die Kapuze ihrer roten Jacke über ihr blondes Haar und schob die Haare seitlich zurecht. Der Wind, der vom Meer kam, zerrte an ihren Klamotten.

Wallace‘ Hose flatterte an den Beinen. Er verstärkte den Haltegriff, weil die Puppe eine Eigendynamik bekam und von seiner Schulter wegzufliegen drohte.

„Der Mörder hat mit einem Rohr oder einem ähnlichen Gegenstand den Kopf eingeschlagen“, nahm Wallace als Erster das Gespräch auf.

„Wie kommst du darauf?“ Vanessa verschränkte die Arme vor der Brust. Sie zitterte.

„Solange Sie und Ben miteinander über Gott und die Welt gesprochen haben, hatte mich der Gerichtsmediziner erneut kontaktiert. Er hatte wieder diese eine Nacht, in der er nicht einschlafen konnte. Darum fuhr er wieder zu seinem Refugium, um den Leichnam erneut zu untersuchen.“

„Und was bedeutet dies konkret? Das arme Kind ist mehr als zwanzig Meter nach unten gestürzt. Da sind schwere Kopfverletzungen vorprogrammiert. Wenn ich nur an ihr Gesicht denken muss, bekomme ich eine Gänsehaut.“ Sie vermied es, Wallace direkt anzusehen.

„Diese Blutungen verursachen eine Schwellung im Gehirn …“

„Auch das ist mir sehr wohl bekannt“, fuhr sie ihm scharf ins Wort.

„Aber das passiert nur dann, wenn das Herz nicht zu schlagen aufgehört hat.“

Sie hielt unwillkürlich die Luft an. „Er hat sie bewusstlos geschlagen?“

„Und sie ist im falschen Moment aufgewacht“, spann Wallace den Gedanken weiter. „Dabei entstand das Handgemenge. Er hat sie eventuell erneut gegen den Kopf geschlagen, vielleicht mit der Faust oder einem Schlagring, doch Hailey hat sich vehement gewehrt. Dann wandte er eine andere Strategie an und griff nach dem Gurt. In Panik geraten machte das Mädchen, was jeder von uns in so einer Situation tun würde.“

„Sie ergriff die Flucht“, vervollständigte Vanessa den Satz.

„Sie öffnete die Tür, während der Würgegriff um ihren Hals nachlässt, weil der Mann seine beiden Hände brauchte, um den Wagen unter Kontrolle zu bekommen.“

„Diese Kurve dort oben ist tückisch.“

Vanessa schaute auf die unbefestigte Straße.

„Und genau an dieser Stelle gelang es Hailey, sich loszureißen und sich ihrem Peiniger zu entwinden.“ Wallace schritt den kurzen Wegabschnitt, der in einer scharfen Linkskurve endete, ab, und blieb an dem Wendepunkt stehen. Erneut ließ er seinen Blick zu den Zelten gleiten. Dann, so als sei ihm etwas Wichtiges eingefallen, drückte er der verdutzt dreinblickenden Vanessa die Puppe an die Brust und lief schnell zu seinem Wagen. Zurück kam er mit einer grellen Fahne bewaffnet. Sie war orange und ähnelte stark diesen Teilen, die Vanessa schon mehrmals bei Kinderfahrrädern beobachten konnte. Ein dreieckiger Stofffetzen, eine Art Wimpel, hing an einer langen, dünnen Kunststoffstange.

„Das hat früher meinem Sohn gehört. War an seinem Dreirad“, klärte Wallace sie auf, so als habe er ihre Gedanken lesen können, und machte sich daran, die Steine zu einem Haufen um die dünne Stange herum aufzuschichten. Danach fixierte er seine Markierung mit einem Stück Klebeband und überprüfte die Position aus mehreren Blickwinkeln.

„Können Sie mir bitte dieses schwere Ding da wieder wegnehmen, sonst schmeiße ich sie mir vor die Füße“, keuchte Vanessa und war dabei, die Puppe auf den Boden zu werfen.

Wallace beeilte sich, ihrer Bitte nachzukommen, denn es war eher eine Warnung.

„Wenn ich mir die Tat erneut vor Augen führe und das, was wir bisher an Informationen haben, mit einbeziehe, so weisen einige Aspekte auf eine Affekttat hin, die jedoch nicht völlig ungeplant gewesen ist. Jemand wollte das Mädchen loswerden“, sprach Wallace seine Vermutung laut aus und wuchtete sich die Puppe über die Schulter.

„Also war es, wenn man es genau nimmt, ein Unfall, besser gesagt: ein Totschlag und kein Mord?“

„Nein“, widersprach Wallace. „Die Blutungen in ihrem Kopf und die Verletzungen an ihrem Hals waren so schwer, dass sie daran gestorben wäre. Der Sturz war ein humanerer Tod, mehr nicht. Der Aufschlag auf dem Felsen hat sie von den Todesqualen erlöst. So eine verdammte Scheiße“, sagte er aus tiefster Seele und schluckte schwer. Dann, nach einem kurzen Zögern, lief er im Sturmschritt zu der markierten Stelle. Der Abstieg war von Polizeibändern markiert, die von den Beamten aufgespannt wurden. Flatternd flankierten sie den Weg bis zu dem ersten Zelt. „Kommen Sie, DI Craig, wir haben keine Zeit zu verlieren."

Vanessa folgte ihm und sah vor ihre Füße. *Heute werde ich mir dieselben Wanderschuhe besorgen wie bei der Strulle von der Spurensicherung,* murmelte sie vor sich hin und rutschte dabei beinahe aus. Ihr linker Absatz machte ein unschönes Geräusch. „Fuck!", fluchte sie und hielt sich immer wieder an den Steinen fest, um nicht auf dem Hintern zu landen. Ihr Kollege dagegen lief schnurstracks auf sein Ziel zu, ohne dabei zu straucheln. Die Puppe wippte auf seiner Schulter. Das grinsende Gesicht hing tief nach unten und verhöhnte Vanessa mit ihrem künstlichen Grinsen.

27

Ross brauchte unbedingt eine Pause. Die Suche raubte ihm die letzte Kraft, und der Schlafmangel setzte ihm zusätzlich zu. Er brauchte unbedingt einen starken Kaffee. Er lief mit gesenktem Kopf auf seinen Lieblingspub zu. Sein braunes Haar, das an den Seiten einen silbernen Touch bekam und an manchen Stellen zunehmend lichter wurde, klebte nass an seiner Kopfhaut. Der fiese Nieselregen schlug ihm ins Gesicht. Wie feine Eiskristalle bohrten sich die winzigen Tropfen in seine von Akne vernarbte Haut.

Mit klammen Fingern öffnete er die Tür und wurde von einem betörenden Duft nach frischem Kaffee umnebelt. Die warme Luft legte sich prickelnd auf seine Hände und sein Gesicht. Eine angenehme Woge durchströmte seinen müden Körper. Er hängte seine durchnässte Jacke an einem Hirschgeweih auf und streckte sich.

Die meisten Tische standen leer. Das für diese Gegend typische Lokal wurde nie renoviert. Das massive Mobiliar aus dunklem Holz würde auch ihn überdauern, überlegte Ross und rieb die Hände aneinander.

Hinter der Bar stand ein junger Mann, den er nicht kannte. Aber das war jetzt egal. Er navigierte seinen durchfrorenen Körper auf einen leeren Tisch, der an einem der kleinen Fenster stand, welches von schlichten Vorhängen umhangen war und wollte sich schon setzen, da klammerten sich seine Augen wie hypnotisiert an einer Person fest, die an einem der anderen Tische saß und vor sich hinstarrte. In dem Mann, der seinen Oberkörper mit den Ellenbogen an der Tischkante aufstützte, erkannte er seinen Kumpel. Es war Ian.

„Hey, Ian …“ Ross blickte sich um und kam auf den erschöpft wirkenden Mann langsam zu, so als habe er Angst, ihn zu verscheuchen. Er setzte sich vorsichtig daneben und legte seinen Arm um die schmale Schulter.

Ian löste sich mit einem Zucken von seiner kraftlosen Umarmung. Die freundlich gemeinte Geste schien den großen Mann zu verärgern.

„Lass das bitte“, flüsterte Ian und hob endlich den Kopf. Seine rotumränderten Augen waren geschwollen. Auf seiner sonst immer perfekt rasierten Glatze stachen am Hinterkopf und an den Schläfen einzelne dunkle Härchen heraus. Sein markantes Kinn und die eingefallenen Wangen glänzten silbern. Sein dichter Dreitagebart machte ihn älter. „Auf Kuscheln habe ich im Moment überhaupt keinen Bock.“ Ihre Blicke trafen sich.

„Tut mir leid“, beeilte sich Ross und versteckte seine Hände unter dem Tisch. Er sah sich mit einem scheuen Blick um und setzte sich seinem Freund gegenüber. Sie schwiegen eine Weile, jeder in seine Gedanken vertieft, bis der junge Mann von der Theke vor ihnen auftauchte.

„Kaffee?“ Seine Stimme klang zu hoch für einen Kerl, fand Ross.

„Und ein Black Pudding“, meldete Ross sich zuerst.

„Für mich nur einen Haggis und einen schwarzen Tee mit Schuss.“

Der Kellner hob wortlos die Augenbrauen und nickte knapp. Sein rabenschwarzes Haar war kurz, der Vollbart akkurat gestutzt und an den Kanten frisch rasiert, er roch intensiv nach Aftershave und

Weichspüler. Eine ungewöhnliche Kombination, fand Ross, ging aber nicht näher darauf ein. Auch wenn er den Mann recht sympathisch fand, gab er diesem netten Herrn mit einer flüchtigen Handbewegung zu verstehen, dass dieser verduften sollte.

„Wie geht es deiner Frau, Ian?"

Ian knibbelte mit der linken Hand an seinem Kinn. Seine Lippen bewegten sich. Das Weiß seiner Augen war von roten Spinnennetzen umflochten. An den Augenrändern schnitten sich tiefe Krähenfüße in die matt gewordene Haut. „Sie hat Krebs." Der hagere Mann, der in den letzten Tagen um Jahre gealtert schien, rang mit den Tränen.

„Scheiße", murmelte Ross mitfühlend.

„Hier ist das Essen." Der junge Mann stand mit einem Tablett vor den beiden und machte einen zerknirschten Gesichtsausdruck, weil er sich auf einmal fehl am Platz fühlte.

„Ich will das nicht mehr. Nehmen Sie es bitte wieder mit. Lassen Sie nur den Tee da", sagte Ian ohne aufzuschauen. Seine Finger drehten an einem Untersetzer.

„Stellen Sie das alles einfach hier ab, ich bezahle das Frühstück, und jetzt gehen Sie bitte und schreiben Sie eine Rechnung. Das alles geht auf mich. Und jetzt gehen Sie bitte wieder die Gläser polieren", tat Ross genervt und nahm das volle Tablett entgegen.

Der Mann nickte und ging zurück zur Theke.

„War die Polizei bei euch? Das hat mir meine Frau erzählt", senkte Ross die Stimme um eine Oktave.

Ian nickte und hob den Kopf.

„Willst du mir nichts verraten, Ian?"

Bei diesen Worten schwante dem großen Mann nichts Gutes. Ross schien geknickt, er sah seinen

Kumpel nicht minder verlegen an. Die Situation verlangte beiden viel Überwindung ab, sich in die Augen zu sehen.

Ross griff nach Gabel und Messer und schnitt sich ein Stück von der Wurst ab, ohne es sich in den Mund zu stecken. Er brauchte einfach eine Beschäftigung für seine Hände. „Ich bin dir nicht wirklich böse“, flüsterte Ross, das Gesicht dunkelrot vor Zorn. „Daran sind immer die Frauen schuld, steht sogar in der Bibel.“

„Seit wann gehst du wieder in die Kirche?“

Ross bleckte die Zähne.

„Warum lachst du?“ Ian war irritiert. Er schwitzte.

„Ich versuche darauf einzugehen, wenn du dir Mühe gibst, witzig zu sein.“

Der Schweiß lief Ian nun in Bächen über die stoppeligen Wangen.

„Komm schon, Ian, erzähl mir, was dich so bedrückt. Das ist mein gutes Recht, dass du mir reinen Wein einschenkst. Ich könnte dir diesen Ausrutscher sogar verzeihen, aber nur, wenn du ehrlich zu mir bist. Ich mache keinen Hehl daraus, dass ich meine Frau nicht mehr attraktiv finde, das weißt du aber auch. Ich …“ Die Tür ging auf. Mehrere Männer betraten das Lokal. Sie redeten laut miteinander in einer Sprache, die Ross nicht fähig war, einer bestimmten Nationalität zuzuordnen. „Wie lange läuft es zwischen euch schon so?“, sprach er seine Frage mit unsicherer Stimme aus.

„Es war ein Fehler“, versicherte Ian mit Nachdruck. „Ich habe nicht vor, die harte Realität zu beschönigen. Ich wollte nur sicher gehen, ob …“

„Ob was?“, wetterte Ross und stopfte sich ein großes Stück von der Wurst in den Mund. „Ich habe dir vertraut, du warst für mich derjenige, dem ich immer vertraut habe. Ian, ein Freund, für den ich alles getan hätte. Für mich warst du mehr als nur ein *Freund* ...“ Ross verstummte und kaute mit zornigem Blick. Er musste sich sammeln. Die Stimmen der Männer wurden von einem lauten Gelächter unterbrochen. Sie schoben zwei Tische zusammen und verursachten dabei noch mehr Lärm. Ross schnitt sich noch etwas von der Blutwurst ab und warf dann das Messer und die Gabel auf den Teller. „Du warst für mich immer über jeden Zweifel erhaben. Ich bin in den Grundmauern meiner Seele über das, was du getan hast, erschüttert. Wie war sie denn so? War dieser Fick das alles wert, was uns miteinander verbindet?“, forschte Ross.

„Ross, ich war von einem einzigen Gedanken getrieben, ich habe nach einer Bestätigung gesucht …“

„Und diese zwischen den Beinen meiner Frau gefunden?“, keifte Ross schmatzend. „Warum hast du mir nichts davon erzählt?! War alles, was zwischen uns gewesen ist, nur ein Vorwand, um sich an meine Frau ranzumachen?!“, schrie er laut. Spucke flog aus seinem Mund, er ballte die Hände zu Fäusten und knallte heftig gegen den Tisch. Der Teller klirrte einmal laut, das Messer fiel scheppernd zu Boden.

Die Stimmen der Männer verstummten.

Ross wischte sich mit dem Handrücken über die Lippen.

„Alles okay?“, wollte einer der Typen wissen und sah Ross mit seinen dunklen Augen an. Seine Kumpels warteten geduldig auf eine Reaktion. Fast alle trugen einen Bart.

„Aber klar!“, rief der betrogene Ehemann und hob die Hände zur Decke. „Alles bestens!“

„Ganz sicher?“ Die rauchig tiefe Stimme klang zwar sanftmütig, dennoch spürte Ross, dass sich dahinter eine Warnung verbarg. Seine Nackenhaare sträubten sich. Mit diesen Männern würde er nicht vor die Tür gehen wollen. Ross war ganz auf den Mann fixiert und wartete gebannt auf die weitere Reaktion. Dieser hob den rechten Arm und prostete ihm mit einem Glas Whiskey zu.

Ross griff nach seinem Kaffeebecher und prostete zurück. Er nippte daran und lachte wie ein schlechter Schauspieler auf. Der Mann tat einen großen Schluck und entspannte sich. Dann drehte er sich zu seinen Kumpels um. Die laute Diskussion flammte aufs Neue auf.

„Es tut mir wirklich sehr leid, Ross." Ian verschluckte sich.

Ross schob zwei Scheine unter die Tasse und gab sich konsterniert. „Das ist alles? Weißt du, ich habe immer gedacht, dass man immer eine Wahl hat, auch dann, wenn man von einem Hochhaus springt, ohne Fallschirm. Entweder man verschließt die Augen und schreit sich die Seele aus dem Leib, bis man auf dem Asphalt aufknallt, oder man versucht sich zu entspannen und genießt die Aussicht, das Ergebnis wäre eh das Gleiche, nur die Zeit dazwischen, der Weg selbst, wäre ein ganz anderer. Jetzt jedoch muss ich feststellen, dass diese Vorstellung nichts als Bullshit ist. Keiner wird ruhig bleiben können, wenn er den Tod vor Augen hat. Und im Moment sehe ich, wie mein Leben in tausend Scherben zerspringt!"

„Im Moment weiß ich nicht, wo mir der Kopf steht. Ich bekomme heute Besuch. Die Polizei kommt mit einem Durchsuchungsbeschluss. Sie werden die Kehrseite meines Lebens nach außen stülpen. Es wäre besser, wenn wir uns die nächsten Tage nicht mehr sehen. Dein Sohn ist immer noch als vermisst gemeldet. Ich hoffe, dass er noch lebt."

„Glaubst auch du, dass er es gewesen ist?“

„Ross, warum fragst du mich das?“ Ians Augen, die von Trauer belegt waren, hellten sich auf. Der Nebel in seinem Blick verflüchtigte sich.

„Weil alle das glauben. Auch ich. Verstehst du, auch ich bin der Meinung, dass Kenny etwas damit zu tun hat, und meine Frau verschweigt mir da was. Sie nimmt ihren Sohn in Schutz. Sie würde mich gegen ihn eintauschen, ohne zu zögern. Sie würde vor Gericht lügen, nur damit ihr Sprössling ungestraft davonkommt.“

„Wie kommst du darauf?“

„Mir ist kürzlich zu Ohren gekommen, welche unverschämte Unwahrheiten sie über mich zu verbreiten bereit wäre“, gab Ross als Antwort zurück. „Ich war für Allison immer ein defizienter Ehemann, der nicht immer seinen Pflichten nachging, aber so bin ich nun mal. Aber ich bin nicht bereit, diese Schuld auf mich zu nehmen. Ich würde deiner Tochter kein Haar krümmen, das weißt du, Ian.“

„Ich weiß“, flüsterte Ian und schluckte schwer. „Ich darf sie heute besuchen. Mein Gefühl sagt mir, dass ich den Anblick nie wieder ver …“, weiter kam er nicht. Ian massierte sich die Schläfen und weinte stumm. „Ich möchte, dass du jetzt gehst. Geh, lass mich allein.“

Ross schob den Stuhl nach hinten, warf Ian einen schnellen Blick zu und ging, ohne sich zu verabschieden, nach draußen.

28

Wallace litt nicht wirklich unter Platzangst, aber im Zelt war es wirklich eng. In gebeugter Haltung drapierte er die Puppe so, wie das tote Mädchen an dieser Stelle gelegen haben musste. Er verglich sein Werk erneut mit den Fotoabzügen.

„Sie wurde künstlich hier abgelegt“, murmelte er und rieb sich die Stirn mit dem Ärmel ab. Hier drin war die Luft stickig und roch immer noch unangenehm nach geronnenem Blut. Kondensstreifen sammelten sich an der durchsichtigen Plane des Zeltes.

„Selbst nach diesem mörderischen Sturz war das Kind noch nicht tot“, konstatierte Wallace und ging in die Hocke. Er hob den Kopf und sah kurz zu seiner Kollegin, sein nachdenklicher Blick streifte sie nur flüchtig. Seine Augen waren auf das ungetrübte Viereck gerichtet, weil hier die Folie eine quadratische Öffnung hatte. Mit angestrengter Miene sah er durch das behelfsmäßige Fenster. „Ich kann von hier aus den Wimpel sehen.“ Wallace senkte den Blick und betrachtete die linke Hand der Puppe. „Sie war dem Tode nahe, und trotzdem hat sie versucht, sich hochzuziehen. Sehen Sie diese Schlieren?“

Vanessa nickte stumm.

„Was haben Sie damals als junges Mädchen für Träume gehabt?“

„Wie bitte?“

„Als Sie in Haileys Alter waren?“

„Keine Ahnung. Ist es jetzt so relevant?“

„Hatten Sie irgendwelche sexuellen Vorstellungen? Phantasien, die Sie ausleben wollten?“

„Jeder hat so seine Phantasien.“ Vanessa rollte mit den Augen.

„Was zum Beispiel?“

„Ich weiß, worauf Sie hinauswollen. Haileys Sexualleben war für ihr Alter sehr exzessiv. Ich hatte da meinen ersten Freund und noch keinen Sex, aber sind solche Eventualitäten überhaupt von Belang?“

„Das weiß ich noch nicht.“ Sein Handy summte. Er angelte das Gerät aus seinem Trenchcoat. „DI Campbell“, meldete er sich und stellte die Verbindung auf laut, damit auch Vanessa mithören konnte.

Die Stimme von Susan Brown klang verzerrt und wurde von einem sphärischen Rauschen gestört. „Wir haben vor Ort eine chemische Schnellanalyse durchgeführt“, sprach sie mit monotonem Unterton. „Dabei haben wir nur sehr wenig Bestandteile von organischen Stoffen extrahieren können, was kurz zusammengefasst nur eines bedeuten kann: Hier wurde kein Brennholz zum Feuermachen benutzt. Hier hat jemand seine Spuren beseitigt. Dabei ging derjenige nicht besonders besonnen vor. Er war in Eile.“

„Inwiefern?“, wollte Vanessa wissen und merkte, dass diese einfache Frage die Frau am anderen Ende aus dem Konzept gebracht hatte, denn sie schwieg eine Weile.

„Wallace?“, fragte Susan und wartete auf seine Stimme.

„Ich bin hier“, sagte er ruhig. „Kannst du uns bitte sagen, wie du darauf kommst, dass der Unbekannte Hals über Kopf alles ins Feuer geworfen hat?“

„Hier liegen Reste von einer Isomatte und eine leere Kondompackung, zumindest das, was davon noch übriggeblieben ist. Du hast ein Liebesnest gefunden Wallace“, fasste sie ihre Berichterstattung so einfach wie nur möglich zusammen.

„Ich danke dir, Susan", sagte er und unterbrach die Verbindung.

„Wir müssen die Zeit der letzten zwei Wochen vor Haileys Verschwinden sukzessiv überprüfen."

Vanessa runzelte die Stirn, weil sie seinen Gedanken nicht folgen konnte.

„Hailey ist womöglich, ohne es beabsichtigt zu haben, zu einer Zeugin geworden, die ein Paar dabei beobachtet hat, wie es sich dort heimlich getroffen hat. Darum hat man sich ihrer entledigt."

„Das bedeutet, dass du die These mit zwei Tätern erneut aufgreifen willst?"

„Wir dürfen sie zumindest nicht ganz außer Acht lassen." Erneut klingelte sein Telefon. Mit gefurchter Stimme ging er wieder ran. „DI Campbell."

Schweigend verfolgte Vanessa den einseitigen Monolog. Eigentlich sah sie nur zu, wie ihr Kollege angespannt in den Hörer lauschte.

„Wie konnte das passieren?", fragte Wallace dann und ballte die linke Hand zur Faust. Die Stimme nicht erhoben und dennoch schneidend sagte er: „Ben, wenn du das hier zu verantworten hast, dann bist du kein DC mehr. Hast du mich verstanden?"

Vanessas von Natur aus blasses Gesicht bekam rote Flecken an den Wangen. Unangenehme Wärme kroch ihr den Hals empor und ließ sie gleichzeitig frösteln.

Wallace' Blick klebte an ihr. „Die DNA-Proben sind verunreinigt? … Sind nicht mehr brauchbar", blaffte er und drückte das Telefon immer noch an sein Ohr. „Wie bitte?", fragte er den jungen Polizisten. Sein Blick ruhte nun auf seinen Schuhspitzen. „Das wäre eine mögliche Erklärung, und ich hoffe für dich, DC Kerr, dass das, was dir der Mann aus dem Labor mit auf den Weg gegeben hat, seine Richtigkeit hat. Denn

ich bin nicht erpicht darauf, den Leuten erklären zu müssen, dass wir erneut eine Probe benötigen, nur weil die Kollegen von der Polizei unnütze Trottel sind", brummte er und legte auf.
Er hob langsam den Kopf. Sein Blick wurde trübe und nach innen gekehrt, er schaute an Vanessa vorbei, die Augen auf einen unsichtbaren Punkt gerichtet.

Vanessa verbarg ihre Ungeduld hinter einem flüchtigen Lächeln, als einer der Männer in Uniform ins Zelt hinein lugte und sie mit einem unschlüssigen Blick bedachte.

Wallace sah den Mann abwartend an.

Dieser räusperte sich vernehmlich. Ohne vollends einzutreten, sagte der dunkelhäutige Polizist: „Wir haben den Hund gefunden, Sir." Dann, als wurde er von jemanden in die Seite gestoßen, wandte er seinen Kopf zu Vanessa: „Ma'am." Er tippte sich mit zwei Fingern an die Mütze.

Der Polizist schaute sie scheu, jedoch ohne jegliche Verlegenheit und ein Deut zu direkt an.

Er versuchte sie einzuordnen, mutmaßte Vanessa. „Ich bin DI Craig und gehöre zum Team, also raus mit der Sprache", sagte sie mit dem überzeugenden Temperament einer Frau, die sich in der Männerwelt zu behaupten wusste.

„Mein Name ist Jeremy, DC McCollin", verbesserte er sich schnell. Jeremy lächelte zerknirscht.

Vanessa konnte an seinem Gesicht erkennen, wie es in ihm brodelte, weil er ins Fettnäpfchen getreten war.

„Wir haben den Hund von dem …", seine Hand verschwand hastig in dem gelben Regenmantel. Kurz darauf hielt er einen kleinen Zettel zwischen seinen Fingern, „… von diesem Kelly Scott, der in Untersuchungshaft steckt", fügte er rasch hinzu und steckte den Zettel in die Hosentasche. Sein halbdurchsichtiger Regenschutz raschelte in der Stille.

„Sehr gut“, lobte Wallace den Mann und entließ ihn mit einer flüchtigen Handbewegung. „Ach, Jeremy!“, rief er den Mann zurück und fasste sich an die Schläfe.

Der Polizist trat dann doch ins Zelt und senkte leicht den Kopf, so groß war er.

Vanessa kam sich dabei wie ein Kind vor und tat einen Schritt in Wallace‘ Richtung, ohne es bewusst wahrgenommen zu haben.

„Wo habt ihr den Hund aufgegabelt?“

„Unweit von seinem Haus.“

Wallace‘ Stirn bekam tiefe Furchen.

„Vor dem Haus des Herrn Scott. Das arme Tier schlich dort im Garten umher.“

Vanessas Handy klingelte, sie ging sofort ran.

„Okay, danke. Das war‘s. Du kannst gehen“, sagte Wallace und sah zu Vanessa.

„Nett, Sie kennen gelernt zu haben, Ma‘am“, verabschiedete sich Jeremy und tippte sich erneut an die Schläfe. „Sir“, sagte er noch und trat nach draußen.

„Mache ich, Ma‘am“, sagte Vanessa knapp in den Hörer und legte auf. Ihr Gesicht bekam andere Züge, sie wirkte angespannt und erleichtert zugleich, wie jemand, der etwas Wichtiges zu verkünden hat.

„Wissen Sie, welchen Wagen dieser Kelly in der Garage stehen hat?“ Vanessa blieb im Eingang stehen und sah zuerst zu Wallace dann zu der Puppe.

„Einen alten Pickup?“

„Das würde zu dem Tathergang auch gut passen. Kann ich versuchen, ihn zu befragen, DI Campbell?“

„Das würde nur sehr wenig bringen.“ Mit diesem Satz nahm Wallace seiner Kollegin den Wind aus den Segeln.

Vanessa zog die Stirn kraus. „Warum?“

„Kelly kennt Sie nicht gut genug.“

„Genau das ist der Punkt. Ich muss dich eigentlich nicht um eine Erlaubnis bitten, Wallace. Ich bin kompetent genug, um solche Entscheidungen selbst zu treffen.“

„Und ich würde es bevorzugen, dass wir zusammenarbeiten und nicht um Kompetenzen streiten. Sie sind genauso wichtig wie ich auch. Ich kann Ihren dionysischen Tatendrang sehr gut verstehen, aber wie gesagt, bei Kelly wird diese Taktik sehr wenig bringen; Bauch gegen Knie, Kopf gegen die Wand, Erkennungsvermögen gegen stupide Sturheit, Sie werden daran scheitern. Um mit dem Zeitgeist dieses Ortes vertraut zu sein, muss man hier sein ganzes Leben verbringen. Nur wer in Duff Castle aufgewachsen ist, kann die Niederungen und die Zeitlosigkeit dieser Stadt hassen oder lieben lernen, oder wie ich, sich einfach damit abfinden. Nächstenliebe und gegenseitige Abneigung sind hier notwendigerweise komplementär.“

„Okay, ich versuche es mal anders. Die Chefin will, dass ich die Leitung übernehme, wegen Ihrer Befangenheit.“ Sie hielt ihr Smartphone kurz in die Luft.

Wallace wirkte irritiert.

Vanessa wartete einen Augenblick und fuhr mit leicht zittriger Stimme fort: „So, jetzt ist es raus. Ich habe dem zugestimmt. Ab heute stehe ich über Ihnen, DI Campbell.“ Sie sah ihn trotzig an. „Und weil ich jetzt hier das Sagen habe, will ich, dass wir uns wie zwei erwachsene Menschen unterhalten. So, wie es sich für gute Kollegen gehört. Von mir aus können wir uns weiterhin siezen, das soll für mich kein Problem sein.“

Vanessa legte eine kleine Pause ein, doch sie wartete vergebens auf irgendeine Reaktion. „Wir haben einmal miteinander geschlafen, das ist lange her und gehört der Vergangenheit an."

Wallace malmte mit den Zähnen. „Interessant", brummte er. Sein rechtes Augenlid zuckte.

„Die meisten Menschen benutzen dieses Wort in solchen Situationen wie dieser", sie lächelte knapp, „um etwas zu beschreiben, das ihnen gehörig gegen den Strich geht, um eine verbale Konfrontation zu umgehen. Aber du warst schon immer einer dieser verschwiegenen Typen, Wallace. Willst du vielleicht dennoch etwas hinzufügen?"

Wallace schwieg.

Vanessa stieß die Luft durch die Nase und warf Wallace einen fragenden Blick zu. „Na gut", fuhr sie fort. „Wir ermitteln ab heute in einem Mord, die Staatanwaltschaft hat diesen Fall nämlich als solchen eingestuft. Ab morgen bekommen wir Verstärkung, und es wird eine Mordkommission zusammengestellt, heute Abend wird die erste Fallkonferenz einberufen. Wir müssen uns also ranhalten. Als nächstes steht auf der Tagesordnung die Hausdurchsuchung der Familie MacJonson. Du kannst mit deiner Puppe noch später spielen. Jetzt lass uns aber bitte fahren." Ohne ein weiteres Wort verließ sie das Zelt.

29

Vater Baxter atmete schwer. Der Aufstieg auf den Dachboden war mehr als anstrengend. Der Gedanke an das tote Tier und das kaputte Fenster beschäftigten ihn nun seit mehreren Tagen, daher hatte er sich dazu entschieden, sich auf dem Dachboden umzusehen. Seine Lunge pfiff wie der kaputte Blasebalg einer Orgel.

Der Saum des schwarzen Talars war von grauem Staub bedeckt und schleifte leise über die knarzenden Holzstufen. *Noch ein einziger Schritt*, sagte der Pfarrer zu sich selbst. Seine von Altersflecken bedeckte Hand umfasste den Handlauf und zog ihn auf die letzte Stufe. Der Dachboden war vom sanften Gelb der Sonne durchflutet. Trotzdem musste Vater Baxter sich anstrengen, um etwas sehen zu können. Seine Augen tränten. Sein Herz wummerte. Er brauchte einen Moment, um sich hier zurecht zu finden. Endlich hatte er das Fenster ausgemacht, in dem eine der Scheiben fehlte. *Was war der Grund dafür?*, fragte er sich.

Mit einem harten Kloß im Hals verharrte er auf dem obersten Treppenabsatz, weil er glaubte, ein Geräusch vernommen zu haben.

„Ist hier jemand?" Das Leben war eine komplexe Wirklichkeit, die für manche Menschen unbegreiflich war, und welche mit einem einzigen Hieb ausgelöscht werden konnte. Der Pfarrer hing an seinem Leben und wollte nicht sterben, nur weil ein Junkie oder ein Flüchtender sich hier zwischen dem Gerümpel versteckt hielt. „Wer ist da?" Schweiß trat auf seine Stirn.

Doch die Neugier war stärker als die Vernunft und diese alte, alles beherrschende Sinnesempfindung der Furcht.

Mit schleifenden Schritten lief er auf das runde Fenster zu und stolperte einmal über einen Querbalken. Alte Holzschnitzereien und Figuren, manche von schweren Stoffen verhangen, waren auf dem staubigen Boden verteilt. Einige lagen wie zu einem Scheiterhaufen aufgestapelt einfach nur da.

Der Pfarrer befühlte das weiße lutherische Beffchen.

Der Staub in der warmen Luft kratzte in seinem Hals. Er wollte umkehren, doch ein Schatten, der nicht hierhergehörte, trieb ihn weiter an.

Dunkle Flecken unter seinen Füßen, wie Tintenkleckse mit ausgefranstem Rand, erregten seine Aufmerksamkeit. Sie zogen sich in einer schmalen Linie und führten zu dem besagten Fenster. *Ist das Blut?*, sinnierte er und folgte der schmalen Spur.

„Kenny bist du das? Kenny, versteckst du dich wieder hier oben?"

Ein Rascheln.

Ein leises Schaben.

Dann Stille.

„Kenny? Ich werde dich auch dieses Mal in Schutz nehmen, aber du sollst damit aufhören, dich hier ständig zu verstecken, immer dann, wenn du Mist gebaut hast."

Er lief weiter. Die ausgetrockneten Blutflecken waren ungleichmäßig, so als blieb der Unbekannte mehrmals stehen, er war verletzt.

Der Pfarrer hielt erneut inne, weil er einen blutigen Schuhabdruck auf einem Querbalken entdeckt hatte. Und den Umriss einer Hand. *Er ist hingefallen*, dachte er und sah sich um. Er machte einen Schritt nach rechts und hob eine schwere Plane an. Darunter verbarg sich eine aus Brettern zusammengezimmerte Kiste. Alte Bibeln und Gesangshefte zerfielen darin zu Staub. Er ließ die Plane los und setzte seinen Weg fort.

Mit angehaltenem Atem blieb er dann doch stehen und betrachtete das blutverschmierte Muster.

Die Angst in seinem Gesicht war echt. Etwas hier ging nicht mit rechten Dingen zu.

In seiner Brust, die sich schmerzlich zusammenzog, baute sich ein Schrei auf. Vater Baxter hob bedächtig den Kopf, weil er eine Bewegung wahrgenommen zu haben glaubte.

Er sah eine Gestalt.

Sie kauerte an der Wand, unter dem zerschlagenen Fenster.

Der Kopf hing tief nach unten an die schmale Brust gelehnt. Der Mann bewegte sich nicht.

Der Pfarrer stolperte erneut und fiel der Länge nach hin. Mit schmerzenden Gliedern rappelte er sich auf die Füße und sah genauer hin.

Ein helles metallisches Schlagen der Glocke ertönte und brachte alles hier oben zum Vibrieren.

Vater Baxter strich sich die Hände an seinem Talar sauber, lief noch zwei Schritte auf den Mann zu und holte tief Luft. „Jesus Christus im Himmel“, murmelte er und war erleichtert. Endlich konnte er wieder Atem holen. Es war tatsächlich eine Holzfigur.

Als das Glockenschlagen verklang und Vater Baxter sich beruhigt hatte, wandte er sich zum Gehen, denn er hatte für den Gottesdienst noch nicht alles vorbereiten können bei all dem Trubel der letzten Tage. Sobald er unten war, würde er die Polizei darüber informieren wollen, dass sich hier jemand versteckt hielt.

Er strich sich erneut über die Augen, weil er glaubte, dass sich etwas Schwarzes aus der Dunkelheit schälte. *Ein Hirngespinst*, beruhigte er sich und lächelte in sich hinein.

„Du bist für so einen Aufstieg viel zu alt“, sprach der Pfarrer zu sich selbst und fuhr sich mit der Hand über das schweißnasse Haar.

Die geistige Täuschung gewann mehr an Kontur. Der Geist bekam menschliche Umrisse und sprach zu ihm. Das lag sicherlich an der unheimlichen Atmosphäre. Diese Sinnestäuschung gewann durch die Totenstille und des Wummerns in seiner Brust noch mehr an Intensität.

Das alles war nur auf die letzten schlaflosen Nächte zurückzuführen, in denen er kein Auge zugemacht hatte. *Waren das nur Entzugserscheinungen?*, fragte er sich und taumelte rückwärts.

„Was hast du der Polizei erzählt, alter Mann?“, wollte der Schatten von ihm wissen.

Gregor Baxter verstand zwar die Worte, konnte deren Bedeutung jedoch nicht einordnen.

„Wer bist du?“, stammelte er und nestelte an dem nicht mehr so weißen Beffchen.

„Der, der dir den Tod bringt“, entgegnete der Eindringling und wich den Sonnenstrahlen geschickt aus, sodass sein Gesicht immer im Verborgenen blieb. Vom Schatten umnachtet, schritt er immer weiter auf den Pfarrer zu, bis dieser mit dem Rücken zur Wand stand. Dann trat der Mann ins grelle Licht der Sonnenstrahlen.

„Du?“, fragte Vater Baxter mit ungläubiger Stimme, schon wurde er von einer Hand gepackt und gegen das bunte Glas gedrückt.

Ein heftiger Stoß.

Glas klirrte und fiel tief auf den kalten Boden. Scherben zersprangen zu winzigen Kristallen. Wie geschliffene Diamanten verteilten sie sich vor der Pforte und schimmerten in der Sonne.

Gregor Baxter wollte etwas sagen, doch dann fiel auch er zu Boden.

Der gebrochene Blick des Pfarrers war gen Himmel gerichtet, während sein Kopf auf dem harten Pflaster aufschlug und wie ein faules Ei zersprang. Blut und Hirnmasse verteilten sich auf dem grauen Untergrund.

Der Schatten warf einen kurzen, prüfenden Blick durch das runde Fenster und verschwand wieder darin.

30

Wallace klopfte erneut gegen die Tür, doch niemand öffnete sie, obwohl aus dem Haus laute Musik dröhnte. Vanessa zog kurz den Ärmel ihrer Jacke zurück und sah auf die Uhr. „Wir hatten doch einen festen Termin vereinbart“, sagte sie und wartete auf eine Bestätigung.

„Das ändert aber nichts daran, dass wir warten müssen“, brummte Wallace und hauchte sich in die Hände etwas Wärme ein.

„Es tut mir wirklich sehr leid“, rief eine Männerstimme und ließ die beiden herumfahren. Ian MacJonson hielt seinen Wagen direkt vor dem geschmiedeten Zaun an und stieg etwas umständlich aus dem silbernen VW-Geländewagen aus. Er wirkte gehetzt und humpelte auf einem Bein. „Meine Frau hatte wieder einen Schwächeanfall“, sagte er dann etwas leiser und grüßte die beiden Polizisten mit einem festen Händedruck. Seine Hände waren ungewöhnlich kalt und hatten an den Fingern tiefe Kratzspuren. „Unser Kater hat es mir übelgenommen, dass wir ihn kastrieren ließen. Der Termin stand schon lange fest, ich dachte, das könnte mich von all dem etwas ablenken. Ich bin gleich wieder da“, sagte er dann noch und ging zurück zum Wagen.

„Er verhält sich nicht unbedingt so, wie es Eltern für gewöhnlich tun, die ihr Kind auf eine gewaltsame Weise verloren haben“, flüsterte Vanessa.

„Haben Sie schon mal ein Kind verloren, um dies beurteilen zu können?“, entgegnete Wallace trocken. „Wurde ich nicht genau aus diesem Grund heruntergestuft? Weil ich mich besser in andere Menschen versetzen kann?“ Wallace bedachte seine Kollegin mit einem herausfordernden

Gesichtsausdruck. „Möglich“, trotzte Vanessa. „Wir brauchen jemanden mit emotionalem Abstand, um den Sachverhalt richtig zu beurteilen. Waren das nicht Ihre Worte?“

Wallace legte den Kopf schief.

Mr. MacJonson kam wieder zurück, dieses Mal hielt er eine Box in seinen Händen, in der ein grau gestreifter Kater saß und die beiden Polizisten anfauchte.

„Warum ist Ihr Sohn nicht in der Schule?“, leitete Vanessa die Befragung langsam ein.

Mr. MacJonson fummelte in seinen Taschen nach einem Schlüssel und angelte schließlich einen ganzen Bund heraus. Mit der Antwort ließ er sich etwas Zeit. Die Box stellte er auf die Verandastufen ab und hantierte an dem Türschloss. „Manchmal klemmt der Schließmechanismus“, nuschelte er und presste die Lippen aufeinander, dann endlich ging auch schon die Tür auf. „Mein Sohn kommt mit der ganzen Situation nicht wirklich zurecht, wie wir alle. In seiner Klasse hatte er Streit mit einem der Mitschüler. Die Lehrerin hielt es für angebracht, Alan nach Hause zu schicken.“ Er stieß die Tür mit der Schulter auf. Die Musik wurde mit einem Mal noch lauter. Die Bassklänge brachten die Luft zum Vibrieren.

„Alan! ALAN! Mach die Musik leiser“, schrie Mr. MacJonson die steile Treppe hoch. Die Musik wurde tatsächlich leiser. „Kommen Sie bitte rein“, wandte sich der Mann den beiden Polizisten zu und schleppte auch den Kater herein, der nicht bereit war, die Box zu verlassen, obwohl die kleine Klappe weit offen stand. Der Mann ließ das verschreckte Tier samt der Box an der Garderobe stehen und zeigte mit einer einladenden Geste ins kleine Wohnzimmer. „Wollen Sie einen Tee?“

„Nein danke“, schlug Vanessa die Einladung für beide aus und blieb vor einem kleinen roten Sofa stehen. „Wir haben einen Hausdurchsuchungsbeschluss beantragt und würden uns gerne in Ihrem Haus umschauen“, sagte Vanessa trocken und bewegte den Kopf langsam in beide Richtungen.

„Haben Sie schon einen Verdächtigen?“, fragte Mr. MacJonson mühsam beherrscht. „Stimmt es, dass Kelly Scott etwas damit zu tun haben könnte?“

„Diese Auskunft unterliegt noch der Schweigepflicht.“

Der Mann kaute auf der Oberlippe und sah zu Wallace. „Falls du noch einen kleinen Rest Anstand in dir hast, Wallace, dann sagst du mir lieber, wie hier der Hase läuft.“

Eine fiebrige Anspannung ergriff von Wallace Besitz.

„Ich leite hier die Ermittlungen“, fiel DI Craig dem verdutzt dreinblickenden Mann ins Wort. „Was können Sie uns über Ihre Tochter erzählen?“, lenkte Vanessa das Gespräch in eine für sie wichtige Richtung um.

Ein hässliches Geräusch, genauso haarsträubend wie das Reiben von Styropor auf Glas, erfüllte die entstandene Stille. „Das ist Tiger, er hat Hunger“, sagte Mr. MacJonson und verließ kurz den Raum.

Wallace folgte mit den Augen dem großen Mann und sah, wie der dicke Kater den Fressnapf mit seinen Pfoten durch den Flur jagte.

„Wo befindet sich das Zimmer Ihrer Tochter?“, rief Vanessa dem Mann nach und zog sich zwei durchsichtige OP-Handschuhe über. Auch Wallace stülpte sich welche über die steifen Finger.

„Im oberen Stockwerk, die dritte Tür links“, sagte der Mann mit gepresster Stimme, die von Angst belegt zu sein schien.

Das ganze Haus war von unnötigem Krimskrams überladen. Die Frau hatte ein Faible für chinesische Katzen mit erhobener Pfote, Papageien und andere Tiere aus buntem Porzellan, fiel Wallace auf.

Er folgte Vanessa nach oben und blieb vor einer offenen Tür, die ins Bad führte, stehen. Die Waschmaschine stand offen. Die Luft roch nach Waschmittel und klammer Schmutzwäsche. Er ging hinein und zog den Duschvorhang zur Seite.

Zu einem bunten Berg aufgetürmt, warteten mehrere Schichten Kleidung darauf, gewaschen zu werden. Zuoberst lag ein schwarzes Spitzenhöschen.

Weiße Flecken an der Seite verklebten den Stoff. Wallace hob es mit einem Pinzettengriff auf und hielt sich das sexy Kleidungsstück kurz an die Nase. Die Flecken rochen nach Sperma, stellte er angewidert fest.

„Was machst du da, Wallace?“ Ian MacJonson stand direkt hinter ihm und sah ihm über die Schulter.

Kurz drauf erschien auch schon Vanessa. Beide starrten ihn angewidert an, als wäre er ein perverses Schwein.

Wallace kam sich dabei mehr als nur dämlich vor. Nur eine Sekunde, dann hatte er sich wieder im Griff.

„Was haben Sie da?“, wollte Vanessa wissen und zog Ian aus der Tür.

„Das Höschen riecht verdächtig nach Ejakulat“, setzte Wallace seine Kollegin in Kenntnis.

„Und, wer war unser Revolverheld?“ Die Frage galt dem Hausherrn. Sie taxierte Ian mit einem bohrenden Blick.

„Ich soll in das Höschen meines Kindes masturbiert haben?“ Seine Augen wurden groß, er riss den Mund auf und schnappte nach Luft. Dann lachte er wie ein Irrer auf. „Seid ihr noch ganz bei Trost?“

„Hatte Ihr Sohn sexuellen Kontakt zu Ihrer Tochter?“ Vanessas Ton war kühl.

„Was unterstellen Sie uns da? Mir platzt gleich der Kragen.“

Wallace tütete das Beweismittel ein.

„Ich glaube, ich spinne.“ Ian wollte dazwischen gehen, doch wurde er von Vanessa zurückgehalten. „Was soll das, Wallace? Was soll das Ganze hier?“ Ian rieb sich über die Glatze, so als wolle er sich eigentlich die Haare raufen.

„Ich habe noch eine andere Frage an Sie, Mr. MacJonson.“ Wallace wählte mit Absicht diese förmliche Anrede.

„Die kann ja nicht schlimmer sein als die vorherige“, grunzte Ian und stützte sich mit dem ausgestreckten Arm an der Wand ab.

„Hatten Sie eine sexuelle Beziehung zu Ms. Stewart? Die entnommene DNA-Probe hat nach der Analyse gezeigt, dass sich darin sowohl Ihre als auch Ms. Stewarts Spurenelemente befunden haben.“

Ian MacJonson schüttelte nur den Kopf. Dunkle Flecken der Scham breiteten sich auf seinem Hals und den Wangen aus.

„Sie haben also, während Ihr Kind tot auf den Klippen lag, mit einer anderen Frau verkehrt?“, konstatierte Vanessa mit steifer Miene.

Ian senkte schuldbewusst den Kopf. „Darf ich Sie bitten, mein Haus zu verlassen? Ohne meinen Anwalt werde ich Ihnen nichts mehr sagen. Das sind alles nur leere Anschuldigungen und Spekulationen.“

„Dürfen wir mit Ihrem Sohn sprechen?“ Wallace hob die Asservatentüte in die Luft.

„Was soll‘s, mein Leben geht eh den Bach runter. Alan, komm bitte her“, rief er seinen Sohn mit müder Stimme.

Ein Junge von fünfzehn Jahren mit feuerrotem Haar und einem genervten Gesichtsausdruck, nur mit einer weißen Sporthose gekleidet, aus der eine schwarze Boxershorts herausragte, trat aus seinem Zimmer in den Flur. Auf seinen schmalen Schultern lagen große Kopfhörer, aus denen laute Klänge und die vulgären Worte eines Rappers dröhnten.

„Was ist?“, fragte er mit distanzierter Haltung, sich an den Türrahmen lehnend, und verschränkte die Arme vor der Brust.

„Die zwischenmenschliche Interaktion wird oft überschätzt“, sagte Vanessa, sich an den Jungen gewandt und verursachte mit diesem Satz bei Alan ein Stirnrunzeln.

„Ich hasse es, wenn Erwachsene mit schlauen Sprüchen um sich werfen, um uns Jugendliche dumm aussehen zu lassen. Wenn Sie etwas von mir wissen wollen, dann texten Sie mich gefälligst nicht dumm von der Seite voll.“

Vanessa lächelte schief und trat zwei Schritte näher an den jungen Mann. „Hattest du eine engere Beziehung zu deiner Schwester?“

„Was soll wieder dieser Scheiß?“ Er war im Begriff, sich die Kopfhörer aufzusetzen, um sich abzuschotten.

„Wir haben, davon sind wir überzeugt, Spermaspuren entdeckt, die von dir sein könnten, und zwar auf dem Höschen deiner Schwester. Ich gehe stark davon aus, dass das Höschen deiner Schwester gehört, weil ich fast die gleichen in ihrem Schrank gefunden habe. Oder hat deine Freundin dieselbe Größe?“

„Ich habe keine Freundin“, fuhr Alan auf und begriff, dass er gerade eben sich selbst ein Bein gestellt hatte.

„Ich werde das hier klären“, mischte sich Wallace ein, legte dem Jungen seine Hand auf die Schulter und zog ihn ins Zimmer. „Sie schauen sich derweil genauer im Bad und Haileys Zimmer um.“

„Wird gemacht, Kollege“, sagte Vanessa mit weniger Elan und sah zu, wie die Tür vor ihrer Nase zuging. Ein unbekannter Sänger auf einem Plakat aus einer Zeitschrift, der mit Klebebandstreifen an der Tür fixiert war, streckte ihr seinen tätowierten Mittelfinger vors Gesicht und hielt sich mit der anderen Hand am Schritt. „Fuck off“ prangten giftgelbe Lettern quer über dem großen Poster.

31

Am Abend desselben Tages

Susan atmete in kurzen Stößen, dann wurden ihr Mund und die Nase erneut zugedrückt. Der Maskierte saß auf ihr und drang noch tiefer in sie ein.

Susans Hände waren mit einem dicken Seil ans Bett gefesselt.

Ihre Augen traten beinahe aus dem Kopf, das Haar klebte nass an der feuchten Stirn. Ihr Körper zuckte. Sie bäumte sich auf, doch der Mann drückte sie zurück auf die durchnässte Matratze und legte seine Hände nun auf ihren Hals. Noch bevor sie etwas sagen konnte, drückte er zu. Seine Finger wurden an den Spitzen weiß.

Röchelnd schnappte Susan nach Luft.

Erneut bekam sie eine schallende Ohrfeige, sodass ihr Kopf zur Seite geschleudert wurde. Ihre Wange wurde dunkel. „Hör auf", würgte sie, doch der Mann ließ sich nicht davon abhalten ihr erneut ins Gesicht zu schlagen.

„Bi… bitte", keuchte Susan und versuchte die Beine hochzuziehen um den Mann von sich abzuwerfen. Trotz ihres verzweifelten Bemühens ließen sich ihre Füße nicht anheben. Zwei lederne Bandagen mit eisernen Dornen waren fest um ihre Fußgelenke geschnallt und an den Bettrahmen angekettet.

„Na, wie gefällt dir das?", freute sich der Mann und verschluckte sich vor Wollust. Er sah sie durch zwei Schlitze mit einem lüsternen Blick an. Er war hoch erregt. Seine Bewegungen wurden unkontrollierter. Er bleckte die Zähne und leckte sich über die Lippen. Ein gezackter Schlitz über seinem Mund wurde immer breiter. Der Mann stöhnte und grunzte wie ein Tier. Mit der linken Hand griff er sich an die Maske und zog sie zurecht, weil sie zur Seite gerutscht war.

Susan wollte diesen Moment ausnutzen und bäumte sich ein zweites Mal auf. Der Mann hatte diese Geste falsch interpretiert und lachte auf. „Das gefällt dir, nicht wahr? Du bist so versaut“, freute er sich und schlug sie noch einmal.

Die Haut an dem rechten Auge brannte wie Hölle. Sie weinte und schnappte gleichzeitig nach Luft.

Seine großen Hände umschlossen ihren Hals wie ein Schraubstock und drückten zu. In Rage geraten schlossen sich seine Finger immer enger um Susans Nacken.

In ekstatischer Erregung schrie der Mann wie ein Tier und merkte nicht, wie der Knorpel zwischen seinen Händen brach.

Schaum trat zwischen Susans Lippen hervor. Ihre Glieder zuckten konvulsiv.

„Bist du auch gekommen?“, stöhnte der Maskierte und lachte höhnisch. „Du bist eine …“ Die Worte blieben ihm im Halse stecken, nachdem er ihren gebrochenen Blick bemerkt hatte. „Hey“, murmelte er und tätschelte ihre Wange. „Verdammte Scheiße“, stotterte er und spürte, wie sein Schwanz wieder weich wurde. Langsam zog er sein erschlafftes Glied aus dem noch warmen und dennoch toten Körper heraus, der immer noch zuckte, und sah sich hastig um. „Mit so einem Abgang habe ich gar nicht gerechnet“, flüsterte er mit heiserer Stimme und lachte humorlos über seinen blöden Witz, dann zerrte er sich die Maske vom Kopf. „So eine verdammte Scheiße“, schrie er auf und schleuderte die Latexmaske gegen die Wand. Dann stand er auf, raufte sich die Haare und versuchte einen einzigen Gedanken zu fassen, der ihn aus dieser misslichen Lage herausholen könnte. Sein Blick wanderte durch das Schlafzimmer und blieb dann an dem Hals der Toten kleben. Noch immer steckte ihr Kopf in einer ledernen Schlinge, die sich stufenweise zuziehen ließ.

Er kaute an der Unterlippe und schmeckte Blut. Der metallische Geschmack auf seiner Zunge ließ das Trübe in seinem Kopf verschwinden. Endlich klarten sich seine Gedanken auf und er sah etwas vor seinem geistigen Auge, das ihm gefiel. *Genau so werde ich das machen,* dachte er im Stillen und lief ins Bad.

Er stieg in die Dusche und ließ zuerst das kalte Wasser auf seine erhitzte Haut niederprasseln, dann schrubbte er seinen Körper mit kurzen, heftigen Bewegungen ab und benutzte dazu nur seine Hände und die Fingernägel. Dunkle Striemen durchkreuzten seinen Körper und brannten wie Hölle, der Schmerz gab ihm die nötige Zuversicht, dass das, was er hier erlebte, kein böser Traum war.

Langsam wurde das Wasser warm, schließlich fielen nur siedend heiße Tropfen auf seinen zuckenden Körper. Es fühlte sich an, als brannten sie sich in seine Haut ein. Der Dampf tat auch schon in der Lunge weh, doch der Mann stand jetzt einfach nur da und versuchte sich nicht zu rühren. Später würde er alles mit einem ätzenden Mittel behandeln, um seine Spuren auszulöschen.

Niemand durfte davon erfahren, dass er hier war.

Als die Hitze nicht mehr zum Aushalten war, stieg er aus der Dusche, rieb seinen Körper mit einem Handtuch ab und stopfte es anschließend in die Waschmaschine. Später werden Bettwäsche und anderes Zeug folgen. *Ich werde alles hier so verlassen, als wäre ich gar nicht da gewesen*, beruhigte er sich. Mit diesen Gedanken griff er nach dem Putzeimer, in den er zwei halbvolle Flaschen mit Essig und Spiritus steckte.

„Handschuhe, ich brauche Handschuhe", schrie er erschrocken auf und wurde gewahr, wie draußen jemand nach seinem Hund rief. Das kurze Bellen brachte die Stimme zum Verstummen.

Der Mann hielt den Atem an und lauschte. Das Wummern hinter seinen Schläfen und das Rasen seines Herzens glichen dem lauten Rauschen eines wilden Wasserfalls.

Es ist nur ein Spaziergänger, beruhigte er sich und durchwühlte ein kleines Schränkchen, das sich unter dem grauen Spülbecken befand. Diverse Utensilien wie Wattepads und Klopapierrollen waren ordentlich aufeinander gestellt. *Nur nichts durcheinanderbringen*, zwang er sich zur Räson und verzog seinen Mund zu einem flüchtigen Grinsen, nachdem er endlich fündig wurde. Verdammt, Susan hatte viel zu kleine Hände. Größe XS stand auf der Verpackung. Trotzdem riss er die dünne Folie in der Mitte grob auf und zwängte seine Hände in die viel zu kleinen Gummihandschuhe. Er nahm die Flaschen aus dem Eimer, leerte beide bis zur Hälfte aus, und vermengte die Chemikalien mit heißem Wasser aus der Dusche. *Das müsste genügen*, überlegte er und lief zurück ins Schlafzimmer, in dem die Luft immer noch nach Sex, körperlichen Ausdünstungen und Exkrementen roch.

„Fuck", fluchte er, als er sah, dass Susan sich nicht nur eingenässt hatte.

Der tote Körper kann die Schließmuskeln nicht mehr kontrollieren, wusste er und verzog das Gesicht zu einer Grimasse.

„Hoffentlich wird die Polizei mich nicht kriegen“, sprach er zu sich selbst und machte sich an die Arbeit.

32

Am folgenden Tag

„Alan ist in einem Alter, in dem ein Mann …“, Wallace hob den Zeigefinger und betonte das letzte Wort mit einem gewissen Nachdruck, der Vanessa dazu brachte, den Kopf zu schütteln, „… in dem ein junger Mann feuchte Träume hat.“ Wallace sah sie über das Dach seines Autos an. Vanessa stand ihm gegenüber und öffnete die Tür, ohne jedoch einzusteigen.

„Aus dem Schlaf gerissen, lief er ins Bad, griff nach dem erstbesten Stück Stoff und wischte sich damit den Pimmel ab.“

„Das klingt plausibel. Entspricht es aber auch den Tatsachen, oder hast du ihm diese Idee auf die Zunge gelegt?“

Wallace furchte die Stirn. „Das DU vergisst du sofort wieder.“ Sein Handy klingelte. Nach einem kurzen Gespräch wurde sein Gesicht finster und bleich.

„Der Pfarrer ist tot“, sagte er schnell.

„Was?“

„Vom Dach gestürzt“, fügte Wallace mit heiserer Stimme hinzu und setzte sich hinters Steuer. „Steig endlich ein, die Küsterin wartet auf uns vor dem Portal. Ruf bitte Susan an, sie soll sich schnellstmöglich auf den Weg machen“, warf er ein und brachte den Motor zum Aufheulen.

„Was meinst du, hat er sterben müssen, weil er irgendwelche Geheimnisse hat, die er nicht für sich behalten wollte, oder ist er aus anderen Gründen ermordet worden?“

Wallace sann eine geschlagene Ewigkeit über eine passende Formulierung nach und kratzte sich kurz am Kinn, bevor er zu einer Antwort ansetzte. „Weißt du, Vanessa, meine Frau sieht der ganzen Sache hier skeptisch entgegen. Ich sehe darüber weg, dass ich nicht mehr der Leiter der Ermittlungen bin, auch kann ich es akzeptieren, wenn du mich duzt, aber nur, wenn wir zu zweit sind, doch bitte bezweifle nie meine Vorgehensweise im Beisein von anderen Menschen."

„Wie bitte?"

„Deine Art, wie du mich ansiehst und mit mir sprichst, gefällt mir nicht", sagte Wallace und bog nach rechts ab, so abrupt, dass Vanessa zur Seite geschleudert wurde.

„Das habe ich doch gar nicht."

„Und wie", entgegnete Wallace und kam auf die Straße, die entlang der Klippen führte.

„Es tut mir leid", gab Vanessa zu und sah ihn fragend an. „Was hast du vor?", wollte sie wissen und weigerte sich, durch die Windschutzscheibe zu blicken. Schotter knatterte wie Maschinengewehrkugeln gegen das Blech und jagten ihr zusätzlich noch mehr Unbehagen ein. Sie hielt sich am Gurt fest und schluckte schwer. Der Wagen kam gefährlich schnell auf eine Biegung zu.

Sie wollte schreien oder Wallace ins Gesicht springen und ihn verhauen, aber alles, was sie tun konnte, war, sich mit beiden Händen am Gurt festzuhalten. Vanessas Augen weiteten sich. Sie erblickte die graue Unendlichkeit des Meeres. Die Klippe kam immer näher. Ihre Füße stießen fest gegen die Fußmatte.

„Wallace", sagte sie leise den Namen ihres wahnsinnigen Partners.

Wallace‘ Gesicht war steinern, kein Muskel in seinem Antlitz zuckte. Seine Miene war wie aus Granit gemeißelt.

„Bist du des Wahnsinns?“, schrie Vanessa nun. Endlich kam sie aus der Schockstarre heraus und war schon im Begriff, nach dem Lenkrad zu greifen, da stieg ihr Kollege in die Eisen und machte eine halbe Drehung mit dem Wagen. Die blockierten Hinterreifen kamen Staub aufwirbelnd dicht an der Kante des Abgrunds zum Stehen. Kleine und große Steine lösten sich aus dem Erdreich und rutschten den steilen Abhang hinunter. Eine Staubwolke wurde zu einer undurchdringlichen Wand und raubte den beiden die Sicht.

Vanessa rieb sich die linke Schläfe. „Du bist ein verdammter Idiot!!!“, schrie sie und boxte ihn mit beiden Fäusten gegen die Schulter.

„Er muss mindestens hundert Sachen auf dem Tacho gehabt haben. Was bedeutet, er muss sich hier gut auskennen“, sprach Wallace gedankenverloren. Sein Blick war starr zur Seite gerichtet.

Vanessa atmete schwer und war perplex. „Was?“ Sie wischte sich die Tränen aus den Augen und sah in dieselbe Richtung. Der Staub legte sich allmählich. In dem grauen Nebel bewegte sich eine grelle Fahne an einer dünnen Stange wie das Pendel eines Metronoms.

„Genau an dieser Stelle wurde Hailey aus dem Wagen geschleudert. Es stellt sich immer noch die Frage, ob sie selbst die Tür aufgerissen hat oder der Fahrer.“

„Das hätte er niemals tun können, und sie auch nicht. Du bist viel zu schnell gefahren, ich hätte Angst, aus dem Wagen zu springen“, schnaubte Vanessa und versetzte ihm noch einen weiteren Fausthieb gegen die

Schulter. Den laschen Schlag tat Wallace mit einem unmerklichen Zucken ab und stieg aus. Sein Blick war immer noch in die Ferne gerichtet. Er griff nach einem Gedanken, der durch seinen Kopf geisterte. *Hier hat eine zufällige Aneinanderreihung von Umständen zu einer Katastrophe geführt,* dachte Wallace nach und ordnete die Informationen in seinem Kopf neu.

„Wie bitte?“ Vanessa warf ihrem Kollegen einen verständnislosen Blick zu und klemmte eine Haarsträhne hinter ihr rechtes Ohr.

„Man kann die Konsequenzen nicht immer absehen, die sich aus einer bestimmten Handlung ergeben“, schlussfolgerte Wallace aus seinen Vermutungen.

„Müssen wir nicht los?“, rief Vanessa und folgte Wallace dann.

„Alan hat keinen Führerschein. Und wenn er doch einen Wagen lenken kann, dann nicht auf diese sichere Weise. Er kommt als Verdächtiger nicht in Frage. Er ist nicht der Typ dafür.“ Wallace stand am Rand und blickte auf das Zelt. Die Hände in den Taschen seines Trenchcoats vergraben, starrte er mit steifer, grüblerischer Miene aufs Meer.

„Aber hat er nicht gesagt, dass er seine Schwester gehasst hat?“, widersprach Vanessa und schlang die Arme um sich. Der kalte Wind zog an ihrer Jacke und brachte ihre Frisur durcheinander.

„Aber nur, weil sie ständig bevorzugt wurde.“

„Er hat seine Schwester als behindert bezeichnet.“

„Na und? Das macht ihn noch zu keinem Mörder. Die Geschwister streiten manchmal und sagen Worte zueinander, die verletzend sein können. Ich habe mich früher oft mit meinem Bruder geprügelt, nicht selten bis aufs Blut. *Behindert* zählte bei uns nicht mal als Beleidigung“, begehrte Wallace auf, weil er wusste, dass Vanessa ein Einzelkind war und von ihren Eltern verhätschelt wurde.

„Was hat deiner Meinung nach den Täter dazu geführt, das Mädchen zu töten?“

„Hailey wurde zu einer Zeugin von etwas, das den ganzen Ort erschüttern könnte, wenn sie sich den Eltern oder der Polizei anvertraut hätte. Dieser Fall wird Duff Castle verändern. Wir werden in Geheimnissen von Menschen graben und ihre Privatsphäre von innen nach außen wenden, wie eine ungewaschene Unterhose. Jeder von uns hat eine Leiche im Keller.“

„Was bringt aber einen dazu, ein Kind umzubringen?“

Langsam drehte er sich zu Vanessa und bedachte sie mit einem abgeklärten Blick. „Ein Seitensprung kann den Familienfrieden aus den Angeln heben. Das weißt du so gut wie ich.“ Er klang müde.

Sie hob die Schultern. „Du meinst also, der Grund des Ganzen könnte eine Affäre sein?“

„Möglich.“ Wallace richtete den Kragen und stellte ihn auf.

„Ich habe heute ein Tagebuch in Hayleys Zimmer gefunden und würde es später gerne lesen wollen. Gestern hat uns der gute Mann hinausgejagt. Heute war er aber wie ausgewechselt.“

„Weil er vielleicht kurz vorm Durchdrehen ist, wer kann ihm das verübeln. Hast du einen Blick reinwerfen können?“

„Der letzte Eintrag beginnt mit der Überschrift: Papas Geheimnis.“

„Genau das meine ich. Warum erfahre ich das erst jetzt?“

„Weil du einen Anruf erhalten hast, und danach wie ein Irrer durch die Gegend gerast bist, werter Kollege!“

„Es tut mir leid. Lass uns bitte weiterfahren. Wir werden später Mr. MacJonson aufs Revier zu einer Befragung vorladen.“

33

„Hallo Schatz."
Ian lauschte der rauschigen Stimme und presste das Handy noch fester an sein Ohr. Alan hatte sich wieder in seinem Zimmer eingesperrt und hörte laut Musik. Die beiden Polzisten hatten in seinem Leben noch mehr Unordnung hinterlassen, was sich nicht unbedingt auf das Materielle bezog. Sie hatten in der Wohnung nichts durcheinandergebracht, in seiner Seele umso mehr.

„Bist du noch da?", flüsterte die Stimme am anderen Ende der Leitung. „Es tut mir leid, wie unser letztes Treffen verlaufen ist, aber die Umstände machen auch mir das Leben schwer. Das verstehst du doch, oder?"

Ian ging ans Fenster und sah zu, wie der Wind welke Blätter über den feuchten Asphalt jagte. Er musste an die Worte der Polizistin denken. *Ihre Trauer um das verlorene Kind hält sich auffällig in Grenzen*, hatte sie gesagt. Auch hatte sie ihm anvertraut, dass der vorläufige Obduktionsbericht noch einige Frage offen ließe. Aber sie sind sich sicher, dass seine Tochter ihren Mörder gekannt haben muss.

„Ich habe doch gesagt, dass wir das sein lassen sollen. Meine Frau wird vielleicht sterben, meine Tochter ist tot, deren Mörder läuft noch immer frei herum …"

„Nach all dem, was ich alles für dich riskiert habe", fuhr die Stimme auf und bekam dabei einen hysterischen Unterton.

„Ich habe keine Gefühle mehr für dich", log Ian und spürte, wie ein heißer Stich durch seine Brust fuhr.

„Das glaube ich dir nicht. Ich lasse dir etwas mehr Zeit. Aber wenn du mich fallen lässt, werde ich mir das Leben nehmen. Daran bist dann allein du schuld! Mich ficken und dann wie ein unnützes Ding fallen lassen? Das lasse ich nicht zu!“

Feine Regentropfen benetzten die Fensterscheibe. Ein unangenehmes Kribbeln kroch unter Ians Haut und jagte ihm eine kalte Gänsehaut ein. *Waren diese sexuellen Ausflüchte es wert?*, überlegte er. Eine einsame Träne löste sich aus dem Augenwinkel und kullerte über seine Wange. „Bitte, lass mich in Ruhe.“

„Wie bitte?“

„Tut mir leid.“ Ian schloss die Augen und suchte nach Worten. „Ich habe mich etwas zu grob ausgedrückt. Lass mir noch ein wenig Zeit, bis etwas Gras über die Sache gewachsen ist. Ich werde in den nächsten Tagen die Beerdigung für meine Tochter organisieren müssen.“ Ian schluckte und schlug sich die Hand vor den Mund. Er zuckte und brach in stumme Tränen aus. „Ich möchte jetzt allein sein.“

„Ian, Schatz …!“

„Lass mich allein, verdammte Scheiße!!!“, schrie der aufgelöste Mann, sodass die Pulsader an seinem Hals fingerdick anschwoll, und der Schrei in ein schluchzendes Winseln überging. „Lasst mich alle allein!“, sagte er und legte auf. Das Handy hielt er in der Faust und presste die Finger fest zusammen. „Lasst mich einfach allein.“ Er presste die Lippen zusammen, um nicht erneut in Tränen auszubrechen. In der vom Regen benetzten Scheibe sah er sein durchsichtiges Spiegelbild und erkannte sich kaum darin. „Was habe ich nur angerichtet?“, fragte er sein Ebenbild und wartete vergeblich auf eine Antwort.

34

Die Küsterin erwartete die beiden Polizisten vor dem Eingang. Zwei Einsatzfahrzeuge versperrten die Zufahrt. Das gusseiserne Tor war von zwei Beamten flankiert und stand offen. Das Gelände wurde von mehreren Polizisten mit einem Absperrband gesichert. Hier und da ertönte ein tiefes Bellen der Suchhunde.

„Der Pfarrer“, rief die ältere Dame mit silbergrauem Haar, das sie zu einem Knoten gebunden hatte, den Polizisten zu und flatterte mit den Händen. Ihre bleiche Haut war runzlig und von dunklen Altersflecken bedeckt. Sie war mager, und dennoch hingen ihre Wangen wie bei einer Bulldogge nach unten. Zwei tiefe Furchen zwischen den Mundwinkeln und den Nasenflügeln ließen die Frau wie eine Holzpuppe aussehen, sobald sie den Mund öffnete.

„Ich bin DI Craig, und das hier ist mein Kollege …“

„Ich weiß, wie Wallace mit Nachnamen heißt, gnädige Frau, auch Sie kenne ich von irgendwo her, aber das tut jetzt nichts zur Sache. Ach Wallace, unser Pfarrer wurde aus dem Fenster gestoßen. Gestern noch hat er mich angerufen, um mir zu sagen, dass ich erst heute vorbei kommen soll, um ihm dabei zu helfen, die Kirche zu schmücken, und dann das“, jammerte die Frau und faltete die Hände vor der Brust.

Vanessa fühlte sich erneut fehl am Platz, weil sie von der Frau überhaupt nicht beachtet wurde. Die alte Frau sah durch sie hindurch, als wäre sie Luft, und wandte sich erneut an DI Campbell.

„Jetzt beruhigen Sie sich ein bisschen. Der tragische Vorfall berührt uns alle hier. Aber warum denken Sie, dass Pfarrer Baxter ermordet wurde?“

„Weil er niemals diese Todsünde begehen würde. Er war ein streng gläubiger Mann, müssen Sie wissen. Frommer als jeder Heilige."

„Er war ja auch Pfarrer", rutschte die Bemerkung durch Vanessas Lippen, wofür sie sich von der Frau einen vernichtenden Seitenblick einfing.

„Da ist noch ein Mann, er wurde bei dem Übergriff verletzt. Er hat den Mörder nicht kommen sehen, aber er hat dic beiden belauscht. Er meinte, dass der Mann den Pfarrer dazu zwingen wollte, gegen Kenny ein falsches Zeugnis abzulegen."

„Wie bitte?" Wallace begriff nicht wirklich, was die Frau da von sich gab.

„Das hat er so gesagt. Er blutete stark am Kopf, weil er von dem Mörder überwältigt wurde."

„Wer ist dieser Mann?", wollte Wallace wissen und bewegte sich schnellen Schrittes Richtung Gotteshaus. Die Frau folgte ihm. Vanessa lief den beiden einfach nach.

„Das ist dieser Herr Stewart, dessen Sohn hier oft gewesen ist und dem Herrn Pfarrer zu Hause und auch hier zur Hand ging und jetzt wie vom Erdboden verschluckt ist."

„Das muss ich mir genauer ansehen." Wallace bewegte sich auf die Kirche zu.

Mit kleinen schnellen Tippelschritten lief sie an Wallace' Seite und ergriff schließlich mit beiden Händen seinen Oberarm, um so besser mit ihm Schritt halten zu können. „Er war so ein lieber und fürsorglicher Mensch, unser Pfarrer, und dann passiert sowas."

Der gepflasterte Weg war immer noch feucht von dem kurzen Regenschauer. Die Wolken hingen tief

über dem Friedhof und drückten schwer auf Wallace' Gemüt.
Sein Atem ging schwerer, weil die Kirche auf einer Anhöhe stand. „Warum wurde die Leiche erst heute entdeckt?"

„Weil keiner mehr die Kirche besucht, außer es findet ein Gottesdienst statt. Oder eine Beerdigung."

Der Hügel war von grünem Gras bedeckt. Die feuerroten Blätter der alten Ahornbäume schienen auf dem grünen Untergrund zu leuchten.

Mit einem leisen Kribbeln in der Brust blieb Wallace vor einer Plane stehen, die über den Leichnam ausgebreitet wurde. Mehrere Personen von der Spurensicherung liefen in ihren weißen Schutzanzügen um den Platz herum und stellten kleine gelbe Schildchen auf. Ein Kriminalfotograf schoss Fotos von dem Tatort. Das Aufblitzen und das Klicken der Kamera verliehen der ganzen Situation noch mehr Unheil.

Wallace stülpte sich zwei Schutzhandschuhe über, stellte sich einem der Männer vor, fragte um Erlaubnis und hob, nachdem der Mann zustimmend genickt hatte, leicht die Plane an, um einen Blick auf den Toten zu werfen.

In einer Geste des Entsetzens legte sich die Küsterin beide Hände vor Mund und Nase. Geräuschvoll sog sie die Luft ein und fing an zu beten.

„Bitte, Sie dürfen hier nicht mehr sein, sonst wird der Tatort noch mehr verunreinigt", meldete sich Vanessa zu Wort und nahm die alte Dame bei den Schultern. Die Frau zuckte kurz zusammen. „Wir sind dazu da, um den Mörder zu finden", redete Vanessa sanftmütig auf die Frau ein und führte sie zu einer einsamen Bank, die unter einem der großen Bäume stand. „Jetzt weiß ich wieder, wer Sie sind. Sie sind Vanessa Craig, die uns vor vielen Jahren verlassen hat.“ Das Gesicht der Frau weichte sich etwas auf.

Vanessa lächelte zögernd. Sie sann einen winzigen Augenblick lang über eine passende Antwort nach, als ihr nichts einfiel, sagte sie mit leiser Stimme: „Ja, das stimmt.“

„Wurde Herr Pfarrer umgebracht, weil er sich nicht einschüchtern ließ?“ Die Küsterin strich mit der Hand die welken Blätter von den verwitterten Brettern, bevor sie sich setzte, und sah zu Vanessa hoch.

„Das wissen wir nicht. Aber wenn ich darf, würde ich gern meiner Arbeit nachgehen. Ich schicke eine Kollegin zu Ihnen. Sie bringt Ihnen eine Tasse Tee und eine warme Decke. Sie müssen mir aber versprechen, dass Sie hier sitzen bleiben. Später werden wir Ihnen noch einige Fragen stellen wollen. In Anbetracht der Umstände sind Sie die wichtigste Person, die uns bei der Aufklärung behilflich sein kann.“

„Aber alles, was ich weiß, habe ich schon der Polizei erzählt. Der junge Mann hat alles aufgeschrieben“, sagte die alte Dame und tupfte sich die faltigen Wangen mit einem weißen Stofftaschentuch ab. Von hysterischem Schluchzen unterbrochen, blinzelte sie schnell und knabberte nachdenklich auf ihren Lippen. Am Taschentuch zupfend fragte sie dann: „Ist der Mörder einer von uns? Das wäre ja schrecklich, vielleicht habe ich mit ihm zusammen an einem Gottesdienst teilgenommen und nichts davon bemerkt.“ Die alte Dame ergriff Vanessas Hand. Die knochigen Finger waren warm und zitterten. „Oder war es einer von außerhalb?“

„Ihre Spekulationen sind unbegründet und entbehren jeglicher Grundlage. Wir wollen jetzt keine Hetzjagd treiben."

„Aber unser Pfarrer war ein Ehrenmann …"

„Das glaube ich Ihnen gern, nun muss ich aber an die Arbeit. Sie bleiben bitte hier sitzen."

„Mache ich", knickte die Frau ein und senkte den Blick. „Ich bete solange für seine Seele."

„Das ist eine sehr gute Idee", sagte Vanessa schnell und lief zu Wallace. „Bitte bringen Sie der Frau eine Tasse Tee und eine Decke", wandte sie sich beim Vorbeigehen an eine junge Sanitäterin mit asiatisch anmutenden Gesichtszügen. Diese nickte freundlich.

Noch mehr Beamte trafen ein. Vanessa sah sich mit angestrengtem Blick um. „Wo ist DI Campbell?", wollte sie von Krishna wissen, der sich gerade einen weißen Overall überzog und ihr mit einer Geste der Hilflosigkeit verdeutlichte, dass er keine Ahnung hatte.

„Wir vermissen Susan Brown. Jetzt muss ich sie vertreten. Zumindest was den Papierkram betrifft."

Der ansetzende Wind brachte noch mehr Kälte mit und riss an seinem Schutzanzug. Der junge DC streckte seinen Arm durch den Ärmel, dabei versuchte er Vanessas Blick auszuweichen.

Sie hob den Kopf und sah zum Dach der Kirche.

„Vielleicht ist er oben?", sagte sie mehr zu sich gewandt.

„Möglich", erwiderte Krishna und zog sich zwei durchsichtige OP-Handschuhe über.

„Ich werde nachschauen gehen", murmelte Vanessa.

„Machen Sie das", entgegnete Krishna und folgte seinen Kollegen zu der Plane, unter der sich der tote Pfarrer verbarg. Ein Pavillon wurde darüber aufgebaut, um den Regen davon abzuhalten, Spuren wegzuspülen.

Der Stoff flatterte im Wind. Die dicken Wolken zuckten, ein heller Schein brachte das dunkle Grau zum Leuchten, kurz darauf folgte der Donner.

Vanessas Handy summte. Sie griff danach. Es war ihre Chefin.

„DI Craig." Während sie auf die Anweisung wartete, lief Vanessa auf den Eingang der Kirche zu. Das dunkle Holz der beiden Türen war reich verziert, doch Vanessa hatte keine Zeit fürs Detail, sie lauschte der Stimme von Chief Superintendent Daily.

„Wir werden Herrn Kelly Scott nicht mehr lange in der Untersuchungshaft behalten können. Er verlangt nach seinem Hund. Sie müssen ihn noch heute befragen, haben Sie mich verstanden, DI Craig?"

„Ja." Vanessa fühlte sich auf einmal ganz klein. Die Autorität, die diese Frau ausstrahlte, weckte in Vanessa unschöne Erinnerungen aus ihrer Kindheit. Sie fühlte sich sofort in die Zeit versetzt, in der sie im Kindergarten ständig Angst vor ihrer Erzieherin hatte. Genauso fühlte sie sich in diesem Moment, klein, schutzlos und in eine Ecke gedrängt.

„Morgen will ich den vorläufigen Bericht auf meinem Tisch liegen haben, sonst entziehe ich Ihnen die Stelle als leitende Ermittlerin. Ist es bei Ihnen angekommen?"

„Ja, ich werde mich darum kümmern", versprach Vanessa und betrat das Gotteshaus. Die Luft hier drin roch wie in allen Kirchen, die sie von innen gesehen hatte. Nur war diese sehr schlicht gehalten, bis auf den Altar. Zwei große Kerzen standen auf dem reich geschmückten Tisch, flüssiges Wachs tropfte auf die goldenen Kerzenhalter. In der Mitte des Altars lag eine große Bibel, die aufgeschlagen war. Darüber hing Jesus an einem Kreuz. Auf dem traurigen Gesicht der Statue tanzten helle Schatten, die von den beiden Kerzen auf das verhärmte Antlitz des Erlösers projiziert wurden.

Die Bänke und die Vertäfelung waren aus dunklem Holz gefertigt. Die Atmosphäre war erdrückend. Vanessa lief auf den Altar zu, den Kopf leicht nach vorne gesenkt. Sie war nie wirklich gläubig gewesen. Als Kind musste sie jedoch mit ihrer Oma immer zum Gottesdienst, um für die Seele ihres im zweiten Weltkrieg gefallenen Opas zu beten. Doch vor dem Heiland hatte sie als Kind noch mehr Angst als vor der Erzieherin. Sie dachte immer, er wäre der Teufel, weil er auf dem Kreuze hing und für seine bösen Taten diese Dornenkrone tragen musste.

Mit einem flauen Gefühl in der Magengrube bewegte sie sich auf zwei Gestalten zu, die sich in gedämpftem Ton miteinander unterhielten.

Sie kauerten in der ersten Reihe. In einer der beiden Silhouetten erkannte sie ihren Kollegen. Wallace sprach mit gemäßigter Stimme mit einem Mann.

35

Ross Stewart blutete nicht mehr aus dem Kopf und war nicht mehr apathisch. Dank des professionellen Handelns der Sanitäter war der Mann in kürzester Zeit wieder vernehmungsfähig. Wallace hielt einen Notizblock in seinen Händen und sah den Mann abwartend an. „Bitte, Mr. Stewart …“

„Sic können mich Ross nennen“, unterbrach ihn der dickliche Mann, den Blick auf die Jesusfigur gerichtet. In seinen Augen spiegelte sich der Schein der beiden Kerzen wider.

„Okay, Ross. Die Objektivität kann von Emotionen sehr stark getrübt werden, dagegen ist niemand gefeit, selbst die Polizei nicht, wenn es um Ihr persönliches Leben geht. Manchmal erscheint uns die Wirklichkeit zu komplex, das, was mit uns geschieht, erscheint einem in solch einer abnormen Situation unbegreiflich. Daher bitte ich Sie erneut, sich nur auf das Wesentliche zu konzentrieren, und versuchen Sie bitte nicht, sich von den Emotionen abdriften zu lassen.“ Wallace vernahm leises Klackern von Schuhen und drehte den Kopf zur Seite. Das Erscheinen seiner Kollegin ignorierte er vollends und ließ sich nicht aus der Ruhe bringen.

Doch Ross kam dies ganz gelegen, er bewegte seinen Kopf in ihre Richtung, dann hob er den rechten Arm und deutete mit ausgestrecktem Zeigefinger in eine dunkle Ecke.

„Wir wollen Ihnen nur dabei helfen, wir werden Sie nicht einsperren. Auch Sie sind ein Opfer.“ Sie schenkte ihm ein Lächeln und trat mit einer lässigen Selbstverständlichkeit auf, dass selbst Wallace ihr diese scheinbar ehrliche und fürsorglich gemeinte

Beteuerung abgekauft hätte, würde er sie nicht besser kennen.

Der Mann haderte noch eine Sekunde lang mit sich selbst. Er knetete die Hände und sah zu Vanessa auf. „Der hat mich dort niedergeschlagen. Beim Hinausgehen habe ich eines der Gesangsbücher umgeschmissen und wollte es wieder aufheben, um das Buch zurück ins Regal zu stellen. In diesem Moment verspürte ich zuerst einen Windhauch, danach folgte prompt ein heftiger Stoß gegen den Rücken. Er hat mich mit einem Tritt zu Boden befördert und mir einen Schlag gegen den Hinterkopf verpasst. Im Nu gingen mir die Lichter aus. Ich wachte erst dann auf, als die Küsterin mir etwas vor die Nase hielt. Es war Riechsalz, glaube ich."

„Welchen Tag haben wir heute?", wollte Wallace wissen.

„Laut einem der Sanitäter war ich die ganze Nacht bewusstlos. Kann das sein?"

„Möglich", atmete Wallace seinen Unmut aus.

Vanessa trat noch näher. „Was meinen Sie, welchen Gegenstand hat der Angreifer dazu benutzt, um Sie auszuschalten? Könnten Sie es auf Anhieb, so aus dem Bauch heraus, andeuten?" Sie stand den beiden Männern jetzt gegenüber und reichte dem Mann die Hand. „Ich bin DI Craig von der Mordkommission." Ross Stewart ergriff ihre Hand. Sie merkte, dass seine Finger vor Aufregung zitterten. Seine fleischige Hand war warm und der Händedruck schlapp. Sie glaubte dabei einen Klumpen warmer Margarine zwischen ihren Fingern zu halten. Angewidert schluckte sie diese Vorstellung mit einem flüchtigen Lächeln herunter und ließ die feuchte Hand des Mannes los. Ohne viel Aufsehen zu erregen, streifte sie ihre Finger unbemerkt an ihrer Jacke trocken. „War es eine Faust oder ein Baseballschläger, vielleicht einer dieser schweren Kerzenständer?“ Sie ließ ihren Blick durch den schwach erleuchteten Raum schweifen.

Ross Stewart zögerte. „Was haben Sie hier gewollt? Der Gottesdienst findet heute und erst in zwölf Stunden statt. Ich habe mir den Aushang angeschaut.“

„Mein Sohn. Er ist immer noch verschwunden und Herr Pfarrer hatte ein freundschaftliches Verhältnis zu Kenny. Eigentlich fast schon zu innig. Sie wissen, worauf ich hinaus will. Meine Sorge war also nicht unbegründet. Wenn man den Medien glauben darf, so tummeln sich so viele pädophil veranlagte Typen in der Gemeinschaft der Gläubigen, dass mir bei dem Gedanken der Kragen platzt. Schauen Sie, selbst wenn ich nur daran denken muss, stehen mir die Haare zu Berge.“ Um seine Sorge zu verdeutlichen, schob er den Ärmel seiner Jacke hoch und streckte seinen Unterarm aus. Tatsächlich standen die rötlich schimmernden Härchen ab.

„Hat der Pfarrer denn Ihren Sohn nicht aus dem Chor geworfen?“, übernahm Wallace wieder die Befragung.

Ross Stewart rang mit den Händen, sein Gesicht zuckte. Er hüstelte und suchte nach Worten. „Ich sage es Ihnen doch, es gab da Gerüchte, die so nie bestätigt wurden“, murmelte der Mann und senkte den Blick auf seine Schuhe.

„Welche?“, forschte Wallace.

„Dass der Pfarrer …“, er rieb sich mit den Fingern die Stirn „… der Pfarrer hat ihn mal unsittlich im Schritt angefasst.“

Wallace schnaubte verärgert auf. „Ist das nur ein Klischee?“, fragte er mit belegter Stimme.

„Später wurde alles revidiert. Kenny wollte einfach nicht mehr dabei sein. Meine Frau bestand aber darauf, dass unser Sohn sich beim Pfarrer entschuldigen sollte, weil er, unser Sohn, war speziell. Seine Phantasien gingen manchmal mit ihm durch. Er war anders als die anderen Kinder."

„Er war?" Wallace hob die Augenbrauen.

„Jetzt verdrehen Sie mir nicht die Worte im Mund. War oder ist, ist doch scheißegal. Er ist nicht da, obwohl er vorgestern noch da war. Was sagen Sie dazu? Wo ist mein Sohn, verdammt nochmal?" Sein Gesicht wurde puterrot. „Kenny ist verschwunden, weil er für alle ein Sündenbock ist, weil er sich von anderen abhebt. Er ist ein Sonderling!"

„Das war Hailey auch. Jetzt ist das Mädchen tot." Vanessa sprach leise. Der Mann atmete wieder flacher. Ihm tat sein Ausbruch scheinbar leid.

„Entschuldigen Sie, mit mir sind die Pferde durchgegangen. Ich bin halt so verzweifelt."

„Das ist mehr als verständlich, Ihr Sohn ist wie vom Erdboden verschluckt. Die Küsterin hat behauptet, Sie hätten ihr erzählt, dass Sie die beiden Männer belauscht haben. Irgendwie passt diese Aussage nicht wirklich mit dem zusammen, was Sie uns hier erzählen." Sie verschränkte die Arme vor der Brust.

„Nun ja. Ich war ja schon gegangen, dann ist mir was eingefallen, ich kam zurück, da war der Pfarrer nicht mehr da. Ich bin dann durch diese Tür dort und die drei Stufen rauf. Dort sitzt Herr Baxter; saß", verbesserte er sich mit rauer Stimme, „er saß immer dort an seinem Tisch und schrieb seine Reden auf."

„In der Sakristei?"

Ross Stewart nickte und sog scharf die Luft ein. Die Wunde am Kopf tat ihm trotz der Schmerzmittel sichtlich weh. „Ja genau."

„Und dann?", ließ Vanessa nicht locker.

„Er war nicht da. Ich ging die Treppe hoch zu der Orgel, weil ich Stimmen zu hören geglaubt habe. Sie stritten miteinander. Ich lief also nach oben und sah, dass oben …", er drückte mit Daumen und Zeigefinger die Nasenwurzel zusammen, um sich so besser zu konzentrieren, „ich habe oben … also, durch die Luke Licht gesehen, wie von einer Taschenlampe. Da gibt es eine Falltür, die zum Dachboden führt. Ich hörte Stimmen und dachte, dass da oben jemand sein müsste. Ich hörte, wie ein Mann den Pfarrer anschrie."

„Er wollte ihn dazu überreden, falsches Zeugnis über Kelly abzulegen?"

„Nein, nicht über Kelly, sondern über meinen Sohn, Kenny. Ich bekam es mit der Angst zu tun und wollte diesen Vorfall der Polizei melden. Ich lief nach unten. Dann hörte ich ein lautes Klirren. Auf dem Weg zum Ausgang bin ich gegen dieses verdammte Regal gestoßen."

„Wieso haben Sie den Seitenausgang genommen?"

„Weil ich es vermeiden wollte, von dem Mann gesehen zu werden." Ross' gehetzter Blick verriet seine Gemütslage.

„Auf Ihrer Flucht waren Sie so klar im Kopf, dass Sie Zeit fanden und es für wichtig hielten, das Buch zurück auf seinen Platz zu stellen?" Wallace warf dem Mann einen forschen Blick zu.

„Ich war in Panik geraten und wollte mich durch nichts verraten. Ich wusste doch nicht, dass er mir so dicht auf den Fersen war." Das Zittern in seiner Stimme verriet, dass er nicht ganz bei der Wahrheit blieb und etwas zu verheimlichen versuchte.

„Das klingt logisch“, munterte Wallace den Mann auf. „Jeder Mensch der unter Druck steht, handelt oft schwachsinnig und unüberlegt, weil unser Denkorgan in dem Moment, in dem wir nur die Flucht vor Augen haben, überreizt ist.“

„Es lief alles so schnell ab, tut mir leid, vielleicht verwechsle ich auch da etwas …“, stotterte der Mann weiter. „Aber ich bin mir sicher, dass der Typ den Mord meinem Sohn anhängen wollte.“

„Und der Pfarrer war also nicht pädophil?“, fragte Vanessa dazwischen und brachte den Mann aus der Fassung.

Sie ging taktisch vor, bemerkte Wallace, und wartete gespannt auf die Antwort.

Das unstete Lächeln des eingeschüchterten Mannes fror ein. „Um Gottes Willen, nein, nicht alle Geistlichen sind pervers. Er war sogar verheiratet und hatte eine Familie. Seine Frau und die kleine Tochter sind bei einem tragischen Autounfall ums Leben gekommen, er hat den Unfall überlebt und wurde zum Pfarrer. Weil er durch den Glauben einen Weg aus dem Zustand des Deliriums finden konnte. Denn ich bin das Licht, pflegte er immer zu sagen.“ Seine Stimme senkte sich auf ein Flüsterniveau.

Der Satz klang wie ein auswendig gelernter Psalm.

„Kann es sein, dass Sie seit Tagen versuchen, Ihren Sohn zu decken? Er ist immer noch unauffindbar.“ Wallace drehte einen Kugelschreiber zwischen seinen Fingern.

„Was soll diese Unterstellung?“, gab er zur Antwort, was wenig aufschlussreich war.

„Wenn Sie bei der Wahrheit bleiben, so müssen Sie sich nicht vor den Konsequenzen fürchten“, erwiderte Wallace matt.

Ross leckte sich nervös über die Lippen, seine Eingeweide zogen sich vor Zorn zusammen. Mit jedem Satz machte er sich zum Verdächtigen. Er hasste sich dafür, sich selbst in diese ausweglose Lage gebracht zu haben. Gegen zwei von diesem Schlag hatte er keine Chance. „Mein Sohn und ich standen uns nie wirklich nah“, blaffte er trotzig. Er vermied es, einen der DIs direkt anzuschauen. „Allein der Gedanke, dass er darin verwickelt sein könnte, bereitet mir Unbehagen. Ich schlafe kaum noch. Meine Frau und ich, wir beide, also die Situation, dass Kenny sich von uns abschottet, insbesondere von mir, naja“, sein Blick wanderte zum Altar, „wir beide denken“, er hüstelte, „ich habe schon daran gedacht“, stotterte er weiter und legte immer wieder kurze Pausen ein. Er war mit den Gedanken überfordert und sprach nur Bruchstücke dessen aus, was er den Polizisten eigentlich mitteilen wollte. Er war versucht, alles von sich zu weisen, was ihn belasten konnte. „Ich habe daran gedacht, mich von Allison zu trennen. Vielleicht ist das der Grund für das Verschwinden unseres Sohnes“, sprach er endlich das aus, was ihm die ganze Zeit auf der Zunge lag. Erschrocken nahm er zur Kenntnis, wie die Polizistin einige Notizen machte.

„Ist Flucht die beste Lösung?“ Vanessa unterstrich den Namen der Frau mehrmals, hob den Blick, und schenkte dem Mann einen kalten Blick.

Ross kratzte nervös über den Handrücken. „Wenn wir uns bekannte Probleme lösen könnten, ohne dabei Fehler zu begehen, würde unsere Welt schon morgen viel besser aussehen, besser vielleicht nicht, aber schöner, meinen Sie nicht? Sie sind ja nicht verheiratet und haben gewiss noch keine Kinder", ging er in die Offensive und erwischte die Polizistin kalt. „Wissen Sie, schlau daher zu reden ist immer einfacher."

„Aber Kenny ist nicht Ihr leibliches Kind. Ist das vielleicht der eigentliche Grund für die Disharmonie zwischen euch beiden, und jetzt, in der Stunde der Not, wollen Sie die Gunst dieser Stunde ausnutzen?", konterte Vanessa, ohne dabei ins Stolpern zu geraten. „Wollen Sie Ihren Sohn dazu benutzen, Ihre Ehe zu retten, oder ist Ihre Sorge echt?"

Ross fuhr sich mit der flachen Hand über die Glatze und hielt inne, nachdem seine Finger die Stelle am Hinterkopf berührt hatten, die zu einem Tennisball angeschwollen war. Es tat immer noch höllisch weh, die Haut unter dem Pflaster schien zu glühen. Die Aufregung und der scharfe Schmerz hatten seine Sinne wieder geschärft. „Nein", sagte er mit rauer Stimme und legte beide Hände zwischen seine Beine. „So etwas hätte ich nie getan. Ich möchte nur, nein, hoffe innigst, dass Kenny das Mädchen … ich meine, er hätte sich damit sein ganzes Leben verbaut, und bin der Überzeugung … Kenny könnte so etwas nicht tun. Ich will den Jungen nur in meiner Nähe wissen. Er ist zwar ein Rabauke, aber kein Mörder." Sein fliehendes Kinn zuckte. Er hatte Mühe zu schlucken. Er wollte nicht als schwach angesehen werden. „Ich werde sofort emotional, bitte entschuldigen Sie." Tränen schwammen in seinen rot geränderten Augen.

„Haben Sie nicht verlauten lassen, dass Sie für die Fehler Ihres Sohnes nicht bereit sind, Ihren Kopf hinhalten zu müssen?" Vanessa blickte zu dem Mann herunter. Sie kaufte ihm diese Scharade nicht wirklich ab.

„Wer hat das behauptet, meine Frau? Eher würde ich ihn selbst zur Polizei bringen, als für seine Taten büßen zu müssen.“

Die plötzlichen Gefühlsschwankungen überraschten die Polizistin. Aber auch das war typisch für Menschen, die unter Schock standen.

„Ian und Sie. Sind Sie Freunde?“, forschte die Polizistin weiter und streifte eine blonde Strähne aus der Stirn.

„Und?“ Ross begann mit dem Oberkörper leicht hin und her zu wippen.

„Sprach er irgendwie abfällig über seine Tochter?“

„Nein.“

„Reden beste Freunde auch über Geheimnisse?“ Sie deutete mit beiden Händen Gänsefüßchen in der Luft an.

„Wir sind Männer und behalten alle Geheimnisse für uns.“

„Sie sind Busfahrer?“ Die Frau blätterte in ihrem Block, das Rascheln der Blätter klang unnatürlich laut in der gespenstischen Stille.

„Seit zwanzig Jahren“, erwiderte er, ohne lange darüber nachdenken zu müssen, weil er seinen Job hasste.

„Ist Ihnen da vielleicht etwas aufgefallen? Sie haben ständig Schulkinder um sich. Hatte Hailey irgendwelche Reibereien mit ihren Mitschülern?“

Ross begriff nicht, worauf die Polizistin hinaus wollte, und kam langsam ins Schwitzen. „Nein, sie war etwas anders als die meisten Kinder, aber sie war nicht dumm oder so.“

„Und sie hatte etwas mit Ihrem Sohn?“

„Ja, sie trafen sich manchmal.“

„Um Sex zu haben?“, wollte der Bulle von der Seite wissen.

Kalter Schweiß lief Ross über den Rücken. Er kannte Wallace von früher. Sie gingen als Kinder alle in dieselbe Schule. Dieser schlaksige Kerl galt immer als Sonderling. „Hatten die beiden etwas miteinander oder nicht?“ Wallace verlieh der Frage mehr Nachdruck.

„Möglich“, gab Ross mit bebender Stimme von sich.

„Und Ihr Kumpel Ian? Hätte er nicht ein Leben gegen ein anderes aufwiegen können, ein behindertes Kind gegen eines, das keine Handicaps hatte oder wegen seines Wohles? Hat er nicht erwähnt, dass er sich scheiden lassen würde, stünden die Kinder nicht im Wege? Vor allem ging es dabei um Hailey. Den Jungen würde er mitnehmen wollen und die Stadt verlassen? Familie MacJonson hatte deswegen immer Streit, habe ich recht? Sie müssen mir darauf nicht antworten, ich habe mit Alan gesprochen, dem Sohn der MacJonsons. Er sagte mir, dass sein Vater so etwas angedeutet habe, nachdem er eine Flasche Whiskey getrunken hatte. Hailey war immer im Mittelpunkt. Alan dagegen der Außenseiter in dieser Familie, und kam stets zu kurz.“

Ross‘ Mund wurde trocken.

„Hat Ihre Frau mit Ian MacJonson ein Verhältnis?“ Wallace klopfte mit dem Kugelschreiber gegen die hölzerne Bank.

Ein heißer Stich durchfuhr Ross‘ Brust. *Vor den beiden Polizisten blieb ja nichts verborgen*, dachte er bei sich und schluckte die bittere Galle, die seinen Hals emporstieg, mit einer verzerrten Miene wieder herunter. *Im Zwielicht der Kirche wirkt die Welt noch erdrückender, als sie schon ist*, überlegte Ross, der von den beiden in die Enge getrieben wurde. „Ist es nicht der Moment, in dem ich mir lieber einen Anwalt besorgen sollte?“, flüsterte er kaum hörbar und ließ den Satz mehr wie eine Feststellung als eine Frage klingen.

„Das obliegt ganz Ihrer Entscheidung, aber wir wissen ohnehin, dass es für uns alle von Vorteil wäre“, sagte die Polizistin trocken.

Die bescheidenen Erwartungen seines monotonen Lebens welkten mit jedem verstrichenen Tag immer schneller dahin, jetzt, mit dem Tod des Mädchens schien alles noch schneller den Bach hinunter zu gehen. Ross kaute schweigend auf seiner Unterlippe.

„Wie lange betrügt Sie Ihre Frau schon?“

„Das weiß ich nicht“, entgegnete er schneidend.

Vanessa sah den Mann schweigend an. Das unscheinbare Zucken seiner beiden Lider interpretierte sie als ein stummes Eingeständnis dessen, was sie vermutete. Sie fühlte sich darin bestätigt, dass sie auf etwas gestoßen war, was der Mann zu verbergen versuchte. Er sagte nicht die ganze Wahrheit. „Jeder von uns schleppt seine Bürde mit sich, wie die Schildkröte ihren Panzer, manche bezeichnen das als Sünde, die anderen nennen es Schicksal, für mich ist das nur das Leben, es hängt von uns selbst ab, wie schwer die Last ist, die wir mitschleppen müssen. Wenn Sie bereit sind, sich zu öffnen, so werden Sie merken, dass Ihr Panzer danach viel weniger wiegen wird.“

Ross schüttelte stumm den Kopf.

Vanessa wartete eine Sekunde und ging zu ihrer nächsten Bitte über. „Wir brauchen eine DNA-Probe von Ihnen, hätten Sie was dagegen, wenn …“

„Jetzt?“

„Es dauert nur wenige Sekunden.“ Sie warf einen Blick zu ihrem Kollegen. Dieser räusperte sich, zog sich schnell einen Gummihandschuh über, den er aus seinem Mantel herausgeholt hatte, und griff in die Innentasche seines Trenchcoats. Auf einmal hielt er eine Tüte zwischen den Fingern, darin lag ein durchsichtiger Kolben.

Die Augen von Mr. Stewart musterten den Polizisten unablässig. Die beiden Kerzen zuckten und erloschen. Irgendwo in der Ferne flog dumpf eine Tür zu. Schritte und Rufe wurden laut. Aber die beiden Polizisten ließen sich nicht aus der Ruhe bringen. Der Raum wirkte jetzt dunkler.

Mit forschem Blick und geweiteten Pupillen wartete der Befragte auf eine plausible Erklärung.

„Wir machen einen Innenwangenabstrich. Ich fahre mit dem Stäbchen über die Schleimhäute in Ihrem Mund. Die Probe kommt ins Labor. Die Daten werden mit allen anderen, die wir eingespeichert haben, verglichen. So können wir Sie später ausschließen.“

„Aus was ausschließen?“

„Wir streichen Sie aus der Liste der Tatverdächtigen, natürlich“, lächelte Wallace und öffnete den Deckel mit einem leisen Ploppen. „Darf ich?“ Er hielt das Stäbchen in die Luft.

36

Ian lief im Wohnzimmer hin und her. „Sag mir bitte, was du weißt und was du dem Polizisten erzählt hast, Alan. Ich stecke womöglich bis zum Hals in der Scheiße.“

Sein Sohn saß auf dem Sofa und hielt seinen Blick auf den Fernseher gerichtet, der zwar eingeschaltet, aber auf stumm gestellt war. Bunte Bilder flimmerten über den Flachbildschirm und brachten Ian noch mehr in Rage.

„Alan!“, schrie der tollwütige Vater den Namen seines Sohnes, der reglos, fast schon apathisch dasaß und seine Fragen einfach ignorierte. „Sprich mit mir!“

„Ich habe nur das gesagt, was sie von mir wissen wollten“, fuhr der Junge seinen Vater an. Mit wütendem Blick sprang er vom Sofa und pfefferte die Fernbedienung in die weichen Polster.

Alan wollte davon stürmen, doch Ian bekam ihn am T-Shirt zu packen. Der dünne Stoff riss unter seinen Fingern.

Ians Finger knackten und taten in den Gelenken weh. Alan schlug seine Hand mit einer schnellen Bewegung von sich.

Mit von Tränen verschleiertem Blick strich er dem Jungen über die Schulter.

„Das war ein teures T-Shirt!“, giftete Alan ihn an. „Mama hat es mir erst letzte Woche gekauft, du …“ Tränen schwammen in Alans Augen, die auf das Loch gerichtet waren.

„Ich kaufe dir ein neues“, versprach Ian und ließ von seinem Kind endgültig ab. „Bitte! Verrate mir nur, was für Fragen sie dir gestellt haben.“

„Ich kann mich nicht mehr daran erinnern“, entgegnete der Junge mit vor Zorn belegter Stimme.

„Woher nimmst du dir dann die Dreistigkeit, zu behaupten, Hailey hätte es darauf ankommen lassen?“

Ihre Blicke trafen sich.

„Weil sie mit MacJonson rumgehangen ist, das war ja kein Geheimnis. Hailey hat sich oft nachts aus dem Haus geschlichen, wie du auch. Ihr beide habt mich und Mama betrogen. Ich weiß, dass du untreu bist.“

„Betrogen?“

„Ja, du hattest eine andere Frau, und Hailey war nicht so blöd im Kopf. Sie war nicht so dumm, wie sie vorgab zu sein.“

„Du hast uns nachspioniert?“, wollte Ian mit gepresster Stimme wissen. Die Tränen waren versiegt. Er schloss die Augen. Ihm war klar: in diesem Ton würde er bei seinem Sohn nicht weiterkommen. „Lass uns bitte wie zwei erwachsene Menschen über all das, was hier passiert, reden“, sagte er versonnen und legte seinem Kind nahe, dass er auf diese einfache Frage eine aufrichtige Antwort erwartete.

„Einmal bin ich dir hinterher“, gab der Junge mit geknickter Miene zu. „Aber das fand ich zu blöd. Auf dem Rückweg habe ich dann Hailey mit diesem Arsch knutschen sehen. Sie liefen dann Richtung Klippen.“

„Hast du Mama etwas davon erzählt?“

Der Junge zog an seinem T-Shirt. „Ich bin nicht so“, murmelte er und lief nach oben in sein Zimmer.

Ian folgte ihm, blieb jedoch auf dem obersten Absatz stehen. Die Tür zu Haileys Zimmer war von den Polizisten versiegelt und mit einem Absperrband versehen. Ein blauweißgestreiftes X war über die Tür gespannt. Sie haben versprochen, noch einmal zu kommen, um das Zimmer erneut zu inspizieren.

„Die Polizei darf nicht erfahren, wo ich in der Nacht war, als meine Tochter gestorben ist“, flüsterte er kaum hörbar und entschied sich, ins Krankenhaus zu fahren. Seine Frau würde nächste Woche eine Chemo bekommen, da wollte er sie bis dahin psychisch aufbauen, und die Sorge um ihr Leben würde ihn von seinen Problemen ablenken, dachte er beinahe erleichtert. Schnell lief er wieder nach unten, ohne seinem Sohn Bescheid zu geben.

37

„Eine Frage müssen Sie mir noch beantworten.“ Wallace stand nun dem Mann gegenüber, der immer noch auf der Bank saß und den Polizisten abwartend anblickte. „Sie arbeiten als Busfahrer?“

Ross Stewart nickte bedächtig und sah nun ängstlich zu Vanessa. „Das habe ich doch schon gesagt. Ja, ich arbeite als Busfahrer.“

„Warum sind Sie heute nicht bei der Arbeit?“

„Ich habe mir krank genommen. Diese Freiheiten kann ich mir erlauben“, antwortete der Mann ehrlich und zupfte an einem Taschentuch, das er aus der Tasche seines grobgestrickten Pullovers herausgezogen hatte.

„DI Craig!“, meldete sich eine Stimme und riss Vanessa aus ihren Gedanken.

„Ja?“

„Wir haben da etwas entdeckt, das Sie sich unbedingt ansehen sollten“, sagte der junge Sergeant und knetete mit seinen vor Kälte geröteten Händen an seinen Lederhandschuhen.

„Können Sie konkreter werden, PS Young?“, fuhr Vanessa den Mann heftiger als beabsichtigt an, weil sie durch sein Auftauchen den Faden verloren hatte. Sie war gerade dabei, eine Idee aufzuschreiben, nun waren alle ihre Einfälle, die sie sich aus den Aussagen zusammengereimt hatte, weg.

„Eine aufgewühlte Grabstätte“, murmelte der junge Polizist und streifte das blonde Haar zurück, das an den Spitzen nass war. Er trug einen durchsichtigen Regenschutz. Um ihn herum hatte sich eine Pfütze gebildet. Seine Schuhe waren vom Schlamm bedeckt.

Vanessa musste erneut an die Worte ihres Partners denken und sich endlich anderes Schuhwerk besorgen, aber in dem kleinen Laden gab es nichts in ihrer Größe.

„Ich komme mit", erklärte sich Wallace bereit, die beiden zu begleiten. „Sie bleiben in der Stadt und …", Wallace griff in die Innentasche seines Mantels und holte eine Visitenkarte heraus, die er dem Mann reichte, „falls Ihnen noch mehr einfallen sollte, melden Sie sich umgehend bei mir."

Mit Daumen und Zeigefinger nahm der eingeschüchterte Mann die Karte entgegen. „Hätte ich bloß nicht so ein schwaches Herz", flüsterte Ross Stewart mit bebender Stimme.

„Wie bitte?" Wallace blieb stehen. Auch Vanessa stockte. Der junge Sergeant blickte sich hastig um und kam wieder zurück. Weil er nicht wusste, ob er da bleiben oder weiter laufen sollte, stand er einfach nur da und blickte zu dem bunten Fenster hoch, das über der Jesusfigur in rötlichen Tönen zu leuchten schien.

„Ich hätte mich nicht auf die Suche machen sollen", sprach Ross weiter und erhob sich. Eine Frau in Begleitung eines älteren Herrn löste sich aus dem grauen Hintergrund heraus. Beide trugen die grellen Jacken des Rettungsdienstes. Wallace streckte den rechten Arm aus und zwang die beiden stehen zu bleiben.

„Auf die Suche?", wiederholte der Polizist und trat näher.

„Ja, ich habe gleich dabei nichts Gutes geahnt. Kenny hat schon immer für Ärger gesorgt. Er unterschied sich schon immer von den anderen. Er ist jähzornig, impulsiv und voller Hass, er findet sich in seinem Leben nur schlecht zurecht. Er zieht die negative Energie förmlich an."

„Kann Ihr Sohn auch Auto fahren?“

Etwas änderte sich in Ross‘ Augen. „Ja. Er hat zwar noch keinen Führerschein, aber hin und wieder habe ich ihn hinter dem Steuer eines Wagens gesehen.“

„Welches Modell?“ Jetzt stand auch Vanessa dicht bei den beiden und schrieb alles auf.

„Ach, ich und Autos. Es war dunkelblau, glaube ich.“ Ross blies die Backen auf und ließ die Luft langsam entweichen. „Ja, dunkelblau“, sagte er und rieb sich das Kinn. „Ich bin mir sicher, dass der Wagen blau war“, murmelte er erneut. „Es war schon dunkel, ich kam gerade von der Arbeit nach Hause. Ich war müde und wollte nur noch ins Bett. Der Wagen könnte auch grau oder anthrazit gewesen sein, aber ich bin mir ziemlich sicher, dass er blau war. Ein Clio oder ein Nissan Mini. Vielleicht auch ein Toyota, etwas Ausländisches.“

„Es wird nicht grün oder rot, wenn Sie es ständig wiederholen“, unterbrach Wallace den Mann mit leicht genervter Stimme, bevor sich der Mann in unwichtigen Details ergehen konnte. „Welche Marke?“

„Das weiß ich nun wirklich nicht. Ich sage doch, es war höchstwahrscheinlich ein Japaner. Es war so ein kleines Teil.“

„Fällt Ihnen noch etwas ein?“

„Nein, ich habe Kopfschmerzen.“

Wallace nickte die zwei Sanitäter herbei und machte Platz. Er folgte seiner Partnerin, die neben dem jungen Sergeanten herschritt.

Er hob den Blick und sah durch die geöffnete Tür. Draußen regnete es in Strömen. Das würde wieder eine Sauerei geben.

38

„Hier ist es“, wies PS Young auf die besagte Stelle, die notdürftig durch eine behelfsmäßig aufgespannte Plane vor dem Regen geschützt wurde.

Wallace spürte, wie seine Schuhe im Schlamm versanken und von der aufgeweichten Erde eingesogen wurden. Jeder seiner Schritte verursachte ein schmatzendes Geräusch. Vanessa stand direkt neben ihm. Sie war barfüßig, ihre Schuhe hielt sie unter der Achsel geklemmt und hatte von dem blonden Polizisten eine Tüte verlangt.

„Ist das da etwa eine Schaufel?“, wollte sie von Wallace wissen und zeigte hinter den verwitterten Grabstein, hinter dem nur ein kurzes Stück des angerosteten Blechs hervorlugte.

„Sieht ganz danach aus“, murmelte Wallace und lief um die geschändete Stätte herum.

„Ma‘am“, meldete sich PS Young und reichte Vanessa eine durchsichtige Tasche, gleichzeitig reichte er ihr zwei gelbe Gummistiefel. „Warten Sie“, sagte er schnell, kniete sich in den Schlamm, tupfte ihren rechten Fuß mit einem Handtuch trocken, stülpte den Stiefel über ihren schmalen Fuß und machte dann das Gleiche mit dem linken Fuß.

„Das ist ganz reizend von Ihnen.“ Vanessa war wirklich verblüfft über diese Geste. „Es gibt Sie ja doch noch. Die Geschichten über Kavaliere sind also keine Fiktion“, lächelte sie sanftmütig, wartete, bis der Polizist sich erhob, und gab ihm einen flüchtigen Kuss auf die Wange. PS Young wurde sofort rot und schluckte. Er war von dem unerwarteten Kuss schwer beeindruckt und rieb sich die Stelle wie ein kleiner Junge.

„Ich werde mit Ihnen einen Kaffee trinken wollen. Heute Abend?“ Sie sprach den letzten Satz wie eine Frage aus.

PS Young nickte nur und lächelte dümmlich. „Jetzt müssen Sie mich aber entschuldigen“, sagte sie und sah, wie Wallace hinter dem Grabstein kauernd die Schaufel inspizierte.

„Die Fingerabdrücke können wir vergessen, das Holz ist ganz nass und porös“, hörte sie seine Stimme und kam näher.

Die Gummischuhe waren ihr mindestens drei Nummern zu groß, stellte sie fest, nachdem sie gleich beim ersten Schritt mit dem linken Fuß in einem Schlammloch steckengeblieben war.

„Sag mal, gibt es Tage, an denen es hier nicht regnet?“, fluchte sie und zog den Stiefel mit den Händen aus dem Dreck.

„Wir haben Herbst, du musst dich an den grauen Himmel und kalte Tage gewöhnen“, murmelte Wallace und hantierte mit der Schaufel.

Vanessa schniefte und rieb sich die Nasenspitze, die sich vor Kälte taub anfühlte. „Manchmal, an solchen Tagen wie diesem, lasse ich mein Leben Revue passieren und frage mich, ob mein Leben ein anderes wäre, hätte ich nicht in dieser Tristesse aufwachsen müssen. Aber dann zieht es einen doch zurück zu dem Ort, an dem man seine Kindheit verbracht hat, um diese Entscheidung sofort zu bereuen.“

„Dich hält keiner davon ab, zurück in die Stadt zu fahren, mit diesem Umstand könnte ich gut leben, bisweilen sind wir auch ohne dich sehr gut zurechtgekommen“, sprach Wallace monoton, weil er immer noch mit der Schaufel beschäftigt war. „Etwas Brauchbares für eine DNA-Probe werden wir wohl hier auch nicht finden können“, sagte er leise. Der verschwommene Unterton ließ darauf schließen, dass er auf seine Frage keine Antwort erwartete. „Die Schaufel lag die ganze Zeit im Matsch, was nahe legt, dass der Regen alles weggespült hat.“

„Sie gehörte unserem Pfarrer“, ertönte eine gebrechliche Stimme. Wallace‘ Blick schnellte hoch und traf auf die Küsterin, die in eine Decke gewickelt war. Sie stand neben der Plane und wurde von einer Dame begleitet, die einen großen Regenschirm in der Hand hielt. „Das hier ist meine Tochter.“ Die Frau mit dem Schirm lächelte schüchtern. Sie trug einen pinken Regenmantel, der so gar nicht zu dem Regenwetter passte. „Er war früher ein passionierter Gärtner“, fuhr die alte Dame fort und zog Wallace‘ Aufmerksamkeit wieder auf sich. Ihre Stimme klang belegt. „Bevor er sein Leben Gottes Händen anvertraut hat, verbrachte er viel Zeit in der Natur. Er hat stets dafür gesorgt, dass der alte Friedhof einen gepflegten Eindruck auf die Gemeinde machte. Die Meinung seiner Schäfchen war ihm sehr wichtig. Trotz seiner Bemühungen kamen immer weniger Mitglieder zu den Gottesdiensten. Nur an Weihnachten und zu Ostern wurde die Kirche gut besucht. Unser Pfarrer war ein guter Mensch und stets darum bemüht, alles hier in Schuss zu halten. Später, als die Gicht seine Gelenke unbeweglich machte, half ihm dieser Junge, nach dem alle suchen.“

Vanessa wurde hellhörig. Sie hatte ganz vergessen, wie schnell sich die Informationen an einem Ort wie diesem verbreiteten.

„Er wollte aus diesem Jungen ein brauchbares Mitglied der Gesellschaft machen, damit die Gemeinschaft einen Nutzen hätte.“

„Hat er sich genau so ausgedrückt?“, wollte Vanessa von der Frau wissen.

„Nein, aber so kam es mir vor. Unser Pfarrer war ein wissbegieriger Mensch mit wachem Verstand und reinem Geist. Das, was die Menschen über ihn sagten, stimmt nicht. Er war keiner dieser Kirchenmänner, über die momentan im Fernsehen berichtet wird. Er war ein Ehrenmann, er war ein ehrlicher Mensch mit den Ambitionen eines Heiligen.“

„Ist schon gut, Mutter, ich glaube, jeder hat es kapiert, dass Pfarrer Baxters Tod dir sehr ans Herz geht, wie uns allen“, sprach die Frau im pinken Regenmantel in sanftmütigem Ton und zog sie vorsichtig von der Grabstätte weg. Die ältere Dame machte Anstalten, sich aus der sanften Umklammerung ihrer Tochter loszureißen, gab jedoch nach und ließ sich wegbringen.

Wallace und Vanessa schwiegen einen Moment lang. Ihre Blicke waren auf eine braune Pfütze gerichtet die langsam im aufgewühlten Erdreich versickerte. Das stete Prasseln der Regentropfen auf den Baldachin aus durchsichtiger Folie, die vom Gewicht des Wassers an zwei Stellen durchhing, wirkte beruhigend. Das monotone Rauschen des Regens verlieh der angespannten Atmosphäre etwas Mystisches.

„Das wirft die Frage nach einem Warum auf“, sprach Wallace in die Stille hinein.

„Was meinst du?“

„Warum wurde der Pfarrer nach dem Tod des Mädchens getötet? Hat ihm womöglich der Täter etwas über seine Tat erzählt? Und dann seine Entscheidung bereut und den Pfarrer aus dem Weg geräumt? Hat er ihn unter Vortäuschung falscher Tatsachen nach oben gelockt und ihn durch das Fenster gestoßen, direkt nach der Beichte?“

„Vielleicht hat er nur die Situation ausgenutzt?“ Vanessa hielt ihren Blick immer noch auf das schmutzige Wasser gerichtet, das in der zerfurchten Erde immer weniger wurde. „Vielleicht war auch der Geistliche kein unbeschriebenes Blatt, wie die Dame es zu behaupten versuchte. Wir alle haben etwas, das jeder lieber für sich behalten sollte. Wir sind alle Sünder. Sag mal, Wallace, bist du eigentlich mit deinem Leben zufrieden?“

„Was soll die Frage?“ Wallace streckte seinen Rücken und legte die Schaufel zurück auf die Erde.

„Das ist eine jener Fragen, die wir uns selbst öfter stellen sollten, meinst du nicht?“, entgegnete Vanessa und machte Anstalten zu gehen.

„Was ist das?“, fuhr Wallace mit aufgebrachter Stimme auf und ging zurück in die Hocke. Er beugte sich leicht nach vorne und kratzte mit dem Finger an einem aufgeweichten Erdbrocken. „Das sind Knochen“, sprach er mit gedämpfter Stimme. Mit der behandschuhten Hand zerbröselte er die Erde und löste noch mehr von dem verscharrten Skelett heraus. „Und ganz gewiss gehören diese Reste nicht einem verstorbenen Menschen“, stellte er fest und zog mit einem Pinzettengriff ein Fragment einer schmalen Rippe heraus. „Da sind überall Einschnitte, so als habe jemand immer wieder auf das Tier eingestochen. Sieh selbst hin“, sagte er und erhob sich, um Vanessa die Stelle zu zeigen.

„Sieht ganz nach einem Hund aus.“ Vanessa verengte die Augen, ignorierte jedoch den grauen Knochen zwischen Wallace‘ Fingern. Ihr Blick haftete an einem Schädel, der zur Hälfte aus dem Erdreich herauslugte. Um das knochige Maul hingen immer noch Fetzen von einem Klebeband.

„War unser Pfarrer doch nicht so heilig?“, sprach Wallace seinen ersten Gedanken laut aus und fischte einen Asservatenbeutel aus der Außentasche seines Trenchcoats, der an den Schultern nass war.

„Verdammte Scheiße. Wo bin ich hier gelandet?“, war alles, was Vanessa von sich gab.

„Wo bleibt eigentlich Susan?“ Wallace schaute durch den Regen und ließ seinen Blick über die Menschen gleiten, konnte jedoch Susan nirgends ausmachen. „Diese Stelle soll sofort gesichert werden“, sprach er zu einem der Männer in Uniform. „Hat jemand Susan Brown gesehen?“, rief er, an niemand bestimmten gewandt.

„Ich vertrete sie heute!“ Ein älterer Herr von kleiner, aber drahtiger Statur, schälte sich aus einer kleinen Gruppe heraus und lief in gebeugter Haltung zu Wallace. Unter seinen Füßen spritzte das Wasser.

Wallace strich sich den Regen aus dem Gesicht und staunte.

„Mr. Malik? Aber …“

„Ja, ich bin eigentlich seit drei Monaten im Ruhestand“, antwortete der Forensiker auf die nicht gestellte Frage. Der aus Pakistan stammende Mann lächelte müde.

„Sie sehen gut aus“, lächelte Wallace zurück.

„Yoga hält mich fit, aber gegen das graue Haar gibt es leider keine Trainingseinheiten“, scherzte Abdul Ali Malik, wie er mit vollem Namen hieß.

„Wissen Sie vielleicht Näheres über Susans Wegbleiben? Hat Sie sich etwa krank gemeldet?“

Der Mann schüttelte auf seine typische Weise mit dem Kopf. Der Punkt auf seiner Stirn war leicht verwischt. Wallace musste sich zusammenreißen, um nicht auf den dunkelroten Punkt zu stieren.

„War es ein Selbstmord?“, wechselte Wallace das Thema und zeigte mit dem Kinn in die Richtung, die mehrmals von einem Aufblitzen erleuchtet wurde. Der Fotograf schoss mehrere Fotos aus unterschiedlichsten Perspektiven.

„Es war kein Selbstmord, und der Pfarrer hat gewiss nicht tatenlos darauf gewartet, bis er von seinem Mörder durch das Fenster gestoßen wurde. Er liegt seit gestern Nacht dort vor dem Eingang. Der Mann …“

„Ein Mann?“, unterbrach den älteren Herrn eine Frauenstimme, die er jedoch mit einem Achselzucken überhörte und mit seinem vorläufigen Plädoyer fortfuhr.

„Der Mann ist entweder kräftig gebaut oder er hat es mit viel Anlauf geschafft, den Geistlichen nach unten zu befördern. Das Gestell, also die Rahmen. in die die Glasfassetten eingefasst wurden, sind aus Blei. Es reicht nicht, jemanden einfach dagegen zu schubsen. Das Fenster hat zum Dachboden einen Abstand von etwa …“, er wiegte den Kopf, um die Maße abzuschätzen, „… ich würde sagen ca. einem Meter, was so ein Manöver noch zusätzlich erschwert. Haben Sie schon mal versucht, einen Menschen über eine Brüstung zu schubsen?“, wollte er von Vanessa wissen, die den Mann erneut unterbrechen wollte und durch den plötzlichen Wortwechsel über ihre eigene Frage stolperte, die ihr im Halse stecken blieb. Sie blickte den grauhaarigen Mann dümmlich an.

„Nein“, gab sie zu und kam sich dabei ziemlich dilettantisch vor, weil sie Abdul Ali falsch eingeschätzt hatte. Obwohl er steinalt wirkte, war sein wacher Verstand scharf wie eine Rasierklinge.

„Es gestaltet sich ziemlich schwierig, jemanden über ein Geländer oder, wie in diesem Fall, durch dieses Hindernis zu stoßen. Da gehört nicht nur Kraft, sondern eine Schippe voll Entschlossenheit dazu, die einen dazu treibt, jemanden auf diese Weise aus dem Weg zu räumen. Dies geschah nicht im Affekt“, schloss der Mann seinen Bericht ab und lächelte die verdutzte Polizistin sanftmütig an.

„Danke für die vorläufige Stellungnahme.“ Wallace zog die Handschuhe ab und richtete den Kragen seines Mantels auf, weil ihm zu viel kaltes Wasser durch den Nacken hinunter gelaufen war und er zu frösteln begann. „Sie benötigen sicherlich noch mehr Zeit. Wir werden uns derweil …“

„Warten Sie“, schrie jemand durch den Regen. Wallace sah, wie sich der schreiende Mann aus den Händen der beiden Polizisten befreite, hinfiel, aufsprang und wieder ergriffen wurde.

„Lassen Sie ihn los“, rief Wallace den Kollegen zu, die dem Mann nachsetzten und im Begriff waren, den Flüchtigen zu Boden zu drücken. „Mir ist etwas eingefallen“, rief Ross Stewart und riss sich abermals los.

39

Ross atmete schwer und rang nach Luft. Eine eisige Hand hielt sein Herz fest in ihrem Griff und drückte das schnell pochende Organ fester zu. Er legte sich die Hand auf die Brust und kratzte über die Rippen. Sein Pullover war klitschnass, aber das war jetzt nicht wichtig, dachte er.

„Ich weiß nicht, ob ich Ihnen das erzählt habe, aber mein Sohn, also Kenny …“ Er schluckte schwer. Sein verängstigter Blick pendelte zwischen den beiden Polizisten hin und her. „Meine Frau …“, begann er neu, weil er nicht wusste, wie er das, was in seinem Kopf herumschwirrte, in Worte fassen und seine Gedanken am besten ausdrücken sollte. Er rieb sich jetzt am Ohrläppchen, als hätte er einen nervösen Tick.

Wallace nahm ihn am Oberarm und zog den Mann ein Stück weit mit sich. „Allison wurde vor vierzehn Jahren von einem Unbekannten vergewaltigt, zog jedoch ihre Klage zurück“, half Wallace dem Mann auf die Sprünge.

Verwirrt angesichts der Wendung und der Direktheit, die der Polizist an den Tag legte, riss Ross die Augen weit auf und stammelte etwas, das er selbst nicht verstand, so überrascht war er. „Woher wissen Sie das?“

„Ich bin Polizist, und bisher sind wir davon ausgegangen, dass Sie derjenige waren, der Allison vergewaltigt hat.“

„Wie bitte?“ Ross fuhr sich mit zittrigen Fingern über die Lippen. Die Gedanken in seinem Kopf waren zäh und kamen in einem verzögerten Zeitraffer, so als stünde er unter Narkose.

„Sie haben Sie schließlich noch in demselben Jahr geheiratet. Lag doch auf der Hand, zumindest für die Außenstehenden."

„Wer alles weiß noch darüber Bescheid?" Ross Stirn glühte. Der Regen hatte endlich aufgehört, doch der kalte Wind drang durch seine Klamotten bis ins Mark.

„Nur die von der Polizei, hoffe ich. Wollen wir nicht zurück auf das Thema kommen? Sie wollten etwas sagen, dann habe ich Sie unterbrochen." Der Polizist sah ihn fragend an.

„Der Vater, ich meine, der genetische Vater meines Kindes sitzt seit zehn Jahren im Knast, wegen mehrfachen Mordes. Das hat mir Allison gebeichtet, nachdem ich das Thema Psychologe angesprochen habe. Kenny war noch nie bei einem professionellen Arzt."

„Und?", mischte sich die Polizistin ein und strich sich das Haar an der Seite hinter das Ohr. Sie trug gelbe Gummistiefel, die nicht zu dem Rest ihrer Kleider passte, fand Ross. Auch ihre Jacke wirkte unpassend. Sie war ein Stadtmensch, das konnte Ross ihr ansehen.

„Könnte sowas nicht durch die Gene übertragen werden?"

„Was meinen Sie damit konkret?", wollte wieder die Frau von ihm wissen. Sie drängte sich mit jeder Frage mehr in den Vordergrund.

„Die Lust am Töten, meine ich." Sein aschfahles Gesicht zu einer Maske aus Angst verzerrt, glänzte vor kaltem Schweiß und Regentropfen. Er strich sich mehrmals über das lichte Haar und wischte seine Hand am Pullover ab. Die Kälte umschloss seinen gesamten Körper und brachte sämtliche Muskeln zum Zittern.

„Können wir Sie heute Abend bei Ihnen Zuhause aufsuchen?“ Der Polizist warf Ross einen nicht zu deutenden Blick zu.

Unabsichtlich zur Unbeweglichkeit verdammt, überdachte Ross die Situation neu und nickte schließlich. „Ich will Ihnen ja helfen, auch wenn das meinen Sohn in Schwierigkeiten bringen sollte, aber ich möchte nicht, dass noch mehr Menschen zu Schaden kommen. Wer weiß, vielleicht ist Kenny ja auch nur abgehauen. Das hat er schon mehr als nur einmal getan.“

„Warum?“ Die Frau kramte in ihrer Jacke und hielt schließlich ein kleines Notizbuch zwischen ihren Fingern.

„Weil er des Lebens hier überdrüssig wurde. Er wird von den Gleichaltrigen gemobbt und hat auch sonst keine Hobbys, denen er nachgehen kann. Er verschwindet dann und wann, um nach Tagen wieder von den örtlichen Behörden irgendwo unter einer Brücke oder einfach auf der Straße aufgegabelt zu werden. Nicht selten in angetrunkenem Zustand.“

„Dann sehen wir uns heute …“ Der Polizist äugte auf das Display seines Handys und sagte, ohne den Blick zu heben: „Um zwanzig Uhr?“

„Ist in Ordnung“, willigte Ross ein und nickte eifrig mit einem schiefen Lächeln.

„Dann können Sie jetzt gehen“, warf die blonde Frau ein und lief davon, der Mann folgte ihr. Ross blieb einen Moment lang stehen.

„Wir fahren Sie jetzt aufs Revier, um Ihre Aussagen zu protokollieren, dann bringen wir Sie nach Hause“, erklang eine männliche Stimme hinter ihm, die gleichermaßen fordernd wie auch unsicher klang. Ross ergab sich ohne Widerstand seinem Schicksal. Mit gesenktem Kopf lief er zurück zum Einsatzwagen.

40

„Die Befragung mit Kelly Scott werde ich durchführen. Sie, DI Campbell, gehen in Ihr Büro und bereiten alles für ein Gespräch mit dem Chief Superintendent vor“, entschied Vanessa und sah Wallace durchdringend an.

„Wessen Entscheidung war das?“

Vanessa rieb sich die Haare mit einem Handtuch trocken und warf es achtlos auf einen Stuhl. „Die Chefin ist der Auffassung, dass Sie für diese Art Gespräche nicht geeignet sind, Kollege. Sonst noch was?“ Sie nahm ein Klemmbrett mit mehreren leeren Blättern darin und fügte in gedämpftem Ton hinzu: „Finde dich einfach damit ab, Wallace, dass ich hier die Leitung übernommen habe.“ Ohne die Reaktion ihres Partners abzuwarten, lief sie hinaus in den Flur und ließ die Tür offen. Auch wenn sie nach außen hin souverän wirkte, rumorte es in ihrer Magengrube dennoch heftig.

„Hey, Sie da!“

Vanessa fuhr herum, um zu schauen, wer da nach ihr rief. Es war dieser junge Mann, *Krishna*, fiel ihr der ungewöhnliche Name ein. Der attraktive Kerl stand breitbeinig mit beiden Händen in den Hosentaschen mitten im Gang und lächelte sie kokett an. Er war ein Womanizer, und das wusste er auch.

„Ja?“, sagte sie und wurde zunehmend nervöser.

Der junge Polizist schlenderte zwei Schritte auf sie zu und zog gewollt langsam seine rechte Hand aus der Hosentasche. „Ich nehme an, Sie wollen Kelly Scott befragen?“ Mit der Hand strich er sich über das Haar. Das leicht herbe Parfüm des Mannes tat seine Wirkung und unterstrich die Männlichkeit ihres Gegenübers.

Vanessa schwieg.

„Wenn das so ist, dann sind Sie auf dem Holzweg." Er lachte auf. Sein Mund wurde zu einem breiten Grinsen.

Schamesröte stieg in Vanessas Gesicht. „Holzweg", echote sie nach und runzelte die Stirn.

„Sie laufen in die falsche Richtung. Das Zimmer befindet sich dort." Er wies mit dem Daumen hinter seinen Rücken. „Geradeaus, dann nach links, dritte Tür auf der rechten Seite. Und noch was", schob er immer noch breit lächelnd nach: „Der hier ist für Sie." Er warf ihr in einem gut austarierten Flugbogen etwas zu. Der Wurf war so präzise wie der eines Baseballspielers, überlegte Vanessa und fing den kleinen, flauschigen Ball mehr mit Glück als mit Können auf. Zwei Reihen weißer Zähne blitzten zwischen den dünnen Lippen des Mannes auf. „Nicht schlecht", unterstrich er, zeigte mit dem Finger auf sie, und zwinkerte ihr mit dem linken Auge aufheiternd zu.

„Was ist das?"

„Sie kennen wohl Kellys Hund nicht?", antwortete er, während er sie mit seinen dunklen Augen von oben bis unten abscannte. „Er hört auf den Namen Fred und liebt diese flauschigen Dinger. Hat Wallace Sie etwa nicht vorher über diesen wichtigen Tatbestand informiert? Sonst ist er sehr penibel und klärt einen immer über jede noch so winzige Kleinigkeit auf."

Vanessa knetete den Ball mit den Fingern und kam sich ziemlich laienhaft dabei vor, wie sie da stand und Krishna dümmlich anlächelte.

Der junge schlaksige Mann wippte auf den Schuhsohlen und hob mehrmals die Augenbrauen.

Sendete mir diese Schmalzlocke etwa unsittliche Botschaften? Hat der kleine Ben aus seiner Sicht der Dinge alles herausposaunt, was wir im Hotel getrieben haben?, überlegte sie und presste die Zähne fest aufeinander. *Du bist nicht der Typ, für den ich die Beine breit machen werde*, dachte sie und sagte stattdessen laut: „Hat er wohl vergessen."

Der Kerl zog eine Schnute und berührte sich an der Schläfe.

„Sonst noch was?", fuhr sie ihn unsanft an.

„Nein, das war's eigentlich schon. Ach ja …" Er hob den Zeigefinger zur Decke und ließ sich mit dem, was er fragen wollte, Zeit.

Das Ausmaß der Ignoranz, die der Kerl an den Tag legte, machte sie wütend. Die Attraktivität bröckelte von ihm ab. Alles, was ihm blieb, waren Arroganz und Selbstverliebtheit.

„Wissen Sie vielleicht, wo Susan steckt? Ich warte auf ihre letzten Ergebnisse, weil ich derjenige bin, der ihr Gekrakel für euch übersetzt."

„Wie bitte?"

„Ich sortiere die Dokumente aus und ordne sie der Wichtigkeit nach ein."

„Nein, habe ich nicht", entgegnete sie kurz angebunden und lief so schnell wie es nur ging an ihm vorbei, ohne dabei den Eindruck zu erwecken, dass ihr die Situation zu peinlich und sie auf der Flucht vor diesem unangenehmen Typen war.

Sie blieb vor der Tür stehen. Auf ihrer Augenhöhe befand sich eine Glasscheibe, die in die Tür eingefasst war, und ihr den Einblick in das Innere des spartanisch eingerichteten Raumes ermöglichte.

Sie sah einen Mann. Sein langes und für sein junges Alter ungewöhnlich graues Haar hing in fettigen Strähnen nach unten, weil er tief nach vorne gebeugt dasaß. Unmerklich wippte er im gleichen Takt hin und her. Vanessa straffte die Schultern, schloss kurz die Augen und klopfte an.

Ein Schlüssel wurde ins Schloss gesteckt und zwei Mal geräuschvoll umgedreht.

Ein dunkelhäutiger Polizist nickte ihr knapp zu, begrüßte sie mit einem knappen „Ma'am“ und wartete darauf, bis sie vollends eintrat, um die Tür wieder vorschriftsgemäß abzuschließen. Danach nahm er auf seinem Stuhl, der gleich neben der Tür in der Ecke stand, Platz.

„Guten Tag“, begrüßte sie den korpulenten Mann und setzte sich ihm direkt gegenüber.

„Wo ist Fred? Wo ist mein Hund?“, war das Erste, was Kelly Scott von ihr wissen wollte, ohne dabei den Kopf zu heben. Seine Aussprache war kaum zu verstehen.

„Er ist in Sicherheit, hier ich habe etwas für Freddy“, versuchte Vanessa zu dem Mann eine Brücke aufzubauen.

„Er heißt Fred“, sagte er entschieden und klatschte mit der flachen Hand gegen die massive Tischplatte, so heftig, dass Vanessa unwillkürlich zusammenzuckte.

„Benimm dich, Kelly“, ermahnte ihn der Mann aus der Ecke, dabei klang der Riese mehr gelangweilt als erbost über diesen Ausbruch.

„Ich mag das nicht, was Sie da haben. Ich kenne Sie nicht, vielleicht ist das da vergiftet.“ Er hob langsam den Kopf und sah Vanessa durch seine Haare grimmig an. „Ich mag Sie nicht“, wiederholte er und starrte Vanessa an. Seine Lippen bebten.

Die Hände hatte er zu Fäusten geballt. Zuerst langsam, dann immer schneller trommelte er leise gegen die Tischkante.

„Ich werde nur mit Wallace reden. Er ist mein Freund."

„Aber …", versuchte es Vanessa und zauberte ein nettes Lächeln auf ihren Mund, der so trocken wie Sandpapier war.

„Hauen Sie ab!", fuhr Kelly sie mit derart gebieterischer Stimme an, dass Vanessa reflexartig ein kleines Stück samt dem Stuhl nach hinten rutschte.

„Kelly, entweder du bist ab sofort wieder brav, oder du gehst zurück in die Zelle", sprach der große Polizist mit ruhiger, dennoch sehr autoritärer Stimme, die den aufgebrachten Mann sofort kleiner werden ließ. „Er redet nun mal nicht gern mit Frauen", setzte der Mann Vanessa in Kenntnis.

Vanessa fühlte sich einerseits zu einer Erklärung verpflichtet, doch andererseits würde sie dies noch mehr in Bedrängnis bringen, weil sie vor dem Chief Superintendent Rede und Antwort stehen müsste, warum sie nicht dazu fähig gewesen war, eine ganz normale Befragung durchzuführen.

Sie wollte ihren Posten auf keinen Fall verlieren.

„Reden wir über deinen Hund, Kelly?"

Der Mann schüttelte einem bockigen Kind gleich mit dem Kopf und senkte wieder den Blick.

„Ich will dir nur helfen, Kelly. Aus deiner Sicht … ich meine, das, was du uns erzählt hast, muss ja nicht zwingend …"

„Sie verkomplizieren die Befragung nur noch, indem Sie ihn zu einer Aussage drängen." Kellys Aufpasser hüstelte verlegen, weil er Vanessa nicht unterbrechen wollte.

„Aus deiner Erzählung folgt ja nicht zwingend, dass sich alles genauso zugetragen hat, wie du es uns geschildert hast."

„Er wird Ihnen nichts erzählen, weil er Sie nicht kennt“, mischte sich der Wärter mit Nachdruck ein und räusperte sich vernehmlich. „Kelly kann die Konsequenzen, die sich aus einer bestimmten Tat ergeben haben, nicht absehen. Er bringt manchmal das, was sich ausschließlich nur in seinem Kopf ereignet haben kann, so authentisch rüber, dass wir der Überzeugung sind, es hätte sich in der realen, in der wirklichen Welt genauso zugetragen haben können, was aber schlicht nur das Hirngespinst seiner Fantasie ist. Er manipuliert uns auf seine subtile Art, weil er anders ist.“

Vanessa drehte sich zu dem Mann um und bedachte ihn mit einem fragenden Blick, dieser hob nur den Mundwinkel.

„Ich mag nicht die Mädchen, weil sie Mädchen sind“, murmelte Kelly.

„Genau das meine ich“, sagte der Wächter und atmete geräuschvoll aus. „Ich glaube, es wird heute nichts aus der Befragung.“

41

Wallace stand vor einer Glastafel und platzierte die aktuellen Informationen und Fotos neu. *Es ist nicht viel*, überlegte er und drückte mit der Rückseite des Markers gegen die linke Handfläche, weil er nach der versteckten Gemeinsamkeit suchte. Er sah auf die Hand des toten Mädchens, die auf dem kantigen Stein blutige Schlieren hinterlassen hatte. Dann sah er auf das blutüberströmte Gesicht des Kindes. Der Deckel des Stiftes bohrte sich noch tiefer in seine Hand.

„DI Campbell", riss ihn die Stimme von Chief Superintendent Daily aus seinen Gedanken. Der Stift fiel aus Wallace' Hand und rollte unter den Tisch. Der DI kaute auf der Unterlippe und drückte die linke Hand zu einer Faust zusammen, in der er den Phantomschmerz fest umschlossen hielt.

„Ja?", brachte er schließlich aus sich heraus und folgte seiner Chefin ins Büro. Durch eine gläserne Tür sah er, dass sich dort schon jemand befand. Es war Krishna. Er wurde von allen so genannt, seinen Nachnamen benutzte Wallace nicht.

Der Chief Superintendent stand in der Tür und wartete darauf, bis Wallace hineintrat. Der Riegel schnappte leise zu.

„Wir wollen nicht um den heißen Brei herumreden." Chief Daily war für ihre Direktheit bekannt.

Wallace blieb stehen. Auch Krishna stand auf und nickte ihm zu, ohne etwas zu sagen.

„Wissen Sie, wo Susan Brown ist?"

„Nein", antwortete Wallace ehrlich.

„Ist Ihnen vielleicht zu Ohren gekommen, wie Susan Brown von ausländerfeindlichen Ausdrücken Gebrauch gemacht hat?"

„Nein, Ma'am."

„Sie behaupten also, dass Susan Brown nie jemanden wegen seiner Herkunft und seiner Religion beleidigt hat? Ist vielleicht das der Grund für ihr unentschuldigtes Wegbleiben, weil sie das doch getan hat?"

Wallace fingerte an dem Hemdkragen, weil hier drin die Luft dünn wurde. „Wer hat das behauptet?", wollte Wallace wissen, obwohl er die Antwort kannte. Krishna war ein Arschkriecher, das wusste hier auch jeder.

„PC Smith …"

„PC wer?" Wallace klang überrascht.

„Das bin ich", fuhr der dunkelhäutige Polizist dazwischen.

„Sie heißen Smith mit Nachnamen?" Wallace lachte auf und wurde wieder ernst. Dunkel erinnerte er sich daran, wie Susan das schon mal erwähnt hatte. „Sie haben also diesbezüglich eine Beschwerde eingereicht, obwohl Sie selbst derjenige waren, der Susan einige Steilvorlagen geliefert hat?"

„Lassen wir bitte jetzt die Einzelheiten, wer damit als Erster angefangen hat. Ohne Susan Brown können wir hier sowieso nicht der Sache auf den Grund gehen. Wo ist sie eigentlich?" Ihr Blick klebte an Wallace fest und bohrte sich mit jedem Atemzug tiefer in seine Augen hinein.

„Ich bin nicht mehr der leitende Ermittler hier", blockte Wallace ab und schickte sich zum Gehen.

Draußen wurden Stimmen laut.

„Was geht da vor?", fragte er sich und wartete nicht um Erlaubnis, das kleine Büro seiner Chefin verlassen zu dürfen.

„Sehen Sie nach, was da los ist", rief die aufgebrachte CS Daily ihm nach und musterte den verdutzt dreinblickenden PC Smith eisig. „Haben Sie noch mehr Beschwerden bei sich?“

„Nein“, äußerte sich der Mann mit geknicktem Stolz und lief durch die offene Tür in den Flur.

42

Vanessa wurde von dem plötzlichen Auftauchen einer jungen Anwältin völlig überrascht.

„Voller Empörung hat mir mein Bruder von der Festnahme erzählt“, fuhr die dunkelhaarige Frau Vanessa barsch an und knallte ihre Aktentasche auf den massiven Tisch. Der Knall hallte von den kahlen Wänden wider und tat in Vanessas Ohren weh.

„Wenn Sie meinen Bruder noch eine einzige Stunde lang hier behalten, werde ich persönlich dafür Sorge tragen, dass sie mit sofortiger Wirkung suspendiert werden und nie wieder als Polizistin eine Anstellung finden werden!“ Sie trug einen grauen Hosenanzug, der maßgeschneidert war, und dazu passende Schuhe, die auch eine Stange Geld gekostet haben, konstatierte Vanessa auf die Schnelle.

Mit geübter Handbewegung griff die Frau in die Außentasche ihres Jacketts und fischte einen Haargummi heraus, mit dem sie das Haar, das ihr bis weit unter die Schulterblätter reichte, zu einem Zopf band und die Beamtin mit einem provozierenden Blick taxierte.

Vanessas Eingeweide zogen sich vor Zorn zusammen. „Sie können doch nicht einfach so …“

„Und ob ich das kann“, fuhr die Frau der Polizistin ins Wort und drehte sich zu dem großen Wachmann um. Selbst der machte einen Eindruck, als würde er vor der zierlichen Frau Heidenangst haben. „Machen Sie meinen Bruder los, er geht mit mir nach Hause.“

Der uniformierte Wachmann war hin und her gerissen.

„Hallo, Betty.“

Vanessa hatte gar nicht mitbekommen, wie ihr Kollege in den Verhörraum getreten war.

Die Frau stemmte ihre kleinen Fäuste in die schmale Taille. „Bist du der Übeltäter?“, blaffte sie weiter statt einer Begrüßung, klang jedoch nicht mehr so aggressiv wie noch kurz zuvor.

„Schön, dich zu sehen. Wir haben deinem Bruder kein Haar gekrümmt, er weigerte sich jedoch vehement, etwas zu dem Vorfall zu sagen.“

Wallace breitete entschuldigend die Arme aus, machte zwei Schritte auf die Frau zu und legte dann seine Hände auf ihre Schultern.

„Was hat dich hierher verschlagen?“, wollte Wallace von der Anwältin wissen und gab ihr einen flüchtigen Kuss auf die Wange. Sie war etwa in seinem Alter, schätzte Vanessa. Aber das raue Klima hatte ihrem Partner mehr zugesetzt. *Betty,* die Wallace‘ Arme beiseiteschob, trat einen Schritt nach hinten. Vanessa wartete auf eine Ohrfeige oder einen Kniehieb, doch zu ihrer Verblüffung geschah nichts dergleichen.

„Du riechst wie immer nach Pfefferminzbonbons“, sagte Wallace mit einem sanftmütigen Grinsen auf den spröden Lippen und sah zu dem Mann, der das Ganze mit offenem Mund beobachtete.

„Ist das wahr, Kelly?“

„Sie haben meinen Hund“, verteidigte sich der Mann der das genaue Gegenteil seiner Schwester war. Ein durchsichtiger Faden floss aus einem Mundwinkel und zog sich in die Länge.

„Und wieso nimmst du deine Tabletten nicht mehr? Wisch dir den Mund sauber“, tadelte die Frau ihren Bruder und warf ihm ein Papiertaschentuch zu.

Kelly wischte sich den Geifer ab. An seinen Bartstoppeln blieben kleine Papierfetzen haften.

„Es tut mir leid, wenn ich etwas zu aufbrausend gewesen bin, aber ich kann das einfach nicht abhaben, wenn mein Bruder zu Unrecht für etwas beschuldigt wird, das er nicht begangen haben kann."

„Du warst schon immer so! Deine Krallen haben wir alle zu spüren bekommen, egal, ob dein Bruder schuld war oder nicht. Du wurdest immer sofort zur Rachegöttin, wenn es darum ging, Kelly vor anderen zu schützen."

„Meine Mutter meint, er hat zunehmend Schwierigkeiten mit der Bewältigung von alltäglichen Dingen, und dann noch das hier."

„Wir haben den Hund wieder." Vanessa ließ den Satz wie beiläufig klingen.

Kelly sah zu seiner Schwester hoch. Sein Blick heischte nach Verständnis, ja sogar nach Mitgefühl. Er knibbelte an einem Hautfetzen seines linken Daumens, der um das Nagelbett herum blutig geworden war.

„Ich habe eine richterliche Verfügung erwirkt, die mir erlaubt, meinen Bruder mitnehmen zu dürfen. Wenn er sich wieder beruhigt hat und seinen Fred in seiner Nähe weiß, kannst du uns besuchen kommen, Wallace, und Kelly wieder deine Fragen stellen. Frauen mag er nicht", fügte Betty den letzten Satz wie eine grobe Erklärung für sein trotziges Verhalten hinzu. „Das müsstest du aber wissen, Wallace", sagte sie noch und machte sich an ihrer Aktentasche zu schaffen, um einige Blätter herauszuziehen.

„Ich leite die Ermittlungen ja nicht", rechtfertigte sich Wallace mit einem Hauch von Sarkasmus in der Stimme.

„Hier. Das ist dann für Sie, hier steht alles drin", sagte Betty schnell und reichte Vanessa mehrere kleingedruckte Blätter. „Komm, Kelly, wir gehen", war das Letzte was die kleine, aber sehr taffe Lady noch hinzufügte. Sie klemmte die lederne Tasche unter die Achsel. „Ich warte unten am Wagen auf ihn. Du, Wallace, bringst mir meinen Bruder persönlich heil und unversehrt zu meinem Wagen, ich brauche jetzt unbedingt eine Zigarette.“ Sie schenkte ihrem Bruder ein zuversichtliches Lächeln, dass jetzt alles gut sein würde. „Bis gleich, Bruderherz. Und mach keinen Ärger mehr.“ Sie hob den Arm, winkte Kelly zum Abschied, und lief schnellen Schrittes nach draußen.

„Wer ist diese Frau?“ Nur mit Mühe und viel Selbstbeherrschung gelang es Vanessa die in ihr wie Lava aufsteigende Wut zu unterdrücken, um ihren Partner nicht anzuschreien.

„Das war Betty, meine Schwester“, murmelte Kelly und trommelte wieder gegen die Tischkante. Dieses Mal wurde er von dem dunkelhäutigen Riesen nicht mehr ermahnt.

Vanessa blieb äußerlich ruhig, doch das Zucken ihrer rot leuchtenden Lippen strafte den scheinbar unbekümmerten Ausdruck ihrer Gesichtszüge Lügen.

„Diese Stadt ist ein Irrenhaus“, flüsterte sie und rollte die Blätter zusammen.

„Und hier ist die Zentrale“, entfuhr es dem großen Mann, der Kelly auf die Beine zog und ihn durch die Tür manövrierte. „Du kannst gleich mit Mr. Campbell zu deiner Schwester gehen, ich hole schnell den Hund, du wartest auf mich solange hier, Kelly, haben wir uns verstanden?“

„Okay“, nuschelte Kelly und wartete geduldig auf Wallace. Vanessa beachtete er überhaupt nicht. Er stand mit dem Rücken gegen die Wand gelehnt einfach nur da und starrte zur Decke.

„Ich gehe danach was essen, willst du mit?“, schlug Wallace vor.

„Nur, wenn du mir das Mittagessen bezahlst.“

„Dann eben nicht“, sagte er lächelnd. „Komm, Kelly, deine Schwester wurde nicht unbedingt mit einer Engelsgeduld gesegnet“, wandte er sich an den Kerl, der ohne zu blinzeln auf die Lampe starrte.

„Aber ich muss hier warten, hat …“

„Ich bin hier derjenige, der darüber entscheidet, ob du hier bleibst oder nicht.“ Wallace tätschelte Kellys linke Schulter, die tiefer nach unten hing als die rechte.

„Da oben ist eine Fliege, ich glaube, sie ist gleich tot. Strom macht alle tot“, sprach er kaum verständlich und mit vor Sabber feuchtem Mund.

„Weißt du, wer Hailey tot gemacht hat?“, wollte Wallace in einem Ton der Gleichgültigkeit von dem Mann wissen, so als würden die beiden über das Wetter reden.

„Ich glaube, das war ein Mann.“

„Wie kommst du darauf?“ Wallace nahm Kelly am Ellenbogen und führte ihn den langen Gang Richtung Ausgang.

„Weil sie zu mir gesagt hat, dass sie einen Freund hat, und wenn ich ihr weiter nachspioniere, wird er mich von den Klippen werfen. Er heißt fast genau so wie ich, hat sie gesagt, aber ich bin dämlich, das hat sie immer zu mir gesagt.“

„Wann hat sie so etwas zu dir gesagt?“

„Schon immer, wo ist mein Fred?“

„War sein Name Kenny?“

„Ich weiß es nicht. Wo ist Fred?“

Vanessa folgte den beiden Männern und hörte ihrer Unterhaltung zu. Kelly hatte sich wieder verschlossen und sprach nicht mehr von Hailey.

43

Ian saß am Bett seiner Frau und dachte über sein Leben nach. Die andauernde Sorge um die Gesundheit seiner Frau mündete zunehmend in starker Panik und Verzweiflung. Wie oft hatte er sich früher danach gesehnt, wieder frei sein zu können. Ohne Verpflichtungen durch das Leben zu marschieren. Auch wünschte er sich nicht selten, dass Fia und seine Kinder bei einem Autounfall starben, damit er wieder sein Leben selbst gestalten konnte. Aber jetzt, jetzt wollte er einfach sein früheres Leben zurück.

Die schmale Hand seiner Frau zuckte unmerklich in der seinen. Er wagte es nicht, sich zu rühren, um Fia nicht zu wecken. Eine geschlagene Stunde saß er schon da, seine Glieder waren eingeschlafen, und er musste aufs Klo. Das Taubheitsgefühl in den Fingerspitzen ließ seine Hand schwer werden.

„Was sagen die Ärzte, Liebling?“, flüsterten seine Lippen.

Fia schwieg und blinzelte nur. Ihr Blick war auf einen imaginären Punkt auf der weißen Wand gerichtet.

Ians Finger kribbelten. Er richtete sich etwas auf und verzerrte das Gesicht zu einer schmerzerfüllten Maske. Sein Kreuz tat höllisch weh. Der Stuhl unter ihm rutschte über den glatten Boden und verursachte einen scheppernden Krach.

„Wie geht es unseren Kindern?“, wollte sie ihrerseits wissen und blieb ihm die Antwort schuldig.

Diese scheinbar simple Frage verschlug ihm die Sprache. Wallace suchte vergebens nach einer richtigen Antwort. Er hob den Kopf und sah zum Fenster. Draußen klatschte der Regen gegen die Scheibe. Die nackten Bäume winkten ihm mit ihren knorrigen Fingern zu und verspotteten ihn.

Erklärungen und Beschönigungen wären jetzt das Falscheste, überlegte er und fuhr sich mit der Zunge über die Lippen. Alles hatte sich mit der dunklen Kehrseite zu ihm gewendet. Das war die Rache des Schicksals für sein feiges Verhalten seiner Familie gegenüber. Aber wie sollte er ihnen klar machen, dass er etwas in sich trug, das ihn von anderen unterschied? Dieses Verlangen war stärker als jede Vernunft. Seine Zukunft war noch vor wenigen Tagen eine Konstante, doch nun verwandelte sich alles zu etwas Schrecklichem, zu etwas, das er nicht kontrollieren konnte, mehr noch, die Tochter war tot, seine Frau lag im Sterben, und sein einziger Sohn gab ihm für all das die Schuld.

„Wie geht es Hailey? Wird sie wieder gesund?“, vernahm er Fias von Medikamenten und der Therapie geschwächte Stimme. Er hörte alles wie unter Wasser, er spürte sogar den starken Druck auf den Ohren.

Der blaue Schutzanzug, in dem er steckte, raschelte. Ian schwitzte darin und zog kurz an der Atemmaske, unter der die Luft nach verbranntem Gummi stank. In einer anrührenden Geste strich er Fia mit seiner behandschuhten Hand über den Handrücken, in dem eine Nadel steckte. Er konnte kaum an sich halten, die Zähne aufeinandergebissen, harrte er den Schmerz aus, der mehr seelischen Ursprungs war, und schluckte die Tränen herunter.

„Hailey ist tot“, sagte er nach einer gefühlten Ewigkeit und merkte, dass Fia wieder eingedöst war. Ihre Brust hob und senkte sich langsam. Er hörte sie atmen.

Mit einem enttäuschten Gefühl, wieder versagt zu haben, klammerte er sich an eine Vorstellung, dass Fia den Krebs besiegen könne und sie danach zusammen ein halbwegs normales Leben führen würden, auch ohne Hailey. Aber dann musste er erneut an das denken, was er getan hatte. Sein Traumwunsch zerplatzte wie eine Seifenblase, nein wie eine Blase aus Speichel, vermischt mit Blut auf den Lippen eines Sterbenden.

Was, wenn die Polizei oder jemand anderer im Laufe der Ermittlungen das herausbekommen sollte? Wie würde er dann dastehen?

Ein leises Klopfen an der Tür brachte ihn dazu, sich umzudrehen. Eine Krankenschwester trat herein. „Ich muss Sie bitten, das Zimmer zu verlassen. Wir werden Ihre Frau verlegen müssen. Sie dürfen Sie jedoch erst in zwei Tagen wieder besuchen."

Ians Herz verwandelte sich zu einem Eisklumpen.

„Ihr Zustand ist stabil", versuchte die Frau ihn zu beruhigen, von der er nur die Augen sehen konnte, denn auch sie steckte in einem blauen Overall, der ihr jedoch etwas zu klein war. Trotz der Fülle ihres Körpers bewegte sie sich leichtfüßig und bat ihn mit einer schnellen Geste, den kleinen Raum zu verlassen.

Ian stand auf und tätschelte Fia den Unterarm. „Auf Wiedersehen", sagte er mit belegter Stimme und verabschiedete sich auch von der Krankenschwester, die sich daran zu schaffen machte, die Kabel und Schläuche an ein anderes Gerät anzuschließen. Eine Kakophonie an unterschiedlichen Warnsignalen erfüllte den Raum. Es dauerte jedoch keine Minute, dann legte sich wieder Totenstille über das Zimmer.

„Bitte gehen Sie."

Ian gehorchte.

Draußen im Vorraum riss er den Schutzanzug in Fetzen und stopfte alles in den Mülleimer. Er war zu der Erkenntnis gelangt, dass das Schicksal ein Wichser und das Leben ein abgekartetes Spiel war. Alles war vorherbestimmt, und er hatte halt die Arschlochkarte gezogen.

Mit steinerner Miene, ohne die Menschen im Korridor zu grüßen oder sie mit einem Blick zu würdigen, schritt er nach draußen. Ein einziger Gedanke beherrschte ihn: Ich werde mich heute besaufen.

44

Wallace stand am Fenster und beobachtete den Vollmond, der sich langsam hinter einem Wolkenmassiv versteckte.

„Seit mehreren Wochen hast du nichts anderes im Kopf als deine Arbeit.“ Seine Frau stand in der Tür und hielt eine große Tasse in ihren Händen, aus der eine dampfende Wolke hochstieg. Sie blies in die Tasse und schlürfte vorsichtig an ihrem Tee.

„Wusstest du, dass ich nicht mehr der leitende Ermittler bin?“

„Und du? Wusstest du, dass deine Tochter in zwei Wochen in den Kindergarten geht und dein Sohn sich gestern mit einem vierzehnjährigen Jungen geprügelt hat?“, konterte Senga.

„Andere Frauen unterstützen ihre Männer in dem, was sie tun und fragen nach, wie der Tag gelaufen ist.“

„Wenn sie nicht völlig erschöpft aus den Latschen kippen, weil sie alles allein machen müssen, solange ihr Mann den Mörder jagt. Wann schnappt ihr ihn denn endlich?“ Jetzt klang sie mehr erschöpft als genervt.

Im Wohnzimmer brannte kein Licht. Senga stand immer noch in der Tür und wurde von dem gelben Schein der Lampe erleuchtet, die in der Küche über einem unaufgeräumten Tisch brannte. Das Geschirr vom Abendessen stand immer noch darauf, wie auch der Topf mit Resten von Spaghetti Bolognese. „Willst du vielleicht etwas essen? Dann kannst du mir etwas über den mysteriösen Mörder erzählen. Du musst mir aber versprechen, dass du mir danach beim Abwasch hilfst.“

Wallace lächelte und nahm seine Frau in den Arm. Er drückte ihr einen Kuss auf die Schläfe.

„Der Tee ist noch heiß", empörte sie sich und löste sich aus seiner Umarmung. „Danach wird es keinen Sex geben, ich bin zu kaputt für sowas."

Wallace atmete schwermütig aus und trottete in die große Küche, die gleichzeitig als Essraum diente.

Senga klatschte einen Klumpen aus verklebten Nudeln und einen Schöpflöffel dunkler Soße auf den Teller. „Al dente waren sie heute Mittag, jetzt kannst du sie nicht mehr voneinander trennen, aber den Kindern hat's geschmeckt." Senga schob den Teller in die Mikrowelle, setzte sich ihrem Mann gegenüber auf einen Stuhl, die Beine an die Brust gepresst, und wirkte dabei wie ein junges Mädchen, das er vor unzähligen Jahren kennengelernt hatte. „Warum lässt er sich nicht schnappen?", nahm sie das Thema erneut auf und sah Wallace fragend an. Im Hintergrund brummte leise die Mikrowelle.

„Er ist einer von uns. Er kennt sich in der Gegend gut aus. Der fallanalytische Theorieansatz besagt Folgendes: viele Täter agieren in den meisten Fällen an Orten, die ihnen vertraut sind, weil sie sich in dieser Umgebung am sichersten fühlen."

„War das ein- und derselbe Mann, der das Mädchen und den Pfarrer ermordet hat?"

Ein helles ‚Bing' zwang Wallace zum Aufstehen. Sein Magen knurrte wie ein wildes Tier, während er den Teller aus der Mikrowelle holte und mit einer hastigen Bewegung auf den Tisch *schleuderte*, weil der Rand verdammt heiß geworden war. Er pustete sich auf die Finger und nahm wieder Platz.

„Wir gehen nach unseren bisherigen Kenntnissen davon aus …" Er stopfte sich eine Gabel voll Nudeln in den Mund und riss die Augen auf.

„Du sollst nicht so schlingen“, lächelte Senga und schob ihm ein Glas Wasser hin, das von kindlichen fettigen Fingerabdrücken trüb geworden war.

Er würgte den heißen Klumpen hinunter und löschte das Feuer in seinem Mund mit einem großen Schluck Wasser. „Derartiges Vorgehen fällt selbst in Großstädten aus der Reihe. Die beiden Tötungsdelikte haben eine besondere Psychodynamik.“

„Und im Klartext?“ Senga streckte den Arm aus und nahm sich den angebissenen Keks, der am bunten Rand eines Plastiktellers lag, und biss ein kleines Stückchen ab, um den Rest in den Tee zu tunken.

„Der erste Mord hätte aus dem Affekt heraus passieren können. Doch nun versucht er seine Spuren zu verwischen. Der Pfarrer war vielleicht ein Zeuge. Auch haben wir in dem Tagebuch des Mädchens einige Textpassagen entdeckt, die darauf hinweisen, dass Ian MacJonson ein Verhältnis hatte.“

„Mit wem?“

Wallace stopfte sich einen weiteren Klumpen Nudeln in den Mund und hob nur die Schultern. Er sah seine Frau an und kaute hastig.

Senga sah auf den Keks, wie er sich mit Tee vollsog. „Abgesehen von dem armen, infantilen Mädchen, das auf diese brutale Art sterben musste, ist der Rest der Familie nicht weniger sonderbar. Sie haben immer in mir den Eindruck erweckt, als würden sie etwas vertuschen wollen, sie vor ihm und er vor ihr. Hast du auch Geheimnisse, Wallace?“ Senga öffnete weit den Mund und ließ den aufgeweichten Keks zwischen ihren Lippen verschwinden.

„Der Mörder hat dem Mädchen das Gesicht mit etwas Hartem zu Brei geschlagen. Er ist ein Psycho.“

Wallace tupfte sich den Mund mit einer Serviette ab und schnitt sich die Nudeln klein.

Senga runzelte die Stirn und hörte auf zu kauen.

„Wir haben sie kaum erkannt."

Sie verzog die Lippen so, als hätte sie statt eines Kekses eine saure Zitrone im Mund. „Erspar mir bitte jegliche Details." Sie hob mahnend den Finger in die Luft. „Sonst gehe ich wieder ins Wohnzimmer und sehe mir irgendeine Talkshow an."

„Dies deutet auf eine eruptive Gewalt hin, was wiederum bedeutet, dass der Mörder sein erstes Opfer sehr gut kannte. Dies ist ein deutlicher Hinweis auf eine Beziehungstat."

„Und dieser Junge? Kenny. Er ist immer noch auf der Flucht?"

„Wir wissen nicht, ob er noch lebt. Von ihm fehlt jede Spur."

„Und der Pfarrer? Vielleicht hat er Selbstmord begangen. Kann Kenny der Mörder sein? Überleg mal. Wenn er, nachdem er den Pfarrer aus dem Fenster gestoßen hat, sich selbst das Leben genommen hat, indem er von den Klippen ins Meer gesprungen ist. Da könnt ihr aber lange nach ihm suchen. Er wäre nicht der Erste, der so gestorben ist." Senga schob die Schale mit Keksen näher an sich heran und fischte einen weiteren heraus, um ihn im Tee zu ertränken. Wallace aß die nicht mehr so heißen Nudeln mit nachdenklicher Miene und grübelte einen Moment über etwas nach.

„Worüber denkst du nach?" Senga schob sich den aufgeweichten Keks in den Mund und wartete gespannt auf eine Antwort, während sie eine blonde Strähne um ihren Finger wickelte.

„In der Fachliteratur sprechen die Experten von murder-suicide“, erinnerte sich Wallace an einen Artikel aus einem Fachjournal.

Senga horchte auf. „Ich habe darüber ein Buch gelesen. Spielst du jetzt drauf an? Der Pfarrer war der Gesuchte. In dem stand nämlich, der Täter täuscht einen Suizid nur vor, um so die Aufmerksamkeit der Ermittler von sich abzulenken. Vielleicht hat der Pfarrer nicht damit gerechnet, dass er dabei wirklich stirbt?“

„Nein. Der Pfarrer war nicht der Mörder, er wurde durch das Fenster gestoßen.“

Senga umarmte ihre Beine und lauschte weiter.

Wallace genoss diesen seltenen Moment der Zweisamkeit. „Der Mörder wollte sein Opfer depersonifizieren. Weil Hailey ihm mit etwas gedroht hatte, sie wusste etwas. Als wir an der Kirche eingetroffen waren, war die Leiche des Pfarrers abgedeckt, aber niemand wusste, wer das getan hatte. Wir gingen zuerst davon aus, dass es die Leute von der Streife waren, aber sie haben dies bestritten. Die Küsterin konnte sich daran nicht erinnern, schloss dies aber nicht aus. Vielleicht war es der Mörder selbst, weil er die Tat ungeschehen machen wollte.“ Auch dafür gab es einen Begriff, den Wallace jedoch für sich behielt, weil sein Handy in der Hosentasche zu summen begann, bevor er sich einen Nachschlag holen konnte.

Ohne lange zu überlegen, griff er nach dem Telefon und fing sich von seiner Frau einen eisigen Blick ein. Senga stand auf und ging ins Wohnzimmer, während Wallace einer Stimme lauschte. Er blieb lange Zeit einsilbig, denn das, was der Mann ihm zu sagen hatte, verschlug ihm die Sprache.

„Wo gehst du hin?“, rief ihm seine Frau zornig nach, bevor er aus dem Haus verschwinden konnte. Er griff nach dem Schuhlöffel und zwängte seine müden und geschwollenen Füße in die viel zu engen Schuhe.

„Sie haben Susan gefunden.“

„Und?“ Senga verschränkte die Arme vor der Brust. Der gestreifte Bademantel, den sie immer vor dem Schlafengehen trug, reichte bis zu ihren flauschigen Pantoffeln.

„Sie ist tot.“ Wallace‘ Stimme war belegt und klang rau.

„Was?“ Sengas eisiger Blick zerfiel und füllte sich mit Trauer.

„Ein Briefträger hat die Polizei darauf aufmerksam gemacht, dass es in ihrer Ferienwohnung stark nach gammeligem Fleisch stinkt. Jedes Mal, wenn er etwas durch den Schlitz einwarf, kam ihm eine giftige Wolke entgegen.“

„Aber die Wohnung steht doch seit Längerem leer.“

„Das dachten wir auch.“

„Warum bekommt sie dann Post?“

„Das wissen wir nicht.“

Senga kaute auf der Unterlippe und hob den Arm. Mit nach innen gekehrtem Blick wickelte sie, wie so oft, eine ihrer blonden Strähnen um den Finger und sah durch Wallace hindurch. „Das willst du jetzt aber herausfinden. Das können die anderen wohl nicht? Hast du nicht erwähnt, du würdest nicht mehr die Ermittlungen leiten?“

„Weißt du, schon als ein kleines Kind glaubte ich auf der anderen Seite des Lebens zu stehen und alles durch eine trübe Scheibe zu verfolgen. Ich gehörte nie wirklich zu einer Gruppe. War immer ein Sonderling.“

„Dadurch fühlst du dich verpflichtet, Haileys Tod aufzuklären, weil auch sie eine Außenseiterin gewesen ist? Wallace, du zerstörst mit deiner Engstirnigkeit unsere Familie.“

„Ich gehe dann“, sagte Wallace, schnappte seinen Trenchcoat und verschwand in der kalten Nacht.

„Geh doch. Das machst du ständig, wenn du keine passende Antwort hast“, rief sie ihm nach.

45

Vanessa hielt sich einen mit Parfüm durchtränkten Lappen vor Mund und Nase. Die Luft war schwer, der Verwesungsgeruch kroch wie giftiger Nebel durch alle Räume. Mehrere Lichtblitze in Folge erhellten den Raum, in dem die tote Frau an einem Seil hing.

„Gibt es schon erste Erkenntnisse?"

Sie zuckte kurz zusammen und sah nach links. Neben ihr tauchte Wallace auf und sah sie mit bleicher Miene fragend an.

„Nicht wirklich."

„Später wirst du dieses Parfüm hassen, es wird dich stets an eine Leiche erinnern", wies er sie auf den Fehler hin und suchte zwischen den Polizisten nach einem bestimmten Kollegen.

„Stewart Moray", rief er den Gerichtsmediziner herbei und winkte den älteren Herrn zu sich. „Was sagt der erste Eindruck?", beeilte sich Wallace und zog sich zwei blaue Handschuhe über, die ihm von dem Gerichtsmediziner ausgehändigt wurden.

„Das Blut sammelt sich für gewöhnlich an den tiefsten Punkten eines Leichnams. Doch in diesem Fall haben wir auch etwas hellere Leichenflecke, die kaum mehr zu erkennen sind."

„Die Leiche wurde bewegt", flüsterte Wallace und wartete darauf, bis der Mediziner fortfuhr.

„Stimmt. Susan hatte vor ihrem Ableben Sex", sprach der Mann monoton. Einem gelangweilten Professor gleich schob er die Brille seine Nase hoch und wartete auf weitere Fragen.

Wallace sah über die Schulter seines Gegenübers auf den nackten Körper der Toten. Trotz des dunklen Teints konnte Wallace erkennen, wie die Haut eine violett-braune Färbung angenommen hatte. Die Füße und die Hände waren beinahe schwarz. Um den Hals herum hatte sich der Strick so tief ins weiche Fleisch hineingefressen, dass sich das Gewebe darunter aufgelöst hatte. Eine dickflüssige Masse aus Eiter, Blut und anderen Sekreten mäanderte wie ein schwarzer Fluss ihren schmalen Hals hinunter. In gezackten Linien verlief die gallertartige Masse zwischen den crschlafften Brüsten weiter über den flachen Bauch und tropfte auf den schartigen Parkettboden, der seit Jahren nicht geschliffen worden war, um teils in den unförmigen Ritzen zu verschwinden.

„Wann ist sie gestorben?“ Wallace warf dem Mediziner einen fragenden Blick zu.

Stewart Moray furchte nachdenklich die Stirn. „Schwer zu sagen, ich denke zwischen sieben und zehn Tagen, eine genauere Voraussage wird es nicht wirklich geben. Aber ich werde sie nochmal im Obduktionssaal untersuchen, um die Spanne einzuengen.“

„Bedarf es nicht einer Hinzuziehung und Meinungseinholung eines weiteren Kollegen aus der pathologischen Abteilung?“ Vanessa machte sich Notizen und handelte sich für ihre Frage einen belustigten Blick des Mannes ein.

„Um eine interdisziplinäre Vorstellung des Tatablaufes zu bekommen, werde ich noch die Resultate meiner Kollegen abwarten müssen, da stimme ich Ihnen vollkommen zu, DI Craig. Mr. Malik und sein Team können vieles dazu beitragen, um Ihnen später ein vielschichtiges Bild des Geschehens präsentieren zu können.“

„Wurde die Leiche verstümmelt?“, schob Vanessa eine weitere Frage nach und blieb konzentriert.

„Wir konnten weder eine offensive noch aggressive Mutilation feststellen, die postmortal zugefügt wurde. Die Kollegin hatte jedoch eine wilde Nacht hinter sich und wurde später erhängt. Oder sie hat sich selbst erhängt“, verbesserte sich der Mann und drehte sich zu dem Leichnam. „Wir haben keine Verstümmelungen oder Amputationen ausmachen können.“

„Sie wurde erhängt“, resultierte Wallace aus den Gegebenheiten, die sich ihm darboten.

„Woher die Sicherheit?“, wollte einer der Männer wissen, der in einem weißen Schutzanzug steckte und die Befestigung an der Decke, an der die tote Susan hing, fotografierte. Er stand auf einer kleinen Trittleiter.

„Ihre Haare stecken noch immer in der Schlinge.“

Im Raum herrschte für einen Moment Totenstille.

„Da stimme ich Ihnen vollkommen zu.“ Stewart Moray trat näher. „Wenn sie bei der Selbstmordtat sicher gehen wollte, dabei nicht unnötig leiden zu müssen, würde sie alles Mögliche daran setzen, um schnellstmöglich zu sterben. Mr. Malik, sind Sie soweit?“

„Ja, Sie können den Leichnam runternehmen.“

„Zu welchem Zweck wurde der Haken dort oben angebracht?“ Wallace inspizierte die Decke nach weiteren Hinweisen. „Doch nicht aus diesem speziellen Grund, um sich aufzuhängen. Susan war in letzter Zeit zunehmend gereizt. Vielleicht rüttelte der Tod von Hailey in ihr langgeglaubt vergessene Erlebnisse wach, und damit auch einhergehende Gefühle von Angst und Schwäche, die sie dazu gebracht haben, sich das Leben nehmen zu wollen? Aber es war kein Hilfeschrei, kein Weckruf, sie hat sich dazu entschieden, so zu sterben. Was mich aber dennoch wundert, ist diese

Konstruktion.“ Wallace hob den Blick und sah auf den Karabiner.

„Susan war sehr sportlich und galt sogar in der Kreisliga als Favoritin für die …“

„Welche Sportart?“, unterbrach Wallace PC Young, der an einem Schrank herumwerkelte.

„Boxen, glaube ich.“

„Hier ist auch der Boxsack.“ Vanessa deutete in eine Ecke hinter die Tür.

„Dafür ist hier zu wenig Platz, und das Leder an dem Sack sieht zu neu aus, zu wenig malträtiert, und ich sehe keine Handschuhe. Und warum hier? In dieser schäbigen Villa? Das passt nicht zu Susan“, widersprach Wallace.

„Vielleicht wollte sie sich einfach zurückziehen? Vielleicht war ihr der Alltag zu viel geworden und sie verkroch sich hier, um wieder zu sich zu finden.“

„Nicht Susan“, beharrte Wallace und kaute nachdenklich auf der Unterlippe.

„Sie haben wohl auf alles eine Antwort?“ Vanessa trat näher und versuchte die Decke aus derselben Perspektive zu betrachten wie ihr Partner es tat.

„Waren Sie schon mal in einer Situation, in der Sie davon überzeugt waren, dass alles, was sich vor Ihrem Auge befand, nichts als ein Trugbild war?“

„Sie glauben also, dass das hier nichts als eine gut in Szene gesetzte Manipulation ist?“ Vanessa sprach immer noch so leise, dass nur Wallace sie verstehen konnte.

„Eher eine auf die Schnelle zusammengewürfelte Darstellung.“

Wallace sah zu, wie der tote Körper von zwei Männern gestützt wurde, während ein dritter Polizist gekonnt den Strick mit einem scharfen Messer kappte.

„Ich warte lieber unten, bis sich hier alles legt." Wallace drehte sich um und verließ das Schlafzimmer, darauf achtend, die Markierungen, die auf dem Boden angebracht waren, nicht zu übertreten. Die Ferienwohnung war nur spärlich möbliert. Manche Stücke waren sogar mit einer groben Plane abgedeckt. Auf den alten Bodendielen, die tiefe Risse zeigten, lagen rote ausgetretene Läufer mit ausgefransten Rändern. An den Wänden, die auch einen frischen Anstrich nötig hatten, hingen Bilder mit dünnen Rahmen aus vergoldetem Plastik. Auf sämtlichen Werken war die Landschaft dieses Ortes von einem nicht sonderlich begnadeten Fotografen festgehalten worden. Alles Schwarz-Weiß-Motive.

„Ich komme mit, sonst ersticke ich hier", rief Vanessa ihm nach und eilte Wallace mit schnellen kleinen Schritten hinterher. „Können Sie mir vielleicht derweil erzählen, wie Hailey so war? Ich weiß nur sehr wenig über sie."

Wallace antwortete nicht sofort.

Schweigend liefen sie die wenigen Stufen nach unten in die regnerische Nacht. Unter dem kleinen Vordach blieben sie stehen und sahen sich einen Moment lang schweigend an. Wallace griff in die Innentasche seines Mantels und förderte eine zerknitterte Zigarettenschachtel zutage. „Ich rauche eigentlich nicht mehr. Aber ab und zu tut eine Zigarette doch gut. Wollen Sie auch eine?"

Vanessa zog die Handschuhe aus und nahm sich eine, die sie sich sofort zwischen die Zähne steckte. Wallace gab ihr Feuer und zündete sich auch eine an. Immer noch jeder in seinen eignen Gedanken vertieft, zogen sie an ihren Glimmstängeln und schauten auf die

Straße, die von mehreren Eisatzfahrzeugen versperrt war.

„Ihre Kindheit war dadurch geprägt, dass sie hier ständig ein Außenseiter war."

„War das dieser Kenny nicht auch?"

„Ja, aber nicht auf diese Weise. Kenny ist ein Taugenichts, aber …" Wallace machte einen langen Zug, weil er nach einem passenden Wort suchte.

„Weil sich die Eltern vor Problemen fürchteten und die Tochter jedes Mal in Schutz nahmen, auch dann, wenn sie etwas verbrochen hatte, weil sie anders war als andere Kinder? Susan hat immer draufgehauen, wenn ihr etwas nicht gepasst hat. Meine Nase war wegen ihr zweimal gebrochen." Ihre Stimme war voller Misstrauen und scharf. „Du warst auch immer anders als wir alle, Wallace. Du bist immer in der Pause abseits von allen in einer Ecke gesessen und hast dein Sandwich gegessen und die Krümel an die Tauben verfüttert, bis John sie eines Tages mit seiner Zwille abgeschossen hat. Es waren immer zwei Tauben, habe ich recht?"

Wallace nickte. Sein Leben lang wusste er nicht, was es bedeutete, glücklich und entspannt zu sein. Sorglosigkeit war ein surrealer Begriff für ihn, was er jedoch gut kannte, waren Hast und ständige Kopfschmerzen vor dem Schlafengehen, weil er sich immer vor dem nächsten Tag fürchtete.

Wallace zog ein letztes Mal und warf den Stummel auf den Boden, um die Glut mit der Schuhspitze zu zerdrücken.

„Hast du deine Puppe auch heute dabei?" Vanessa blies eine blaue Dunstwolke in die kühle Luft.

Wallace nickte stumm.

Vanessa unterdrückte ihr Lachen nur mit Mühe. „Warum?“

„Ich will herausfinden ob es möglich ist, eine Frau ohne fremde Hilfe zu erhängen. Meine *Puppe*“, er zeichnete Gänsefüßchen in die Luft, „hat Taschen für zusätzlichen Ballast, so kann ich das Gewicht ziemlich genau austarieren und an das jeweilige Opfer anpassen.“ Das atmosphärische Rauschen seines Funkgeräts ertönte.

„Wir haben hier oben etwas gefunden, das Sie sich vielleicht ansehen sollten“, erklang Youngs verzerrte Stimme und jagte Wallace ein unangenehmes Kribbeln ein.

Beide Polizisten liefen schnellen Schrittes zurück in die Villa.

46

Ian lag schon im Bett und versuchte einzuschlafen. Er warf einen Blick auf die Uhr, die Anzeige leuchtete im hellen Rot. Die Ziffern brannten sich in seine Netzhaut ein. Er blinzelte und starrte zur Decke. Es war bereits weit nach Mitternacht, und obwohl er hundemüde war, konnte er nicht einschlafen. Er wälzte sich hin und her und schlug mit zu Fäusten geballten Händen gegen die Bettdecke.

Ihm war erst heute zu Ohren gekommen, welche unverschämten Wahrheiten in der Stadt über ihn verbreitet wurden. Die Menschen gierten danach, ihn schlecht dastehen lassen zu wollen. Sie wollten sich über sein Schicksal auslassen und durch seine momentane Lage ihr Leben schöner, erfreulicher, ja erträglicher aussehen lassen. Seine Probleme waren gravierender und lenkten die Bewohner von den ihren ab. So waren nun mal die Menschen: bösartig und in ihrem Innersten schlecht.

Sein Handy brummte und vibrierte auf dem Nachttisch. „So ein Scheißdreck“, erklang seine vor Müdigkeit raue Stimme. Energisch warf er die Decke zur Seite und setzte sich aufrecht. Noch immer benommen vor so vielen unschönen Gedanken, rieb er sich die Augen, bevor er nach dem blinkenden Teil griff. Die Nummer war unterdrückt, er ging trotzdem dran aus Sorge, dass es jemand aus dem Krankenhaus sein könnte, um ihm eine unschöne Nachricht zu überbringen. Vielleicht erging es seiner Frau doch schlechter als befürchtet.

„Hallo, Schatz“, begrüßte ihn eine Flüsterstimme und brachte sein Herz zum Rasen.

„Was willst du? Haben wir denn nicht ausgemacht, damit aufzuhören? Du sollst es sein lassen!“ Ian nannte die Stimme nicht beim Namen, aus Furcht, von der Polizei belauscht zu werden.

„Schon, aber den kleinen Ausrutscher werde ich dir verzeihen.“

„Welchen Ausrutscher denn?“

„Das weißt du besser als ich, aber egal. Ich möchte dich wiedersehen.“

„Nein“, schrie Ian so laut auf, dass er selbst von der Lautstärke überrascht wurde. Das Pochen an seinen Schläfen tat mit jedem Herzschlag weh. Er lauschte in die Stille. Sein Sohn schlief, und das war gut so.

Ian hielt kurz die Luft an, um sich zu sammeln. Er hörte, wie die Stimme einfach nur atmete.

„Was willst du von mir?“ Ian empfand ein Gefühl der Beklommenheit und wollte es so schnell wie nur möglich loswerden.

„Weißt du, was ich mir überlegt habe?“

Ian hörte einfach weiter zu.

„Wenn wir uns noch ein einziges Mal treffen könnten, würde ich mich von dir trennen.“

„Wann?“

„Das ist aber ein sehr netter Zug von dir. Weißt du, hättest du Nein gesagt, wäre meine so schon miese Laune tatsächlich im Keller gewesen, so aber habe ich eine neue Hoffnung, dass sich alles zum Besseren wenden kann.“

Leichter Schwindel hatte Ian erfasst. Ihm schwante nichts Gutes bei dem Ganzen, und trotzdem willigte er ein.

„Im Inneren unseres Selbst bleibt etwas tief verborgen, bis wir es mit unserem Willen nach oben befördern“, sprach die Stimme beflügelt.

Ians Finger umschlossen das Smartphone so fest, dass seine Knöchel weiß hervortraten, er schnaubte und atmete in kurzen Zügen.

„Nur die Wahrheit kann uns die Augen öffnen, und das, was wir wirklich füreinander empfinden, an die Oberfläche befördern, du musst nur bereit sein, dich zu öffnen, Liebling."

„Hast du etwa getrunken?"

„Nur ein bisschen, damit ich den Mut aufbringen kann, diesen wichtigen Schritt für uns beide zu gehen. Schau nach draußen auf die Straße. Du musst dich einfach in dein Auto setzen und losfahren. Ich bin heute Abend bei euch vorbeigefahren, um zu sehen, ob du zu Hause bist, und das warst du auch."

Ian stand vollends auf und ging auf nackten Füßen zum Fenster. Er schob die Vorhänge zur Seite, um sich zu vergewissern, dass er nicht vorgeführt wurde. Der Wagen stand in der Einfahrt. Die Laternen waren ausgegangen. Die Gegend lag im Dunkeln, nur das schwache Weiß des Vollmondes spiegelte sich in der Windschutzscheibe seines Autos wider.

Wie ein stummer Zeuge schlich der helle Mond über die Baumwipfel und strich mit seinem matten Licht über die nackten Kronen, die sich sanft in dem schwachen Wind hin und her bewegten.

Ian schlich nach unten und trat nach draußen. Die angenehme Kühle hauchte seinem müden Körper etwas Leben ein.

„Wo soll ich hin?", wollte er wissen und blickte sich um. Es war niemand da. Kein Geräusch, keine Bewegung konnte er ausmachen.

„An die Felsklippen, zu unserem Versteck."

„Und die Bullen?"

„Sind abgezogen, auch das Zelt haben sie wieder mitgenommen. Dieser Wallace hatte sogar eine Puppe dabei.“ Die Stimme lachte geringschätzig auf, was eher wie ein Grunzen klang, weil sie von etwas verzerrt wurde.

„Genug, ich will keine Einzelheiten, ich will nur das alles schnellstmöglich hinter mir haben.“

„Heute werde ich ein Kleid für dich anziehen.“

„Nein“, entschied Ian. „Wir werden keinen Sex miteinander haben.“

„Und ob. Ich habe sogar dasselbe Parfüm gekauft wie das von deiner Frau. Niemand wird einen Verdacht schöpfen“, verhöhnte ihn die Stimme und fügte rasch hinzu: „Du musst dich beeilen, Liebling, sonst werde ich der Presse etwas über deine Neigungen erzählen. Sie sind wie gierige Tiere, die alles schlucken, was sie ins Maul gestopft bekommen.“

„Unterstehe dich.“

„Drohst du mir etwa, Liebling?“

„Nein!“

„Braver Junge, ich habe nämlich nicht vor, mit wildfremden Menschen über triviale Angelegenheiten, die nur uns beide etwas angehen, zu diskutieren und ihnen erklären zu müssen, dass du wie auch der Pfarrer auf Frauen stehen, die eigentlich in festen Händen sind.“ Die Stimme lachte boshaft. „Hast du das etwa nicht gewusst? Ja, unser Pfarrer hatte etwas mit …“

„Ich will das nicht hören. Ich bin in zehn Minuten bei dir!“

„In fünf, die Zeit läuft“, sagte die Stimme und legte auf.

Ian rannte wieder nach oben und zog sich eine Jeans und ein schwarzes T-Shirt an, das nicht mehr frisch roch, aber das war ihm egal.

47

Kenny stand am Rand der wenig befahrenen Straße und zitterte am ganzen Körper. Er trug immer noch die gleichen Klamotten, die er am Tag seiner Entführung anhatte.

„Bitte, ich werde der Polizei nichts über dich erzählen", flehte er den Schatten an, der dicht hinter ihm stand und in seinen Nacken schnaubte.

„Du hättest einfach auf deine Eltern hören müssen", tadelte ihn sein Entführer und hielt ihn mit seinen beiden Händen an den Schultern fest. Kenny war zu schwach, um sich losreißen zu können, und auch zu schwach, um von seinem Peiniger wegzurennen.

Kennys Beine knickten ein, doch der feste Griff hob ihn wieder zurück auf die Füße.

„Bitte", flüsterte Kenny. Sein Mund war staubtrocken, die Zunge blieb ihm bei jeder Silbe am Gaumen kleben. Um seinen Mund legte sich ein Zug der Verzweiflung und nackter Angst. Seine Lippen zuckten. Irgendwo in der Ferne, trotz des brausenden Meeresrauschens, hörte er das heulende Geräusch eines Motors. Ein Funke Hoffnung glomm in ihm auf und wurde von der verzerrten Stimme hinter seinem Rücken im Keim erstickt. „Ich werde dir jetzt die Augen verbinden, danach gehst du zehn Schritte nach vorne, ab da bist du wieder frei", sprach die verzerrte Stimme in sein Ohr. Sie klang mechanisch und blechern.

„Warum? Bitte, ich flehe Sie an", bat er den Fremden um Gnade. Er war sich ziemlich sicher, dass es ein Mann war. Ungeachtet dessen, dass die Stimme blechern klang, glaubte er den Mann zu kennen. Auch der vage Duft des Parfüms war ihm nicht ganz fremd.

„Habe ich nicht gesagt, du sollst die Finger von dem Mädchen lassen?“

„Mutter?“, gab er nur das eine Wort von sich und wollte sich umdrehen, doch die starken Hände hielten seinen Kopf fest. Der weiche Duft des Parfüms irritierte ihn zusätzlich.

„Wehe, du machst nicht das, was ich von dir verlange, Jungchen.“

Auch das waren die Worte seiner Mutter, schoss Kenny der Gedanke wie ein eisiger Pfeil durch den Kopf und hinterließ einen pochenden Schmerz. „Bitte, wer immer Sie auch sein mögen, ich flehe Sie an – lassen Sie mich gehen, ich werde der Polizei nichts von all dem erzählen.“

Ein scheppperndes Gelächter war zuerst alles, was Kenny zu hören bekam.

„Wo hast du das her?“, wollte der oder die Fremde wissen und streckte den Arm aus. Kenny musste mehrmals blinzeln, bis die Umgebung einigermaßen schärfere Konturen annahm. Sein von Tränen getrübter Blick verschwamm aufs Neue. „Ich sehe nichts“, flennte er mit zittriger Stimme.

„Sieh genau hin“, herrschte ihn die Stimme an. Er trug Lederhandschuhe, stellte Kenny fest und wunderte sich darüber, welche Nichtigkeiten sein Gehirn wahrnahm.

„Das hat dein Vater weggeworfen, diese K.O.-Tropfen, waren die von dir?“

„Ja“, gab Kenny ehrlich zu.

„Und das Messer hier, das gehört auch dir?“

„Ja“, wiederholte der eingeschüchterte Junge und ging erneut in die Knie.

„Bleib gefälligst stehen, sonst ramme ich dir die Klinge zwischen die Rippen.“

„Oh Gott." Kenny würgte und bekam einen heftigen Stoß gegen die Rippen. Der Schlag trieb ihm die Luft aus der Lunge. Er keuchte.

„Was hast du mit diesen Tropfen gemacht?"

„Ich habe damit … ich habe … ich habe damit …" Ein weiterer Schlag gegen das Rückgrat ließ Kennys Wirbel knacken. „Ich habe damit Hailey betäubt …"

„Um sie zu vergewaltigen?", schnaubte die Stimme und warf das Fläschchen zu Boden.

„Ich wollte das nicht, sie hat doch von all dem nichts mitbekommen. Wir trafen uns heimlich, diese blöde Kuh ließ mich nicht ran und zierte sich wie eine Jungfrau, ich durfte sie nur küssen. Dann habe ich Bier mitgebracht und hatte diese Tropfen dabei, es passierte einfach so", die Worte sprudelten nur so aus ihm heraus, „am nächsten Tag fragte sie mich ob es normal sei, dass man nach einem Bier so besoffen ist. Sie war ja nicht ganz dicht da oben", sagte Kenny mit einem hysterischen Lachen in der Stimme und bekam einen weiteren Hieb in die Rippen.

„Ich lege dir jetzt die Augenbinde um, danach zähle ich bis drei. Wenn du versuchst wegzurennen, steche ich dich auf der Stelle ab. Du gehst zehn Schritte langsam geradeaus, ohne abzubiegen."

„Okay."

„Danach lasse ich dich in Ruhe."

„Okay, danke", freute sich Kenny, schluckte den Kloß im Hals herunter und wehrte sich nicht mehr.

48

Ian saß, den Kopf weit nach vorne gestreckt, in seinem Wagen, der viel zu schnell sich auf der unbefestigten Straße bewegte und starrte angestrengt durch die verdreckte Windschutzscheibe. In dem Wassertank war das Mittel alle, die Scheibenwischer huschten ratternd über das verschmierte Glas, doch Ian störte sich nicht daran, er merkte dies nicht einmal. Sein ganzes Augenmerk galt der schmalen Straße, die nur aus zwei grauen Spuren bestand, die sich durch die flache Landschaft in weichen Schlangenlinien zogen. Zwei gelbe Lichtkegel verloren sich immer wieder in der Dunkelheit und verschwanden im Nichts. Wiederholt drohte sein Wagen von der Straße abzukommen. Ian verlor keinen Gedanken daran, bei diesem selbstmörderischen Tempo die Klippe hinunterzustürzen zu können. Seine feuchten Hände rutschten am glatten Lenkrad immer wieder ab, so wie jetzt. Er fluchte und riss den Wagen nach rechts. Splitter und Erdbrocken rieselten den steilen Hang hinunter und lösten dieses Mal eine kleinere Steinlawine aus.

Ian bremste und schloss kurz die Augen, weil sein Handy ununterbrochen klingelte. Mit einem Knoten im Hals ging er dran. Auch dieses Mal war die Nummer unterdrückt. Er kämpfte mit den Tränen seiner Machtlosigkeit und würgte ein „Was ist jetzt schon wieder?“ aus sich heraus.

„Es dauert mir zu lange!“

„Ich bin doch gleich da!“, schrie er die Stimme an.

„Wenn du mich auf den Arm nimmst, werde ich das hier an die Zeitung schicken. Das wird dein Image als Ehemann und Vater sicherlich aufpolieren.“

Ein dumpfes Pling ertönte, und das Lämpchen in der oberen Ecke begann blau zu blinken. Er hatte eine Nachricht bekommen.

„Schau es dir ruhig an, Süßer."

Mit zittrigen Fingern und schweißnassem Rücken ließ Ian das Handy fallen. Er fluchte und tastete gehetzt den Boden unter sich mit unkontrollierten Bewegungen ab. Endlich bekam er das Telefon zu fassen und öffnete die Datei. Die Verbindung stand auf laut, sodass er die Stimme hämisch auflachen hörte.

„Ich weiß, das war nicht unbedingt deine Schokoladenseite, aber ich habe noch mehr davon."

Ian schlug mit der linken Hand mehrmals gegen das Lenkrad. Das, was auf dem Bildschirm auftauchte, schnürte ihm die Kehle zu.

Das T-Shirt klebte nass an seinem Rücken und jagte ihm noch mehr kalte Schauer über den Rücken bis zum Nacken hinauf, trotzdem ließ er die Scheibe nach unten gleiten, weil er zu ersticken drohte. Er schloss die Lider und sah dennoch das Bild vor seinem geistigen Auge klar und deutlich: Er lag im Bett, in ein Höschen und mit BH gekleidet. Die Beine weit auseinandergespreizt, sodass seine dunkel behaarten Hoden zu beiden Seiten hinunter hingen. Sein Gesicht war mit buntem Make-up geschminkt. Er sah wie eine hässliche Hure mit Eiern aus, dachte er und winselte. Tränen rannen über seine unrasierten Wangen.

„Was willst du von mir, verdammt noch mal?", wimmerte er in den Hörer. „Wer hat das hier gemacht?"

„Ich hatte diese Tropfen dabei. Weißt du noch, als wir das eine Mal bei dir Zuhause allein waren, da …"

„Ich werde dich umbringen!", brüllte Wallace. Spucke flog aus seinem Mund.

„Na na na, nicht so voreilig, mein Liebster. Du hast das alles dir selbst zu verdanken.“

Ian forcierte das Gespräch nicht weiter, er gab sich Mühe, die Stimme am anderen Ende der Leitung nicht weiter zu provozieren, auch nicht zu etwas zu überreden. „Okay, ich tue alles, was du willst, wenn du mir versprichst, mich in Zukunft in Ruhe zu lassen.“

„Wenn du mir jetzt im Gegenzug versprichst, mit mir heute noch wegzuziehen, damit wir unser Leben neu beginnen können.“

Ein ominöses Stöhnen oder Zischen kam durch den elektronischen Äther und ließ Ian stutzig werden. „Bist du etwa nicht allein?“

„Doch, das bin ich“, beeilte sich die Stimme und verlor für einen Lidschlag die Souveränität. „Du hast zwei Minuten Zeit. Die Zeit läuft ab jetzt.“

Mit beinahe fahriger Bewegung legte Ian den Gang ein und ließ die Räder durchdrehen. Wie in Trance ließ er seinen Wagen durch die Nacht eilen und starrte wie benommen, ja wie elektrisiert in die Dunkelheit, die nur von den Scheinwerfern weggedrängt wurde.

49

Von der Finsternis umnachtet, stand Kenny wartend am Wegrand einfach nur da und konzentrierte sich auf das Motorengeräusch eines Wagens, der im hohen Drehzahlbereich auf ihn zuraste.

Das Heulen wurde immer lauter. Jetzt hörte er auch das Rauschen der Räder. Der Wagen kam von der Straße ab, dachte er, weil er ein lautes Krachen wie Stoßstange auf Stein vernahm, dann ein metallisches Quietschen.

„Jetzt“, herrschte ihn die Stimme an.

Doch bevor der zu Tode erschrockene Junge sich in Bewegung setzen konnte, wurde ihm die Binde grob vom Kopf gezerrt. Er wurde nach vorne geschleudert.

Er riss die Augen auf und starrte in ein grelles Licht. Seine Pupillen wurden eng. Er riss die Hände hoch, so als wolle er sich vor dem Aufprall schützen, schon krachte der Wagen in ihn und fegte Kenny von der Straße. Er flog in hohem Bogen davon und sah noch den Mond: eine runde, weiße Scheibe auf einem schwarzen Hintergrund, dann kam kurz der Schmerz, doch einen Augenblick später erlosch alles um ihn herum und verlor sich im grenzenlosen Nichts.

Mit weit aufgerissenen Augen wich mit dem letzten Atemzug das bisschen Leben aus ihm, das er noch hatte, dann prallte sein Körper hart auf einen Stein. Sein Kopf platzte auf, Hirnmasse floss wie ein dicker Brei über den grauen Felsvorsprung, doch von all dem bekam Kenny nichts mehr mit. Auch merkte er nicht, wie Ian, Haileys Vater, ihn an den Schultern packte und ihn heftig zu schütteln begann. Er schrie seinen Namen und sah sich hastig um, doch da war niemand mehr.

50

Wallace stand allein im Schlafzimmer der vor kurzem ermordeten Kollegin und begutachtete die Puppe, die er eigenhändig aufgehängt hatte. Draußen meldete sich schon der Morgen und tünchte den grauen Himmel in dunkles Rot.

Vanessa stand in der Tür und betrachtete ihren Kollegen mit müden Augen, die an den Rändern gerötet waren. „Was bezwecken Sie mit Ihrer Puppe?“, fragte Vanessa mit skeptischem Blick.

„Susan wog keine sechzig Kilo, diese Puppe hier wiegt mit den zusätzlichen Gewichten, die ich ihr in die Bauchhöhle geschoben habe, genau achtundfünfzig Kilogramm. Der Täter hat keinen Flaschenzug oder andere Hebevorrichtung benutzt, was bedeutet, dass er sportlich und groß sein muss, ungefähr so groß wie ich und etwas kräftiger.“

„Weil die Leute von der Spurensicherung keine Schleifspuren entdeckt haben“, resümierte Vanessa, drückte sich von dem Türrahmen weg und rieb sich kurz die Schulter. „Zudem haben sie auch keine Kampfspuren gefunden, bis auf die Abschürfungen an Hand und Fußgelenken. Wenn wir das Equipment aus dem Schrank dazu addieren, können wir davon ausgehen, worauf die Frau so stand. Folglich: Susans Sexualleben war etwas vielfältiger und spannender, als ich es bisher angenommen habe. Sie wirkte auf mich eher introvertiert und konservativ was das alles anging.“ Vanessa ging zum Schrank und betrachtete die Utensilien. „Dildos, Masken, Lustkugeln, eine Peitsche, und was weiß ich, was das alles hier ist“, zählte sie auf und hob mit zwei Fingern ein durchsichtiges Kostüm hoch, an dem mehrere Ketten mit kleinen Häkchen hingen. „Was macht man wohl hiermit?“ Sie warf Wallace einen fragenden Blick zu. Ihre akkurat in Form gehaltenen Augenbrauen wurden zu zwei gleichmäßigen Bögen. „Eine Idee?“, stichelte sie und legte den Kopf schief.

„Angeln wohl nicht“, sagte Wallace und ging zum Bett. Er schritt eine bestimmte Linie ab und tat so als trüge er Susan auf seiner Schulter. Mit ernster Miene legte er der imaginären Frau die Schlinge um den Hals und zog diese mit einer einzigen Bewegung zu.

Vanessa ließ das Kleidungsstück wieder in dem Karton verschwinden und begab sich zum Kopfende des großen Bettes. „Der Sexport war bestimmt teuer. Geschmiedete Eisenstangen, alles fest verschraubt …“

„Wie bitte?“, stutzte Wallace und hielt mitten in seiner Bewegung inne, um Vanessa mit unverständlichem Blick anzuschauen.

„Ich sagte, das Bett …“

„Nein, Sexport, was ist das?“

„Das ist eine Abwandlung, ein Slang, ein Jargon …“

„Was bedeutet dieses Wort? Eine Abwandlung von was?“

„Von Airport, dort landen die Flieger, und auf solchen Betten landen die wollüstigen Stecher. Männer, die nicht in zwanzig Sekunden fertig sind und nur die Missionarsstellung kennen. Schau her. Hier und da“, sie wies mit dem Finger auf das Gestell zu beiden Seiten, „hier zum Beispiel ist das blanke Metall wie poliert, nein, es ist poliert, weil Susan sich gern fesseln ließ. Auch am Fußende sind diese Stellen blank, du kannst dich darin betrachten, so glatt ist das Metall. Dort und hier, aber …“ Sie hob ihren behandschuhten Finger in die Luft. Das blaue Gummi auf ihrem

Handrücken warf Falten auf. Trotz der kleinen Größe waren ihr die Handschuhe zu groß.

„Aber was?“, hakte Wallace nach, weil Susan an dem Handschuh zog und scheinbar den Faden verloren hatte.

„Wo sind diese Fesseln, und was hat dieser Fleck an der Wand zu bedeuten?“

„Die Tür wurde nicht aufgebrochen“, spann Wallace den Gedankenfaden weiter und betrachtete die Matratze. Das Spannlaken hatten die Forensiker mitgenommen, um den Stoff auf mögliche Partikel zu untersuchen. „Finden Sie nicht, dass die Matratze zu unbenutzt aussieht?“

Vanessa wiegte abschätzig den Kopf. „Helfen Sie mir, sie umzudrehen.“

Zusammen wuchteten die beiden die Matratze auf die andere Seite. „Auch hier ist alles makellos, keine Dellen, keine Stoffkügelchen vom vielen Liegen, geschweige denn von wilden Orgien.“ Wallace griff in die Tasche seines Mantels und hielt kurz darauf ein Messer in der Hand. Mit einer einzigen Bewegung zerschnitt er die Matratze, worauf Vanessa ihm einen unverständlichen Blick zuwarf. „Was haben Sie jetzt schon wieder vor?“

„Dieses Ding da ist ein billiges Fabrikat. Sehen Sie? Sie besteht aus einem einzigen Stück Schaumstoff, keine Fünf- oder gar Sieben-Zonen-Matratze.“

Vanessas Gesicht hellte sich nach dieser Erklärung nicht auf. „Und? Vielleicht war der Verschleiß einfach zu hoch und würde die Unkosten in die Höhe treiben.“

„Das ist nicht lustig. Wenn Susan bereit war, so viel Geld für all das auszugeben, und diese Villa nur aus einem Grund nicht bereit war zu verkaufen, so würde sie doch an einer Matratze nicht sparen wollen.“

„Wie ich bereits erklärt habe, Vielleicht war der Verbrauch einfach zu hoch“, entgegnete sie sarkastisch und schüttelte leicht den Kopf. „Sie hat sich darauf bumsen lassen, zum Schlafen fuhr sie bestimmt zurück nach Hause. In der Dusche liegen nur Handtücher, ich habe nachgeschaut, Hygieneartikel?“ Sie hob fragend die Augenbrauen. „Fehlanzeige“, fügte sie nach einer kurzen Pause hinzu.

„Auf dem Weg hierher haben wir einen Matratzendiscounter und ein kleines Möbelhaus an der südlichen Ausfahrt gesehen. Ich werde da nachfragen“, gab Wallace seine Idee nicht auf.

„Wie gut haben Sie Susan eigentlich gekannt?“, wechselte Vanessa das Thema.

„Warum?“

„Ich habe mal bei einem Suizidinterventionstraining mitgemacht.“

„Hatten Sie Selbstmordgedanken, war das der Grund, hierherzukommen?“

Vanessa lachte müde auf. „Nein, ich wollte begreifen, was die Menschen dazu bewegt, sich das Leben nehmen zu wollen. Der Beweggrund meines Engagements war simpel. Ich wollte sie davor bewahren, diesen unwiderruflichen Fehler zu begehen. Dabei wäre ich fast selbst zugrunde gegangen. Der Antrieb meines Umzugs ist jedoch eher selbstsüchtiger Natur. Wenn ich mein Leben Revue passieren lasse, wird mir klar, dass ich die ganze Zeit vor mir selbst weggelaufen bin“, sagte sie und senkte den Kopf. Ein trauriges Lächeln huschte über ihre Lippen. „Man begreift erst dann, wie wichtig einem das Leben ist, wenn man realisiert, dass wir nur dieses eine Leben haben, aber für viele kommt diese Erkenntnis zu spät. Das ist der eigentliche Grund vieler Suizidanten, die sich für den Freitod entscheiden. Sie glauben, alles was sie am Leben hielt, wäre an ihnen vorbeigerauscht. Auch dieser Begriff ‚Freitod' ist falsch, sie treffen diese Entscheidung aus Verzweiflung und nicht darum, weil sie es wollen."

„Haben Sie auch schon mal darüber nachgedacht, sich das Leben zu nehmen?"

„Und Sie?", konterte Vanessa und hob den Kopf.

„Als Kind jeden Tag. Nur wusste ich nicht, wie man das macht. Später ging ich zur Polizei, um alle, die mich früher gehänselt haben, ins Gefängnis bringen zu können. Sie auch, auch sie wollte ich hinter Gittern sehen." Wallace lächelte nicht dabei.

„Warum mich?"

„Weil Sie gesagt haben, dass ich einen zu kleinen Penis habe, um mit Ihnen zum Ball gehen zu können. Ich habe lange daran knabbern müssen. Später habe ich mich an Ihnen gerächt."

Vanessas Blick kehrte nach innen. Sie rief die Erinnerung an die eine Nacht in sich wieder auf. „Das war der Grund für den Seitensprung?" Sie riss ungläubig den Mund auf.

Wallace nickte. „Ich wollte Ihnen beweisen, dass mit mir alles in Ordnung ist. Michael sitzt seit fünf Jahren im Knast."

„Er hat Sie mit dem Kopf ins Klo gesteckt."

Jetzt war es Wallace, der nickte. „Er hat seine Frau verprügelt. Sie war schwanger und hat das ungeborene Kind wegen seiner Prügelattacke verloren. Später hat sie sich von den Klippen gestürzt. Man fand ihre Leiche zehn Kilometer nördlich von hier."

Eine Melodie ertönte und zerstörte die angespannte Atmosphäre. Die beiden Polizisten gingen wie auf einen Befehl wieder zur Tagesordnung über. Die

Erinnerungen verschwanden. Vanessa griff nach dem Telefon, doch auf ihrem Gesicht lag immer doch der Ausdruck von Scham. Sie hatte Wallace bisher ganz anders eingeschätzt. Immer noch wie peinlich berührt, ging sie dran. „DI Craig“, meldete sie sich kurz angebunden, wie es ihre Art war.

„Wir haben hier einen Unfall“, informierte sie eine männliche Stimme über die Sachlage.

„Wir sind von der Mordkommission, um die Unfälle kümmern sich die Kollegen von …“

„Der Tote ist der Gesuchte, Kenny Stewart.“

Die Information verschlug Vanessa für einen Augenblick die Sprache. „Wer?“, fragte sie, obwohl sie den Mann sehr gut verstehen konnte, doch ihr müdes Gehirn weigerte sich, die unerwartete Neuigkeit zu verarbeiten.

„Kenny Stewart.“

„Wo seid ihr?“

„Unweit der Stelle, an der der Leichnam von Hailey MacJonson gefunden wurde.“

„Fuck“, fluchte Vanessa. „Wir sind gleich bei euch. Wer war der Unfallverursacher?“

„Ian MacJonson, er ist der Vater des toten Mädchens.“

„Ich weiß, wer Ian MacJonson ist“, schnauzte sie den Mann grundlos an. Ohne sich für ihren Ausrutscher zu entschuldigen, legte sie auf. Der Gedanke, dass Wallace sie gebumst hatte, weil er sich an ihr rächen wollte, fuchste sie immer noch, aber sie behielt dies für sich.

„Kommen Sie, Wallace? Sie haben diesen Kenny gefunden.“

Wallace war nicht weniger verblüfft als Vanessa.

„Er ist leider tot“, sagte sie und marschierte nach draußen. Die Schuhüberzieher raschelten bei jedem Schritt. Genervt zog Vanessa sie vor ihrem Wagen aus und warf sie mit einer hektischen Bewegung zu Boden. Zwei uniformierte Männer blieben bei der Tür und hielten Wache.

„Sie riegeln hier alles ab und bleiben hier, bis Sie von ihren Kollegen abgelöst werden. Hier darf keiner weder rein noch raus“, instruierte Wallace die beiden Männer und ging zu seinem Geländewagen. Er folgte den Bremslichtern von Vanessas Wagen, der sich mit hoher Geschwindigkeit zum Unfallort bewegte.

51

Der Himmel war immer noch in dunkles Rot getüncht. Die schweren grauen Wolken schwammen lautlos über der kargen Landschaft und verhüllten die aufsteigende Sonne.

Ein dunkler Schatten kroch über Duff Castle.

Ian saß auf einem Erdhügel und weinte stumme Tränen. Eine ältere Polizistin in grellgelber Jacke sprach tröstend auf ihn ein, doch er hörte sie nicht.

„Ich bin kein Mörder", stotterte er, als die Hand der Frau sich auf seine legte, die auf seinem rechten Knie ruhte. Er zuckte zurück und sah die Frau durch einen wie vom Schleier betrübten Blick entgeistert an. „Wer sind Sie?" Seine Hände waren blutverschmiert. Die braundunkle Kruste bekam Risse, als er die Hand zu einer Faust zusammenballte.

„Sie haben einen Schock erlitten, aber gleich wird es Ihnen besser gehen", flüsterte die Frau versöhnlich und versuchte ein aufmunterndes Lächeln. Ihr graues Haar steckte unter einer Polizeimütze. Ihr Funkgerät knisterte, doch ihre Aufmerksamkeit war ganz auf Ian fokussiert.

„Ich bin kein Mörder", sagte er mit mehr Nachdruck.

„Nein, sind Sie nicht. Können Sie mir die Situation vor dem Zusammenstoß erneut schildern?"

„Das habe ich bereits. Der Typ da hat mich schon dazu befragt."

„Aber Sie haben nur wirres Zeug von sich gegeben. Sie sprachen von einer Erpressung."

Ein eisig kalter Schauer kroch über seinen Rücken. Sein Verstand klärte sich nur langsam. Endlich hörte er die Geräusche und erkannte Menschen um sich herum. Auch konnte er die Laute zuordnen.

Er atmete tief durch und nahm alles um sich herum plötzlich mit geschärften Sinnen wahr. Das emsige Treiben der Polizisten bereitete ihm jetzt schon Kopfschmerzen, weil er an die Folgen seiner Tat denken musste. Alles sprach gegen ihn. Dann tauchte erneut das Foto vor seinem geistigen Auge auf. Er vergaß zu schlucken und würgte. Ian sah sich in den Frauenklamotten. Ein gelber Gallenstrahl schoss aus seinem Mund und landete dampfend auf dem von Moos bewachsenen Stein.

„Ich bin kein Mörder", würgte er und wischte sich den Schleim von den Lippen.

„Wie gesagt, wenn Ihre Tat nicht vorsätzlich war und Sie nicht aus niederen Beweggründen wie Mordlust Ihre Tat vorsätzlich geplant und diese heimtückisch durchgeführt haben, so gehen wir von einem Unfall oder einem Totschlag aus. Haben Sie etwas getrunken?"

Ian holte tief Luft und begann zu winseln. Seine Lippen zuckten, so als ob er fröre, auch seine Schultern zuckten mit jedem Aufschluchzen.

„Die Kollegen von der Mordkommission sind gleich bei Ihnen", sagte die Frau und warf einen Blick nach links.

„Mordkommission?"

„Ja, Sie können ein wichtiger Zeuge sein. Der Junge, der Ihnen vors Auto gelaufen ist, wurde von der Polizei gesucht. Sie müssen sich daher konzentrieren. Sie müssen sich nur auf das Wesentliche konzentrieren, damit würden Sie den Kollegen sehr helfen und ihnen nicht noch zusätzliche Zeit rauben. Aber Sie müssen sich auch darüber im Klaren sein, dass alles, was Sie jetzt sagen, Ihrer Verteidigung schaden kann, falls Sie uns etwas verschweigen, worauf Sie sich später vor Gericht berufen wollen. Und alles, was Sie sagen, hat Beweismittelcharakter.“

„Vor Gericht?“, echote Ian und zupfte ängstlich an seinem T-Shirt. Seine Hände waren mit Kennys Blut besudelt, aber das schien er nicht zu merken. „Aber ich bin doch unschuldig“, jammerte er wie ein begriffsstutziges Kind.

„Dann haben Sie auch nichts zu befürchten“, munterte ihn die Frau auf und erhob sich. „Er ist hier“, winkte sie ihre Kollegen herbei und machte Platz. Ian sah eine blonde Frau und einen schlaksigen Mann mit dunklen Haaren auf sich zukommen. Er kannte dieses Duo nur zu gut. Nur flößten ihm die beiden kein Gefühl des Vertrauens mehr ein. Er fürchtete sich vor den beiden. Besonders vor der Frau, weil er sie wegen ihrer herablassenden Art nicht mochte.

52

Wallace bemerkte die Frau vom Dauerdienst und hob den Arm zur Bestätigung, dass er ihre Geste richtig interpretiert hatte.

Vanessa fror und verfluchte die Kälte. In ihrem Schrank hing immer noch keine richtige Bekleidung, und sie musste mit dem auskommen, was sie aus Glasgow mitgebracht hatte. Aber sie setzte eine stoische Miene auf und zeigte ihre Schwächen nicht.

Ein leises Bersten zwang die beiden dazu, stehen zu bleiben.

„Das waren Sie“, sagte Wallace lauernd und deutete mit seiner Taschenlampe, die er erst jetzt anknipste, auf ihre Schuhe. Der grelle Lichtstrahl war auf die rechte Schuhspitze gerichtet. Der rote Lack ihrer Pumps war zerkratzt. Feuchte Erdklumpen hingen an der Sohle. Nachdem sie ihren Fuß leicht angehoben hatte, knirschte es erneut.

Wallace ging mit konzentrierter Miene in die Hocke, steckte die kleine Taschenlampe zwischen die Zähne und stülpte sich halbherzig einen Handschuh über. Seine rechte Hand umfasste sie am Knöchel. Seine Berührung war warm und sanft. Vanessa stützte sich an seinen Schultern ab, die kräftiger waren, als sie es wegen seiner schlaksigen Statur vermutet hatte.

„Bleiben Sie still“, murrte Wallace und zupfte mit einer Pinzette an ihrem Schuh herum. Er war wie immer gut ausgerüstet und bewahrte das Nötigste in einer kleinen Tasche auf, die nun neben seinen Füßen lag.

„Das sind Glassplitter mit einem Etikett“, konstatierte er trocken und zog eine kleine Plastiktüte aus derselben Tasche.

Die Frau vom Rettungsdienst kam den beiden näher. „Haben Sie sich verletzt, DI Craig?“ Die Sorge in ihrer Stimme war echt.

„Nein, alles gut.“ Vanessa schürzte bedauerlich die Lippen. „Ich habe ein Beweismittel zertreten“, sagte sie und kam sich dabei wie ein Tollpatsch vor.

„Was haben Sie bisher herausgefunden?“ Wallace zupfte noch zwei weitere Scherben aus dem Schuh und steckte alles in den Asservatenbeutel, ohne aufzublicken.

Die Frau kam noch drei Schritte näher und achtete darauf, wohin sie ihren nächsten Schritt setzte.

„Was haben Sie bisher aus dem Mann rausbekommen?“ Vanessa deutete mit ihrem schmalen Kinn zu Ian.

„Er steht unter Schock. Bekanntlich entsprechen die Erinnerungen, die nach einem hochgradig emotionalen Erlebnis in einem erneut hervorgerufen werden, nur selten vertrauenswürdig. Die Opfer interpretieren zu viel hinein. Mit ihnen gehen die Emotionen durch. Die Erinnerungsleistung dieses Mannes wird daher nicht von unserem ständigen Nachbohren begünstigt. Das Gegenteil ist eher der Fall. Wie gesagt, er steht noch unter Schock. Ich weiß nicht, ob er uns alles so gesagt hat, wie es sich ereignet hat, oder nur das schildert, was er sich in der Zeit, in der er ärztlich behandelt wurde, zurechtgelegt hat. Bis auf ein paar oberflächliche Blessuren und einer aufgeplatzten Augenbraue hat Mr. MacJonson keine weiteren Verletzungen, bis auf die seelischen, dafür sind aber nicht mehr wir zuständig.“

„Und der Junge?“ Vanessa balancierte immer noch auf einem Bein und lächelte dümmlich.

„Er ist tot. Sein Schädel ist wie eine Kokosnuss …“ Die Frau presste die Lippen aufeinander. „Er war sofort tot“, sagte sie dann.

„Der Inhalt dieses Fläschchens könnte eine ganze Siedlung in einen Dornröschenschlaf versetzen. Ich habe die Buchstaben entziffern können. Das Zeug lässt sich legal im Internet bestellen.“ Wallace verstaute alles in seiner ledernen Tasche, stand auf und drückte sein Kreuz durch.

„Wir müssen nochmal unseren Doktor dazu befragen, ob Hailey nicht doch sediert wurde.“

„Wir haben ein Handy“, rief jemand und wedelte mit seinen Armen in der Luft.

„Langsam zieht sich die Schlinge zu“, sagte Wallace gedämpft. „Lassen Sie uns doch bitte den Unfallverursacher befragen.“

„Wie gehen wir vor?“ Vanessa wackelte mit dem Fuß, weil der Schuh nicht mehr richtig saß.

„Ich führe die Befragung durch und Sie schauen sich hier solange um. Prüfen Sie das mit dem Handy. Sehen Sie den Kleinbus dort?“ Wallace zeigte zur Straße. Vanessa nickte.

„Fragen Sie dort nach William Kosanski, er ist unser Spezialist für kaputte Handys. Er hat einen kleinen Laden, den er privat betreibt. Er soll bitte so nett sein und herausfinden, ob das Ding noch funktioniert.“

Vanessa nickte stumm. Sie wollte nicht erneut darüber diskutieren, wer hier das Sagen hatte.

„Ich gehe mit Ihnen“, schlug die Frau vom Rettungsdienst vor und lächelte wieder. Vanessa lächelte zurück. Beide Frauen liefen zu dem Polizisten, der das Handy gefunden hatte. Wallace bewegte sich in die entgegengesetzte Richtung. Auf einer kleinen

Anhöhe saß Ian nicht mehr auf dem kalten Stein, sondern auf einer Kühlbox. Jemand hatte ihn mit einer zweiten grauen Decke zugedeckt.

Wallace sah an dem Blick des Mannes, dass er etwas zu verbergen hatte. Ja, ich bin schuldig, aber ich werde dir nichts verraten, sagten seine Augen.

„Hallo, Mr. MacJonson."

„Lassen wir die Floskeln, Wallace."

„Okay, Ian", fügte sich Wallace und trat ganz nah an den geknickten Mann und ging in die Hocke. Die beiden Männer sahen sich an. „Wie fühlst du dich?"

„Genauso wie ich aussehe, ziemlich beschissen, würde ich sagen."

„Was ist hier passiert, Ian? Kannst du dich daran erinnern, wie es zu dem Zusammenstoß gekommen ist? Ist Kenny einfach so vor die Kühlerhaube gesprungen? Oder hast du dich für deine Tochter rächen wollen?"

Sein Blick flackerte. „Ich habe mich entschieden, euch nichts darüber zu sagen."

„Ian, damit erschwerst du unnötig die Ermittlungen."

„Die Fragen, die du mir stellen willst, bleiben unbeantwortet und führen nirgendwo hin."

„Ian." Wallace rieb sich am Kinn. „Wir brauchen dich!"

„Einen Scheißdreck werde ich euch sagen, später werdet ihr meine Aussage gegen mich verwenden und mir die Worte im Mund verdrehen. Vor allem die Neue. Die brennt ja nur darauf, die Sache so schnell wie möglich zu beenden. Sie ist karrieregeil, das sehe ich doch." Er wischte sich mit dem Zipfel der Decke grob über die Augen. „Die Antworten, die du dir erhofft hast, wirst du jedenfalls nicht von mir bekommen. Egal wie du dich auch anstrengen magst, auch wenn du diesen Part deiner Kollegin überlässt, werde ich schweigen."

„Willst du deinen Anwalt hinzuziehen?"

„Einen Anwalt?" Er lachte abfällig. „Meine Frau ist schwer krank und wird höchstwahrscheinlich sterben, meine Tochter ist tot. Wie soll ich zwei Beerdigungen alleine bezahlen? Ich habe nichts. Mein Geschäft läuft beschissen, ich habe Schulden, und ein Anwalt braucht auch Geld, um seine Brötchen zu kaufen."

„Wir lassen es für heute sein. Wir reden später darüber", gab Wallace nach und stand auf. „Die Kollegen werden dich vorsorglich ins Krankenhaus bringen. Ich werde dich morgen aufsuchen. Man sollte eine Nacht drüber schlafen."

Ian schnaubte verächtlich.

Wallace rief zwei seiner Kollegen herbei und unterwies sie in gemäßigtem Ton, wie sie weiter zu verfahren hatten. Die beiden nickten ohne Widerrede und begaben sich zu Ian, dessen verstörter Blick auf die Erde gerichtet war. „Ich will zu meiner Frau." Seine Stimme brach. „Ich will zu meiner Frau!" Er sprang unerwartet auf, doch bei dem Versuch wegzurennen rutschte er an seinem Erbrochenen aus und fiel zu Boden.

Handschellen blitzten und klackten metallisch, sobald sie an den Handgelenken des schreienden, sich heftig wehrenden Mannes zuschnappten.

„Bringt ihn aufs Revier, und lasst ihn dort von einem Arzt untersuchen. Er ist vorläufig festgenommen." Wallace drückte mit Daumen und Zeigefinger den Nasenrücken zusammen und starrte in die Dunkelheit zum tosenden Meer. Der Schlafmangel machte ihn zum Zombie. „Hat jemand einen Kaffee für mich?", rief er und schlenderte zu seiner Kollegin.

53

Vanessa saß einem Mann gegenüber, der trotz Glatze und schmalen Koteletten, die bis zu seinem scharfkantigen Kinn reichten, auf sie einen sympathischen Eindruck machte. Seine Augen waren das, was sie so anzog. Doch der Ehering an seiner Hand machte alles zunichte. Ein verheirateter Mann war eine Tabuzone für sie.

„Da lässt sich nicht viel machen, leider. Jemand hat sich große Mühe gegeben, das Gerät zu zerstören. Es lässt sich nicht hochfahren, und auch sonst kann ich mit diesen Möglichkeiten, die ich hier habe, nicht viel anstellen. Ich muss in meine Werkstatt, dort habe ich alles, was zum Widerbeleben nötig wäre." Sein Timbre erweckte die Schmetterlinge in ihrem Bauch zum Leben. Vanessa verfluchte sich dafür, dass sie so schnell an Sex denken musste, wenn sie einem gutaussehenden Mann begegnete. Vielleicht, weil sie schon lange keinen richtigen Sex mehr hatte. Sex war sehr wichtig für sie, darum konnte sie sich nie fest binden. Eine Beziehung auf Jahre ohne richtig vom eigenen Partner befriedigt zu werden, kam ihr daher nie in den Sinn.

„Schade." Vanessa trommelte mit den Fingern auf die kleine Tischplatte und schob die unsittlichen Gedanken beiseite.

„Ich werde jedoch alles daran setzen, damit ich möglichst viel aus dem Ding da rausholen kann. Wollen Sie vielleicht einen Kaffee?"

„Nein danke", schlug Vanessa sein Angebot mit einem flüchtigen Lächeln aus und stand auf. „Hier ist meine Visitenkarte, Sie dürfen mich jederzeit anrufen."

„Wir können auch zusammen … ich meine, ich habe eine Werkstatt, da können Sie vorbeikommen und mir dabei zusehen. So haben Sie die Informationen sofort. Ich kann auch jetzt dorthin fahren und Sie mitnehmen." Er erhob sich, musste jedoch den Kopf einziehen.

„Ein Anruf oder eine E-Mail genügen mir vollkommen, und passen Sie gut auf ihre Frau auf, arbeiten Sie nicht zu viel." Ihr müdes Lächeln wurde etwas breiter.

Der Mann fühlte sich erwischt und nickte. Mit beschämender Miene drehte er an seinem Ehering. „Ich melde mich, sobald ich etwas für Sie habe." Die Klangfarbe seiner Stimme bekam einen unsicheren Unterton.

„DI Craig!"

Es war Wallace.

„Ich muss weiter, der Kollege braucht meine Unterstützung." Sie ging hinaus, ohne sich zu verabschieden.

Der junge IT-Spezialist begleitete sie mit einem träumerischen Blick.

Vanessas Füße versanken zwei Mal in der schlammigen Erde. Wallace sah sie belustigt an. „Haben Sie die Leiche schon untersucht?"

„Sollte ich mich nicht zuerst um das blöde Handy kümmern? Wer leitet hier eigentlich die Ermittlungen?"

„Ihr Können haben Sie schon bei der Befragung mit Kelly mehr als deutlich bewiesen."

Das saß. Vanessa warf ihm einen zerstörenden Blick zu, der an Wallace ohne Weiteres abprallte.

„Kommen Sie und denken Sie, Herrgott nochmal, daran, sich anderes Schuhwerk zu beschaffen, oder haben Sie noch kein Gehalt bekommen, um sich welche leisten zu können? Ansonsten kann ich Ihnen welche von meiner Frau borgen. Oder aus der Asservatenkammer welche ausleihen. Welche Schuhgröße haben Sie? Achtunddreißig?“

„Meine Schuhe kann ich mir selbst kaufen. Gehen Sie schon voraus.“

Zusammen liefen sie zu den zwei Lichtstrahlern, die von der Spurensicherung aufgestellt worden waren. Die Leiche wurde in ein mattes Licht getaucht und glich eher einer Puppe aus einem Horrorkabinett. Der Junge lag mit zu beiden Seiten ausgestreckten Armen da. Der Stein unter seinem Kopf war wie mit roter Farbe übergossen. Die Augen weit aufgerissen, starrte der tote Teenager auf eine der Lampen, ohne dabei zu blinzeln. *Wie denn auch, er ist ja tot*, überlegte Vanessa und musste sich beherrschen, um den Blick von dem Leichnam nicht abzuwenden.

„Hat jemand die Leiche identifiziert?“ Vanessa hörte sich selbst beim Reden zu und erkannte ihre Stimme kaum. Für ihre einfache Frage fing sie gleich mehrere Blicke ein, die vor Hohn nur so trieften.

„Einige von uns wissen, wie Kenny vor seinem Tod ausgesehen hat“, meldete sich ein älterer Herr in einem weißen Tyvekanzug und schüttelte leicht den Kopf. Seine linke Hand verschwand in der rechten Hosentasche des Jungen. Mit angestrengter Miene zog er etwas Metallisches heraus. Es war ein Messer.

„Ist das seines?“ Wallace kam näher.

„Daraus zu schlussfolgern, dass das Messer ihm gehörte, würde ich als eine zu voreilige Annahme einstufen.“

„Stimmt“, gab Wallace zu.

„Wir können jetzt nur Vermutungen anstellen. Daraus folgt ja nicht zwingend, dass sich hier alles so zugetragen hat, wie das Szenario fürs Erste den Anschein erweckt."

„Vielleicht war er ja auch nur ein Zeuge und musste aus dem Weg geräumt werden. Wie unser Pfarrer." Wallace wurde eine aus braunem Papier gefertigte Tüte gereicht, die er dem älteren Forensiker weitergab, damit dieser das Messer einpacken konnte. „Wurde er tatsächlich von dem Wagen erfasst, oder wurde alles geschickt in Szene gesetzt, damit wir das glauben?" Wallace wartete auf die Einschätzung des Kollegen von der Spurensicherung.

„Der Mini weist signifikante Merkmale auf, die darauf hindeuten, dass der arme Junge hier frontal erfasst wurde. Auch die Flugbahn des Leichnams trifft auf die Aussage von Mr. MacJonson zu."

„Also hat er doch mit der Polizei geredet?" Vanessa stand hinter ihrem Partner und musterte den Mann von der Spurensicherung mit unsicherem Blick.

„Er hat nur gesagt, dass ihm der Junge direkt vor den Wagen gelaufen ist. Auf die Frage, was er hier zu solch später Stunde zu suchen hatte, sagte MacJonson, dass er einfach rauswollte, weil alles in seinem Leben den Bach runter geht und er einen Spaziergang tätigen wollte, solange alle schliefen. Er ging immer gerne mit seiner Frau hier die Klippen entlang."

„Aber dafür war er viel zu schnell unterwegs." PC Young nahm die Mütze ab und fuhr sich mit der Hand über sein blondes Haar. Er trug keine Handschuhe, dafür eine Kamera. „Ich bin die Strecke zu Fuß abgelaufen. Der Wagen kam mindestens zwei Mal beinahe von der Straße ab, einmal geriet der Mini mit dem Hinterrad über den Klippenrand. Er war also ganz schön auf Zack. Wollte vielleicht nicht den

Sonnenaufgang verpassen“, gab er sich sarkastisch, doch niemand lachte.

„Kommen Sie, Craig, wir machen Schluss für heute. Ich will die ersten Ergebnisse morgen früh auf meinem Tisch haben.“ Wallace richtete seinen Mantel und klopfte dem Forensiker freundschaftlich auf die Schulter.

„Wie Sie meinen, Boss“, entgegnete der Mann nicht unfreundlich. „Die Obduktion führt für gewöhnlich Stewart Moray aus, ich werde ihm von Ihnen wärmste Grüße ausrichten.“

„Machen Sie das.“

Vanessa holte Wallace ein. Sie liefen zu ihren Autos. PC Young folgte den beiden in respektvollem Abstand.

„Haben Sie schon eine Idee?“ Vanessa hauchte sich warme Luft in die Hände.

„Einige Aspekte dieses ganzen Falles weisen auf eine sehr gut durchdachte, kaltschnäuzige Abfolge von Morden hin. Doch gleichzeitig scheint hier Vieles nicht so richtig ineinander zu passen. Es ist wie bei einem Puzzlespiel, bei dem jemand zwei Puzzle miteinander vermischt hat und keines der Teile so richtig ineinanderpassen will. Was mich am meisten stört, ist der unerwartete Tod von Susan. Was hat den Kerl dazu bewogen, sie zu töten? Der Junge wiegt höchstens sechzig Kilo. Er würde es niemals schaffen, sie hochzuheben. Auch würde Susan nicht mit einem Kind in eine Kiste steigen.“

„Naja, Susans Vorlieben passen auch nicht in den Rahmen eines Normalos, finden Sie nicht?“

„Trotzdem.“

„Ich bin zu erschöpft. Bekomme im Moment keinen einzigen, halbwegs sinnergebenden Gedanken zu fassen. Ich will nur noch ins Bett. Eigentlich bin ich auch zu müde, um den Wagen zu fahren.“ Vanessa unterdrückte ein Gähnen und zupfte an den OP-Handschuhen.

„Was liegt Ihnen am Herzen, PC Young?“ Wallace blieb vor seinem Wagen stehen.

„Ich bin mit einem Kollegen hierhergekommen. Nun ist er aber schon weggefahren.“

„Wollen Sie mich nach Hause bringen? Mit meinem Wagen?“ Ein leises Kribbeln wärmte Vanessa von innen. Der junge Mann war recht hübsch und trug keinen Ehering. „Oder haben Sie eine Freundin, die Sie abholen kann?“

„Nein, ich bin Single“, gab der blonde Polizist kleinlaut zu und bekam eine leichte Schamesröte.

„Hier“, sie warf ihm den Schlüssel zu und ließ sich in den Beifahrersitz fallen, „wir sehen uns in fünf Stunden, DI Campbell.“ Sie winkte Wallace zum Abschied und wartete darauf, bis ihr Begleiter sich dazu überwinden konnte, sich endlich ans Steuer zu setzen. „Wir müssen noch an einer Tankstelle vorbeifahren. Ich habe keine Kondome mehr.“ Die Nonchalance, mit der sie das sagte, trieb noch mehr rote Flecken in Youngs Gesicht. „Steigen Sie schon ein. Ich muss ja auch noch irgendwann schlafen.“

Wallace lächelte schief, stieg in den Wagen und ließ die beiden allein. Sein Wagen fuhr in schnellem Tempo davon, auch er konnte eine Mütze voll Schlaf gut vertragen, an Sex war jedoch nicht zu denken. Er und seine Frau schliefen nicht mehr so oft miteinander. Senga war mit der Erziehung der Tochter überfordert. Wallace verausgabte sich bei seinem neuen Job. Doch das alles waren nur Ausreden, und sie beide wussten das. Der Familiensegen hing schief, aber keiner war bereit, den ersten Schritt zu tun, um die Schieflage in die Waage zu bringen.

54

Ross starrte seine Frau an. „Was ist mit dir?“ Er rieb sich das wenige Haar, das ihm noch übrig geblieben war, mit einem Handtuch trocken und warf es aufs zerwühlte Bett. Er war nackt. Sein behaarter Körper dampfte immer noch. „Was ist los?“ Er fasste seine Frau mit Daumen und Zeigefinger am Kinn und richtete ihr Gesicht auf das seine. „Ist was passiert?“

„Ich habe in Kennys Zimmer Pillen gefunden.“ Über ihre Wangen liefen schmutzige Tränen, die Wimperntusche zerlief immer mehr.

„Und?“ Ross drehte das maskulin anmutende Gesicht seiner Frau nach links und nach rechts, so als wolle er es von beiden Seiten betrachten. Die Sommersprossen auf der hellen Haut ließen Allison jünger erscheinen. „Hätte ich dich damals nicht geschwängert, wäre ich heute ein sorgloser Mann“, murmelte er und ließ von ihr ab.

„Aber ich habe abgetrieben, weil du es so wolltest.

„Du warst fünfzehn und ich schon volljährig. Dann nur zwei Jahre später hattest du wieder einen Braten in der Röhre. Wegen dieses Bengels haben wir nur Stress. Das Kind ist nicht von mir, du hast es angeschleppt.“

„Weil du mich verlassen hast.“

„Dennoch habe ich dich wieder bei mir aufgenommen, als dich dein Stecher im Stich gelassen hat, trotz des Umstandes, dass du im sechsten Monat schwanger warst.“

„Dafür bin ich dir all die Jahre dankbar gewesen, ungeachtet der unzähligen Schläge und deiner Launen. Ich weiß, dass du schwul bist, ich war für dich immer nur eine Tarndecke.“

Ross‘ Gesicht wurde bleich. Er krümmte die Finger und presste die Zähne aufeinander.

Allison duckte sich und schloss die Augen. „Schlag doch endlich zu.“

„Woher weißt du das?“

„Denkst du, ich bin so blind, dass ich das nicht merke?“

„Darum hast du meinen besten Freund gefickt? Der ist verheiratet, willst du so zwei Familien zerstören?“

„Er ist nicht dein bester Freund. Man kann nicht etwas zerstören, was gar nicht existiert. Wir sind schon lange keine Familie mehr, waren wir auch nie wirklich. Du hast Kenny gehasst. Und Ian ist bald allein mit seinem Sohn. Seine Frau wird die Krankheit nicht besiegen können.“

„Wer hat dir das erzählt? Warst du schon wieder bei ihm?“

„Nein. Es war Pfarrer Baxter.“

„Er ist doch tot.“

„Aber als er noch am Leben war, war ich mit Fia bei ihm. Sie hat es schon damals gewusst, dass sie sterben wird.“

„Du und Kenny, ihr wart auch oft bei unserem Pfarrer. Zu oft für eine Frau, die sich nur um ihren Sohn sorgt, finde ich.“

„Du hast recht. Ich weiß, worauf du hinaus willst, er konnte nicht nur gut zuhören, er wusste auch, wie man eine Frau trösten kann, wenn sie einen Mann hat, der nichts anderes im Kopf hat, als nur das Arschloch eines Mannes, in das er ...“

„Schweig!“, knurrte Ross und rammte die rechte Faust in den weichen Bauch seiner Frau. Allison fiel keuchend aufs Bett. Ihre Finger gruben sich in die zerklüftete Decke.

„Du stehst auf Ärsche, du Schwuchtel. Ich habe es satt. Verpiss dich aus meinem Leben, du Schwanzlutscher!“, schrie sie ihn aus voller Kehle an. Ihr Gesicht glich einer Wahnsinnigen, die sich vor nichts mehr fürchtete. Wie von Dämonen besessen quollen ihre Augen aus dem Kopf. Fingerdicke Stränge traten an ihrem Hals durch die gerötete Haut hervor. „Du bist ein Pimmellutscher, du verdammtes Arschloch!“, brüllte sie weiter. Tränen liefen ihr über beide Wangen. Sie zerrte an der Decke, bis der Stoff riss.

„Du verdammte Hure.“

„Nein, ich bin nur eine Frau.“ Ihr Gesicht wurde steinern. Sie schrie nicht mehr. „Ich will einen richtigen Mann an meiner Seite wissen, mit ihm alt werden“, flüsterte Allison und begann leise zu kichern.

„Weiß noch jemand was davon?“

„Die Küsterin hat uns mehrmals dabei beobachtet, wie mir der Pfarrer die Beichte abnahm, er liebte es, mich immer von hinten durchzuvögeln, aber er entschied sich stets für das richtige Loch. Das andere blieb ja für dich reserviert.“ Ihr Lachen wurde wieder lauter, durchdringender.

„Du mieses Stück Scheiße!“, brüllte Ross und machte einen Schritt auf seine Frau zu. Er war außer sich vor Wut und Machtlosigkeit.

„Ich habe dir noch nicht alles von den Pillen erzählt, Ross“, sprach sie mit trotziger Miene, während Ross sie an den Haaren vom Bett zu Boden zerrte, um ihr einen Tritt zu verpassen. „Ich weiß noch mehr über dich. Und diese Pillen habe ich anderweitig verwendet“, keifte sie weiter und kratzte seine Rückhand blutig. Er war so überrascht, dass seine Finger sich von alleine aus ihrem zerzausten Haar lösten.

„Was hast du getan, du Schlampe?“

„Hast du nicht gesagt, dass dein Bier heute anders schmeckte als sonst?“

Ihm stockte der Atem.

„Ich bin zu der Erkenntnis gelangt, dass es für mich keine Alternativen gibt. Mit dir weiter mein Glück zu versuchen, ist keine dauerhafte Lösung. Ich denke, dass unser Sohn mit Drogen experimentiert hat. Es sind die sogenannten Designerdrogen, niemand weiß, was alles drin ist und wie sie auf einen Menschen wirken.“

Ross steckte sich zwei Finger tief in den Rachen und lief würgend ins Bad. Sobald er vor der Kloschüssel war, warf er sich auf die Knie und würgte spuckend den Mageninhalt heraus.

Allison stand auf und zog sich komplett aus. Nackt und mit gerecktem Kinn, fast schon trotziger Miene, stieg sie in die Dusche. „Du bist ein Niemand, ein Loser“, warf sie in den Raum und zog den Vorhang zu. Das Wasser prasselte laut. Dampf stieg empor und machte die Luft schwer.

Ross sah nur den Schatten seiner Frau.

„Was soll das?“, winselte er kniend. Sabber und Essensreste hingen an seinem Kinn. Er saß lediglich in eine Unterhose gekleidet auf den weißen Fliesen und sah nur die Silhouette seiner Frau, die sich ohne Hast einseifte.

„Ich werde zur Polizei gehen und behaupten, dass du den Pfarrer umgebracht hast. Ich habe nämlich nicht nur die Drogen, sondern auch einige Fotos gefunden, die dich in Schwierigkeiten bringen werden.“ Alison nahm eine Flasche Shampoo und schäumte sich die Haare gründlich ein.

Ross stand langsam auf und torkelte zum Waschbecken. Der Wasserdampf legte sich auf die

Fliesen und beschlug den Spiegel. Ross‘ Kopf wurde schwer, seine Arme, mit denen er sich am Beckenrand abstützte, knickten ein. Er ließ das Wasser laufen und hielt den Mund hin. Der Schleim ließ sich nicht sofort wegspülen. Er trank gierig mehrere Schlucke. Endlich brannte die Säure in seinem Mund nicht mehr so arg. „Ich werde alles leugnen und behaupten, dass du alles erfunden hast.“ Er hielt seinen Kopf unter den kalten Wasserstrahl. Seine Kopfhaut zog sich kribbelnd zusammen. Sein überhitztes Hirn kühlte sich allmählich ab. „Ich werde behaupten, du warst diejenige, die den Pfarrer getötet hat. Ich werde Stein und Bein schwören, dass du mir den Schädel beinahe zertrümmert hast. Ich werde behaupten, dass ich nur aus einem einzigen Grund nicht die Wahrheit gesagt und anfänglich das alles verheimlicht habe, um dich zu schützen. Weil ich dich immer noch liebe. Dein Bengel war nämlich dort oben auf dem Dach. Ich habe ihn gesehen. Das Blut auf dem Dachboden war auch von ihm, weil er schon wieder etwas angestellt hat, wovor du ihn mit allen Mitteln schützen willst.“ Er drehte das Wasser ab und zerrte grob ein Handtuch von der Halterung.

„Wer wird einem Drogenabhängigen das alles glauben wollen?“, konterte Allison. „Kenny ist ein guter Junge. Er hat sich nur mit Hailey getroffen, um mit ihr Sex zu haben. Die beiden waren ein Paar. Sie waren vielleicht naiv, aber sie schienen mit ihrer Beziehung glücklich zu sein.“ Der Wasserstrahl stoppte, der Vorhang schob sich zur Seite. Allison stieg aus der Dusche und nahm sich aus dem Regal ein frisches Handtuch. Ohne Hast rieb sie sich die gerötete Haut trocken. Ross nahm alles, was um ihn herum geschah, wie durch ein Kaleidoskop wahr. Die Farben wurden zu Mustern und vermischten sich zu neuen

Bildern. Er senkte die Lider, weil ihm schwummerig wurde. Doch statt einer spürbaren Besserung begann sich sein Magen zu verkrampfen. Ihm wurde sofort speiübel, wie nach einer mehrmaligen Achterbahnfahrt.

Er hob die Lider, um zu begreifen, dass seine Frau nicht mehr da war. Erneut verkrampfte sich der Magen. Er würgte und beugte sich über die Schüssel, in der immer noch sein Erbrochenes schwamm.

„Ich werde deine falschen Anschuldigungen von mir weisen!“, schrie er lallend. Seine Arme knickten ein, und er schlug mit dem Kopf hart gegen den Rand der Kloschüssel.

„Ich revidiere. Alles, was ich zu dir gesagt habe, werde ich zurücknehmen.“ Allison stand in der Tür. Sie war angezogen und trug sogar eine Jacke und Stiefel.
Ross sah sie kaum. Alles verschwand hinter einem trüben Schleier. Er kroch über die Fliesen, so als wäre er halbseitig gelähmt. Als er den Kopf senkte, sah er eine rote Lache auf dem Boden, die immer größer wurde.
Das Parfüm seiner Frau stach scharf in seiner Nase. Sie kam auf ihn zu.

„Ich werde das alles auf meine Art beenden“, sagte sie bedeutungsschwanger. Sie beugte sich tief nach unten. Ross mobilisierte alle ihm verbliebenen Kräfte und drückte sich in eine halb sitzende Position, weil er seiner Frau ins Gesicht sehen wollte. Ihre Lippen berührten beinahe sein linkes Ohr. „Ich werde der Polizei einfach sagen, dass du das Mädchen vergewaltigt hast.“

„Aber ich war daheim. Du hast es selbst zu Protokoll gegeben.“

„Der blaue Fleck und die geprellte Rippe von heute werden die Polizei sicherlich davon überzeugen, dass du mich dazu gezwungen hast. Ich werde meine Aussage zurückziehen und dich den Bullen ausliefern. Ich war an dem Abend sturzbetrunken, und das ist Fakt. Oder hast du mir diese Pillen ins Essen getan?“ Sie schüttelte das Fläschchen vor seiner Nase.

Er schwieg.

„Ich schlage dich mit deinen eigenen Waffen. Ich werde dafür sorgen, dich hinter schwedischen Gardinen zu bringen. Danach bin ich eine freie Frau. Wenn Fia endlich das Zeitliche gesegnet hat, werde ich zu Ian ziehen. Kenny und Alan können Freunde werden.“

„Du hast alles geplant, du Hure.“

„Nicht alles, aber das Schicksal hat mir dieses Mal in die Hände gespielt.“

„Dafür wirst du büßen.“

„Das habe ich schon. Ich habe meine ganze Jugend an einen schwulen Mann verschwendet, der mich wie Dreck behandelt hat. Nur weil er nicht Manns genug war, sich einzugestehen, dass er auf Anus und nicht auf Muschi abfährt.“ Sie schniefte selbstgefällig. Langsam zog sie den Rotz durch die Nase hoch und spuckte Ross ins Gesicht. „Das ist der Dank für das, was du für mich getan hast, Arschloch.“ Und zum ersten Mal in ihrem ganzen Leben trat sie einem Mann zwischen die Beine.

Ross heulte wie ein angeschossenes Tier auf.

Allison grinste, holte tief Luft und löschte beim Hinausgehen das Licht.

Ross schrie ihr nach, flehte sie an, bat um einen Neuanfang. Doch als die Haustür ins Schloss fiel, hörte er nichts außer einem jubelnden Schrei, gefolgt von einem befreienden Lachen seiner Frau, das immer leiser wurde.

55

„Kein Wunder, warum der Junge all die Jahre so verstört war." Stewart Moray stand neben einem Seziertisch, auf dem der Leichnam des Teenagers aufgebahrt lag. „Er war dafür prädestiniert, zum Spott seiner Mitschüler zu werden. Beim Duschen oder gemeinsamen Pinkeln …" Er ließ den Satz unausgesprochen.

Die kühle Luft, die nach Desinfektionsmitteln und verwesten Leichen roch, ließ Wallace frösteln. Er hatte auch in dieser kurzen Nacht sehr wenig geschlafen und war noch müder als vor dem Schlafengehen.

„Was meinen Sie mit dem, was Sie gerade eben gesagt haben?" Wallace stand jetzt auf der anderen Seite des metallisch glänzenden Tisches und versuchte, den zertrümmerten Körper nicht zu genau zu inspizieren.

„Der Arme war nicht sehr gut bestückt. Schauen Sie doch genauer darauf, was einen Jungen zu einem Mann macht."

„Liegt es nicht an der Kälte hier?" Wallace sah, wie eine Dunstwolke seinem Mund entwich.

Der Gerichtsmediziner lächelte sanft. Der Mundschutz hing nur an seinem Kinn. „Bekomme immer schlecht Luft, wenn ich zu lange durch diesen Filter hier atmen muss", sagte er, während er Wallace' Blick folgte. „Wenn Sie möchten, können auch Sie Ihre Maske abnehmen. Der Junge war nicht krank. Sie können sich also keine tödliche Infektion einfangen. In manchen Operationssälen sieht es schlimmer aus als bei mir", witzelte er.

„Nein danke.“ Wallace senkte nur langsam den Blick und sah dem Jungen zwischen die Lenden. „Ist das alles?“

„Armer Junge“, wiederholte Moray. „Wir Männer würden lieber auf einen Arm verzichten als auf zwei Zentimeter weichen Gewebes, das uns zu dem macht, was wir sind.“

Wallace schwieg.

„Vermutlich war das auch der Grund für seine massiven narzisstischen Ausbrüche. Er fühlte sich jedes Mal gekränkt, wenn er mit den Jungs duschen musste. Die Probleme haben sich mit der Pubertät zugespitzt. Das Selbstwertgefühl wurde angekratzt. Er isolierte sich immer mehr von den anderen und wurde zum Ausgestoßenen. Summa summarum führten die Konfliktentwicklungen, die manchmal unausweichlich waren, zu dem, dass die vormals noch halbwegs intakte psychische Struktur des Jungen Risse bekam und irgendwann in sich zusammenbrach.“

„Ist unsere Annahme, dass er das Mädchen vergewaltigt haben könnte, also falsch?“

„Nicht unbedingt, das würde sogar einiges erklären, und ich müsste dann auch zugeben, dass ich mit meiner These ein kleines Stück daneben lag.“

„Können Sie das konkretisieren? Mein Kopf funktioniert heute nicht wirklich.“

„Sie können ruhig drangehen.“

„Wie bitte?“ Wallace geriet total aus der Spur und verstand nun nichts mehr.

„Ihr Telefon. Hören Sie das Summen nicht?“ Der Gerichtsmediziner hob fragend die buschigen Augenbrauen.

„Oh, Verzeihung.“ Schnell steckte Wallace die Hand in seine Hosentasche und ging dran. „DI

Campbell“, meldete er sich und nahm das Telefon vom Ohr, weil ein lautes Kreischen ertönte, woraufhin es in seinem brummenden Schädel auch noch zu pfeifen begann.

„Müssen wir immer so förmlich sein?“

„Was gibt es, DI Craig, was sich nicht auf später …“

„Wir haben die Knochen von dem Skelett des Hundes aufgesägt, und die Segmente, die Einkerbungen, wie auch andere diverse Verletzungen mit dem Messer verglichen, welches wir bei dem Jungen gefunden haben.“

„Und?“

„Wir gehen stark davon aus, dass Kenny den Hund abgestochen hat. Ich fahre jetzt zur Kirche und nehme mir diese Küsterin vor. Sie scheint eine der Frauen zu sein, die viel mehr weiß, als wir bisher angenommen haben. Young hat, nachdem ich ihm heute Nacht das Hirn weggebumst habe, Nachforschungen angestellt.“

„Über mich?“, wunderte sich Wallace.

„Klar doch. Nein, über den alten Mann natürlich. Wie es scheint, hatte der Heiligenschein des Pfarrers einige Dellen und Kratzer.“

„Was?“ Wallace massierte sich das Nasenbein.

„Der Gottesmann war nicht so keusch und hatte Dreck am Stecken. Aber dazu später. Wir sehen uns heute im Büro. Wir sollten eine kurze Besprechung abhalten.“ Dann legte sie auf.

„Wo waren wir stehen geblieben?“ Wallace sah erneut auf den kleinen Penis des Jungen und musste unwillkürlich an einen goldenen Schein denken, der über dem Haupt des toten Pfarrers schwebte. Mit einer imaginären Handbewegung wischte er die bizarre

Vorstellung aus seinem Kopf und konzentrierte sich auf den bläulich schimmernden Körper des Jungen.

„Wir alle haben unsere Phantasien. Wir Männer beschäftigen uns obsessiv mit unserem Geschlecht. Sobald wir uns im Klaren sind, dass das Ding da nicht nur zum Pinkeln geeignet ist, fangen wir an zu experimentieren und die Längen mit unseren Freunden zu vergleichen, mit Seitenblicken oder mit einem Lineal." Stewart Moray sprach mit der sanften, rauchigen Stimme eines Psychologen. „Ich vermute, dass Kenny das Mädchen für seine Zwecke ausgenutzt hat. Ich nehme stark an, dass er sie glauben ließ, sie wäre ein ganz normales Mädchen, nur um ihr Vertrauen für sich zu gewinnen, damit er seinen frivolen Vorstellungen ungestört nachgehen konnte. Er frönte der Fleischeslust, was für Jungs seines Alters nicht abnorm ist."

Erneut klingelte das Handy.

„Gehen Sie ruhig dran, ich werde solange den Tee aufgießen", sagte der grauhaarige Mann und entfernte sich.

„DI Wallace."

„Hier ist DC Kerr."

„Was gibt's, Ben?"

„Hier ist eine gewisse Frau Stewart, sie will eine Aussage machen, aber nur, wenn einer der Ermittler da ist. Ansonsten geht sie gleich wieder."

Wallace blickte sich um. Der sterile Raum mit seinen weißen Kacheln und metallisch glänzenden Instrumenten und Türen begann sich zu drehen. „Behaupte einfach, dass du derjenige bist, der der Dritte im Gespann ist, der die Ermittlungen vorantreibt. Halte sie solange mit Standartfragen hin, bis ich da bin. Ich brauche eine halbe Stunde. Lade sie zu einem

Kaffee ein, die Rechnung geht dann auf mich. Der in der Kantine schmeckt zwar abscheulich, aber der Kuchen ist dort gut.“

„Ich versuche es. Kann aber nichts versprechen.“

„Ich werde mich beeilen“, versprach Wallace und legte auf. So ganz allein in dem Raum vor einer Leiche zu stehen, war ein ganz anderes Gefühl. Und die Kälte kroch ihm bis ins Mark. Der Junge, den er ziemlich gut kannte, lag tot vor ihm da und wirkte auf ihn überhaupt nicht echt.

Seine Haut war grau, matt, unecht, wie die einer Wachsfigur. Das linke Bein hatte eine offene Bruchstelle, ein Knochensplitter ragte heraus. Die Bauchdecke hatte tiefe Einschnitte, die nach der Öffnung mit metallenen Klammern wieder fixiert wurden.

Der Schädel musste nicht aufgesägt werden, da er wie eine Kokosnuss gesplittert war. Die Haut auf der Stirn warf Falten. Die linke Augenhöhle war leer.

„Wollen Sie auch eine Tasse Tee?“

Wallace schrak zusammen. „Nein, ich möchte nur erfahren, was Sie mir zu sagen haben, danach muss ich zurück aufs Revier.“

„Na schön. Das können wir aber in meinem Büro besprechen.“

Wallace war dankbar dafür und ließ sich nicht zweimal darum bitten.

56

Vanessa schlürfte an ihrem Kaffee und positionierte sich vor der Tafel. Der kleine Raum bot für die wichtigsten Teammitglieder nur wenig Platz. Alles hier wirkte einengend.

Das Gespräch mit der geschwätzigen Küsterin war nicht wirklich sehr aufschlussreich, aber eine Sache war doch für die weiteren Ermittlungen von enormer Wichtigkeit.

„Der Pfarrer hatte ein Verhältnis“, begann Vanessa mit ihrem Vortrag, nachdem sich alle gesetzt hatten, und schrieb diesen Satz an die durchsichtige Tafel. Der weiße Marker quietschte auf der glatten Oberfläche, während Vanessa das Foto des Pfarrers mit dem der Frau Stewart miteinander verband. In diesem Moment betrat Wallace das Büro und blieb mit dem Rücken zur Tür stehen.

„Ich kann dies nur bestätigen, Frau Stewart hat es gerade eben zugegeben“, warf er in den Raum und machte ein betretenes Gesicht, weil er von allen Anwesenden skeptisch angestarrt wurde. „Unser Pfarrer und Frau Stewart hatten ein Verhältnis“, sagte er und begann hektisch in seinem Notizbuch zu blättern. Als er endlich fündig wurde, zog er die Tür hinter sich zu. „Sie behauptet zudem, dass ihr Ehemann das Mädchen vergewaltigt haben soll und sich dann ihrer entledigt, weil Hailey zur Polizei gehen wollte, um ihn anzuzeigen.“

Ein kollektives Raunen ging durch den Raum und wurde durch Wallace‘ ernsten Blick erstickt. „Wir sollen uns jedoch nicht zu früh freuen. Frau Stewart hatte nur eines im Schilde.“ Er wartete kurz, bis sich alle beruhigt hatten. „Sie wollte durch diese plötzliche

Kehrtwende ihren Sohn schützen. Ich war in der gerichtsmedizinischen Abteilung. Unser Leichendoktor meint, dass Kenny das Mädchen sehr wohl vergewaltigt haben könnte“, sagte er mit Nachdruck und begab sich zur Tafel. Schnell heftete Wallace mehrere Lichtbilder neben die vorhandenen. „Wie Sie aus den Beweisfotos entnehmen können, war der Junge ein sehr armes Schwein. Das erklärt auch, warum Doktor Moray keine inneren Verletzungen bei dem Mädchen hat feststellen können. Es kann sich wie folgt zugetragen haben. Kenny Stewart und Hailey MacJonson hatten sich des Öfteren heimlich getroffen und miteinander rumgemacht. Das können wir auch der Befragung des Stiefvaters des Jungen entnehmen. Ross Stewart ist nicht der leibliche Vater von Kenny, das wussten hier die meisten bereits.“ Ein zustimmendes Gewirr von mehreren Stimmen erfüllte den Raum. „Ross Stewart hat zugegeben, beide hinter dem Haus mehrmals dabei erwischt zu haben, wie sie miteinander geknutscht haben. Folglich …“ Wallace ließ seinen Blick über die Gesichter der Kollegen wandern. Er hüstelte. Es herrschte wieder angespannte Stille. Mit geklärter Stimme fuhr er fort. „Kenny wollte mehr als nur Rummachen. Hailey jedoch nicht. Sobald das Mädchen den Jungen von sich wies und keine Überredungskunst mehr half, hat Kenny sie mit K.O.- Tropfen sediert. Wir haben ein Fläschchen am Tatort gefunden, welches diese Annahme fundiert. In dem Zustand des Weggetretenseins war sie ja immer noch erregt, die Schleimhäute waren entspannt und mit körpereigenem Gleitsekret überzogen. Daher konnten später bei der Toten trotz der Penetration keine sichtlichen Verletzungen ausgemacht werden. Und mit dieser

Größe konnte Kenny nicht tief genug in sie eindringen."

„Aber jetzt ist der Junge tot, und das Mädchen auch. Ist der Fall somit abgeschlossen?"

„Ich fürchte nicht." Vanessa blickte zu Wallace.

„Tut mir leid, dass ich Sie bei Ihrer Präsentation unterbrochen habe. Aber darf ich noch etwas hinzufügen?" Wallace blätterte weiter.

„Wenn Sie meinen." Vanessa verschränkte die Arme vor der Brust.

Wallace zog weitere Blätter aus einer Mappe heraus, die er unter seiner Achsel geklemmt hielt. „Wie Sie sehen können, wurden diese Fotos heimlich mit einem Handy aufgenommen. Allison Stewart hat sie auf dem Dachboden gefunden, dort, wo Kenny alles vor seinen Eltern versteckt hielt, und auch diesen Brief; hier handelt es sich nur um eine Kopie. Das Mädchen war tatsächlich in den Jungen verliebt, und dieser Brief bestätigt, dass auch der Junge das Mädchen liebte."

„Also hat er sie gar nicht umgebracht?"

„Ich denke nicht, es war jemand anderer."

„Auch der Tod des Pfarrers wirft weitere Fragen auf." Vanessa zeichnete eine zweispaltige Tabelle. Auf der linken Seite lautete die Überschrift: Motive. Sie schrieb darunter ein einziges Wort: Eifersucht.

Erneut wurden Stimmen laut.

„Wir müssen uns nun auf den Herrn Stewart konzentrieren. Seine Frau ging ihm fremd!", versuchte Vanessa die Menge zu übertönen. „Sie beging eine Sünde, ausgerechnet mit einem Mann, dem wir unsere Sorgen und Geheimnisse anvertrauen sollten - blind und ohne jegliche Skepsis." Sie umkreiste mehrmals das Foto des Geistlichen.

„Wie sollen wir uns dann den Unfall erklären, warum hat sich der Junge vor uns versteckt?“ Es war Krishna, der sich jetzt zu Wort meldete.

„Vielleicht ist der Vater des Mädchens dahintergekommen, dass Kenny seine Tochter getötet haben sollte, so wie wir das anfangs auch angenommen haben. Die Blutflecke in der Kirche stimmen mit der DNA des Jungen überein. Ian MacJonson hat so wie wir Eins und Eins zusammengezählt … Halt …“ Sie verstummte. Ihr Blick wanderte zu Wallace. „DI Campbell, kann ich Sie kurz unter vier Augen sprechen?“ Sie stürmte aus dem Büro und lief zur Frauentoilette.

Wallace musste sich beeilen, um mit ihr Schritt halten zu können. Mehrere Polizisten mussten zur Seite ausweichen, einige riefen den beiden etwas nach.

„Gehen Sie rein“, befahl Vanessa ihrem Kollegen und überprüfte währenddessen die Kabinen, die zu ihrer Zufriedenheit alle leer waren.

„Wer hat Mr. MacJonson gesteckt, dass Kenny der potenzielle Mörder sein kann?“

„Was?“

„Ich habe Ian MacJonson heute einen Besuch abgestattet, nachdem ich in der Kirche fertig war. Es waren interne Informationen.“

„Und?“

„Er hat mich ausgelacht und gesagt, ob er nicht dafür belohnt werden müsste, dass er den Mörder zur Strecke gebracht hat.“

„Keine Ahnung. Was war Ihr Metier in Glasgow?“

„Cold Cases, das hier ist etwas ganz anderes. Wir müssen herausfinden, was das Motiv für all die Morde ist. Die Handschrift dieses Mörders kann ich noch nicht lesen. Um das Rätsel zu entschlüsseln brauche ich mehr Informationen. Bei mir schleicht sich der Verdacht ein, dass wir es hier mit mehreren Tätern zu tun haben."

„Aber zurück zu deiner Frage. Liegt es nicht auf der Hand, dass Kenny für Haileys Tod verantwortlich sein kann? Die Menschen hier sind nicht blöde, und können Eins und Eins zusammenzählen. Haben Sie etwas Brauchbares aus dem Telefon ..."

„Sie meinen das kaputte Handy?"

Wallace nickte.

„Darauf war ein Programm gespeichert, welches dazu benutzt werden kann, um Stimmen zu verzerren. Es gehörte Kenny. Fingerabdrücke wie auch DNA-Spuren waren überall auf dem Ding zu finden, war auch auf seinen Namen registriert."

Wallace legte sich die Hand auf die Augen und überlegte. „Haben Sie die DNA-Proben aus der Wohnung von Susan durch die Datenbank gejagt? Haben wir da einen Treffer?"

„Wir haben eine verunreinigte Probe, eine Mischprobe sozusagen, die nicht ausreichend ist, um diese mit den anderen zu vergleichen."

„Vermischt?"

„Ja, Susan hatte ja Sex mit ihrem Mörder. Er hat etwas gegen die Wand geschleudert. Vermutlich irgendein Sexspielzeug oder ähnliches, das mit seinem Speichel, Schweiß und anderen Sekreten durchtränkt war - und mit denen von Susan."

„Wir werden Ian freilassen."

„Wie bitte? Habe ich Sie richtig gehört, DI Campbell?"

„Wir werden ihn freilassen und rund um die Uhr observieren. Die Krönung jeder Ermittlung ist ein Eingeständnis vor Gericht. Nur auf Vermutungen unseren Fall aufzubauen, ist keine Lösung. Wir brauchen Beweise, auch würde ich den Herrn Stewart nicht aus dem Auge lassen. Wurde Susan vergewaltigt?“

Der Wechsel verschlug Vanessa für einen Moment die Sprache.

„Auf dem Boden haben die Experten eine Mischspur aus Scheidensekret und Speichel gefunden. Er hat sie also dort geleckt. Sie stand auf Hardcore, das steht außer Zweifel. Jetzt, nach den Fotos zu urteilen, die Sie da mitgebracht haben, brauchen wir nicht darüber zu diskutieren, ob Kenny ihr heimlicher Lover war. Er war nicht nur zu schmächtig, um sie aufzuhängen, er wäre auch nicht das Kaliber von einem Mann, auf das Susan stand. Kommen Sie am Samstag auch zur Beerdigung?“

Wallace war kurz irritiert.

„Fia MacJonson ist heute Nacht verstorben. Der plötzliche Tod ihrer Tochter hat ihr eigenes Ableben wohl vorangetrieben. Und ja, ich finde Ihre Idee, den Mann, jetzt Witwer, freizulassen, als angemessen und gut. Ein verständlicher Grund für alle Beteiligten. Vielleicht taucht der Mörder dort auch auf, sie war beliebt, nehme ich an.“

„Wer?“

„Fia MacJonson.“ Vanessa verschwand in einer der Kabinen, zupfte mehrere Klopapiertücher ab, fuhr über die Klobrille und setzte sich darauf.

Wallace lief rot an und drehte sich zum Waschbecken um.

„Ja, war sie“, gab er von sich und wusch sich die Hände.

Vanessa kam heraus, zupfte ihre Hose zurecht und stellte sich neben ihn.

„Wärst du damals nicht so betrunken gewesen und ich so high, hättest du vor Aufregung keinen hoch bekommen, stimmt‘s? Selbst jetzt scheinst du zu zittern.“

„Ich war nicht betrunken, nur aufgeregt.“

„Scheiße“, fluchte sie und tupfte sich die Hände trocken. „Weiß deine Frau davon?“

„Das habe ich dir doch schon gesagt.“

„Stimmt, und trotzdem darfst du zur Arbeit gehen, ohne von ihr begleitet zu werden?“

„Sie hat es mir verziehen, und sie vertraut mir.“

„Ich hätt‘s nicht, aber was soll‘s. Lass uns bitte was essen gehen. Danach möchte ich zurück ins Bett. Heute werden wir nichts mehr auf die Beine bekommen. Wie findest du diesen Krishna?“, fragte sie ungeniert und machte die Tür auf.

„Wirst du eigentlich nie satt? Ist dein Verlangen nach Sex eigentlich heilbar?“

„Ob du es glaubst oder nicht …“, sie holte tief Luft wie vor einem Geständnis, „… du warst bisher der einzige, der mich dazu gebracht hat, einen richtigen Orgasmus zu haben.“ Sie blieb in der Tür stehen und wartete, bis er sie passierte.

„Du nimmst mich nur auf den Arm, wie früher in der Schule“, entgegnete er und verspürte eine heiße Woge, die ihn unter sich begrub wie eine riesige Welle.

Vanessa berührte ihn am Rücken, ließ es jedoch sofort bleiben. „Ich wünschte auch, dass es so wäre. Deine Frau muss sehr glücklich darüber sein, ständig unter dir, von heftigen spastischen Zuckungen erfasst, zusammenzubrechen und für eine winzige Ewigkeit den Verstand zu verlieren.“

„Darüber will ich nicht sprechen.“

Vanessa lachte und klopfte ihm auf die Schulter. „Ich habe Hunger. Willst du mich zum Essen einladen?“

„Wenn du nicht auf einem Candlelight-Dinner bestehst, dann schon.“

Damit entrang er ihr erneut ein kurzes Lachen.

Zusammen liefen sie zurück.

„Dic Sitzung ist für heute beendet“, rief sie in den gläsernen Raum, in dem die Mitglieder der Mordkommission heftig miteinander diskutierten. Vanessa war klar, dass das Thema nicht der Mord, sondern etwas ganz anderes war. Sie hörte Wortfetzen wie Urlaub und Überstunden heraus und konnte sich ein schiefes Grinsen nicht verkneifen. „Die Mentalität der Kleinstädter ändert sich auch in hundert Jahren nicht“, sagte sie und verschwand für einen Augenblick in ihrem Büro, um kurz darauf mit ihrer dünnen Jacke zu erscheinen.

„Sollen wir vielleicht vorher bei Winter-and-Summer-Store vorbeischauen und dir richtige Schuhe und eine warme Jacke besorgen?“

„Akzeptieren die auch Visa?“

„Klar.“

„Hast du eine dabei?“

„Dann eben ein Essen.“ Wallace richtete den Kragen und stieß die Tür nach draußen auf. „Charly macht gute Burger, oder stehst du eher auf Algen oder so?“

„Spareribs wären mir lieber.“ Vanessa steckte sich eine Zigarette an und streckte ihrem Kollegen die Schachtel hin. Er nahm sich auch eine. Gemeinsam rauchend, schritten sie mit leicht gesenkten Köpfen gegen den Wind ankämpfend zu ihren Autos.

„Wir müssen noch die Eltern des Jungen über seinen tragischen Tod informieren, den Tathergang jedoch für uns behalten. Sie dürfen nicht erfahren, wer der Fahrer war. Vorerst nicht.“ Ein kalter Windstoß riss Vanessa die Autotür aus der Hand, als sie sie öffnete.

„Schon erledigt, sie wird momentan medizinisch betreut. Die ganzen Umstände des Falls sind merkwürdig. Ich weiß nicht mehr, wo ich anfangen soll, daher habe ich wieder zwei Kollegen hingeschickt, damit sie die Wohnung der Stewarts gründlich durchsuchen. Wer weiß, was wir beim ersten Mal alles übersehen haben.“

Vanessa strich sich die blonden Strähnen aus dem Gesicht und verengte die Augen, weil der Rauch sie im linken Auge traf, das zu tränen begann. „Das nächste Mal möchte ich vorher darüber in Kenntnis gesetzt werden, DI Campbell.“ Vanessa klang nicht wirklich aufgebracht.

„Werde ich mir aufschreiben müssen.“ Wallace setzte sich hinter das Steuer und startete den Motor.

„Darf ich in deinem Wagen rauchen?“

„Nein“, entgegnete er und warf zuerst seine, dann Vanessas Zigarette durch einen schmalen Schlitz in seiner Tür.

57

Der Friedhof füllte sich. Immer mehr Menschen in dunkler Kleidung strömten herbei. Manche hatten schwarze Regenschirme dabei, die sie aufgespannt über ihren Köpfen hielten, obwohl der graue Himmel wolkenlos war.

„Schauen Sie, ist das nicht Ross Stewart?" Wallace wies dezent mit dem rechten Arm zum Tor. Dort stand ein Kleinbus, aus dem mehrere ältere Menschen ausstiegen.

„Ja, ich habe mich schon erkundigt. Er ist doch Busfahrer und hat sich bereit erklärt, die Trauergäste zu chauffieren." Vanessa rieb die Hände aneinander. „Ihn scheint der Tod seines Sohnes nicht zu berühren."

„Er war ja nicht sein richtiger Sohn, und sie standen sich nie sehr nahe, wenn man den Aussagen seiner Frau Glauben schenken sollte."

„Er scheint aber sonst keinen Dreck am Stecken zu haben. Er geht wieder seinem Job nach und ist auch so nicht sonderlich auffällig. Sehen Sie, er hilft seinen Gästen sogar beim Aussteigen. Sehr lobenswert, finden Sie nicht?"

Wallace zuckte die Achseln. Sein Telefon klingelte. Den Blick auf den Kleinbus gerichtet, nahm er das Gespräch an. „DI Wallace?"

„Scott mein Name, ich bin die Schwester von Kelly. Die Anwältin."

„Was möchten Sie?"

„Mein Bruder hat seinen Hund vermisst."

„Ja?"

„Er suchte nach ihm mehrere Tage."

„Und, hat er ihn wiedergefunden?"

„Nein, aber er ist auf etwas gestoßen, das Sie sich lieber persönlich ansehen sollten."

„Wo soll ich denn bitteschön hinkommen?" Wallace sah, wie Ross die Beifahrertür zum zweiten Mal zuwarf und fluchend dagegentrat. Der Neunsitzer war nicht mehr ganz neu, der Lack hatte an den Kotflügeln Rostflecken. *Der Tod seines Sohnes muss ihn mehr mitgenommen haben, als er zugibt, denn er ist nicht wirklich sehr gut gelaunt*, sinnierte Wallace. Der plötzliche Gefühlsausbruch des dicklichen Busfahrers passte zu seiner aufbrausenden Art.

„Sind Sie noch dran?", vergewisserte sich die Frau am anderen Ende der Leitung.

Wallace räusperte sich. „Natürlich", sagte er mit belegter Stimme und lauschte der aufgebrachten Stimme der Anwältin.

„Wir sind bei meiner Mutter. Aber Kelly wird Ihnen diese Stelle zeigen. Sie müssen allein kommen, ohne Ihre Kollegin."

„Hat Ihr Bruder ein Auto?"

„Er hatte früher Mal eines, aber nach dem Unfall wurde er anders und hat seitdem die Fahrerlaubnis entzogen bekommen. Warum fragen Sie das?"

„Nur so", sagte Wallace und notierte sich die genaue Adresse. „Sie halten hier die Stellung, ich muss etwas erledigen."

Vanessa musterte ihn skeptisch. „Ihre Cousine wird heute …"

„Sie ist nicht meine richtige Cousine, außerdem kann ich solche Veranstaltungen nicht ausstehen."

„Sie sind echt ein Ekel, DI Campbell."

„Ich weiß", erwiderte er ruhig und ließ seinen Blick durch den parkähnlichen Friedhof schweifen. Mit gesenktem Kopf lief er zu den Parkplätzen, was sich als ein schwieriges Unterfangen herausstellte, da überall Menschen ihm den Weg versperrten.

58

Vanessa steckte die Hände in die Taschen, im selben Moment verspürte sie ein leises Kribbeln. Es war ihr Handy. Sie hatte es auf stumm geschaltet.

Sie zögerte nicht und nahm ab, obwohl ihr die Nummer nicht bekannt war.

„Hier ist William Kosanski.“

„Der IT-Spezialist?“, forschte sie nach.

„Mehr oder weniger.“ Der Mann genierte sich und hüstelte verlegen in den Hörer.

„Haben Sie noch mehr Informationen für mich?“ Vanessa freute sich insgeheim, dass der Mann etwas für sie empfand, das konnte sie an der Tonlage seiner Stimme heraushören, glaubte sie zumindest.

„Ich habe eine Sprachsequenz aus den Dateien herausgezogen, die vorher gelöscht wurde, die für Sie interessant sein könnte. Auch habe ich den Provider kontaktiert. Dabei ist Folgendes herausgekommen.“

Vanessa verspürte erneut ein elektrisches Flimmern unter ihren Fingernägeln, die Fingerspitzen kribbelten, so als habe sie an einen Elektrozaun gelangt. *Haben wir endlich eine wirklich konkrete Spur gefunden?* „Ich bin ganz Ohr!“, drängte sie den Mann zur Eile.

„Ich spiele Ihnen das am besten vor.“

Vanessa wartete geduldig. Sie hörte, wie der Hörer abgelegt wurde. Dann ertönte ein leises Klacken, daraufhin folgte ein Rascheln, wie früher bei den Kassetten, wenn das Lied zu Ende war. Endlich hörte sie eine Stimme, die tief und blechern klang. „Ich werde dir jetzt die Augen verbinden, danach gehst du zehn Schritte nach vorne, ab da bist du wieder …“ Sie hörte erneut nur das Rauschen.

„Die Stimme wurde zweimal durch einen Filter gejagt.“ Es war wieder Williams, der zu ihr sprach. Er klang geknickt, so als habe er bei etwas versagt, dem die anderen viel Bedeutung beimaßen. „Die Originalstimme werde ich nicht …“

„Was haben Sie noch?“ Vanessa versuchte ihn aufzumuntern, darum versuchte sie nicht zu barsch zu klingen. „Sie sprachen von Provider?“

„Ja. Sie haben uns nur so viel verraten, dass von diesem Handy eine Nummer sehr viel öfter gewählt wurde als die anderen. Wir haben die Nummer zurückverfolgt ...“

„Uuund?“ Vanessa zog das Wort in die Länge, weil sie sich davor fürchtete, die Beherrschung zu verlieren, und der eh schon dünne Geduldsfaden drohte jeden Moment zu platzen.

„Diese Nummer gehört Ian MacJonson. Das war‘s.“

„Vielen Dank“, sagte sie und sah sich um.

Zitternd stand Vanessa am Rande der trauernden Gesellschaft und lauschte der Stimme eines aus der Nachbarschaft stammenden Predigers, der den Herrn, den Allmächtigen lobpreiste. Sie wählte mehrmals die Nummer ihres Kollegen – ohne Erfolg.

Den Blick hielt sie auf den trauernden Witwer gerichtet. Ian stand vor der Grube. Zu einer Salzsäule erstarrt, hielt er seinen Blick auf den weißen Sarg gerichtet, der mit weißen Blumen geschmückt war.

„Vater Michael kann unserem von allen geliebten Vater Baxter nicht das Wasser reichen“, vernahm Vanessa die kühle und gebrechliche Stimme einer älteren Dame. Sie löste sich aus der Starre und warf einen kurzen Blick zu der Dame, die nach Weihrauch und einem Alte-Menschen-Parfüm roch. Das graue

Haar verbarg sie unter einer Kopfbedeckung, an der sie unentwegt nestelte. Das aus feiner Spitze gestickte Tuch stand in krassem Kontrast zu dem verhärmten kalkweißen Gesicht der Küsterin.

„Ich habe Vater Baxter nicht sonderlich gut gekannt, um Vergleiche ziehen zu können“, sagte Vanessa ehrlich und schaute die grimmig dreinblickende Frau freundlich an.

„Er war immer ein gutherziger Mensch. Einmal habe ich ihm dabei zugehört, wie er seine Meinungsäußerungen seinen Glaubensbrüdern gegenüber standhaft vertreten hat und sie alle aufgeklärt, dass die Kirche sich um ihre Gemeindemitglieder besser kümmern muss. Die Zeiten hätten sich gewandelt, darum müsste das Denken der Kirchenvertreter sich auch ändern, das waren seine Worte. Wir müssen mit dem Zeitgeist schritthalten, auch das waren seine Worte. Seine Meinung zu gesellschaftlichen Belangen unterschied sich oft von seinesgleichen, genau dieser Umstand wurde ihm womöglich zum Verhängnis.“

Vanessas Telefon gab einen einzigen Ton von sich. Es war eine Nachricht von Krishna. „Die DNA-Abgleichung entspricht Ihrer Vermutung.“

Ein Chor aus männlichen Stimmen brachte die Menschenmenge zum Verstummen. Hier und da flogen schwarze Vögel in die Luft. Vanessa nutzte die Situation aus und rief den jungen Mann sofort zurück, der für die Zusammenstellung der Akten von der Spurensicherung und anderen Abteilungen zuständig war.

„Krishna hier.“ Sein Bariton klang angenehm, und das, was er sagte, war trotz der Lautstärke der singenden Männer gut zu verstehen. Dennoch lief

Vanessa die kleine Anhöhe hinauf, um nicht schreien zu müssen.

„Was haben Sie für mich?“

„Wir haben die Blutproben vom Dachboden der Kirche durch die Datenbank gejagt und hatten die Hoffnung beinahe aufgegeben. Nachdem der Junge obduziert und seine Werte in die Tabelle eingetragen wurden, habe ich es gestern erneut versucht. Und was kam dabei heraus?“

„Nun spannen Sie mich nicht auf die Folter.“

„Die Blutflecke waren von Kenny.“

„Aber Sie haben noch etwas in petto, so wie Sie klingen. Das kann ich an Ihrer fröhlichen Stimme hören.“

„Der Pfarrer und diese Miss Stewart hatten was am Laufen.“

„Wie bitte? Also stimmt es tatsächlich?“

„Der alte Sack und der tote Junge waren Vater und Sohn.“

Vanessa spürte, wie das Blut durch ihre Adern gepumpt wurde. Die Kälte wich von ihr. Ihre Handflächen wurden feucht.

„Da sind Sie sich ganz sicher?“

„Da bin ich der Falsche, um dies zu beantworten, ich gebe nur das wieder, was aus den mir vorliegenden Tabellen abzulesen ist. Aber genau so steht es in meinem Computer.“

„Was für ein beschissener Ort ist dieses Duff Castle eigentlich?“

„Bisher war alles ruhig, bis Sie hier aufgetaucht sind.“

„Das ist nicht lustig!“

„Ich weiß.“

„Was haben Sie noch?“

„Wir haben hier noch diesen Baseballschläger, den wir …“

„Und“, fuhr sie ihm ins Wort und suchte mit den Augen die kleine Frau in der Menge, die sie noch heute befragen wollte.

„Die Verletzungen am Kopf von Mister Stewart können genau von diesem Sportgerät stammen. Die Fingerabdrücke darauf waren zwar verwischt, konnten jedoch zu hundert Prozent Kenny zugewiesen werden.“

„Er hat also seinen Vater verprügelt. Hat Kenny herausbekommen, dass der alte Mann, dieser ach so heilige Priester …“

„Pfarrer“, verbesserte Krishna sie.

„Wie dem auch sei“, murmelte sie und verlor beinahe den Faden. „Kenny hat herausgefunden, dass der Pfarrer seine Mutter vergewaltigt und sie geschwängert hat?“ Das wollte Vanessa eigentlich nicht laut aussprechen, nun war es aber zu spät.

„Möglich. Dabei wurde er von seinem anderen Dad, also von Ross, gestört und aus dem Weg geräumt, indem er ihm auf die Rübe gehauen hat. Danach stieß er den Geistlichen aus dem Fenster. Dieser Kenny scheint ein ganz normaler Psychopath gewesen zu sein, der die Gesellschaft für sein Schicksal bestrafen wollte. Die Antriebsfedern für sein Tun waren höchstwahrscheinlich Frust und Rache. Oder der Umstand, dass er kein richtiger Mann gewesen ist, darum hat er sich entschlossen, dies mit Morden zu kompensieren. Damit zeigte er der Welt, wie hart er eigentlich ist, und bewies jedem, dass er doch ein ganzer Kerl war. Waren Sie nicht diejenige, die behauptet hat, die Serienkiller wären außerstande, emotionale Bindungen zu ihren Mitmenschen aufzubauen? Ich lehne mich vielleicht zu weit aus dem

Fenster, aber dieser Kenny könnte auch derjenige gewesen sein, der Susan ermordet hat. Sie war ihm einfach zu dicht auf den Fersen. Susan war für ihre pedantische Akribie von vielen geliebt und von den meisten von uns auch gehasst.“

„Sie scheinen ein Mann zu sein, der seinen Job sehr liebt.“ Vanessa sah zum Himmel empor. Wie eine graue Decke war er über dem Ort gespannt. Einige Tropfen trafen sie im Gesicht. „Mit Ihren Vermutungen machen Sie sich beinahe selbst zum Verdächtigen“, witzelte sie und hörte den Mann hüsteln.

„Fällt es wirklich auf, dass ich all meine Schuld auf die schmalen Schultern des Jungen umzuladen versuche?“ Krishna lachte kurz auf, auch Vanessa konnte ein flüchtiges Grinsen nicht unterdrücken.

„Fahren Sie mit Ihrem Bericht fort. Ich bin nur etwas angeknackst.“ Sie schluckte. Ihr Hals war kratzig. Sie hat sich erkältet, dachte Vanessa bei sich und fummelte in ihrer Jacke nach einem Pfefferminzbonbon. Der braune Zucker klapperte zwischen ihren Zähnen, die Luft wurde frischer und kühlte ihre Atemwege.

„Ich bin heute Nacht etwas länger im Büro geblieben, weil ich glaubte, auf etwas gestoßen zu sein. Ich hoffe, dass ich da eine Verbindung gefunden habe. Die Leute aus der Abteilung für Computerkriminalität haben in Susans Handy entsprechende Notizen entdeckt.“

„Wann?“

„Gestern, darum bin ich länger geblieben. Das alles wollten wir heute Abend bei der Lagebesprechung durchgehen. Ich bin gerade dabei, die wichtigsten Inhalte durchzusortieren.“

„Danke, Krishna." Vanessa sah wieder zu der trauernden Menge.

„Keine Ursache", sagte er in einem freundlichen Ton.

Vanessas Augen huschten hin und her. Für eine Schrecksekunde glaubte sie, die Frau zwischen all den Trauergästen verloren zu haben. Ein heller Lichtblitz zuckte durch den Himmel.

Der Regen wurde heftiger und zog dünne Bindfäden. Vanessa lief zurück und packte die schmächtige Frau am Ellenbogen. „Ich möchte, dass Sie nach der Zeremonie vor dem Tor auf mich warten. Ich habe da noch einige Fragen an Sie."

Die Küsterin bedachte Vanessa, der das blonde Haar nass an der Kopfhaut klebte, mit einem anmaßenden und gleichermaßen ängstlichen Blick. „Ich habe Ihnen schon alles erzählt", zischte sie.

„Auch, dass der so gute, liebevolle Pfarrer ein junges Mädchen geschwängert hat?" In dem Moment verstummte der Chor und Vanessas Frage zog einige böse Blicke auf sich. Manche der Anwesenden schüttelten vorwurfsvoll den Kopf.

„Kommen Sie einfach mit in die Kapelle", zischelte die Frau verärgert und nahm Vanessa am Arm. Ihre knochigen Finger drückten Vanessas Handgelenk fest zusammen. Die Küsterin zog sie wie ein unartiges Mädchen mit sich.

„Er war damals kein Priester, und der Sex war einvernehmlich."

„Und das ist in Ordnung, auch wenn Allison damals nicht volljährig war?", begehrte Vanessa auf und strich sich das Wasser aus der Stirn. „Nach meinen Berechnungen war sie erst siebzehn."

„Da liegen Sie falsch. Sie war achtzehn. Vater Baxter leitete damals eine Chorgruppe und hat sich von dem jungen Ding verführen lassen. Sie war schon immer eine dieser Nymphomaninnen, die Sex mit Liebe verwechseln.“ Endlich ließ sie Vanessa los und richtete das feine Kopftuch zurecht, in dem sie einige ihrer grauen Strähne hinter das Ohr schob. Ihr schien der Regen nichts ausgemacht zu haben. Zum Glück war es in der Kapelle trocken und einigermaßen warm. Die Kerzen, die vor einem Kreuz in mehreren Reihen aufgestellt wurden, funkelten.

„Er wollte sie damals heiraten, aber dieses Glück blieb ihm verwehrt, weil sie sich in einen anderen Kerl verguckt hatte.“

„Ross?“ Vanessa hauchte Wärme in ihre Hände ein.

„Ja, aber mit ihm hat sie es auch nicht so schön gehabt, wie sie sich das gewünscht hatte. Dieser Ross hatte schon immer Geld. Er kam aus einer gut situierten Familie. Anders als unser Pfarrer. Gott sei ihm gnädig. Aber dieser Ross Stewart hat für mein Befinden ein zu lockeres Handgelenk.“

„Schlägt er seine Frau etwa?“

„Er hat sie und ihren Sohn immer wieder krankenhausreif geprügelt. Aber damit hat er erst dann angefangen, als der Junge immer mehr Zeit bei dem Pfarrer verbringen wollte. Vielleicht hat er, wie ich, mehr Ähnlichkeiten entdeckt, als ihm lieb war. Der Junge war ein Ebenbild des Pfarrers. Ich habe die Fotos verglichen, da besteht kein Zweifel, wer der leibliche Vater des Jungen war.“

„Hatte Pfarrer Baxter einen Hund, den …“

„Das wissen Sie also auch schon?“ Die alte Dame zog ein Taschentuch aus dem Ärmel und tupfte sich über die wässrigen Augen. Sie schwieg eine kurze Zeit.

Vanessa sah auf das flackernde Licht der unzähligen Kerzen, weil sie die Frau beim Reden nicht hindern wollte. Der Geruch nach geschmolzenem Wachs half Vanessa dabei, sich ein wenig zu entspannen.

„Kenny war ein sehr jähzorniger Junge. Er hatte ein Problem mit sich, über das er mit niemandem zu sprechen bereit war. Einmal, beim Holzhacken, hatte er ein Huhn gefangen, und dem armen Vogel zuerst die Flügel, dann die Beine abgehackt. Die Flügel hat er mit einer Heckenschere wie trockene Zweige abgeschnitten, das waren seine Worte. Er ließ das arme Tier los und sah dem Vogel seelenruhig beim Sterben zu. Weil ihm das Ganze viel zu lange dauerte, sammelte er Steine auf und bewarf damit das sterbende Gottesgeschöpf. Schließlich, als das Huhn nicht mehr so arg zappelte, übergoss er es mit Benzin und zündete es an. Den Hund des Pfarrers hat einige Monate später ein ähnliches Schicksal ereilt. Kenny hat den blinden Schäferhund mit seinem Messer attackiert und auf ihn eingestochen, so lange, bis Vater Baxter ihn von dem winselnden Tier weggeschleift hat. Kenny hat dabei hysterisch gelacht. Seine Augen waren ganz weiß. Das Gesicht rot vom vielen Blut, und die Hände waren zu Krallen verkrampft. Er schrie und zappelte, warf sich auf den Boden und trat um sich, als wäre er von Dämonen besessen.“ Die Frau verdeutlichte ihre Worte mit einer dazugehörigen Geste. Ihre Hände hielt sie mit den Handflächen nach oben und hob sie vor Vanessas Gesicht. Die schmalen, runzligen Finger machte sie zu Klauen.

„Und Sie waren bei all dem Zeuge und haben sich nicht eingemischt?“

„Nein, um Gottes Willen.“ Sie nahm beschämt die Hände wieder weg. „Einmal hat unser Pfarrer zu viel von Jesu Blut getrunken und hatte an dem Abend ein offenes Ohr gebraucht. Ich war zufällig in der Kirche, weil ich meine Handtasche vergessen hatte. Gottes Fügung, sage ich da nur. Er war sehr betrunken und noch mehr verzweifelt. Er hat mir alles über sich erzählt. Er weinte dabei und hielt meine Hand. Diese Nähe …“ Die Frau ergriff Vanessas Hände und sah sie mit feuchten Augen flehentlich an. „Er hat einen Satz zu mir gesagt, den ich nie wieder vergessen werde.“ Sie rang nach Worten und schluckte die sich anbahnenden Tränen mit geschlossenen Lidern herunter. „Es war ein kleiner Reim, den hat Kenny für ein Mädchen verfasst. Damals habe ich dem Ganzen keine Bedeutung beigemessen. Kenny war herrisch und neigte oft zu Gewaltausbrüchen, er war auch nie fähig, seine Fehler einzugestehen. Ich konnte mir darauf keinen Reim machen, woher der Pfarrer so viel Geduld aufbrachte. Diese unerklärliche Affinität, dieses unsichtbare Band …“ Die Küsterin blinzelte und ließ endlich los. Die Berührung hinterließ eine unangenehme Wärme auf Vanessas Haut. „Erst nachdem sich der Pfarrer bei mir ausgeweint, mir seine Geheimnisse offenbart hatte, konnte ich ihn verstehen. Er hatte einen Sohn und konnte ihm dennoch nicht seine Liebe schenken, wie es Väter für gewöhnlich tun. Ich habe an diesem Abend unserem Pfarrer die Beichte abgenommen, und wir haben danach nie wieder darüber gesprochen. Er tat so, als könne er sich an nichts erinnern, und ich spielte sein Spielchen mit.“

„Sie mochten diesen Mann, habe ich recht? Darum wollten Sie all das für sich behalten. Hätte ich Sie nicht direkt darauf angesprochen, würden Sie dieses Geheimnis mit ins Grab nehmen.“

Die glasigen Augen glänzten und drohten bei dem nächsten Lidschlag überzulaufen.

„Bekomme ich deswegen Schwierigkeiten mit der Polizei?“ Sie kämpfte mit den Tränen.

„Etwas Vergleichbares wie das, was Sie mir über den Jungen berichtet haben, ist mir noch nie zu Ohren gekommen.“ Der Gedanke engte Vanessa die Kehle ein.

„Ich frage mich jeden Tag, wie ein so liebevoller Mann so ein kaltherziges Kind zeugen konnte?“

„Das, was Kenny angestellt hat, ist eine verabscheuungswürdige Tat, die ihresgleichen sucht, aber vielleicht gab es mehr als nur einen triftigen Grund, der seine Ausbrüche erklären könnte.“

„Er war vom Teufel besessen, der Bengel, hätte ihn Vater Baxter nicht in Schutz genommen, wäre er schon längst im Knast gelandet, und alle würden noch leben.“

„Falls wir weitere Fragen haben sollten, würden Sie all das nochmal wiederholen können? Das, was Sie mir hier so ausführlich erzählt haben?“

Die Frau nickte und schob erneut eine graue Strähne unter das Kopftuch.

„Vor Gericht?“ Vanessa bemühte sich ruhig zu klingen.

Die Küsterin tat einen Schritt zurück. Sie zitterte so heftig, dass ihr verneinendes Kopfschütteln kaum als solches auffiel. „Nein. Ich werde mir eher die Zunge abbeißen, bevor ich den Pfarrer erneut verrate.“

Mist, dachte Vanessa und machte einen kleinen Schritt auf die Frau zu, doch diese streckte warnend den Arm aus. „Keinen Schritt näher. Ich will mit Ihnen nicht mehr reden. Ich habe einfach keine Kraft mehr. Der Sarg wird demnächst ...“

„Danke für Ihre Kooperation, aber ich befürchte, dass Sie dennoch vor Gericht eine nochmalige Aussage tätigen müssen.“

„Einen Teufel werde ich tun“, zischte die Frau, bekreuzigte sich und zwängte sich an Vanessa vorbei.

Vanessa wählte die Nummer von Wallace, doch er ging nicht dran.

59

Wallace saß in einem alten Ohrensessel, dessen Federn unangenehm gegen seinen Hintern drückten. Der große Mann, der die Körperhaltung und die Mimik eines unterentwickelten Kindes hatte, starrte ihn an und rutschte nervös auf dem wuchtigen Sofa hin und her. Seine Schwester hinderte ihn daran aufzustehen. Ihre zierliche Hand zwischen die seinen gelegt, flüsterte sie einen Reim, den Wallace nicht kannte. Behutsam kneteten ihre Finger Nellys Daumen.

„Nach dem Unfall befindet sich mein Bruder wieder in der Latenzphase, Sie wissen worauf ich hinaus will?"

„Ist es nicht dieser Abschnitt der Entwicklung, in dem die Jungs alle Mädchen doof finden?"

„Ja, ganz genau." Die junge Frau zog ihre Hand aus den fleischigen Pranken ihres Bruders „Kelly, wann hast du dich das letzte Mal gewaschen? Deine Fingernägel müssen wieder geschnitten werden, schau doch, wie dreckig die sind. Du sollst sie nicht abbeißen, das ist ekelhaft." Sie riss ihm die Hand aus dem Mund. „Der Mann da wartet darauf, dass du endlich das sagst, was du mir vorhin erzählt hast", ermahnte sie den Mann, so wie eine Mutter ein unartiges Kind nach einer dummen Tat rügen würde.

Kelly legte das Kinn auf die Brust und rieb die Daumen an den Fingern. „Ich habe da etwas gefunden", nuschelte er.

„Und was?" Seine Schwester zupfte an ihrem Jackett, weil Kelly sich darauf gesetzt hatte.

„Willst du mich vielleicht dorthin fahren?", versuchte Wallace den Mann aus seinem Schneckenhaus herauszulocken und die Aussage der jungen Anwältin überprüfen. Er warf ihr einen flüchtigen Seitenblick zu und konzentrierte sich wieder auf Kelly, der tatsächlich den Kopf hob.

„Ich habe kein Auto."

„Du kannst meins haben. Willst du gerne damit fahren?"

„Kelly hat …"

„Sie halten sich bitte jetzt raus", ermahnte er sie mit einem kalten Lächeln.

Sie verstummte tatsächlich.

„Ich kann das aber nicht mehr." Kelly zupfte sich ein Haarbüschel vom Kopf und begann die graue Strähne um einen der Finger zu drehen. An der Stelle, dicht über dem Ohr, konnte Wallace ein münzengroßes Stück der nackten Kopfhaut sehen.

„Warum nicht?" Wallace beugte sich leicht nach vorne.

„Weil ich Angst habe."

„Wann bist du das letzte Mal mit dem Auto gefahren?"

Der fettleibige Mann schnaufte leicht, als ob er an Asthma litt. „Nach dem Unfall nicht mehr. Nur mit dem Taxi oder meiner Schwester."

„Willst du es vielleicht doch noch versuchen?", ließ Wallace nicht locker.

Kelly musterte ihn mit einem unwilligen Kopfschütteln.

„Deine Schwester hat gesagt, dass du etwas fotografiert hast. Hast du einen Fotoapparat?" Wallace änderte seine Taktik. „Oder hast du ein Handy? Damit kann man auch Bilder machen."

„Ich habe ein Handy." Kellys Gesicht hellte sich auf.

„Das ist schön."

„Ich habe damit Bilder gemacht.“ Umständlich fischte er ein billiges Smartphone aus seiner grauen Cordhose, die an den Knien ausgebeult war und einen kaputten Reißverschluss hatte, sodass Wallace die blaue Unterhose des Mannes durch den offenen Hosenstall sehen konnte.

Kelly strich mehrmals über den Bildschirm und entblößte dann zwei Reihen gelber Zähne, die an den Kanten schartig waren, wie alte Grabsteine. „Sie müssen wischen, so.“ Er demonstrierte und fuhr hektisch mit zwei Fingern über die schmierige Oberfläche. Die Fotos huschten an Wallace‘ Augen vorbei und langweilten ihn zunächst.

„Halt!“, rief er laut und nahm vorsichtig das Handy entgegen. Er lächelte wieder, weil er den Mann nicht verängstigen wollte. „Kann ich mir das ansehen, Kelly? Aus dir kann ein guter Fotograf werden.“ Er faltete die Hände zu einem Boot und hielt sie über den Tisch.

Das Gesicht von Kelly erstarrte zu einer ängstlichen Maske. „Sie war schon so kaputt“, verteidigte er sich, einem kleinen Kind gleich, das etwas Schlimmes angestellt hatte, und dabei erwischt wurde.

Wallace‘ Hände zitterten. Kelly gab ihm das Telefon hinein.

Mit einem dümmlichen Grinsen legte Wallace das Handy auf den Tisch, das zwischen ihm und den Geschwistern stand. Mit trockener Kehle und einem leichten Brennen in der Magengegend strich er mit dem Mittelfinger über das Foto, auf dem er eine tote Frau erkannte. Sie war nackt. Ihr blasser Körper lag hinter einem scharfkantigen Felsvorsprung - im Verborgenen.

Die braunen Kacheln des massiven Tisches fühlten sich kühl an. Wallace presste seine Hände flach auf die schmierige Oberfläche, um sich beim Aufstehen abstützen zu können. Sein Rücken tat höllisch weh, aber er musste jetzt aufstehen, damit er sein Handy aus der Hosentasche herausholen konnte. Seine Wirbel knackten leise, und er hielt kurz die Luft an. Ein Termin beim Orthopäden war längst überfällig.

Das Summen seines Telefons nervte ihn, darum wollte er dem Störenfried die Meinung pfeifen und ihn auf der Stelle zusammenscheißen.

Vanessa, fluchte er in sich hinein und nahm ab.

„Nein, SIE hören mir jetzt genau zu!“, fiel er seiner Partnerin ins Wort und setzte sich wieder hin. Vanessa wartete und atmete nur in den Hörer. Wallace ging bei dem Foto auf die Details-Funktion und notierte sich die Koordinaten des Fundortes, an dem Kelly das Bild geschossen hatte, und gab sie an seine Kollegin weiter. „Sie fahren umgehend an den Ort, ich möchte, dass Sie das überprüfen. Ich bin hier noch eine Weile mit meinem Freund Kelly beschäftigt. Wir beide wollen noch etwas klären und uns über Dinge unterhalten, die nur uns beide was angehen, Stimmt's, Kelly?“ Er zwinkerte dem Mann zu, dieser nickte einmal. „Kelly ist ein aufrichtiger junger Mann, der niemandem ein Haar krümmen wird.“ Wallace musste sich anstrengen, um halbwegs aufrichtig zu klingen. Ohne den Blick abzuwenden, sah er, wie Kelly den Mund zu einem schüchternen Lächeln verzog.

„Ich leite hier …“

„Ist schon gut. Sie können sich später einen Lolli aus meinem Bonbonglas nehmen“, sagte er noch und legte auf. „Kelly, darf ich mir dein Handy borgen?“, fragte er, obwohl er die Antwort kannte. Wie erwartet schüttelte Kelly mit dem Kopf und war im Begriff, nach dem Telefon zu greifen. „Bitte, Kelly, lass es da liegen, ich nehme es dir nicht weg.“

Zögernd zog der Mann die Hand zurück und wurde mit beruhigenden Worten seiner Schwester besänftigt.

Wallace setzte sich wieder hin und legte sein Telefon neben das von Kelly. Mit konzentrierter Miene blätterte er weiter, betrachtete die teils verschmierten Momentaufnahmen und lud sich die besten via Bluetooth auf sein Telefon. Die wichtigen Beweise würden später auf dem Server abgespeichert werden und kämen in einen Ordner, den Wallace eigens für diesen Fall angelegt hatte.

60

Vanessa stieg den steilen Abhang nur mit Mühe hinunter. Immer wieder musste sie sich mit beiden Händen an den halbvertrockneten Grashalmen festhalten oder griff nach der Hand von Krishna, der sich bereitwillig erklärt hatte, sie zu begleiten.

„Haben Sie vielleicht schon daran gedacht, dass ein Polizist nicht nur eine schusssichere Weste haben muss, sondern auch ein Paar Schuhe, die sich für die Bodenbeschaffenheit dieser steilen Landschaft eignen?“ Sein Atem ging schwer, weil er Vanessa Halt bot, indem er sich mit einer Hand an einem toten Baumstamm festhielt und mit der anderen Vanessa zu sich hochzog.

Vanessa stützte sich mit beiden Füßen vergebens ab, denn ihre glatten Sohlen glitten an dem kahlen Baumstamm wie auf einer Eisfläche weg. „Ich kann das nicht mehr hören.“

„Also bin ich nicht der Erste, der Sie darauf angesprochen hat?“ Schweißperlen glänzten auf seiner Stirn.

„Machen Sie Sport?“ Sie schenkte dem jungen Mann ihr entzückendstes Lächeln und holte kurz Luft.

„Warum?“ Auch Krishna atmete schwer und wischte sich die Schweißtropfen von der Stirn.

„Sie haben mich mit nur einer Hand hochgehoben.“ Vanessa schluckte und warf einen kurzen Blick nach unten. „Es ist nicht mehr weit.“ Sie verglich die Koordinaten und setzte den Weg fort. Hier ging es nicht mehr so steil nach unten, auch war der Untergrund steiniger und bot mehr Haftkraft.

Krishna folgte ihr.

„Sie wiegen ja auch fast nichts.“

„Danke für die Blumen."

„Nach was suchen wir hier eigentlich?" Krishnas Stimme wurde wieder ernst.

„Nach einer toten Frau."

„Das weiß ich."

„Warum dann die Frage?"

„Ist es nicht seltsam, dass der Mörder immer noch nicht gefasst wurde?"

Vanessa stutzte, lief jedoch weiter.

„Haben Sie das Muster, nach dem er vorgeht, erkannt?" Krishna lief nun neben ihr.

„PS Smith, für mich ist nicht das Muster, sondern die Veränderungen darin wichtig."

„Sie meinen, Sie wollen begreifen, wie und wann der Mörder seine Vorgehensweise ändert?"

„Genau. Er passt sich den Umständen an, was bedeutet, dass er entweder super intelligent ist oder nur feige."

„Passen Sie auf", gab Krishna eine erstickte Warnung von sich, die einen Tick zu spät kam.

„Oh Gott", entfuhr es Vanessa, nachdem sie über etwas gestolpert war, das sie wegen der dichten Gräser nicht sofort bemerkt hatte. Es war ein Arm. Er ging bis zum Ellenbogen und war in eine Wurzelgabelung geklemmt. Der blanke Knochen stach gräulich aus dem dunklen Fleisch heraus. Käfer und anderes Ungeziefer krabbelten darauf herum. Aus dem Handrücken hatte ein Vogel oder ein anderes Tier etwas von der Haut abgezogen, die jetzt lose wie ein Fetzen hinunterhing.

„Ich glaube, hinter Ihnen ist das Mädchen, nach dem wir suchen." Das Zittern an Krishnas Stimme ließ keine Zweifel aufkommen, dass seine Bestürzung nicht gespielt war. Er schlug sich die Hand vor den Mund

und würgte. Dann stolperte er mehrere Meter und fiel auf die Knie. Vanessa hörte ihn kotzen.

Mit bestürzter Miene über so wenig Professionalität des Mannes rappelte sie sich auf und sah in die Richtung, von der sich der junge Polizist hastig abgewandt hatte. Immer noch gefasst, holte DI Craig ihr Smartphone aus der Gesäßtasche und warf einen kurzen Blick darauf. Die Koordinaten stimmten.

„Es tut mir leid. Ich habe noch nie einen toten Menschen in echt gesehen. Allein dieser Geruch.“ Er schnappte nach Luft und unterdrückte einen erneuten Anfall. Seinen Blick hielt er auf das grüne Gras gerichtet. „Darum erledige ich den Papierkram, weil ich das da nicht kann“, gab er kleinlaut zu. „Das erwartet man von einem Polizisten nicht. Aber auch meine Arbeit ist wichtig.“

„Ja, da haben Sie recht. Gibt es hier noch eine andere Möglichkeit, um diese Stelle zu erreichen?“ Vanessa sah sich um.

„Vom Ufer vielleicht, warum?“ Krishna drehte sich nur langsam um und vermied dabei, die Tote anzusehen. Ihre Bauchdecke war aufgerissen. Das graue Gedärm lag lose neben dem toten Körper.

„Kelly würde diesen Weg niemals alleine gehen können, den wir beide genommen haben. Die Perspektive auf dem Foto ist auch eine ganz andere. Ich werde außerdem den Eindruck nicht los, dass die Frau im Nachhinein entkleidet wurde. Damit wollte der Täter eine sexuelle Tat inszenieren.“

„Wie kommen Sie darauf?“

„Niemand kommt auf den Gedanken, die Frau hier zu entkleiden, um sie zu vergewaltigen. Viel zu umständlich. Der Täter hat sich zu viel Mühe gegeben, um die Spuren zu verwischen, dabei hat er womöglich noch mehr über sich verraten."

„Vielleicht hat er sie vergewaltigt und dann wie schon beim ersten Mal aus dem fahrenden Auto geworfen."

„Die Kleidung, sehen Sie? Das passt nicht ganz ins Bild. Sie würde überall zerstreut liegen. Aber nicht wie dahingeworfen, neben dem Leichnam."

„Sie meinen also, dass der Mörder sie erneut aufgesucht hat?"

„Ich weiß es nicht, wir sollten lieber nicht in die Nähe kommen. Wir wollen den Fundort nicht noch weiter kontaminieren." Vanessa taumelte rückwärts und wählte die Nummer der Spurensicherung.

61

Eine Woche später

Ian stand im leeren Schlafzimmer und hielt das Nachthemd seiner Frau zwischen den Fingern. Tränen der Verzweiflung liefen seine stoppeligen Wangen herunter. Er presste sein Gesicht hinein. Das blaurot karierte Hemd aus weicher Baumwolle roch immer noch nach Fia.

Eine Woche war seitdem vergangen. Seine Frau lag schon sieben Tage unter der Erde.

Ein harter Klumpen in seinem Hals wurde mit jeder Sekunde größer und drückte ihm die Atemwege zusammen. Er schluchzte und zitterte am ganzen Körper, wie ein Drogenabhängiger auf Entzug. Alles tat ihm weh. Er hatte keine Tränen mehr. Seine Augen brannten, wenn er blinzelte.

Er war jetzt ganz allein, von allen verlassen. Sein Sohn hat sich entschieden, zu Oma und Opa zu ziehen. Sie lebten etwas weiter weg, sodass der Junge von dem ganzen Tumult nichts mitbekommen würde.

„Warum nur“, schluchzte er und fiel auf die Knie. „Womit habe ich das alles nur verdient?“, fragte er sich selbst und begrub sein Gesicht noch tiefer in dem von Tränen nassgewordenem Stoff.

Es klingelte an der Tür. Er ignorierte das enervierende Scheppern der Türklingel und legte sich auf die Seite. Wie ein Embryo lag er nur da und zog die Knie fest an die Brust. Er trug immer noch den schwarzen Anzug von vorgestern, weil er das Grab seiner Frau aufgesucht hatte. Eine gefühlte Ewigkeit lag er einfach nur da und versuchte alles um sich herum auszublenden. Dann ertönte eine leise Melodie. Direkt neben seinem Ohr. Ian hob die Lider und setzte sich aufrecht. Das Hemd ließ er auf dem Boden liegen. Das Handy summte wie ein viel zu großer Käfer und drehte sich im Kreis auf den Holzdielen.

Die Nummer war unterdrückt. Er ging dran.

„Hallo Schatz, können wir uns ein letztes Mal treffen? Ich werde bald diesen Ort für immer verlassen. Ich wollte dich fragen, ob du mit mir kommen willst. Ich habe dir alles verziehen."

„Kapierst du es nicht?", brüllte er die Stimme an.

„Was?"

„Dass du mir nach all dem, was hier passiert ist, gestohlen bleiben kannst." Seine Stimme zitterte nicht, sie klang gefühllos.

„Ich habe für dich meinen Sohn geopfert. Mein eigen Fleisch und Blut." Etwas Bedrohliches schwang in den Worten mit. „Liebling", die Stimme wurde abrupt anders, untergebener und fast schon sexuell erregt, „wie konnte das nur passieren? Wie haben wir beide es nur so weit gebracht? Wir haben aus dem Nichts eine Mauer aus Problemen um uns herum aufgetürmt und finden nicht mehr zueinander. Bei dem Durcheinander habe ich längst den Überblick verloren, wer damit als Erster angefangen hat."

„Du bist eine perverse Sau. Ich werde zur Polizei gehen."

„Nur langsam, sonst werde ich die Fotos von dir veröffentlichen. Du bist zu spät gekommen."

Ian sah, wie sich alles um ihn herum zu drehen begann. „Was willst du? WAS … WILLST DU … NOCH VON … MIR?!!!" Er kreischte und schlug mit der freien Hand gegen den Boden.

„Ein letztes Treffen. Einen letzten Fick. Danach bekommst du die Fotos zurück und siehst mich nie wieder.“

„Wie kannst du nur daran denken? Dein Kind ist tot, meine Tochter wurde von deinem Sohn …“

„Ich weiß jetzt wieder, wie alles begonnen hat. Du kommst jetzt zu mir, ich bringe dich an den Ort, an dem all das seinen Anfang genommen hat.“

„Ich bin betrunken. Ich kann nicht fahren.“ Ian entschied, sich den Aufforderungen zu beugen, weil er etwas im Schilde führte. Er wollte die Sache auf seine Weise beenden.

„Dann hole ich dich ab. Sagen wir in zwanzig Minuten?“

„Von mir aus.“ Ian stand auf. Er brauchte einen Moment, alles um ihn herum drehte sich. Er fokussierte seinen verschwommenen Blick auf einen entfernten Punkt, so konnte er das Gleichgewicht wiederfinden. Er starrte auf ein Hochzeitsfoto, mit bebendem Kinn und einem lauten Schrei warf er das Handy aufs Bett. Seine Zunge war pelzig, der Kopf wie mit Watte gefüllt, die Glieder bleiern.

Zögernd wandte er sich von den zwei lachenden Gesichtern ab, so jung und unbeschwert. Fia hing auf dem Foto in der Luft. Sie schrie vor Glück.

Das war aber lange her. Ian drehte sich um und warf einen kurzen Blick in den Spiegel. Er erkannte sich kaum noch darin. Mit der rechten Hand fuhr er sich über das müde Gesicht, so als wolle er alles aus seinem Blickfeld wegwischen. Nach einem kurzen Zögern lief er dann in Schlangenlinien in die Küche. Eine halbleere Flasche Whiskey stand auf dem von schmutzigen Tellern überhäuften Tisch. Er schnappte danach und leerte sie ganz.

In seinem Hals brannte der Alkohol. Er stieß laut auf und zerrte die Schublade auf, in der er die Messer aufbewahrte. Sich an die Arbeitsfläche gestützt, grübelte er nach, welche Klinge sich wohl am besten dafür eignen würde, um zwischen die Rippen gesteckt zu werden. Mit der kalten Klinge wollte er das schwarze Herz seines Lieblings durchbohren.

62

„Und das ist Ihre Indizienkette?“ Chief Superintendent Daily klang absolut nicht begeistert und tat ihren Missmut kund, indem sie mit den Zetteln, die sie in der Hand hielt, vor ihrem zornigen Gesicht hin und her wedelte. Das Papier raschelte laut in der Stille.

„Wir gehen davon aus, dass wir hier …“

„Diese Annahmen und Vermutungen werden nicht einmal vor einem grünschnäbligen Anwalt standhalten, geschweige denn vor einem Richter. Oder sehen Sie das anders, DI Craig?“

PC Young stürzte in den Raum, ohne anzuklopfen. Er hielt eine dünne Mappe zwischen seinen Fingern.

„Wir haben den Hund!“, rief er freudig auf und schenkte Vanessa ein triumphierendes Lächeln. „Der Kadaver weist mehrere Einstiche auf. Der vorläufige Stand der Dinge hat die schnell durchgeführte Untersuchung ergeben, dass die Einstiche von demselben Messer stammen könnten, weil die Schneide an der Spitze eine Einkerbung hat, die eine kennzeichnende Kratzspur hinterlässt, das ist wie bei einem Fingerabdruck. Zumindest so ähnlich.“

„Jetzt mal langsam.“ Wallace hob die Hände, um so dem motivierten Polizisten Einhalt zu gebieten. „Ich fasse alles zusammen. Wir haben bisher keinen konkreten Verdacht, das stimmt. Wir haben hunderte von Personen überprüft, ohne Erfolg. Wir haben jeden Verdächtigen mit aufs Revier genommen, um jeden einzelnen zu befragen, was manchmal zu Widerstandshandlungen führte. Die Spurensicherung hat keine einzige tatrelevante Spur finden können. Bis auf jene, die wir dem toten Jungen zuweisen können. Das Blut auf Kennys Kleidung und unter seinen

Fingernägeln stimmt mit dem des toten Hundes überein. Kenny hat den Hund von Kelly getötet."

„Dann ist der Fall doch abgeschlossen." Es war DC Kerr, der wieder seinen dunklen Pullover trug und an einem Kugelschreiberdeckel kaute. „Was ist? Alle Indizien sprechen dafür, oder nicht?"

„Und Sie waren als Erster am Tatort", flüsterte Krishna.

„Wie bitte?" DC Kerr fiel der Deckel aus dem Mund.

„Ich habe gefragt, warum Sie hier sind." Krishna deutet mit dem Kinn auf eine Mappe, die sein Kollege neben sich liegen hatte.

„Ich habe die Akten erneut durchgeschaut. Er könnte unser Mann sein. Nach seinem Tod gab es keine weiteren Morde. Wir können also zusammenpacken."

„Eben nicht. Es passt nicht alles zusammen", sagte Wallace entschieden. „Der Täter fuhr einen großen Wagen. Das steht … halt." Ein Gedanke huschte durch seinen Kopf. „Vielleicht war der Mord gar kein Mord. Oder die Tat lief nicht nach seinem Plan ab. Die Tür ging von alleine auf, weil sie nicht richtig schloss", sprach er seine Idee laut aus und sah Vanessa an. Er sah den erzürnten Ross vor seinem geistigen Auge, wie er die Tür mehrmals zuwarf. „Der Kleinbus. Die Tür ging auf, zwei Mal sogar. Erst nachdem Ross Stewart dagegen getreten hatte, ging sie richtig zu."

Vanessas Funkgerät erwachte zum Leben.

„PS John hier, das Objekt hat das Haus verlassen und bewegt sich Richtung Melbourne Street. Er ist betrunken und hat gerade eben etwas hinter seinem Rücken versteckt, over."

„Bleibt an ihm dran, John", wies sie den Leiter des Observierungsteams an und stürmte aus dem Raum.

Auch Wallace griff zu seinem Funkgerät. Es knisterte, dann hörte auch er eine Stimme. „Stewart führt etwas im Schilde. Er steht unweit des Hauses der MacJonsons."

„Warum wird Stewart observiert? Wer hat das veranlasst?" Chief Superintendent Daily taxierte Wallace mit strengem Blick. Ihr blondes Haar war glatt nach hinten gekämmt. Das weiße Hemd hatte an den Ärmeln Bügelfalten.

„Ich war das." Wallace wartete auf eine Standpauke.

„Wir haben nicht genügend Mittel."

„Das war wichtig!"

„Dazu verlange ich einen ausführlichen Bericht, und jetzt stehen Sie nicht da wie ein Idiot. Los, gehen Sie Ihrer Arbeit nach."

„Einer der beiden ist bewaffnet", unterwies Wallace die Männer und rannte auch hinaus.

63

Ian stieg in den Bus und zog die Tür mit einem heftigen Ruck zu.

„Hallo, Liebling."

„Lassen wir das, Ross. Ich liebe dich nicht mehr", lallte Ian und drehte sich zu dem Mann um, der ihn mit verliebten Augen anlächelte.

„Wir sind endlich frei. Meine Frau will sich von mir scheiden lassen. Aber die dumme Kuh glaubte, dass du sie bei sich aufnimmst. Doch nach Kennys Tod, diesem Bastard, hat sie ihre Meinung doch noch überdacht." Er berührte Ian mit dem rechten Daumen am Kinn, wie er es immer tat, wenn sie sich heimlich in der Höhle versteckt und sich liebkost hatten.

„Die werden uns nichts nachweisen können." Ross rutschte ein Stück näher zu Ian.

„Du hast auch noch eine Polizistin umgebracht, da werden sie nicht eher ruhen, bis …"

„Da täuschst du dich, mein Lieber. Ich war das nicht. Echt nicht. Auch deine Tochter wollte ich nicht umbringen, aber sie hat uns nachspioniert. Ich nahm sie mit. Sie hat sich aber gewehrt. Und dann ging noch diese verdammte Tür auf." Ross zündete sich eine Zigarette an und blies den Rauch durch das offene Fenster.

„Du hast also Hailey umgebracht!" Ians Augen waren rot umrandet. Das Weiße darin war von aufgeplatzten Äderchen durchzogen. Sein Atem roch nach Alkohol und Erbrochenem. Er war nur ein Wrack seiner Selbst.

„Aber die Polizei wird uns nichts nachweisen können."

„Wenn die Straftat nicht nachgewiesen werden kann, heißt es noch lange nicht, dass sie nicht begangen wurde. Du bist ein Mörder. Hast meine Tochter und dein eigenes Kind umgebracht."

„Ich habe sie wegen unserer Liebe geopfert. Kelly war böse. Und das mit Hailey war nur ein Unfall. Ich kam zu spät zu unserem Treffen und war in Eile. Zuerst wollte ich mit deiner Tochter nur eine Runde drehen und ihr alles erklären. Dann habe ich auf die Uhr geschaut und musste mich beeilen, in der Kurve jedoch ging plötzlich die Tür auf, und sie fiel heraus." Ross steckte sich die Faust in den Mund und tat zerknirscht. Aber sein Bedauern war nicht echt, das wusste Ian. Seine Hand glitt langsam zum Hosenbund hinter den Rücken. Er hatte den Autopsiebericht zu Gesicht bekommen und kannte einige grauenvolle Details, weil die Ermittler zuerst ihn verdächtigt hatten und ihn mit aller Härte damit konfrontierten. Sie wollten ihn dadurch zum Reden bewegen.

64

Vanessa und Wallace saßen zusammen mit drei weiteren Männern in einem Einsatzfahrzeug und verfolgten das Gespräch mit emotionslosen Mienen. Beide starrten auf die Monitore, mit angehaltenem Atem lauschten sie den zwei Stimmen, die miteinander stritten.

„Thomas, das linke Richtmikrophon hat eine Störung", meldete sich einer der Männer hinter einem Steuerpult und drehte an mehreren Knöpfen gleichzeitig. Das hohe Pfeifen ging in ein leises Brummen über.

Vanessa und ihr Kollege konnten die beiden Männer wieder fast störungsfrei dabei belauschen, wie sie laut miteinander diskutierten.

„Du hast meine Tochter umgebracht! Die Polizei hat aber Würgemale an ihrem Hals und ihrem linken Arm ..."

„Das ist nicht wahr, Ian. Sie wollte schon vorher rausspringen, ich habe nur versucht zu verhindern, dass Hailey rausspringt."

„Du lügst, du verdammte Kröte. Warum hast du Kelly umgebracht? Warum all das in Gottes Namen?"

„Der Bengel hat mich erpresst!"

„So, wie du mich erpresst hast. Du hast ihn vor mein Auto gestoßen, du elender Mistkerl."

„An alle Einheiten. Eingriff! Eingriff! Los! Los! LOS!", brüllte eine tiefe Stimme. Auf mehreren Bildschirmen huschten mehrere Männer in dunkler Uniform, Helmen und geduckter Haltung vorbei.

„Nein", schrie jemand. *„Lassen Sie mich los!"* Es war Ian, glaubte Vanessa.

Vanessa und Wallace stiegen aus dem Mercedes und sahen, wie Ian mit dem Gesicht auf den Boden gedrückt wurde.

Ross fiel aus der Tür und hielt sich den Bauch. Blut sickerte zwischen seinen Fingern und färbte seinen gelben Pullunder rot. Sanitäter eilten herbei und zerrten den schwerverletzten Mann auf eine Trage.

Die beiden Ermittler wurden von einem Mann der Spezialeinheit gehindert. Er versperrte den beiden den Weg und zeigte in eine bestimmte Richtung. Wie elektrisiert drehten sich die beiden um.

„Herzlichen Glückwunsch, gute Arbeit.“ Die Chefin kam näher. „Wir haben das Geständnis auf Band.“ Sie breitete die Arme aus und schloss sich den beiden an, um Vanessa und Wallace die Hand zu schütteln.

Wallace wischte seine Hand an dem Trenchcoat ab.

Seine Chefin sah ihn an. „Ich bin wirklich in Bezug auf Ihre Leistung sehr positiv überrascht. Wenn der Mistkerl den Übergriff überleben sollte, werden wir ihn dazu noch einmal befragen. Aber vorerst sieht alles danach aus, dass sein perfider Plan nicht ganz aufgegangen ist. Bei aller Aversion gegenüber der Todesstrafe möchte ich dennoch solche Männer wie diesen Ross Stewart drei Meter unter der Erde wissen. Den Abschlussbericht erwarte ich …“, sie tippte sich kurz ans Kinn, „… sagen wir in fünf Tagen?“ Danach drehte sie sich um und stieg in einen schwarzen BMW, der vor ihr zum Stehen kam.

„Hatte er nicht gesagt, dass er Susan nicht umgebracht hat?“ Vanessa runzelte die Stirn.

„Ich befürchte, dass wir es hier mit einem Trittbrettfahrer zu tun haben.“

„Seine Frau?“

Wallace schüttelte mit dem Kopf. „Allison ist in der Psychiatrie. Den Tod ihres Sohnes hat sie nicht verkraftet. Sie hatte tatsächlich ein Verhältnis mit dem Pfarrer."

„Und mit Ian MacJonson", sagte sie nachdenklich.

„Wie sollen wir das alles unter einen Hut bekommen? Haben Sie eine Idee, DI Craig?"

„Das weiß ich nicht. Ich fahre aufs Revier, erledige den ganzen Papierkram und werde mich erst einmal aufs Ohr hauen. Hey, Krishna, können Sie mich mitnehmen? Haben Sie von der Büroarbeit die Nase voll?"

„Nein. Aber unser Boss meinte, uns fehlt es an Personal, und deswegen sind wir alle hier. Soll ich Sie vielleicht mitnehmen? Ich kenne da eine Bar, die machen dort den besten Kaffee in ganz Schottland."

„Warum nicht." Vanessa lächelte und lief mit dem jungen Polizisten zu einem der Einsatzfahrzeuge.

65

Tage später

Wallace saß seit Tagen in seinem Büro und verließ es jedes Mal kurz vor Mitternacht. Seine Frau drohte ihm an, ihn aus dem Haus zu jagen. Aber sie ließ sich mit einem *Bald-ist-es-vorbei* vertrösten.

Er stand jetzt vor der durchsichtigen Tafel, die mit unzähligen Fotos und Anmerkungen vollgespickt war, und dennoch ergab alles nicht wirklich das, was Wallace sich erhoffte. Die Puzzlesteine passten einfach nicht zusammen.

Ross Stewart hatte alles zugegeben. Aber er weigerte sich, den Tod von Susan und dem anderen toten Mädchen von den Klippen auf seine Kappe zu nehmen.

In dieser schicksalhaften Nacht, in der Hailey ermordet wurde, hatten sich Ian und Ross zu ihrem allwöchentlichen Treffen verabredet. Aber aus einem unerfindlichen Grund hatte Hailey das Haus verlassen und stand dort ganz allein vor dem Abgrund.

Wallace rief die Bilder auf. Er hörte das Meer, sah das verängstigte Kind vor sich

Ross hatte Streit mit Kelly. Allison wollte, dass Ross den Jungen suchen ging, weil er seit Tagen untergetaucht blieb und sie sich Sorgen machte.

„Ich glaube, ich weiß, wo er steckt“, log Ross seiner Frau etwas vor, weil ihm dieser Umstand sehr gut passte. Er hatte ja ein Rendezvous mit Ian.

Als er kurz vor dem Treffpunkt ankam, traf er auf Hailey. Sie beichtete ihm, dass sie von dem Geheimnis der beiden Männer wusste, weil die beiden Männer es einmal in Ians Haus getrieben und Haileys plötzliches Auftauchen nicht bemerkt hatten. Beide waren stark alkoholisiert gewesen. Das hatten Ian wie auch Ross unabhängig voneinander bestätigt.

Ross sah sich gezwungen, das Mädchen umzubringen, weil er keinen anderen Ausweg wusste. Aber Hailey hatte sich vehement dagegen gewehrt. Er versuchte sie zu erwürgen und mit dem Sicherheitsgurt zu erdrosseln. Sie schrie auch und klagte über starke Schmerzen im Nacken.

Wallace sah das Gesicht von Ross. Er und der Mörder saßen in einem Verhörraum. Ross lachte. *„Mein Hals tut so weh, winselte sie",* mimte der Mörder das Mädchen nach und begann dann zu weinen. „Ich dachte schon, ich werde sie gehen lassen müssen", gab er kleinlaut zu. „Doch dann ging plötzlich diese verdammte Tür auf. Genau in dem Moment, in dem sie mir ihre Finger in die Augenhöhlen grub. Sie flog hinaus und verschwand in der Tiefe."

Wallace wischte die Bilder aus seinem Kopf weg und sah wieder auf die Tafel.

Ross hatte sich gleich darauf mit Ian getroffen und mit ihm geschlafen. Was er aber nicht wusste und was später zu seinem Verhängnis wurde, war die Tatsache, dass Kelly all die Zeit im Kofferraum des Busses lag. Der Junge schlief dort jedes Mal, wenn er sich aus dem Haus schlich.

Kelly hatte ihn später erpresst und wollte zehntausend Euro, damit er nach Dänemark abhauen konnte.

Ross hatte ihn ins Gesicht geschlagen, woraufhin Kelly erneut untertauchte.

Doch Ross wusste, dass der Bengel sich oft bei dem Pfarrer versteckte.

Oben auf dem Dachboden stellte Ross den Pfarrer zur Rede und stieß ihn aus dem Fenster. Kelly wollte dazwischen gehen und ihn mit einem Baseballschläger niederschlagen, doch Kelly war an seinem eigenen Blut ausgerutscht, weil er sich in der Nacht an einer Glasscherbe verletzt hatte.

„Danach haben Sie alles so hingebogen, dass alle Indizien auf Kelly deuteten?“, hatte Wallace Ross gefragt. In Gedanken befand er sich wieder in dem kleinen Raum und befragte den Mörder.

„Das habe ich versucht, aber diese Bullin und die andere Tussi habe ich nicht abgemurkst.“ Ross hatte die Hände wie bei einem Gebet aufeinander gepresst, um so seine Unschuld in Bezug auf Susans Tod zu beteuern. Die Handschellen rasselten leise.

„Und wo haben Sie den Jungen all die Tage versteckt gehalten?“

„Zuerst habe ich ihn oben in der Kirche überwältigt und in die Firma gefahren. Ich bin nicht nur ein trotteliger Busfahrer, mir gehört das kleine Busunternehmen und die Werkstatt. Dort verbrachte mein Ziehsohn die ganze Zeit im Dunkeln. Ich habe ihn in einem Keller eingesperrt.“

„Sie kamen an dem Tag nochmal zurück in die Kirche?“

„Ja, natürlich.“ Dabei hatte Ross gelacht und sich über seine Raffinesse selbst gelobt. „Das Messer habe ich nämlich genau dort gefunden, wo ihr später die Knochen gefunden habt. Diese wissbegierige alte Dame hat mir dabei sehr geholfen. Sie war so durcheinander, dass sie mir alles über den Pfarrer erzählt hat. Ich kann nämlich sehr gut zuhören. Und alte Damen reden für gewöhnlich sehr gern, wenn man sie nur lässt.“

Wallace sah das feiste Gesicht des Mannes vor sich, zerrte sich das Gespräch von neulich wiederholt vor sein geistiges Auge, und ging jeden Punkt erneut durch. Er starrte auf die Tafel und ordnete die Informationen neu. Doch egal in welcher Reihenfolge er die Taten ablaufen ließ, passten die beiden Morde nicht in das Schema von Ross Stewart.

Wallace löste seinen Blick von der Tafel und sah auf seinen Tisch. Mit drei Schritten durchmaß er den kleinen Raum, hob eine durchsichtige Tüte auf, die neben vielen anderen Beweismitteln lag, die sich in der Zeit ihrer Ermittlungen angehäuft hatten und noch nicht einsortiert wurden. Er hob sie an das schwache Licht der Deckenbeleuchtung und verengte die Augen zu schmalen Schlitzen. Darin lag ein Handy, das der jungen Frau gehörte, die als Saskia Drago identifiziert wurde. Wallace schnappte sich einen Ordner und blätterte darin, bis er eine Tabelle fand, in der alle Telefonnummern aufgeschrieben wurden, die in dem Telefon abgespeichert waren.

Seine müden Augen tränten. Er drückte sich eine weitere Koffeintablette aus dem Blister und warf sie sich in den Mund. Die Tablette barst krachend zwischen seinen Zähnen, dann erst breitete sich der bittere Geschmack auf seiner Zunge aus. Er überflog die Nummern immer wieder, bis sein Blick auf einer Zahlenkombination kleben blieb, die ihm vage bekannt vorkam.

„Ruf mich unter dieser Nummer an, wenn du dich anders entscheiden solltest“, hörte er Susans Stimme in seinem Kopf. Er hastete samt der Mappe zu seinem Spind und fingerte an dem Schloss herum. Endlich ließ sich die Tür öffnen. Mit einer Hand öffnete er den Deckel einer Schatulle, in der er unnützen Krimskrams aufbewahrte, und zerrte einen kleinen Zettel heraus, auf dem mit einer schönen Schrift die Zahlen notiert waren. Konzentriert und mit wummerndem Herzen las er die einzelnen Ziffern laut vor und verglich sie.

Da gehe ich nicht immer sofort dran, sprach Susan weiter hinter seiner Stirn und lächelte ihn an. *Ist mein Privathandy für heiße Nächte, die Nummer bekommen nur auserwählte Personen, alle, die ich vögeln möchte. Auch Frauen, die Neue gefällt mir ganz gut, was meinst du, steht sie auf Zuckerbrot und Peitsche?*

„Scheiße! Susan und das Mädchen haben sich gekannt“, ärgerte er sich und griff nach seinem Handy. Wallace‘ Daumen huschten hastig über das Display, er wollte Vanessa sofort von seiner Entdeckung berichten. Doch dann hielt er inne. Es war wieder eine ganze Stunde nach Mitternacht. *Das muss bis morgen warten,* sagte er zu sich selbst, drückte auf die Powertaste, starrte kurz auf die schwarze Fläche und steckte das Telefon weg. Mit müden Gliedern bereitete er sich auf den Nachhauseweg vor.

„Hat Vanessa von Susan auch diese Nummer bekommen?“, quälte ihn der Gedanke, während er die Treppe nach unten lief, und unterdrückte ein tiefes Gähnen. Es brannte unter seinen Nägeln. Diese eine Frage bereitete ihm Kopfschmerzen, er würde vieles darum geben, um dies jetzt und sofort zu erfahren.

66

„Du tust mir weh!“, empörte sich Vanessa. „Bitte, Krishna, lass mich los“, sagte sie mit Nachdruck, ihre Stimme klang dabei schrill. Sie stand auf und hob abwehrend die Hände. „Du hast da etwas missverstanden.“ Um die Umstände abzumildern, bemühte sie sich, nicht panisch zu handeln. „Wir sind erwachsene Menschen, lass uns bitte kurz dieses Missverständnis klären“, sprach sie in sachlichem Ton und schenkte ihm einen ermahnenden Blick. „Ich meine das wirklich ernst. Du hast da wieder wie ein Mann gedacht. Das kann ich verstehen.“

Krishnas Brust hob und senkte sich und spannte an den Knöpfen seines hellblauen Hemdes. Sie konnte sein herbes Parfüm und den Schweiß riechen. Er war erregt. Vanessa blickte sich schnell um. Der junge, attraktive Mann schluckte und packte sie erneut bei den Handgelenken. Sie riss sich sofort los.

„Bitte, kühl dich ein wenig ab. Benutze deinen Verstand und höre nicht auf, die Geister in deinem Kopf, die jeden vernünftigen Mann zu einem Tier machen können.“

Krishna haderte kurz mit sich selbst.

Vanessa vergrößerte den Abstand um einen Schritt und warf erneut einen Blick über den nicht wirklich chic eingerichteten Raum. Das Hotelzimmer, das sie seit ihrer Rückkehr in die kleine Stadt bewohnte, verfügte über ein Bett, einen Schrank, zwei gepolsterte Stühle und einen kleinen Tisch, auf dem jetzt eine geöffnete Flasche Wein und zwei leere Gläser standen, alles in sterilem Weiß gehalten.

Vanessa bewegte sich mit kleinen Schritten immer weiter weg von dem Mann, der an der Unterlippe kaute und sich immer wieder über das glänzend schwarze Haar strich.

„Wollen wir vielleicht was essen gehen? Wie zwei Kollegen? Unten gibt es einen Pub, da kann man auch eine Kleinigkeit zu sich nehmen."

Krishna war immer noch angespannt, der Blick gierig. Nach einem kurzen Zögern kam er wieder auf sie zu. Wie ferngesteuert.

Vanessa stand am Fenster und wagte einen kurzen Blick durch das Fenster. Die Straße die von Laternen flankiert wurde, war menschenleer. Die gelben Lichtschatten, die wegen dem feinen Schnee zu leuchten schienen, ließen die Welt da draußen surreal wirken, wie eine Kulisse. Mit bebender Brust griff Vanessa nach dem Fenstergriff. Sie zerrte daran. Vergebens.

„Bitte Krishna, ich wollte nur reden", jammerte sie. Ihre Panik war nicht gespielt. „Mach bitte keine Fehler, die du später bereuen wirst. Lass uns bitte zuerst näher kennenlernen. Vielleicht ergibt sich später was daraus. Ich bin nicht die, für die du mich hältst."

Sein lippenloser Mund verzog sich zu einer schiefen Linie. Wie eine schlecht verheilte Narbe verunzierte das kalte Grinsen sein attraktives Gesicht.

„Die Jungs vom Revier erzählen aber etwas ganz anderes."

„Sie lügen."

Er fuhr sich mit der Zunge über die Innenseite seiner linken Wange und gab ein schmatzendes Geräusch von sich, als wolle er sie wie ein kleines Kind, das sich bei einer Lüge erwischen ließ, tadeln. „Willst du mich nur aufgrund meiner Hautfarbe zurückweisen?"

„Bitte nicht schon wieder diese Leier. Ich glaube, du hast damit mehr Probleme als wir alle.“ Sie schluckte schwer. „Mein Ex war ein Afroamerikaner. Soviel zu …“

Er lachte laut auf. „Dein Ex, alles klar.“ Er steckte beide Daumen in die Hosentaschen. Er trug ein tailliertes Hemd und spielte mit den Brustmuskeln. Sein rabenschwarzes Haar glänzte in dem kalten Licht der Lampe.

„Ich habe mich nur aus einem einzigen Grund mit den Jungs getroffen. Ich weiß, es war idiotisch und politisch nicht korrekt. Aber nur so konnte ich an mehr interne Informationen gelangen. Ihr Männer redet im Beisein eurer Kollegen nur ungern über Sachen, die einen Außenseiter wie mich nichts angehen. Ich wollte nur wissen, wie hier alles funktioniert. Ich wurde zur Leiterin der Gruppe und fühlte mich trotzdem wie ein fünftes Rad am Wagen.“ Vanessa hielt sich nun mit beiden Händen am kalten Fenstersims fest. Krishna machte zwei weitere Schritte auf sie zu.

Vanessa schimpfte sich eine Närrin und taumelte weiter rückwärts, bis sie mit dem Rücken auf etwas Hartes traf. Nun stand sie zwischen der Wand und dem Bett. Der schmale Gang wurde von dem großen Mann versperrt, dessen Blick verriet, dass er aufs Plaudern gar keinen Bock hatte, alles was er wollte, war ficken. Bei diesem Gedanken schnürte sich Vanessas Kehle komplett zu. Ihrem Blick entging auch nicht die Wölbung zwischen seinen Beinen, auch das Zittern seiner Muskeln verriet ihr, dass er hoch erregt war. Und die Angst, die in ihr loderte, brachte das Verlangen in ihm nach Fleischeslust und hartem Sex noch mehr in Wallung.

„Du bist sehr heiß. Lass es uns hinter uns bringen, dann gehe ich nach Hause. Ich habe noch nie eine Blonde gefickt, man sagt, ihr habt sehr enge Muschis."

„Nein. Verdammt. Geh einfach nach Hause, und wir vergessen das alles hier. Du hast zu viel getrunken, ich kann dich auch verstehen. Aber jetzt geht mir alles zu nah und wird zu persönlich. Kehr bitte um, solange es noch nicht zu spät ist. Ich wollte nur reden", schnatterte sie wie ein Wasserfall. „Ich habe Kopfschmerzen", versuchte sie es mit einem Witz. Ihre Mundwinkel zuckten und rutschten einen Millimeter nach oben.

„Sehr witzig", er lachte schallend auf, „ich habe Kopfschmerztabletten dabei. Willst du sie rektal oder oral einnehmen? Mir ist es gleich." Er wühlte in seiner Hosentasche und zog ein Kondomblister heraus. „Mit oder ohne? Erdbeergeschmack!" Seine Augen zogen sie jetzt schon nackt aus. Krishna starrte ungeniert auf ihre Brüste und ließ seinen unverschämten Blick tiefer wandern. Er biss sich lüstern auf die Unterlippe und knurrte dabei wie ein Raubtier. „Du bist echt hübsch", flüsterte er und tat einen weiteren Schritt auf sie zu.

Vanessa konnte jetzt seinen Schweiß noch intensiver riechen. Der Geruch schürte in ihr eine ekelerregende Abneigung diesem Mann gegenüber. Ihr wurde schlecht.

„Bitte, mach es nicht noch schlimmer", versuchte sie es aufs Neue und löste sich aus ihrer Starre.

„Wissen Sie, was man so über Sie sagt?" Er sah ihr wieder in die Augen. Er wippte sacht auf den Fußballen. Er trug keine Schuhe, nur schwarze Socken.

Vanessa entspannte sich für eine Sekunde. Die eiserne Faust, die sich in ihr Herz verkrallt hatte, löste den Druck. Vanessa konnte endlich Luft holen. „Was?"

Ihr Blick flackerte. Sie suchte immer noch nach einer Möglichkeit zur Flucht.

„Pedantisch, streng, eigensinnig aber schlau und verdammt heiß.“ Krishna rieb an der glänzenden Verpackung, die leise knisterte. Sein Blick kehrte erneut nach innen.

„Streng vielleicht, pedantisch möglich, eigensinnig ja, aber schlau und heiß.“ Sie legte den Kopf leicht schief und lächelte zögernd.

Krishna warf den glänzenden Blister auf die Bettdecke. „Ich mache es heute mit Gummi.“ Seine Worte klangen kalt und unverrückbar, so als habe er die Entscheidung endlich getroffen. Er machte sich an dem Bund seiner grauen Hose zu schaffen.

„NEIN!“, schrie Vanessa auf. Sie verschluckte sich und musste husten. Tränen stiegen ihr in die Augen. Sie nahm das Zimmer um sich herum wie durch einen Nebel wahr. Sie blinzelte heftig und begriff, nachdem es schon zu spät war, dass der Druck auf ihrer Schulter nur eins bedeutete. Krishna hatte sie zu packen bekommen. Und er hatte ihr etwas ins Glas getan. Denn ihre Bewegungen wurden fahrig. Sie spürte, wie sie zur Seite geschleudert wurde. Sie landete auf der harten Matratze mit dem Gesicht nach unten. Sie versuchte sich zu wehren und sich umzudrehen. Doch die starke Hand ihres Angreifers packte sie im Nacken wie das Maul eines Raubtieres und drückte sie noch fester gegen die Bettdecke. Vanessa strampelte und zog sich mit aller Kraft nach vorne. Sie bekam den Bettrahmen auf der anderen Seite zu packen. Ein einzelner heftiger Ruck an ihren Haaren riss sie zur Seite.

Krishna löste seinen Griff und bohrte seine Finger in ihre Wangen. Sein Gesicht war so nah vor ihrem, dass sie seinen Atem auf ihrer Haut spüren konnte.

Er küsste sie hart auf den Mund und lachte dann. „Du bist eine wilde Katze, das gefällt mir."

„Lass mich los", lallte sie. Erneut drückte er seinen Mund auf den ihren und steckte ihr seine Zunge rein. Sie wollte ihm das ekelige, glibberige, zappelnde Stück Fleisch abbeißen, aber seine Finger steckten zwischen ihren Kiefern und drückten heftig gegen die Wangen.

Dann hörte sie, wie ihre Bluse riss. Knöpfe flogen auf den Boden.

„NEIN!!!" Sie schlug um sich und traf immer nur ins Leere.

Das unkontrollierte Zappeln genoss der Mann und lachte laut. „Du bist ein wildes Biest, das ich heute zähmen werde." Seine forschen Hände zerrten den Büstenhalter nach oben und entblößten ihre Brüste.

Vanessa bäumte sich auf, stemmte ihren Körper gegen die Matratze, drückte ihren Hinterkopf gegen den weichen Untergrund und brüllte verzweifelt, dann, für den Bruchteil einer Sekunde, sah sie etwas auf dem Nachtischchen liegen, das ihr zusätzliche Kraft verlieh. *Das ist meine einzige und letzte Chance*, schoss ihr der Gedanke durch den Kopf. Sie motivierte alle ihre Kraftreserven, die wahrscheinlich nicht wirklich ausreichen würden, diesen Mistkerl von seinem Vorhaben abzubringen, und dennoch hatte Vanessa nur diese eine Idee vor ihren Augen. Sein Mund war ganz nah an ihrem Hals. Sein Atem berührte die feinen Härchen in ihrem linken Ohr.

„Ich werde dich zum Schreien bringen", flüsterte er kaum hörbar. Seine Hand rutschte zwischen ihre Beine.

„Jetzt", brüllte Vanessa und spannte sämtliche Muskeln ihres Körpers an.

67

Wallace stand vor der Haustür und sah, dass die Fenster dunkel wurden. Er kramte in seinem Mantel nach den Schlüsseln und ertastete sein Handy.

Er nahm das als ein Zeichen auf und fuhr mit dem Daumen über den Bildschirm.

Ein verpasster Anruf.

Und eine Nachricht auf der Sprachbox.

Die Außenbeleuchtung ging wieder aus. Wallace drückte auf den gelben Button und wartete auf die Nachricht. Sein Gesicht wurde von dem schwachen Licht des Telefons erhellt. „Ich will heute ausschlafen, das würde ich auch Ihnen sehr ans Herz legen wollen. Wir sehen uns morgen.“ Vanessa klang leicht angeschwipst. Wallace runzelte die Stirn. Er sah noch drei weitere Sprachnachrichten, allesamt von Vanessa, die wahrscheinlich nicht anders klangen als die erste.

„Wie Sie wünschen“, murmelte er und hob den Arm. Der Bewegungsmelder reagierte sofort. Die Sparlampe zuckte kurz und machte ihn für einen Augenblick blind. Er blinzelte und sah immer noch weiße Punkte vor seinen Augen vorbeischwimmen.

Dann steckte er entschieden das Telefon in den Mantel und suchte seine Taschen nach dem vermaledeiten Schlüssel ab. Sie waren alle leer. Verdammt. Sie müssen noch im Auto liegen, dachte er bei sich und schlenderte zurück zu seinem Wagen. Sein Handy erwachte erneut zum Leben. Er steckte die Hand in die Tasche und warf einen gelangweilten Blick auf das Display.

Es war Kerr.

„Was ist, Ben? Weißt du eigentlich, wie spät es ist?“

„Wir haben etwas übersehen“, stammelte dieser schuldbewusst.

„Was?“

„Wir gingen anfangs davon aus, dass der Täter seinem ersten Opfer, sprich Hailey MacJonson, das Gesicht mit einem Stein zertrümmert hat.“

„Genau, das passte aber nicht wirklich mit dem Tathergang zusammen, es sei denn, er wäre zurückgekehrt, aber Ross Stewart behauptet, er war nicht bei Hailey.“

„Genau.“

„Was haben wir dann übersehen?“

„Es gab einen Steinrutsch. Den entsprechenden Gegenstand haben die Suchhunde gefunden. Ich weiß, wir hätten früher auf Sie hören müssen. Aber das Budget …“

„Kommen Sie zur Sache, DC Kerr.“ Wallace schloss die Augen und drückte seinen Kopf gegen die Kopfstütze.

„Auf dem Stein haben wir Hautpartikel und Blut sicherstellen können. Wir haben sofort eine Untersuchung veranlasst, die Ergebnisse sind erst jetzt eingetroffen.“

„Das bedeutet, dass die zweite Leiche nicht auf das Konto von Ross Stewart geht?“

„Ich fürchte nicht.“

„Vielen Dank, Ben“; sagte Wallace und legte auf. *Wir haben also einen Nachahmungstäter*, murmelte er nur mit den Lippen. Sein Handy summte wieder.

„Vanessa“, atmete er den Namen beinahe lautlos aus, weil er fast eingeschlafen war, so müde war er, und drückte mit halb geschlossenen Augen auf das grüne Symbol.

„Vanessa?“ Er lauschte angestrengt, weil das, was er hörte, klang nach einem heftigen Liebesspiel, das in vollem Gange vorangetrieben wurde. Er hörte zwei erwachsene Menschen schnauben, keuchen und sogar vor Wonne winseln.

„Verdammt“, knurrte Wallace und schaltete das Telefon aus.

Doch das verdammte Ding ging erneut an. Er zögerte und starrte auf das blinkende Lämpchen. Die Lautstärke des Klingeltons stieg stetig an. Das permanente Klingeln war nun so laut und enervierend wie eine Feuerwehrsirene in der Stille der Nacht. Wallace stieg aus und lief um das Auto herum. Vor dem Kofferraum blieb er stehen und sah auf seine Schuhe, die dunkle Abdrücke in der jungfräulichen Schneeschicht hinterließen.

Erst jetzt wischte er über die kühle glatte Fläche des Smartphones und hob das Gerät langsam ans Ohr.

„Mir ist das Gefühl, Angst um sein eigenes Leben zu haben, keineswegs unbekannt“, keuchte eine männliche Stimme. „Aber genau diese Angst in deinen Augen turnt mich noch mehr an.“

Wallace sah sich verstohlen um und kam sich dabei ziemlich schäbig vor. Er wurde zu einem Spanner.

„Bitte …“, bettelte Vanessa. Auch sie war völlig außer Atem. „Geh weg von mir …“

Wallace hörte den Mann laut auflachen. Das laute Gelächter tat in seinem Ohr weh.

„Wallace, Sie verdammtes Arschloch, warum gehen Sie nicht ran?!“, schrie Vanessa plötzlich mit schriller Stimme. Wallace zuckte zusammen und ließ das Telefon beinahe aus der Hand fallen. Das passte nun wirklich nicht zu einem Liebesspiel, schoss ihm der Gedanke durch den Kopf. „Krishna versucht mich zu vergewaltigen, wir sind im Hotel!“ Erneut durchzuckte ihn eine Welle des Schocks. Wallace glühte.

Mit zitternden Fingern knöpfte er den obersten Knopf seines Hemdes auf und zerrte am Kragen. Er zappelte und war hin- und hergerissen. War das jetzt echt? Er drückte das Handy fester ans Ohr. „Vanessa?“, rief er ihren Namen und konzentrierte sich auf die Geräusche.

Seine Augen wurden zu engen Schlitzen. Er strengte sich an. Es klackte in der Leitung. Die Verbindung wurde unterbrochen.

Viele Bilder huschten an ihm vorbei. Fetzen von Erinnerungen blitzten auf. Er suchte in seinem Kopf nach der Adresse. Ihm wurde schwindelig.

„Cold Street, Downhill Hotel“, sagte er mit tonloser Stimme, einem Roboter gleich, und lief zurück. Ohne zu überlegen warf er sich in den Sitz. Der Motor wollte nicht anspringen. Fuck. Er schlug gegen das Lenkrad und drehte erneut an dem Schlüssel, dann erst begriff er, dass er in der Hektik den Wagen schon längst gestartet hatte. Sein Fuß drückte das Gaspedal durch. Der Land Rover schnellte nach vorne über das kleine Stück der von ihm stets gepflegten Wiese und hinterließ zwei tiefe, dunkle Rinnen. Eine kleine Statue schrammte über den Lack, aber auch das ignorierte Wallace.

Er wendete auf der Straße und sah nicht, wie die Lichter in seinem Haus angingen. Auch merkte er nicht, wie das verschlafene Gesicht seiner Frau hinter einem der Fenster aufgetaucht war. Alles, was jetzt zählte, war Vanessa. Sie steckte in Schwierigkeiten.

Vanessa zappelte. Ihre Handgelenke steckten zwischen zwei Schlingen. Krishna hatte sie mit zwei Schnürsenkeln, die er in seiner Hose versteckt hielt, gefesselt. Er hatte nun vor, sie ans Bett zu binden.

Doch vorher küsste er sie auf den Mund, Wangen, Augen, Hals und biss sie anschließend in die Brustwarze. Vanessa sammelte all ihren Mut und die ihr noch verbliebene Kraft. Sie sah ihren Peiniger giftig an, passte den für sie so wichtigen Moment ab, dann rammte sie ihm ihr linkes Knie zwischen seine Beine, während er sich rittlings auf sie setzen wollte.

Er jaulte auf und schlug ihr mit einer Faust ins Gesicht.

„Du hast Susan umgebracht und das Mädchen auch“, schrie sie ihn an und schlug ihm mit gefesselten Händen gegen die muskulöse Brust. Zu ihrer Enttäuschung blieb dieser Schlag völlig wirkungslos. Nur wenige Striemen blieben auf seiner olivfarbenen Haut zu sehen, die wieder sehr schnell verblassten.

Der nächste Fausthieb, der sie am Ohr traf, raubte ihr beinahe die Besinnung und hinterließ ein tiefes Pfeifen in ihrem Kopf. Wie nach einem lauten Knall, dachte sie. Er hatte sie beinahe ausgeknockt. Die Konturen seines Gesichtes verschwammen. Er glich einem Wahnsinnigen. Die Haare standen ab, die Züge verzerrt. Nichts Menschliches blieb in seinen Augen übrig. Er wurde zum Tier, das nur von Trieben gesteuert wurde.

Zwei Hände packten ihren Hals und drückten zu.

Alles um sie herum verschwand hinter einem weißen Schleier. Die Geräusche klangen blechern.

„Nein“, flüsterte sie und erwischte ihn an der Armbanduhr, das glaubte sie zumindest, weil sie spürte, dass auf der rechten Seite der Druck lockerer wurde. Sie zerrte an dem Band und biss ihn in die Schulter, als er sein Gewicht verlagern wollte.

„Du verdammtes Mistding“, schrie er überrascht vor Schmerz auf und schlug ihre Hände zur Seite. Vanessa spürte, wie die Haut an ihren Fingern aufriss und zu bluten begann.

„Dann werde ich eben grob“, entschied er und verstärkte seinen Würgegriff.

„Du hast Susan erwürgt, du hast sie getötet. So wie du mich töten wirst. Aber dieses Mal kommst du … kommst … nicht … davon … ich ne...hme … all…es auf.“ Sie wusste nicht ob sie diese Worte laut aussprach oder sie nur dachte. Denn alles um sie herum wurde zuerst grau, dann schwarz. Sie zappelte nicht mehr. Keine Schmerzen mehr. Sie schwebte. Sie nahm nur ihren Herzschlag wahr. Dann war alles still.

69

„Lassen Sie mich los!“, schrie Vanessa angstgelähmt. Ihre Augen bewegten sich hin und her. Geistesabwesend begann sie um sich zu schlagen. Ihre rechte Hand traf Wallace im Gesicht und hinterließ blutige Schlieren.

„Pschscht, ich bin es nur. Es ist vorbei. Sie bluten ja. Bleiben Sie still, es ist vorbei. Vanessa, ich bin es, Wallace!“ Er bemühte sich sanft zu klingen und presste ihre Hände gegen seine Brust. „Das ist das Riechsalz, das in Ihrer Nase so brennt.“ Er strich ihr die Tränen aus den Augen.

„Wallace?“ Sie traute ihren Augen nicht. Ihre Lippen zitterten. Die linke Hälfte ihres Gesichts war dunkel und angeschwollen.

„Wo ist der Mistkerl?“

„Liegt auf dem Boden. Keine Sorge, er hat Sie nicht vergewaltigt, missbraucht ja, aber nicht … Sie wissen schon.“

Vanessas Kinn zitterte. Sie sah an sich herab. Sie lag unter einer Decke.

„Wie haben Sie ihn …?“

„Ich habe eine der Requisiten aus meinem Büro mitgehen lassen. Ich weiß nicht warum, aber ich wollte den Baseballschläger der Mutter von Kelly zeigen, damit sie mir das bestätigt. Jetzt habe ich den Schläger zweckentfremdet.“ Ein sanftmütiges Lächeln schob seine Mundwinkel nach oben. „Ich bin ein mieser Sportler gewesen. Wurde daher in der Schule nur dann genommen, wenn es bei den Mannschaftsspielen nicht gerade aufging. Jetzt weiß ich auch warum. Ich habe seinen Kopf beim ersten Mal verfehlt. Zum Glück, sonst hätte ich auch Sie erwischen können. Die drei darauffolgenden trafen ihr Ziel dann aber.“

Vanessa lag auf dem Bett, neben ihr sah sie den halbnackten Krishna. Aus seinem Kopf triefte dunkles Blut auf das weiße Laken.

„Ist er tot?“

„Ich weiß es nicht. Ich sagte doch, dass ich im Sport schlecht war. Ich habe ihn erst beim dritten Versuch von Ihnen runter bekommen.“

Vanessas Augen tränten, dennoch entging ihrem Blick nicht, dass der rechte Arm ihres Vergewaltigers in einem ungewöhnlichen Winkel abgeknickt war.

Sirenen durchschnitten die Stille und warfen durch das große Fenster zuckende Lichter auf die Wand.

„Die Kollegen sind endlich da. Sie werden für mich aussagen müssen, falls ich wegen Mordes angeklagt werde“, witzelte er und schämte sich dafür.

Sein Handy klingelte. Er griff danach und warf Vanessa einen vielsagenden Blick zu. „Ich glaube, ich werde heute von meiner Frau gelyncht. Hallo, Schatz, ich rufe dich später zurück.“ Er schloss die Augen und nahm das Telefon vom Ohr weg. „Wir sind hier!“, schrie er dann und stand vom Bettrand auf. Männer in grellen Jacken stürmten in das Zimmer.

„Ist noch jemand hier?“ Ein Mann in dunkler Uniform sah Wallace fragend an.

„Nein“, antwortete Vanessa statt seiner und zog die Decke bis ans Kinn. „Kann mir jemand meinen Bademantel geben? Er hängt im Schrank.“

„DI Campbell, Sie müssen bitte das Zimmer verlassen und einige Fragen beantworten.“ Der Uniformierte, der einen Kopf kleiner und gute zehn Jahre älter war als Wallace, zeigte zur Tür. Wallace hatte keine Kraft, sich zu widersetzen, und befolgte die kurzen prägnanten Anweisungen.

70

Acht Tage später

„Sie können mir die beiden Morde nicht anlasten. Sie haben keine Beweise.“ Krishna saß mit bandagiertem Kopf Vanessa und Wallace gegenüber und grinste sie schmutzig an.

„Sie haben schließlich dafür gesorgt, dass alle Spuren, die Sie hinsichtlich des Doppelmordes belasten könnten, aus den Ermittlungsakten verschwinden.“ Mit schmerzverzerrter Miene taxierte Vanessa den Mann. Er wand seinen Kopf zur Seite und stierte jetzt auf einen imaginären Punkt auf der grauen Wand.

Die beiden Ermittler warteten geduldig.

„Unter Grundlage welcher Beweise werde ich eigentlich festgehalten? Wir sitzen hier schon seit drei Stunden.“ Krishna legte seine Hände auf die Tischkante. Die Handschellen klimperten leise. „Nur, weil Sie und ich zusammen in einem Bett gelandet sind? Soll ich Ihnen die Eindeutigkeit Ihrer zweideutigen Nachrichten vorlesen? Dafür brauche ich mein Handy nicht. Ich habe alles hier drin gespeichert.“ Er hob die Hände und tippte sich mehrmals gegen die Stirn.

Wallace räusperte sich vernehmlich und bedachte Vanessa mit einem kraftspendenden Blick. „Sie hat mehrmals Nein gesagt, ich kann es Ihnen gerne vorspielen. Dafür brauche ich aber mein Handy.“ Er hielt es zwischen seinen Händen und spielte mehrere Aufnahmen ab, die auf seiner Mailbox abgespeichert waren.

„Na und, das beweist aber immer noch nicht, dass ich Susan und ihre Freundin umgebracht habe."

Wallace' Gesicht erstrahlte. „Bisher war es in keiner der Akten vermerkt, dass Susan und das andere Mädchen sich kannten."

Krishnas Gesichtszüge entglitten ihm.

„Dieses Gefühl ist unbeschreiblich, wie für Sie so auch für mich, auch wenn dieses Empfinden ambivalent ist. Einerseits fühle ich mich beflügelt, andererseits verfluche ich mich dafür, nicht früher darauf gekommen zu sein." Wallace' Hände lagen flach auf dem Tisch.

Krishna setzte eine steinerne Miene auf.

Wallace sprach immer noch mit dem ruhigen Unterton eines Seelenheilers. „Ich würde es vielleicht etwas anders umschreiben wollen. So, als hätte man einem den wehen Zahn gezogen. Einerseits ist man erleichtert, und andererseits spürt man immer noch den ziehenden Schmerz, doch man freut sich darüber, dass die Schmerzen bald nachlassen werden. Genauso fühle ich mich jetzt. Und Sie? Fühlen Sie den Schmerz noch?" Er spielte die letzte Aufnahmesequenz erneut ab. „Krishna … ich bin in einem Hotel", hallte Vanessas erstickte Stimme von den Wänden wider.

„Das ist aber eine ziemlich dürftige Beweislage, die vor einem Gericht nicht standhalten wird", gab Krishna nicht auf und sah zu der Kamera, die in der Ecke des länglichen Zimmers stand.

„Sie glauben doch wirklich nicht, dass ich in all den acht Tagen untätig war?" Wallace beugte sich nach unten und stellte eine dünne Aktentasche auf seinen Schoß. Leise vor sich hin summend kramte er umständlich darin herum. Er ließ sich absichtlich viel Zeit dabei. „Ach, da haben wir es ja", sagte er mit einem Anflug von gespielter Freude. Er legte einen kleinen Zettel auf die zerkratzte Tischplatte.

Krishnas rabenschwarze Augen blieben an dem Kassenbon kleben.

„Was soll das denn? Habe ich meine Rechnung nicht bezahlt?“ Er lachte abwertend auf.

„Wie groß ist eigentlich Ihr Bett?“ Wallace‘ Stimme glich der eines Psychologen, warm und dennoch autoritär.

„Das geht Sie nichts an.“

„Sie haben ein ganz gewöhnliches Bett. Wir haben das überprüft.“

„Was soll das Ganze hier?“

„Susans Bett hingegen hat eine Sondergröße X-Size“, fuhr Wallace fort und ließ sich nicht aus der Ruhe bringen. „Wie dieses hier auf diesem Kassenbon. Sie waren geschickt und haben stets darauf geachtet, nicht von den Überwachungskameras erwischt zu werden, nur dummerweise haben Sie in der Eile nicht daran gedacht, die neue Matratze bar zu bezahlen.“ Wallace legte eine Pause ein und senkte seinen Blick in den Schlund seiner Tasche, weil er wieder darin nach etwas Bestimmtem suchte.

Krishna wurde zunehmend unruhiger.

„Ach ja.“ Wallace sah wieder auf. „Unser Gerichtsmediziner ist noch von der alten Schule und hat es mit der neuen Technik nicht so. Er schreibt alles, was ihm bei der Obduktion so auffällt, zuerst von Hand auf und lässt es von seinem Gehilfen abtippen, sein Geschreibsel bewahrt er aber bei sich auf. Abdul-Ali Malik ist ein sehr freundlicher Mann und macht einen exzellenten Tee. Wir haben geplaudert und sind seine Vermerke durchgegangen. Und siehe da!“ Er hob triumphierend die Hand, in der er die Kopie eines

Berichtes hielt. Dieses Blatt knallte er mit voller Wucht auf den Tisch. Das Krachen prallte von den kahlen Wänden wider und jagte dem zuvor grinsenden Verdächtigen eine Heidenangst ein. Das dümmliche Grinsen auf seinem Gesicht gefror.

„Was soll das alles?“, stotterte er und wollte schon nach den Blättern greifen, doch der warnende Blick von Wallace hinderte ihn daran.

„Sie haben Susan erwürgt. Das gebrochene Schlüsselbein und die Würgemale sprechen dafür, dass Sie sie mit ihren Händen getötet haben. Egal ob im Affekt oder nicht, diese Tatsache hätte eventuell für mildernde Umstände sorgen können, hätten Sie nicht die andere Frau getötet. Sie haben sich der Beschreibungen aus den Ermittlungsakten bedient und Saskia Drago so hin drapiert, wie ich meine Puppe auf den Klippen hingelegt habe. Ich wusste nicht, dass die Leiche bewegt wurde. Es gab einen Steinrutsch. Verstehen Sie? Das erfuhr ich aber erst später und Sie gar nicht, daher haben Sie Saskia dort so liegenlassen wie auf diesem Bild hier. Damit es authentischer wirkt.“ Wallace schob ein Foto über den Tisch bis an die Fingerspitzen seines Gegenübers. „Exakt so, wie der Fotograf es festgehalten hat“, fügte Wallace hinzu und verschränkte die Arme vor der Brust. „DI Craig ist der Ansicht, dass Sie nur deswegen die Frau aus dem Weg geräumt haben, weil Miss Drago ungewollt zu einer Zeugin ihrer Tat wurde. Ihr altersschwacher Fiesta blieb auf der halben Strecke zu Susans Villa liegen. Saskia Drago kam eine halbe Stunde zu spät zu eurer Sexparty. Da gucken Sie, was? Unser Mr. Young hat die Telefone beider Frauen durch irgendwelche Programme gejagt, die so einiges ans Tageslicht brachten. Sie haben sich wie so oft zu einer eurer

Orgien verabredet. Dass Sie sich vor den Kollegen wie Katz und Hund benahmen, diente eurer Tarnung. Nur mit der Beschwerde haben Sie es dann doch zu weit getrieben. Susan war nie rassistisch. Wie gesagt, Saskia Drago kam zwar zum richtigen Ort, aber zum falschen Zeitpunkt. Hat sie Susan schon an der Decke hängen sehen?“

Wallace wartete auf irgendeine Reaktion, doch Krishnas Gesicht blieb ausdruckslos.

„Na gut, dann fahre ich mit meiner Berichterstattung fort. Sie können ja widersprechen, wenn ich etwas falsch interpretiert habe. Die Thesen sind ja bekanntlich nur solange gültig, bis einer mit einer Antithese aufwarten kann. Nun gut. Sie haben also alle Spuren verwischt. Die Wohnung von Susan war lupenrein, bis auf einen einzigen Fleck auf der Wand. Aber mit Luminol?“ Wallace schmunzelte. „Was war das? Wir haben einen verdächtigen Fleck an der Wand sicherstellen können. War das eine dieser Masken oder eine dieser Gummiunterhosen, die ihr euch vor dem Sex anzieht? Jedenfalls haben die Jungs aus dem Labor daraus Mischspuren herausfiltern können, die mit Ihrer DNA vergleichbar sind.“

Seufzend lehnte Krishna sich zurück. „Das ist doch alles Bullshit.“

„Möglich. Wenn wir da nicht ein Kondom in dem Siphon gefunden hätten. Das Kondom haben Sie verknotet und ins Klo geworfen. Die Männer von der Spurensicherung waren von meinem Einfall genauso begeistert wie Sie jetzt. Das kann ich von Ihrem Gesicht ablesen, genau so hat mich einer der Jungs angeschaut, als wäre ich ein Idiot. Sie haben sogar den Boden aufklopfen müssen, Mann, war das eine Sauerei!“

Krishna wurde mit jedem Wort bleicher. Er vergaß zu atmen.

„Da war genug Sperma drin, das müssen Sie mir glauben. Sie haben Susan, während sie auf dem Bett lag, vergewaltigt. War sie schon tot?“

Krishna verbiss sich jegliche Antwort.

„Nachdem Sie mit der Säuberung fertig waren und alle Spuren mit einem Spezialreiniger ausgemerzt hatten, fuhren Sie mit Ihrem protzigen Pickup zu diesem Outlet und haben dort eine neue Matratze besorgt. Die alte haben Sie gleich in demselben Laden entsorgen lassen, entweder um kein Aufsehen zu erregen, oder einfach Ihrer Dummheit wegen, das wissen wir nicht. Und stellen Sie sich vor …“ Wallace stand auf und lief zur Tür, dann wieder zurück.

Krishna folgte ihm stumm mit den Augen.

„Die alte Matratze lag tatsächlich noch in dem Container. Was wir darauf alles gefunden haben, können Sie sich wohl denken.“ Wallace blieb vor dem Tisch stehen und stützte seinen Oberkörper mit den Fäusten ab.

Krishna sprang auf. Der Stuhl krachte zu Boden. Zwei Männer stürzten in den Raum und drückten Krishna gegen die Wand. Er schäumte vor Wut und schrie, drohte Wallace an, ihn umzubringen. Doch Wallace grinste nur und schloss zufrieden die Augen.

„Danke“, vernahm er das schüchterne Flüstern seiner Kollegin.

Wallace hob die Lider und lächelte sie an.

„Sie haben mir das Leben gerettet, Kollege. Wie kann ich mich bei Ihnen revanchieren?“

„Indem Sie nun mein Leben retten?“ Er ließ den Satz wie eine Frage klingen.

Vanessas Stirn bekam feine Furchen. Doch dann zuckte sie zusammen. Ihre angeschwollene Wange glänzte dunkel. Das aufgedunsene Augenlid verdeckte ihr halbes Auge. „Und wie?“

„Indem Sie meiner Frau erklären, dass ich mit Ihnen nichts am Laufen habe.“

Vanessa musste lächeln. „Das wird sich wohl mehr als schwierig gestalten.“ Sie fühlte sich auf einmal schlecht, weil sie ja genau das all die Zeit vorgehabt hatte.

„Ihre Beweislage ist ziemlich dürftig.“ Wallace streckte ihr seine Hand aus und half ihr beim Aufstehen.

„Aber mein Gesicht spricht für Sie. Sie würden eine Frau niemals so zusammenschlagen, und wenn doch, dann werde ich Ihrer Frau den Rücken stärken und ihr dabei helfen, Sie irgendwo im Wald einzubuddeln.“

„Sie können wieder lachen, das freut mich.“

„Noch etwas, ich werde meinen Job hier an den Nagel hängen. Sie können meine Stelle wiederhaben.“

„Warum das?“

„Das steht mir doch eigentlich ziemlich deutlich ins Gesicht geschrieben.“ Vanessa hinkte auf einem Bein und ließ sich von ihrem Kollegen stützen. „Ich möchte jetzt mein Leben ruhiger angehen lassen.“

„Das wird nicht gehen. Ich habe dem Superintendent zugesagt, dass Sie den ganzen Papierkram übernehmen wollen.“

„Von mir aus, aber danach …“

„… wird es sich zeigen. Kommen Sie, meine Frau wartet auf uns.“ Wallace ging durch die Tür und zeigte Vanessa einen Rollstuhl. „Ich werde Sie bis zum Wagen hiermit fahren. Geht bestimm leichter.“

„Sie sind unmöglich.“

„Nein, ich bin nur faul, und Sie auf den Händen zu tragen, wird ein falsches Licht auf uns werfen, meinen Sie nicht?“

Vanessa ließ sich in den Rollstuhl sinken. „Kutscher, fahren Sie los.“

Wallace stellte sich dahinter und schob sie wortlos durch den langen Korridor.

„Sag mal, Wallace, wie hältst du all das hier aus?“

„Was meinst du?“ Er verlangsamte seinen Schritt und blieb dann vor dem Aufzug stehen. Wallace konnte von Vanessa und sich ein verzerrtes Abbild in den stahlgrauen Türen erkennen.

„Du lässt dich nie unterkriegen, wie machst du das?“

„Ich bin wie der alte Esel aus einer Bibelgeschichte, oder war das ein Hund?“ Er beugte sich leicht vor und drückte auf den Knopf.

Vanessa lachte und legte den Kopf in den Nacken, um ihn sehen zu können. „Was für eine Geschichte ist das?“

„Sie stammte aus einer Bibel, wenn ich mich nicht täusche. Sie ging so: Ein Bauer hatte einen alten Hund oder einen Esel, auf jeden Fall wollte er das Tier loswerden, aber töten konnte er es nicht, und haben wollte das Vieh auch keiner. Also warf der Mann das altersschwache Wesen in einen ausgetrockneten Brunnenschacht, den er seit Jahren vorhatte zuzuschütten. Dann nahm er eine Schaufel und warf trockene Erde auf diesen Hund oder den Esel. Doch die Arbeit war zu mühselig für ihn und ging mächtig auf seine alten Knochen. Also holte der Bauer noch weitere Männer hinzu.

Der Hund winselte und blickte jedes Mal hoch. Immer mehr Erde krachte auf seinen Rücken. Er legte sich zuerst auf die Erde und wartete auf den Tod, doch dann stand er wieder auf und schüttelte die Erdbrocken von seinem Rücken ab. So kam es dann, dass gegen Abend alle Männer außer Atem waren und der Brunnenschacht zugeschüttet war, doch weil der Hund so verbissen fortwährend den Dreck von seinem Rücken abschüttelte, kam er wieder an die Oberfläche und rannte davon."

„Du vergleichst dich also mit einem alten Hund oder noch besser: mit einem Esel?"

Die Türen gingen auf. Wallace schob Vanessa in den Aufzug.

„Hast du die Pointe nicht verstanden?"

Beide lächelten.

„Nein, man darf sich nie unterkriegen lassen, egal wie ausweglos deine Lage auch sein mag und wie viel Last auf deinen Schultern ruht, man muss stets versuchen, alles von sich abzuschütteln."

„Ich bewundere deine Einstellung." Vanessa schenkte ihm ein Lächeln und berührte seine Hand. Wallace stellte sich daneben. Die Türen glitten langsam zu.

„Ich hoffe, unsere Argumente werden ausreichen, um meine Frau auch davon zu überzeugen, dass ich ein ganz Netter bin. Wäre sie der Bauer, würde sie dem armen Tier mit der Schaufel zuerst eine über den Schädel braten und erst dann in die Grube werfen."

Jetzt lachten beide. „Ich mag deine Frau jetzt schon." Vanessa wischte sich die Tränen aus den Augen und versuchte, den schlimmsten Tag ihres Lebens aus ihrem Verstand zu löschen.

ENDE

Weitere Werke von Noah Fitz:

https://amzn.to/2Wc6wWL

Diese Story ist reine Fiktion, die Orte und die Namen sind frei erfunden, alle Übereinstimmungen sind zufällig und nicht beabsichtigt.

36836083R00230

Printed in Poland
by Amazon Fulfillment
Poland Sp. z o.o., Wrocław